EUDOXE.

ENTRETIENS SUR L'ETUDE

DES SCIENCES, DES LETTRES
ET DE LA PHILOSOPHIE.

EUDOXE.

ENTRETIENS

SUR

L'ÉTUDE DES SCIENCES, DES LETTRES ET DE LA PHILOSOPHIE;

PAR J. P. F. DELEUZE.

TOME SECOND.

PARIS,

F. SCHOELL, rue des Fossés S. G. l'Auxerrois, nº. 29.

1810.

EUDOXE.

ENTRETIENS SUR L'ETUDE

DES SCIENCES, DES LETTRES ET DE LA PHILOSOPHIE.

CINQUIÈME ENTRETIEN.

DE L'HISTOIRE D'OCCIDENT PENDANT LE MOYEN AGE.

Méthode qu'il faut suivre, et règles de critique qu'il faut adopter dans l'étude de l'histoire du moyen âge. On doit choisir une nation à laquelle on lie l'histoire des autres. A quelles époques on doit s'arrêter, soit pour passer d'un peuple à un autre, soit pour examiner la marche rétrograde ou progressive de l'esprit humain. De l'état de l'Europe pendant les siècles de barbarie. Des auteurs à consulter. Des objets qui doivent fixer l'attention. Considérations sur l'origine de la noblesse, sur l'institution de la chevalerie, sur l'abolition de l'esclavage domestique, sur l'accroissement de la puissance des papes. Des croisades, de leurs causes et de leurs effets De l'établissement des communes. De la première renaissance des lettres. Découvertes importantes faites dans la dernière période du moyen âge: armes à feu, boussole, imprimerie. Passage de l'histoire du moyen âge à l'histoire moderne.

Le temps pluvieux ne nous permettant pas d'aller nous promener comme les jours précédens, j'entrai dans la bibliothéque d'Ariste; il vint me joindre, et nous reprîmes notre entretien.

Vous avez, lui dis-je, considéré l'histoire relativement à son étendue et à ses limites, à la diversité des objets qu'elle embrasse et au lien qui les unit, et vous m'avez donné des principes généraux sur les moyens de l'apprendre et d'en tirer des résultats utiles. Vous m'avez ensuite tracé un plan très-vaste pour l'étude de l'histoire ancienne et d'une partie de celle du moyen âge. Quoique la translation du siége de l'empire à Byzance marque une grande époque, vous avez regardé l'histoire du bas-empire comme faisant suite à celle de Rome, et vous m'avez conduit jusqu'à la prise de Constantinople. Ainsi dans l'ordre chronologique nous sommes parvenus au milieu du quinzième siècle : mais vous avez négligé de vous occuper des peuples de l'Occident, et nous nous sommes arrêtés pour l'Europe à la destruction de l'empire romain.

ARISTE.

Je vous ai exposé mes motifs pour ne pas faire marcher de front l'histoire de Constantinople et celle des divers états de l'Europe. Elles se lient dans plusieurs circonstances, mais plus souvent elles sont séparées : et ce que vous aurez appris dans les auteurs de l'histoire byzantine se retrouvera au besoin. Revenons maintenant sur nos pas pour nous occuper de l'Occident depuis le cinquième siècle. A cette époque l'histoire ancienne est terminée: elle forme un tout complet, comme celle du moyen âge en forme un à la fin du quinzième siècle. Je pense qu'on ne doit pas employer la même méthode pour l'étude de ces deux divisions; qu'il faut vous faire de nouvelles règles de critique pour juger l'importance des événemens et la validité des témoignages. Les principes généraux fondés sur la logique et sur la morale ne peuvent varier; mais leur application doit être modifiée selon les circonstances. Vous entrez en quelque sorte dans un monde nouveau: mœurs, opinions, préjugés, religion, sciences, langage, gouvernemens, ce qui dirige la conduite des hommes, ce qui détermine le jugement qu'ils portent de la moralité des actions, ce qui excite leurs passions, tout est changé; et les écrivains qui nous ont transmis la relation des faits ne les présentent plus sous le même point de vue. Ils ne savent plus ni choisir les circonstances essentielles dans les évènemens, ni distinguer dans les hommes les qualités estimables, ni comparer les lois positives avec les droits des peuples, les inétrêts des gouvernans et les principes de la justice éternelle. Si Tacite ou Tite-Live avoient pu renaître quelques siècles après leur mort, ils auroient tracé un tableau bien différent de celui que ces auteurs nous ont laissé: ce tableau seroit affligeant sans doute, mais il ne seroit pas dépourvu d'intérêt; les traits caractéristiques y seroient prononcés, et des détails puérils n'y feroient pas disparoître les objets importans. Peut-être dans les siècles de barbarie s'est-il trouvé des hommes d'un génie égal à celui des grands écrivains de la Grèce et de Rome: mais les opinions reçues formoient un nuage autour d'eux; le despotisme et la superstition arrêtoient l'élan de leur pensée: au milieu du chaos ils n'apercevoient plus les grands principes de l'ordre social: rien ne les aidoit à discerner la route qui pouvoit y conduire, et comme ils n'avoient aucun espoir d'influer sur le bien général, ils n'en faisoient pas l'objet de leurs méditations. Il suit de là que la plupart des auteurs du moyen âge offrent peu de lumières, que les monumens, les lois et les chartes sont la principale source d'instruction, et que, vû l'impossibilité de lire toutes ces pièces originales, on doit s'en rapporter pour plusieurs parties de l'histoire, à ceux des écrivains modernes qui ont approfondi tel ou tel sujet particulier.

L'histoire ancienne a exigé quelques études préliminaires, celle du moyen âge en exige aussi. Il faut d'abord prendre une notion des divers peuples qui envahirent l'empire romain, et fondèrent de nouveaux états sur des bases de gouvernement jusqu'alors inconnues. Vous avez lu sur les Goths, Jornandes et Procope: César et Florus vous ont fait connoître les Gaulois, Tacite, les Germains; quoique son ouvrage soit plutôt une satire indirecte des mœurs romaines qu'une peinture fidèle de ces peuples. Vous avez vu dans la vie de Marius, par Plutarque, des détails sur les Cimbres: Hérodote, Diodore de Sicile, Strabon ont parlé des anciens Scythes et des autres barbares du Nord: Ammien Marcellin vous a donné de même une idée des Huns, qui en 450 vinrent des frontières de la Chine, et chassèrent devant eux plusieurs autres nations. Pour mieux connoître ce peuple, il faut lire la savante histoire qu'en a donnée M. de Guignes. Comme cet écrivain avoit étudié la langue chinoise, il a puisé dans les auteurs de cette nation des connoissances qu'il n'auroit pu recueillir ailleurs, et son ouvrage ne peut être suppléé par aucun autre. Vous trouverez encore quelques renseignemens sur les Goths, les Vandales et les Suèves dans la chronique d'Isidore de Séville, auteur plus savant qu'éclairé, mais précieux en ce qu'il a conservé plusieurs fragmens anciens. Vous consulterez aussi le recueil de Muratori qui contient tous les auteurs originaux sur l'histoire d'Italie, depuis le cinquième jusqu'au quinzième siècle. Enfin comme les passages qui pourroient vous éclairer sur l'origine et le caractère des anciens peuples sont éparpillés dans une foule d'auteurs que vous n'aurez pas le temps de relire, il est à propos d'avoir recours à quelques-unes des dissertations faites par des savans qui se sont spécialement occupés de cet objet. La plupart ont adopté un système, mais ils citent les autorités, et leurs erreurs sont réfutées par d'autres dissertations : il vous suffira de les lire pour fixer votre opinion sur les faits essentiels. Gardez-vous de vous engager dans les questions difficiles, et de prétendre les résoudre par vos propres recherches. Ces questions sont-elles importantes, il faut consulter les écrits de ceux qui les ont traitées à fond, et comparer les preuves et les résultats. Par exemple, le moyen le plus sûr et le seul peut-être de connoître la filiation des anciens peuples, c'est de comparer leurs langues : vous ne pouvez pour cela vous enfoncer dans l'étude des langues orientales, examiner leurs rapports avec celles de l'Occident : mais le Mithridate d'Adelung [1], en vous montrant les mots communs à plusieurs langues anciennes, et les caractères distinctifs d'un grand nombre d'idiômes, vous donne en un moment des lumières que vous n'auriez pu acquérir que par dix ans d'étude, et il suffit d'une bonne logique pour apprécier le degré de force de ses preuves. Ceci ne vous dispensera pas de consulter quelques monumens originaux dont l'intelligence est à votre portée. Ainsi vous examinerez la traduction qu'Ulfilas a donnée des évangiles dans l'ancienne langue des Goths : ce monument très-curieux nous montre l'origine de l'allemand et de l'anglois, la plupart des mots gothiques s'étant conservés dans ces deux langues, et cette traduction ressemblant à l'allemand actuel plus que le françois de Joinville ne ressemble au nôtre.

Je n'ai pas besoin de vous rappeler qu'en ce moment, et même au commencement de chaque époque, vous tracerez une carte des voyages et de l'établissement des divers peuples du Nord dans les contrées tempérées de l'Europe : vous examinerez quelles villes ont été détruites, quelles villes ont ensuite été fondées, et quel étoit l'état

[1] 2 vol. in-8°. Berlin, 1806-1809. (Paris, F. Schœll, fr. 35. 25 c.)

physique des contrées où ces barbares fixèrent leur séjour. Il est telle province qui a été alternativement couverte de bois et de marais par le défaut de culture, ou rendue fertile et populeuse par l'industrie des hommes.

EUDOXE.

Le grand nombre des peuples qui se répandirent en Occident, leurs déplacemens, la multitude d'états qu'ils formèrent, les diverses dénominations sous lesquelles ils furent connus, la lutte de l'empire romain avec eux, l'arrivée de ceux qui plus tard pénétrèrent en Europe par le Midi et refoulèrent vers le Nord leurs prédécesseurs, la fondation de quelques grands empires qui cependant se subdivisoient par les partages et dont les limites changeoient à chaque règne, la diversité des codes de lois qui régissoient un même pays, l'ignorance des écrivains et le défaut d'ordre dans les relations qu'ils ont données des faits, tout cela doit répandre sur l'histoire du moyen âge une confusion effrayante. Quel fil peut me conduire dans ce labyrinthe ?

ARISTE.

Pour étudier l'histoire d'Occident, il faut choisir un peuple sur lequel vous fixerez particulièrement votre attention. Vous devez vous arrêter à chaque époque pour jeter un coup-d'œil sur l'histoire universelle; mais tout seroit confus si, changeant à chaque instant de pays, vous passiez continuellement d'une nation à l'autre. Comme vous êtes François, il est naturel que vous choisissiez la France pour le centre de vos observations, et que vous examiniez les divers états d'après leurs relations avec elle. C'est pourquoi, en vous indiquant les époques, je les ai prises dans l'histoire de France. L'excellent abrégé du président Hainaut vous guidera pour la suite chronologique des faits : le Tableau des révolutions de l'Europe de M. Koch, les Tables de Blair, ainsi que les Atlas historiques dont nous avons parlé, mettront sous vos yeux la correspondance des événemens remarquables des pays étrangers.

Ainsi, après avoir pris des renseignemens sur les peuples du Nord qui envahirent l'Europe, vous commencerez l'étude de l'histoire de France par des recherches sur les Gaules. Vous vous demanderez quel étoit l'état de ce pays avant la conquête de Jules César; quel gouvernement y fut établi, lorsqu'il fut soumis aux Romains; quel changement la domination de ceux-ci apporta dans la langue, dans les mœurs, dans les opinions religieuses, depuis le moment où la Gaule fut réduite en province romaine sous Auguste; comment ces peuples si fiers, si belliqueux, dès qu'ils furent sujets d'une puissance étrangère et soumis à un gouvernement régulier, perdirent toute leur énergie et s'avilirent au point de n'opposer aucune résistance aux barbares. Je vous dis de vous rappeler ces faits, parce que vous les avez appris en lisant l'histoire des derniers empereurs romains. Il est important d'examiner comment la religion chrétienne fut portée dans les Gaules, quelles circonstances favorisèrent son établissement et ses progrès, comment elle triompha des persécutions, comment enfin elle fut adoptée par les vainqueurs féroces qui, ayant exterminé une partie des anciens habitans, changèrent l'état de la société.

Cherchez ensuite à acquérir des notions sur les Francs, sur leur régime civil et militaire. Vous savez qu'ils avoient paru plusieurs fois dans les Gaules avant Clovis, qu'ils avoient même traversé l'Espagne et pénétré jusqu'en Afrique, qu'ils s'étoient établis dans quelques provinces, et que plusieurs de leurs chefs avoient acquis un grand crédit dans l'empire. On n'a que des notions éparses sur les Gaules pendant ce temps : elles étoient fréquemment ravagées par les incursions des barbares, et le régime des Romains avoit étouffé leur ardeur pour l'indépendance. C'est dans le vaste recueil des lois romaines qu'on trouve le plus de lumières sur leur état. Mais après que Clovis eût établi sa puissance et fondé son empire, les événemens sont moins compliqués, moins obscurs; c'est vraiment à lui que commence l'histoire de France. Peu après, Vitigès, roi d'Italie, cède aux Francs ses possessions dans les Gaules, l'empereur Justinien confirme cette donation, les Francs et les Gaulois ne font plus qu'un même peuple, quoique leur condition soit bien différente, et la religion chrétienne devient dominante en France. Si les barbares du Nord adoptèrent le culte établi dans les contrées qu'ils envahirent, c'est que, n'ayant point chez eux un corps sacerdotal, dépositaire et défenseur du dogme, ils n'avoient réellement point de religion nationale. Examinez quels liens l'adoption de ce culte fit naître entre les usurpateurs et les anciens habitans, et rendez-vous compte de la forme de gouvernement qui s'établit alors dans les Gaules.

Depuis l'origine de la monarchie jusqu'à Charlemagne, pendant un espace de 300 ans, je n'ai besoin de vous indiquer aucun historien en particulier. La vaste collection commencée par Dom Bouquet contient tous les passages des auteurs anciens qui peuvent répandre quelque lumière sur notre histoire et tous les auteurs contemporains. Vous n'aurez qu'à choisir, en évitant de vous engager dans des recherches de peu d'importance. Ce recueil vous suffira jusqu'à l'époque où il s'arrête. Je vous avertis seulement de fixer votre attention sur les lois diverses qui régissoient alors les habitans de la France. Ces codes ont été conservés : ils montrent l'esprit du temps et la condition des hommes. Non-seulement les habitans des diverses provinces avoient des lois différentes, mais tous ceux d'un même pays n'étoient pas jugés par les mêmes lois. Le clergé l'étoit par les lois romaines, les Francs par la loi salique et ripuaire : chacun enfin pouvoit être jugé par la loi qu'il avoit choisie; et les conquérans ne songèrent ni à rendre leurs lois uniformes, ni à se faire legislateurs du peuple vaincu.

Ce que les codes des barbares présentent de plus remarquable , c'est la différence de leurs dispositions relativement au rang et à la qualité des personnes. L'objet de toute législation est non-seulement d'établir l'ordre dans la société, mais encore de protéger le foible contre l'oppression du puissant, de distribuer la justice avec égalité et sans acception de personnes. Dans les codes rédigés au cinquième et au sixième siècle, c'est tout le contraire : les principes du droit naturel sont absolument intervertis. On y trouve des règlemens d'économie et de police convenables à des peuples grossiers ; mais sur tous les objets essentiels les lois tendent à assurer l'impunité au riche et au puissant. Il étoit, en effet, bien facile à ceux-ci de payer une amende pour se racheter d'un meurtre, ou de trouver des témoins pour jurer qu'ils ne l'avoient pas commis. Heureusement le clergé conserva le droit romain, parce qu'il put en même temps jouir des priviléges que les lois des Francs donnoient aux personnes d'un rang élevé : sans cela, les idées de justice et d'ordre social se seroient anéanties. Ces lois barbares disparurent dans la suite, mais elles furent l'origine des coutumes, et d'une foule de préjugés qui entravèrent la jurisprudence. Il est donc très-important de connoître cette législation dont l'influence se fait sentir jusqu'à l'époque de la renaissance des lettres, et dont on aperçoit même des traces dans quelques-unes des coutumes des temps modernes.

Vous examinerez encore comment s'établit en France la puissance des ecclésiastiques, tandis que des guerriers féroces ne connoissoient d'autre vertu que la valeur, d'autre droit que la conquête; et comment le clergé acquit des richesses considérables, et les conserva sans contestation jusqu'au moment où Charles-Martel s'empara d'une partie de ses biens pour les donner en dot aux laïques. Vous observerez enfin l'influence des mœurs et des préjugés des barbares sur le clergé, et l'influence de celui-ci sur les mœurs des barbares. Je crois devoir faire ici quelques réflexions. Les écrivains qui ont voulu affoiblir le respect pour la religion, ont, en général, représenté sous les couleurs les plus défavorables les mœurs et la conduite du clergé pendant la période dont nous parlons. Les faits qu'ils ont rapportés sont vrais: et il suffit d'ouvrir les historiens contemporains pour trouver parmi les ecclésiastiques de nombreux exemples d'usurpation, d'injustice, de dérèglement de mœurs, pour les voir quittant la mître pour prendre le casque, et oubliant absolument qu'ils sont des ministres de paix, et que leur fonction est de rapprocher les hommes, de secourir les malheureux et d'entretenir dans tous les états les principes et la morale de l'évangile. Mais s'il faut juger les actions d'après des règles invariables, il faut juger les hommes d'après les temps et les circonstances où ils sont placés. Comparez les ecclésiastiques des cinquième, sixième et septième siècles avec les grands qui s'étoient emparés de la plupart des propriétés, et qui avoient réduit les peuples à l'esclavage, et vous verrez que, pour les mœurs, pour les lumières, pour la justice, ils étoient bien supérieurs aux autres. Eux seuls adoucirent les mœurs des barbares et conservèrent quelqu'idée des droits des hommes, quelques notions de l'ordre social. Parmi eux encore se trouvèrent des personnages vertueux qui, par la seule force de leur caractère, mirent des bornes à l'oppression des grands, et offrirent quelques ressources et quelques consolations aux malheureux. Si des hommes libres ont souvent fait, en faveur de l'église, le sacrifice de leurs biens et même de leur liberté par des idées superstitieuses, plus souvent encore ils se sont mis sous sa protection pour échapper au despotisme des barons. Les ecclésiastiques seuls s'opposoient aux guerres privées, au combat judiciaire, aux abus du pouvoir arbitraire; seuls ils faisoient une vertu de rendre la liberté aux esclaves: seuls ils offroient à la partie la plus nombreuse du peuple des notions de morale, des secours et des espérances: sans la religion, l'excès de l'avilissement du peuple auroit pu seul l'empêcher de se livrer au désespoir. L'observation que je vous fais tient à ce principe sur lequel je ne saurois trop revenir, et d'après lequel est dirigé le plan d'étude que je vous propose; c'est que les diverses parties de l'histoire ne peuvent être étudiées isolément, et qu'on ne peut juger d'un usage, d'une doctrine, de la conduite d'une classe d'hommes, sans avoir examiné les rapports qui existent entre tous les objets qui forment le caractère d'un siècle.

Arrivé, pour l'histoire de France, à l'époque de Charlemagne, il faut vous occuper des autres nations. L'histoire d'Italie vous est déjà connue par ses rapports avec celle de France et d'Orient : mais elle s'offre à vous sous un autre aspect, relativement à l'origine de la puissance des papes, et à l'influence qu'ils commencèrent à exercer sur tous les pays où la religion chrétienne avoit été adoptée. La fondation de Venise est un évènement remarquable. Quelques fugitifs s'établissent dans les lagunes pour échapper aux barbares : ils se donnent un gouvernement républicain, lorsque partout ailleurs le souvenir même de la liberté n'existe plus ; et bientôt, par leur économie, par leur sagesse, ils s'emparent de tout le commerce de l'Orient, et deviennent une puissance prépondérante en Europe. La constitution de cette république mérite d'autant plus d'être étudiée, que sa durée surpasse celle de tous les états modernes, qu'elle a paru toujours supérieure aux évènemens, et qu'au milieu des révolutions des empires, elle a seule conservé son indépendance pendant treize siècles. En Espagne il faut examiner les Sarrazins qui, ayant chassé les Visigoths, maîtres du pays depuis 300 ans, fondent un empire célèbre qui se soutient avec plus ou moins d'éclat jusqu'au quinzième siècle. Tournant les yeux vers le Nord vous prendrez une notion du gouvernement de l'Angleterre, lors de l'invasion des Saxons, et sous l'heptarchie. C'est seulement dans la période suivante que ce pays doit avoir des relations avec la France. L'Allemagne partagée entre vingt peuples différens, n'avoit point encore de gouvernement régulier; elle étoit tour à tour envahie par les diverses colonies de barbares, qui, du Nord, s'avançoient vers le Midi : il faut connoître dans quel état elle se trouvoit lorsque Charlemagne y porta ses armes.

Je ne vous engage point à lire sur l'histoire de ces divers peuples, tous les plus anciens écrivains. Il suffit d'avoir recours aux meilleurs ouvrages des modernes, en y joignant quelques-uns des auteurs contemporains, les plus propres à faire connoître l'état de la civilisation. Ainsi, pour l'Angleterre, vous vous contenterez de l'histoire de Hume : les deux premiers chapitres contiennent la relation des faits importans sous le gouvernement des Romains, sous celui des Saxons et des Danois, jusqu'à Alfred-le-Grand; et l'appendice qui termine le troisième, offre un tableau très-net du gouvernement et des mœurs des habitans de cette contrée, depuis les temps anciens jusqu'à l'époque de la conquête par les Normands. Vous lirez ensuite l'ouvrage de Gildas, *De excidio Britanniæ*. Cet auteur vivoit au milieu du sixième siècle, il fut témoin de la destruction des Bretons, et il a peint de la manière la plus vive et la plus touchante les calamités de son pays. Ce qui est relatif aux Francs et aux autres peuples de la Germanie, avant le neuvième siècle, est traité avec tant d'érudition dans l'histoire d'Allemagne, du comte de Bunau, que vous n'avez pas besoin de consulter d'autres auteurs.

Je crois inutile de vous indiquer les évènemens qui doivent fixer votre attention depuis l'invasion des Francs jusqu'à Charlemagne. Ils vous frapperont en lisant l'histoire. Les deux premiers siècles de cette période sont ceux où le genre humain a été le plus misérable. L'Europe entière n'est qu'un champ de carnage et de dévastation : dans plusieurs contrées les anciens habitans sont exterminés ou réduits au plus honteux esclavage; partout les monumens des arts sont détruits, les villes renversées, les lumières éteintes; l'on s'étonne également de la férocité des vainqueurs et de la lâcheté des vaincus, et l'ame est oppressée à la vue de ce spectacle de barbarie et d'avilissement. L'Italie seule conserve encore quelque chose de son ancien lustre; quoique dévastée par les Hérules, les Huns et les Goths, elle respire sous Théodoric: les Lombards la ravagent de nouveau, mais ils n'éteignent pas entièrement les lumières : et le clergé de Rome est plus éclairé que le reste du monde.

Après le sixième siècle, lorsque les états fondés par les barbares eurent pris une forme plus régulière, plusieurs évènemens méritent un examen particulier. Tels sont le commencement de la puissance des papes, la soumission de l'Angleterre au S. Siège, l'admission des prélats aux assemblées de la nation, l'élévation des maires du palais, l'état des sciences chez les Arabes, les troubles excités par la diversité des opinions religieuses. Il est essentiel de noter à quelle époque plusieurs dogmes, connus par la tradition, et enseignés aux chrétiens, ont été proclamés d'une manière authentique ; car c'est de ce moment qu'ils font partie de la religion nationale, et que ceux qui les rejettent se séparent de ceux qui les ont reçus.

EUDOXE.

La grande révolution opérée au commencement de cette période montre bien avec quelle rapidité la société peut déchoir du degré de civilisation auquel elle s'est élevée, et combien il est ensuite difficile de rentrer dans la route. Aussitôt après l'invasion des barbares toutes les connoissances furent éclipsées en Occident; et il fallut des siècles pour revenir au même point. Après que les Romains eurent soumis les Gaules, ils y introduisirent les arts, et l'on est surpris du degré de lumières qui se trouvoit dans ce pays au troisième siècle, en le comparant aux ténèbres dans lesquelles il fut plongé avant et après cette époque. Comment l'adoption de la religion chrétienne ne fit-elle pas conserver quelques-unes des connoissances qui sembloient liées à son enseignement ?

ARISTE.

Les sciences peuvent s'introduire dans un pays par deux moyens différens : ou bien elles y sont portées tout à coup par des étrangers, ou bien elles y naissent des progrès de la civilisation et du développement graduel des facultés de l'esprit humain. Dans le premier cas elles ne jettent pas de profondes racines ; un orage peut, en un moment, les renverser ; elles n'ont pas imprimé à la raison un caractère de force, et leurs diverses branches n'étant pas liées entre elles, elles ne forment point un système général, elles n'étendent pas leur influence sur les diverses classes de la société. Dans le second cas elles se développent successivement, mais elles donnent aux esprits une certaine justesse, aux ames une certaine élevation, aux peuples même une certaine philosophie. Une révolution peut les interrompre, mais elle n'en détruit pas entièrement le germe. Ainsi vous avez vu l'Italie tant de fois dévastée, conserver cependant plus de lumières que le reste de l'Europe. Lorsque les Romains eurent conquis les Gaules, ils voulurent les civiliser, et ils y portèrent leurs connoissances : mais ils voulurent en même temps les amollir, et par leur despotisme ils éteignirent toute l'énergie des anciens habitans. Plusieurs circonstances contribuèrent à éclairer les peuples, et à adoucir les mœurs. Lorsque la religion chrétienne fut prêchée dans les Gaules, les évêques chargés d'y propager la foi, y étoient envoyés d'Italie ou d'Orient, et l'on choisissoit les hommes les plus éclairés. Les Romains fondèrent aussi des écoles dans les villes : mais les Francs ne connurent d'autre moyen de soumettre les peuples que de les désarmer, et de les réduire à l'esclavage. Les évêques conservèrent leur influence politique et religieuse, ils furent associés au gouvernement, mais ils ne s'occupèrent point à entretenir le goût des lettres. L'esprit militaire avoit fait oublier les arts de la paix.

EUDOXE.

Ne trouve-t-on pas encore dans les écrivains du cinquième siècle quelques traces de l'ancienne littérature ?

ARISTE.

Cassiodore, ministre de Théodoric, l'infortuné Boëce, et Salvien, prêtre de Marseille, sont presque les seuls auteurs dont les ouvrages méritent d'être lus. Le livre de la consolation est infiniment touchant, et quoiqu'il y ait une philosophie subtile, il va au cœur, parce que c'est le cœur qui l'a dicté. Les écrits de Salvien ont de l'exagération, mais la peinture qu'ils tracent des mœurs du temps et du malheur des peuples, est pleine de vivacité. En les lisant, on est vraiment transporté au temps où l'auteur écrivoit. Les Institutions politiques de Cassiodore sont un monument curieux, qui montre que l'auteur, au milieu des troubles, jugeoit bien de la vraie gloire, et des moyens de donner quelque repos aux peuples. La poésie est devenue absolument barbare, et ce seroit perdre son temps que de lire les vers de Fortunat et de quelques autres. Ils sont en général aussi vides d'idées que dépourvus de style. En jetant les yeux sur les œuvres d'Alcuin, que Charlemagne regarda comme son maître, et qui fonda plusieurs écoles, vous y verrez quel étoit le goût du temps, et quelle fut l'influence du génie de Charlemagne dans ces siècles d'obscurité.

Il faut encore remarquer à la fin de cette période l'introduction de quelques arts, l'état de l'agriculture et les productions qu'on avoit alors en France, ainsi que la manière d'administrer les fermes, qui nous est connue par un capitulaire de Charlemagne : enfin le changement dans la manière de compter par l'adoption de l'ère chrétienne.

Je me suis fort étendu sur cette période, pour vous indiquer quels sont les objets que vous devez particulièrement considérer et sur lesquels vous pouvez au besoin consulter des dissertations savantes. Je ne vous ai pas nommé les divers auteurs, parce que la collection de Bouquet renferme tous les contemporains, et que les dissertations des modernes sur les objets essentiels sont connues de tous ceux qui ont quelques notions de bibliographie ; la plupart ont été publiées dans les mémoires des académies, ou du moins elles y sont toujours citées.

EUDOXE.

Vous m'avez dit que je pouvois me contenter de Bunau et de Hume pour l'histoire d'Allemagne et d'Angleterre ; mais pour celle de France et d'Italie, vous me conseillez de l'étudier dans les recueils de Dom Bouquet, et de Muratori. Je conviens qu'il est très-avantageux de puiser dans les sources, mais ces grands ouvrages me semblent plutôt une collection de matériaux pour celui qui veut écrire l'histoire que pour celui qui veut l'apprendre.

ARISTE.

Il n'est pas nécessaire de lire tout ce que vous trouverez rassemblé dans Dom Bouquet. Grégoire de Tours vous suffira depuis l'établissement du christianisme dans les Gaules au milieu du deuxième siècle jusqu'à l'an 573, époque à laquelle il écrivoit. Fredegaire et ses continuateurs fort inférieurs à Grégoire, vous conduisent jusqu'à l'an 768 où Charlemagne monta sur le trône. Nous avons la vie de ce prince par Eginhard, son secrétaire. Voilà pour les faits. Les codes de lois, les formules de Marculfe et les capitulaires vous feront connoître la législation. Je vous ai cité deux ou trois auteurs qu'il est à propos de lire pour connoître l'esprit de leur temps : il ne faut chercher dans les autres que quelques traits propres à donner une idée exacte des mœurs, des usages et des opinions.

La période suivante s'étend depuis Charlemagne jusqu'aux croisades. Ne vous fatiguez point à étudier les ennuyeuses chroniques composées par les moines. Après avoir lu la vie de Charlemagne par Eginhard, celle de Louis-le-Débonnaire par Thégan, cherchez des éclaircissemens sur la seconde race de nos rois dans les lettres d'Alcuin, dans celles d'Hincmar, dans les capitulaires, dans le recueil des ordonnances de nos rois, auquel sont jointes d'excellentes préfaces qui font bien connoître la marche de la législasion, enfin dans les Monumens de la monarchie françoise de Bernard de Montfaucon. Vous consulterez encore quelques pièces originales propres à éclaircir des faits importans, ou à faire connoître les mœurs. Tels sont le poëme d'Ermoldus Nigellus sur la vie de Louis-le-Débonnaire, les actes de la déposition du même prince, l'histoire du siège de Paris par les Normands, écrite en mauvais vers par Abbon qui étoit alors renfermé dans la ville. Je ne vous donne pas une liste plus étendue. En lisant les préfaces placées à la tête de la collection des historiens françois, vous jugerez facilement quels sont ceux auxquels vous devez vous arrêter: vous jugerez aussi du degré de confiance que méritent les auteurs, en voyant quel étoit leur état et à quel parti ils étoient attachés. Eginhard est évidemment trop favorable à Charlemagne, et l'histoire de Nithard annonce une extrême partialité en faveur de Charles-le-Chauve et contre Lothaire.

EUDOXE.

Faut-il attendre la fin de cette époque pour passer de l'histoire de France à celle des autres pays ?

ARISTE.

Non, à la fin du règne de Charles-le-Gros, qui, ayant un moment réuni tous les domaines de Charlemagne, fut déposé à Mayence, vous vous occuperez de l'histoire d'Angleterre : elle vous offrira un moment de repos au milieu du spectacle affreux de discorde et d'anarchie que présentoit alors le reste de l'Europe.

Après que l'heptarchie eût cessé et que les sept petits royaumes furent réunis sous un chef, un de ces hommes extraordinaires qui doivent être à jamais l'admiration du monde, fut le législateur de sa patrie. Alfred ne se borna point à être un héros qui repoussa les Danois : ayant affermi son trône, il établit dans son pays un gouvernement régulier, il institua les jurés, il encouragea les lettres, il fonda l'école d'Oxford ; il fut le créateur de la marine et du commerce, il fit même entreprendre des expéditions lointaines. Il mérite une attention particulière, et vous devez lire les mémoires de son règne donnés par Asser qui vivoit à sa cour. Après que les Danois ont de nouveau ravagé l'île, elle respire sous Edouard, prince qui donne à sa nation des lois étonnantes pour ce siècle, et continuellement reclamées dans les siècles suivans. Mais à sa mort, Guillaume fait la conquête de l'Angleterre, et son despotisme détruit tout espoir de prospérité. Il sait résister aux prétentions de la cour de Rome : mais la domination illégale de cette puissance étrangère eût produit moins de maux que le gouvernement féodal qu'il porta dans ses états ; elle eût opposé peut-être une barrière à sa cruauté. Il faut voir dans les auteurs contemporains, la vie de ce prince et celle de son fils.

L'histoire d'Allemagne devient extrêmement importante. L'empire a passé aux Allemands, et c'est à cette époque que commence leur droit public. Othon le Grand, par son génie et ses victoires, donne à sa nation le plus grand éclat. Élu par les Allemands, il étend son empire par des conquêtes, il abat l'autorité des seigneurs et soumet plusieurs fois tous les rebelles : il se rend maître de Rome, se fait couronner par le pape Jean XII, et si son despotisme est odieux aux grands, il le rend cher aux peuples qui sont moins opprimés par une foule de tyrans subalternes. Ici commencent les querelles des pontifes et des empereurs, et les premiers s'adjugent peu à peu le droit de disposer des trônes. Sur ces objets ce sont les auteurs allemands que vous devez consulter. Les François ont traité légèrement l'histoire d'Allemagne. Il faut aussi parcourir les décrets des conciles qui tantôt favorisent les papes, et tantôt leur sont opposés, et qui devenus les instrumens des diverses factions, ne se bornent plus à examiner ce qui est relatif aux dogmes et à la discipline intérieure de l'église.

A la fin de cette période, le trône pontifical fut occupé par un de ces génies entreprenans et courageux qui, par la supériorité de leurs lumières et par l'énergie de leur caractère, semblent nés pour dominer leur siècle et pour influer sur les siècles à venir. Grégoire VII forme les projets les plus vastes sans s'effrayer d'aucun obstacle : il ne tente que ce qui doit réussir dans le moment, mais il prépare pour la suite ce qui n'est pas encore possible ; il fait concourir à son but les ressorts les plus opposés ; il profite de tous les préjugés reçus, il règne sur l'opinion, il la dirige, et par elle il se rend maître des forces réelles de toute la chrétienté.

Ne jugez point ce pontife d'après les déclamations de ses partisans ou de ses ennemis, mais d'après le recueil de ses lettres, l'un des monumens les plus précieux pour l'histoire de ce siècle. Grégoire forma le projet des croisades, il entreprit la réforme du clergé et le rendit dépendant du pape, il s'adjugea le droit de disposer des trônes et de décider les contestations entre les souverains et les sujets ; enfin il laissa à ses successeurs des principes et des plans d'après lesquels ils auroient acquis la monarchie universelle, s'ils eussent été assez forts ou assez habiles pour prévenir les révoltes qui devoient naître des excès et de l'abus de leur autorité.

Au reste, ni les peuples, ni les souverains, ni les pontifes eux-mêmes ne voyoient combien ces maximes ambitieuses étoient opposées à l'esprit du christianisme, et cet aveuglement est un des caractères de ce siècle. Si Grégoire l'eût senti, il eût en même temps reconnu qu'une domination fondée sur l'illusion devoit nécessairement être renversée: il eût voulu que le chef de l'église se bornât à être un ministre de paix, à s'offrir comme un médiateur désintéressé dans les guerres entre les chrétiens, à régner par la persuasion, à être indistinctement le père de tous les fidèles, et cette puissance, consacrée par le respect, n'auroit peut-être jamais été attaquée.

L'Espagne vous présente dans cette période d'abord le plus haut degré de gloire et de puissance des Sarrazins, puis leur décadence, enfin le rétablissement des monarchies chrétiennes et la fondation d'un nouvel empire en Afrique.

EUDOXE.

Vous me rappelez les grands événemens qui signalent cette époque, mais il est important de déterminer à quel point il faut s'arrêter pour passer de l'histoire de France à celle des autres peuples. Vous m'avez indiqué la fin du règne de Charles-le-Gros pour passer à l'histoire d'Angleterre: il faut la suivre seulement jusqu'à la fin du règne d'Alfred. Celle d'Espagne sera de même étudiée sous Alphonse surnommé le Grand: celle d'Allemagne jusqu'à la fin du neuvième siècle, ou jusqu'au temps de Conrad et de Henri l'Oiseleur; mais il me semble qu'il faut, avant d'aller plus loin, revenir à la France. Quelles sont donc les subdivisions de l'époque dont nous nous occupons ?

ARISTE.

Votre réflexion est très-juste; et j'aurois dû commencer par vous marquer ces divisions. Je crois qu'en prenant pour guide l'histoire de France, on peut en établir trois, et les fixer à la fin du règne de Charles-le-Gros, à l'avénement de Hugues-Capet au trône, enfin au commencement du règne de Philippe I., qui vous conduit jusqu'à la nouvelle époque marquée par les croisades. C'est donc seulement après avoir lu l'histoire de Philippe I. que vous lirez celle de la conquête de l'Angleterre. Ces divisions prises de l'histoire de France me paroissent coïncider à peu près avec des changemens importans dans les autres contrées de l'Europe. Ainsi, pour l'Angleterre, le règne d'Alfred appartient à la première; celui d'Édouard l'ancien, les incursions des Danois et des Normands à la seconde; la conquête à la troisième. En Espagne, le plus haut point de gloire des Sarrazins est également de la première; la division de leur empire, la fondation de nouvelles monarchies en Afrique et leur affoiblissement par les armes des princes chrétiens est de la seconde; enfin leur décadence est de la troisième. Il vous est aisé de faire la même observation pour les autres états, et de juger quels sont les événemens assez importans pour le sort de l'humanité, pour que vous consultiez les écrivains contemporains et témoins des faits qu'ils racontent. Je reviens à quelques réflexions générales.

Cette période est la plus triste, la plus affligeante de l'histoire. Les Normands furent peut-être moins féroces, moins sanguinaires que n'avoient été les Huns, parce qu'ils se retiroient après avoir pillé et imposé des tributs; mais jamais l'homme ne fut plus dégradé, jamais la société ne fut dans un tel désordre. Alors s'établit le plus épouvantable système d'anarchie qu'on puisse imaginer. Le gouvernement féodal tel qu'il étoit à cette époque, mettoit les peuples dans une condition pire que celle des sauvages. Point de jurisprudence : la loi du plus fort est la seule suivie : le peuple est dépouillé de toute propriété, et chaque usurpateur est exposé à être la proie d'un usurpateur plus puissant : plus de lumières : le clergé lui-même est dans l'ignorance la plus profonde : la religion est défigurée par des superstitions absurdes : pour échapper aux vexations de tous genres, une foule d'hommes libres se font esclaves ; ils se donnent eux, leurs enfans et tous leurs biens, soit à des seigneurs, soit à un saint représenté par les moines qui desservent la chapelle qui lui est consacrée. Le clergé lui-même est souvent opprimé. On se perd dans le dédale de contradictions et d'absurdités qu'offre l'administration : l'autorité des rois est anéantie : celle des grands n'est établie que sur des usurpations ; et l'on retrouve à peine quelques idées du juste et de l'injuste. On ne peut concevoir que des peuples soient réduits à un tel avilissement.

Le tableau de cette période est la plus forte preuve des dangers de l'ignorance. Les maux produits par les vices du gouvernement, par l'anéantissement du commerce, par les dissensions, par l'abandon de l'agriculture et des arts mécaniques, influent sur la santé, sur les moyens de subsistance, et conséquemment sur la population. Les pestes, les famines sont des fléaux aujourd'hui fort rares : ces fléaux se renouveloient tous les cinq ou six ans, et ces famines étoient cent fois plus affreuses et plus destructives que celles qu'on a vues quelquefois dans les temps modernes. Les relations qu'en ont donné les auteurs contemporains, présentent des détails incroyables : mais quelqu'exagération qu'on suppose dans le récit des faits, ils montrent toujours un état qui ne peut plus se renouveler aujourd'hui. Au reste cette période a cela d'instructif, que dans sa durée elle offre le commencement de ces malheurs, leur excès, et le retour vers un meilleur ordre. La France fut florissante sous Charlemagne : Louis-le-Débonnaire commença son règne sous d'heureux auspices; s'il eût eu le génie de son père, il eût pu faire de grandes choses : les premières lois qu'il donna, furent très-sages, et tendoient à réparer des fautes que Charlemagne avoit commises : mais il fut trop foible pour conserver son autorité. Après lui il ne resta plus aux souverains aucun moyen de faire le bien. Le changement de dynastie, qui prépara de nouvelles destinées à la France, ne produisit immédiatement aucune amélioration dans son sort. Ce fut seulement au douzième siècle que Louis-le-Gros fit luire pour les peuples accablés une aurore de liberté. Cependant dès le milieu du siècle précédent une certaine tendance vers le bien, une sorte d'agitation dans les esprits, prouvent que si l'on ne distingue pas encore la route qu'il faut suivre, on sent du moins la nécessité de sortir de l'état dans lequel on se trouve. Quelques idées nouvelles s'introduisent ; on fait dans les arts plusieurs acquisitions, dont les plus importantes sont l'introduction des chiffres indiens et celle du papier de coton, l'une et l'autre dues aux Arabes ; on forme des institutions qui apportent quelques remèdes aux malheurs publics ; on voit s'anéantir divers usages qui étoient l'opprobre de l'humanité. C'est sur ces objets que vous fixerez votre attention, et que vous vous proposerez diverses questions que vous tâcherez de résoudre, soit en rapprochant les faits que vous aurez lus dans les historiens originaux, soit en consultant quelques dissertations où sont rapportés plusieurs faits qui pourroient vous avoir échappé. Les principaux de ces objets sont, l'origine de la noblesse, telle qu'elle a existé depuis la troisième race des rois de France, l'institution de la chevalerie, et l'abolition de l'esclavage domestique.

EUDOXE.

La première de ces questions est un problème intéressant, et sur lequel les auteurs modernes ne sont pas d'accord. J'ai vu du moins que l'abbé du Bos, le président Hainaut, Montesquieu et Mably n'adoptent pas le même système.

ARISTE.

Pour résoudre cette question il faut d'abord vous expliquer à vous-même ce que vous entendez par noblesse. Dans toute société éclairée où l'on recueille et transmet la relation des évènemens, où le droit de succession est établi, il est naturel que les enfans gardent le souvenir des services rendus par leurs ancêtres, de la considération dont ils ont joui, des places qu'ils ont occupées dans l'état, et même de la fortune qu'ils ont possédée; il est naturel encore que les hommes aient des égards et de la considération pour celui qui est né dans une famille distinguée, qu'ils reconnoissent dans les enfans les services rendus par les pères. Mais de cette manière la noblesse ne forme point un ordre distinct, elle ne donne aucun privilège, elle n'établit aucune distinction aux yeux des lois; elle ne tient son lustre que de l'opinion, et n'est pas humiliante pour les autres ordres de l'état. La noblesse, telle qu'elle existe dans les gouvernemens modernes, consiste en ce que les hommes, indépendamment de toute qualité personnelle, succèdent aux droits que leurs ancêtres avoient à des places ou à des privilèges, comme ils succèdent à leurs biens; en ce que leur naissance les destine à commander, comme les autres à obéir. C'est en considérant la chose ainsi qu'on peut chercher quand et comment la noblesse a commencé dans les états formés en

Europe après l'invasion des barbares ; comment on a suppléé dans la suite à celle que donnoit la naissance, en faisant entrer dans le corps formé de celle-ci des hommes qui recevoient le titre de nobles, et jouissoient des prérogatives de la noblesse, soit par des lettres du prince, soit par la possession des fiefs, soit parce qu'ils avoient été créés chevaliers. Ne vous en rapportez là dessus à aucun des auteurs modernes, mais rendez-vous compte de ce que les historiens vous auront appris. Je crois que le résultat de vos recherches vous ramènera à une opinion mitoyenne, avancée d'abord par M. de Valois, et étayée de beaucoup de preuves dans un ouvrage moderne [1], c'est que jusqu'à la féodalité la noblesse fut parmi nous une classe distinguée dans l'estime générale, mais sans tenir aucun rang dans l'ordre politique ; et que la loi n'établissant aucune distinction entre les ingénus et les nobles, tous pouvoient également parvenir aux places. Je vous ferai observer encore que la noblesse héréditaire, telle que nous la concevons, suppose que chaque famille est distinguée des autres,

[1] De l'état civil des personnes, et de la condition des terres dans les Gaules, dès les temps celtiques jusqu'à la rédaction des coutumes (par M. Perreciot) 2 vol. in-4°., 1784.

que chaque individu tire son lustre de celle à laquelle il appartient, et qu'il existe entre elles une sorte de hiérarchie établie sur l'ancienneté : or, toutes ces conditions ne purent avoir lieu qu'après l'institution des noms de famille ou patronymiques, et vous savez que ces noms ne commencèrent d'être en usage que du temps des croisades.

EUDOXE.

Je présume que pour connoître l'institution, les privilèges, l'esprit et l'utilité de l'ancienne chevalerie, on peut s'en rapporter aux mémoires de M. de Sainte-Palaye.

ARISTE.

Tout ce qui est relatif à la chevalerie, est en effet traité à fond dans les savantes dissertations de cet auteur. Vous les avez déjà lues sans doute ; mais vous les relirez avec plus d'intérêt, lorsque l'histoire des siècles que nous venons de considérer vous sera mieux connue. Si l'on s'en rapportoit uniquement à ces mémoires, ils donneroient une idée trop favorable du temps où la chevalerie étoit en honneur.

EUDOXE.

Il me paroît que la chevalerie répand seule de l'éclat sur l'histoire du moyen âge. Elle supplée à l'insuffisance des lois, et au défaut de lumières.

Ce mélange de dévotion, de valeur et de galanterie intéresse le cœur et frappe l'imagination. En voyant la bonne foi, le dévouement, et les exploits merveilleux des chevaliers, on se croit transporté aux temps héroïques.

ARISTE.

Les exploits des chevaliers, la hardiesse de leurs entreprises, la considération dont ils étoient environnés, leur ardeur à rechercher les aventures, leur force physique, leur intrépidité morale, la protection qu'ils offroient aux foibles, la fraternité d'armes, la croyance aux fées et aux enchanteurs, qui souvent ajoutoit des obstacles imaginaires aux obstacles réels qu'ils avoient à combattre; tout céla rappelle en effet les temps héroïques, et ne pouvoit naître, selon l'excellente observation de M. Heeren [1], que dans un état de société intermédiaire entre la barbarie et la civilisation. Mais l'amour, la religion et le préjugé sublime de l'honneur donnèrent à la chevalerie une force particulière dont on n'avoit jamais vu d'exemple. Elle fut le produit des circonstances et de l'esprit national, et non une imitation de ce qui avoit été jadis. Elle s'appuya sur les opinions régnantes, mais en conservant

[1] Essai sur les Croisades, p. 116.

un caractère original. Aussi son influence se fit-elle sentir dans les mœurs et les opinions, long-temps après que l'empire qu'elle exerçoit eût été remplacé par un gouvernement régulier. Une foule d'institutions, d'usages et de préjugés répandus en Europe au dix-huitième siècle, ont leur source dans l'ancienne chevalerie : et c'est une raison de plus d'approfondir l'histoire de sa naissance et de ses progrès.

EUDOXE.

Vous m'avez encore parlé de l'extinction de l'esclavage domestique. Il me paroît qu'il dut s'abolir insensiblement dans les pays soumis à la domination des empereurs chrétiens, et qu'après la conquête de l'Europe par les barbares, il ne dut plus exister comme jadis chez les Romains. Les Francs, les Germains et les autres peuples qui inondèrent l'Europe avoient très-peu d'esclaves domestiques. Dans les pays qu'ils conquirent, ils s'emparèrent des terres et chargèrent les anciens propriétaires de les cultiver à leur profit, donnant ou vendant à la fois la terre et ceux qui la faisoient valoir. Ainsi, à l'esclavage domestique succéda celui de la glèbe, moins humiliant sans doute, mais qui cependant réduisoit le peuple à une absolue nullité. Les hommes n'étoient plus vendus individuellement à l'encan, mais ils n'en étoient pas moins une possession des seigneurs; ils faisoient partie de sa propriété ; ils ne pouvoient ni changer de lieu, ni se marier sans la permission du seigneur auquel ils appartenoient : ils n'avoient aucune espérance de sortir de cet état. A Rome, et dans la Grèce, les esclaves devenoient quelquefois des hommes distingués ; on leur donnoit une éducation qui développoit leurs talens, ils étoient souvent les instituteurs des fils de leurs maîtres. Esope, Epictète, Phèdre, Térence avoient été esclaves : mais les serfs formoient une race abrutie, comme les hilotes à Lacédémone.

ARISTE.

Si les serfs étoient dans une condition pire à certains égards que celle des esclaves chez les anciens, cela tenoit à l'état de barbarie dans lequel l'Europe étoit plongée. Le progrès des lumières, le changement de la législation, la naissance du commerce pouvoient seuls détruire ce genre de servitude. Quant à l'esclavage domestique, la religion chrétienne l'adoucit beaucoup, en faisant participer les esclaves aux mystères, en mettant leur affranchissement au nombre des actions méritoires : mais son extinction n'eut lieu qu'au onzième siècle, et par des circonstances particulières. Avant cette époque, les esclaves étoient vendus à l'encan, et leur prix étoit fixé par les lois dans le cas où il n'étoit pas la suite d'un marché. On les regardoit tellement comme des bêtes de somme que la loi des Allemands, en fixant le prix pour le meurtre d'un esclave, dit : « On payera au maître 12 « sols pour le capital, ou bien on lui rendra « un autre esclave dont la taille soit de 13 « palmes et un pouce, et on donnera 3 sols en « sus, ce qui fait 15 sols ». Ailleurs, le prix des esclaves est comparé à celui des chevaux. Les formes qu'on observoit dans la vente, sont rapportées par Marculfe.

EUDOXE.

Comment donc s'éteignit ce genre de servitude ?

ARISTE.

Un auteur que je vous ai cité en parlant de la noblesse, et qui me semble avoir fait de profondes recherches sur l'état civil des personnes pendant le moyen âge, attribue l'extinction de l'esclavage domestique aux pestes et aux famines qui dévastèrent la France pendant les dixième et onzième siècles : il observe que dès la première année de l'épouvantable famine de 1031, 1032, et 1033, qui selon les auteurs contemporains fit périr la plus grande partie du genre humain, *maximàm humani generis delevit partem*, les esclaves baissèrent prodigieusement de prix, et que dès la fin du siècle il n'y en avoit presque plus; parce que les maîtres avoient trouvé plus avantageux de leur donner la liberté que de les nourrir dans un temps où les subsistances étoient si rares et si chères. Ainsi, dit cet auteur, tandis que deux fléaux redoutables affligeoient la France et dévoroient ses habitans, ils servoient l'humanité en détruisant l'esclavage. Lorsque ces temps désastreux furent écoulés et que l'abondance eût reparu, on préféra des serviteurs à gages qu'on pouvoit choisir et congédier, à des esclaves qu'on achetoit fort cher, qu'il falloit nourrir dans les temps de disette, et lorsque la vieillesse ou les infirmités les rendoient inutiles.

Ce qui est relatif aux différens genres de servitude et au sort des esclaves, doit fixer votre attention soit dans l'histoire ancienne, soit dans celle du moyen âge. Les esclaves ou les serfs formoient la partie la plus nombreuse de la société: réduits à la misère, privés de jouissances, sans moyens d'instruction, sans patrie, sans droits politiques, à peine protégés par les lois, c'étoient eux cependant qui par leur industrie et leur travail faisoient vivre toute la nation. L'insouciance des historiens qui, loin de s'occuper d'eux, paroissent souvent oublier leur existence, est une raison de plus de recueillir ce qui peut nous éclairer sur leur condition et sur leur caractère. Cet examen offre un tableau affligeant, mais il nous montre combien le sort du genre humain s'est amélioré depuis le douzième siècle; il nous apprend encore que l'usage, l'opinion et l'intérêt personnel peuvent aveugler les hommes à tel point qu'ils ne soient pas blessés des choses les plus révoltantes pour la raison et l'humanité: et cette leçon est la plus utile qui puisse résulter de l'étude de l'histoire.

Le savant Pottgiesser a rassemblé dans son traité *de statu servorum*, tout ce que les lois des divers peuples ont statué sur les esclaves. C'est au moment où nous sommes arrivés que vous lirez cet excellent ouvrage.

EUDOXE.

Après m'être occupé des problèmes historiques dont vous pensez que l'examen appartient à cette époque, je dois me faire une idée de l'état des sciences et des lettres: quels sont les auteurs dont vous me conseillez la lecture ? Ils sont sans doute bien peu nombreux.

ARISTE.

Je n'en connois aucun, excepté en Espagne. Les historiens auront suffi pour vous faire connoître l'esprit du temps et la dégradation du style et du goût. Parmi ces historiens il en est cependant un qui mérite d'être distingué, et qui même est étonnant, si on le compare aux autres écrivains du dixième siècle. C'est Luitprand : il appartient à l'Italie qui, comme je vous l'ai dit, fut toujours le pays de l'Europe où l'on conserva le plus de lumières, et il avoit été ambassadeur de Bérenger II auprès de Constantin-Porphyrogénète. Nous lui devons une histoire de son temps que vous lirez avec intérêt : il a de l'énergie dans le style, de la profondeur dans les pensées, de la variété dans les récits, et il peint bien les mœurs de son siècle. Les poëmes composés alors sont des productions barbares. C'est seulement à la fin de cette période, et au commencement de la suivante, que parurent quelques hommes d'un esprit supérieur, dont j'aurai bientôt occasion de vous parler et dont quelques-uns pourront être lus en ce moment. Mais il est essentiel d'examiner l'état de la littérature et des sciences chez les Arabes. Pendant les huitième, neuvième et dixième siècles, ils se livrèrent à l'agriculture, à la médecine, à l'histoire naturelle, à l'astronomie et à la philosophie. Ils ne créèrent rien, mais ils conservèrent, ils traduisirent, ils commentèrent les ouvrages des anciens; et l'on trouve parmi eux quelques auteurs qu'il est à propos de parcourir. Les écoles qu'ils fondèrent à Séville et à Cordoue, furent très-célèbres. Leur doctrine leur venoit des Arabes établis à Bagdad, et ils la répandirent en Europe. Le plus beau monument de leur littérature est le roman philosophique d'Abubekre, intitulé: *Hai-Ebne-Jocdan*; l'idée en est très-ingénieuse et très-originale : elle est à peu près la même que celle de Condillac dans son Traité des sensations, de Buffon, dans son hypothèse sur la naissance de l'homme. Mais l'imagination ardente et les idées mystiques de l'auteur l'empêchèrent d'expliquer d'une manière aussi philosophique que son plan sembloit l'annoncer, l'origine et la génération des idées. Ce furent encore les Arabes qui donnèrent à l'architecture un nouveau caractère, très-inférieur sans doute à celui de l'architecture grecque pour la simplicité et pour la justesse des proportions, mais admirable pour la hardiesse, l'élégance et le fini du travail. Il faut suivre les révolutions et les progrès de cet art en comparant les édifices bâtis en Europe avant et après leur arrivée. Il paroît que c'est dans l'Inde que les Arabes avoient pris l'idée de ce genre d'architecture.

C'est dans le cours de cette période qu'il faut placer la naissance de la philosophie scholastique. Malgré les troubles qui agitoient l'Europe, les écoles fondées en France par Charlemagne, en Angleterre par Alfred, continuèrent d'être suivies par un grand nombre d'étudians, qui souvent dispersés, revenoient dans des momens de calme. A la fin de cette période, commença la dispute des Réalistes et des Nominaux : question importante agitée d'abord en Angleterre par Rousselin, et qui se lie d'un côté à la philosophie de Platon, d'Aristote et de Zénon, et de l'autre, à celle de Locke et de Condillac. Il est essentiel de vous rendre compte des argumens subtils par lesquels les deux partis soutenoient leur système. Cette question eût été facilement éclaircie, si on eût mieux raisonné; mais la dialectique du temps s'embarrassoit dans un labyrinthe de distinctions; et les opinions théologiques se mêloient à tout; les disputes qui rouloient sur des questions inintelligibles étoient des affaires importantes: elles donnèrent un ébranlement aux esprits. Quoiqu'on n'eût aucune idée de la physique, du droit public, de la morale, des sciences exactes; quoique la langue latine fût corrompue et la langue vulgaire un jargon barbare, il y eut cependant à la fin de cette période et au commencement de la suivante, quelques hommes qui mirent dans leurs écrits de l'imagination, de la chaleur et même de l'élégance. Leur malheur fut d'avoir adopté une logique qui ne mène à rien, de s'être exercés sur des objets frivoles. Tels furent S. Bernard, l'esprit le plus élevé et le plus brillant de son siècle, et le célèbre Abailard dont il faut lire la vie écrite par lui-même. Les lettres d'Héloïse sont un monument très-curieux: elles nous apprennent que dans tous les siècles une imagination brillante, une ame profondément sensible, une passion vive, peuvent produire des chefs-d'œuvres d'éloquence qu'on ne surpasseroit pas dans les temps où le goût est le plus formé par l'étude des modèles.

En terminant cette époque qui finit avec le onzième siècle, il faut examiner quelles furent les causes premières des croisades, et dans quelle disposition se trouvoient alors les esprits. Nous avons dit que toutes les lumières étoient éteintes en Occident. Cependant on y conservoit un goût très-vif pour la théologie : le peuple n'avoit pas une religion éclairée, mais les idées religieuses étoient les seules qui eussent de l'empire sur son imagination. Il n'y avoit ni dans le gouvernement ni dans les mœurs aucun principe fixe : la religion présentoit seule des usages antiques et toujours les mêmes ; elle passoit des pères aux enfans et se mêloit à toutes les actions de la vie ; et par cette raison, elle exerçoit une domination plus puissante. D'un autre côté, les malheurs qu'on éprouvoit chez soi, causoient une sorte d'inquiétude qui disposoit à s'expatrier, à chercher une autre destinée dans des expéditions lointaines. Les contrées de l'Orient étoient dépeintes comme un séjour de félicité, auquel les chrétiens avoient un droit incontestable. Dans un temps où la crédulité voyoit partout des miracles, où les épreuves et le combat singulier étoient un moyen de décider les procès, parce qu'on étoit persuadé que Dieu interrompoit sans cesse l'ordre de la nature pour soutenir la cause de la justice, le succès d'une guerre entreprise pour conquérir les lieux saints sur des usurpateurs infidèles, paroissoit assuré ; et l'étendard de la croix garantissoit la victoire.

EUDOXE.

Les croisades me paroissent l'événement le plus extraordinaire de l'histoire. Cette espèce de frénésie qui, saisissant l'Europe, détermine les seigneurs à renoncer au gouvernement de leurs états, pour aller chercher au loin des aventures, des dangers, des conquêtes inutiles; cet enthousiasme qui conduit les peuples à la suite de leurs chefs; ces opinions opposées à l'esprit du christianisme qui font regarder une guerre injuste comme l'œuvre la plus méritoire; ces petites causes qui bouleversent l'Europe et l'Asie; cette influence de quelques pélerins et de quelques moines dont les discours, entendus d'un petit nombre, produisent une exaltation qui se communique aux autres et s'accroît à mesure qu'elle s'étend; ce mélange de débauche, de cruauté, de superstition avec une valeur héroïque, avec une piété qui porte à ne compter pour rien les biens de la terre; cet oubli momentané des querelles et des dissensions intérieures; cette imprévoyance des chefs qui conduisent des armées innombrables sans avoir calculé le moyen de les faire subsister pendant un long voyage : tout cela présente un spectacle auquel on ne peut rien comparer dans les annales du genre humain.

ARISTE.

Je suis de votre avis, et c'est pourquoi je vous engage à vous tracer un tableau de l'Europe, et des dispositions dans lesquelles se trouvoient les esprits à la fin du onzième siècle. Mais il ne faut pas seulement considérer les croisades dans la petitesse et l'absurdité des causes et des prétextes; il faut voir les effets qu'elles produisirent. Si ces entreprises extravagantes entraînèrent des malheurs que tout homme sage auroit dû prévoir, et qui le furent en effet par le ministre Suger, elles eurent d'un autre côté les suites les plus heureuses et les plus opposées à celles que les chefs en attendoient. Le gouvernement féodal perdit de sa force; les rois devinrent plus puissans; la liberté des communes fut préparée; les croisés rapportèrent de l'Orient une foule de connoissances; le commerce prit une nouvelle direction, et de nouveaux liens s'établirent entre les peuples. C'est ce que vous examinerez à la fin de l'époque dans laquelle nous entrons, en comparant l'état de l'Enrope à la fin du treizième siècle à celui où elle se trouvoit à la fin du onzième. Mais voyons comment vous devez vous instruire des événemens de cette période. Lisez d'abord les lettres de S. Bernard, d'Hildebert et de Suger, et les ordonnances des rois de France, pour voir quelle étoit l'administration de ce royaume, et quelles opinions étoient le plus généralement répandues. Le projet des croisades avoit été formé depuis un siècle, mais les querelles des pontifes et des empereurs, les expéditions des Normands, et la conquête de l'Angleterre par Guillaume, avoient détourné l'attention. Tous les historiens vous apprendront par quelles circonstances ce fanatisme fut réveillé tout à coup, et comment se fit tumultuairement cette levée d'hommes si nombreuse que, selon l'expression d'Anne Comnène, il sembloit que l'Europe arrachée de ses fondemens, allât se précipiter sur l'Asie.

La conduite des croisés en Orient vous est déjà connue en partie par l'histoire byzantine. Plusieurs auteurs françois, italiens, anglois, vous la peindront d'une manière différente.

EUDOXE.

N'avons-nous pas aussi quelques relations données par des Arabes? Il seroit curieux de comparer leur témoignage à celui de leurs ennemis.

ARISTE.

Les auteurs arabes conservés dans les bibliothéques n'ont point encore été traduits. Depuis long-temps on nous en promet des extraits : en attendant il faut vous contenter des écrivains latins. Les ouvrages des contemporains ont été rassemblés en deux volumes in-folio, sous le titre de *Gesta dei per Francos.* Ce recueil est composé d'une vingtaine d'historiens : vous n'avez pas besoin de le lire en entier. Il faut choisir ceux qui ont été témoins des évènemens qu'ils racontent. Les principaux sont le moine Robert, qui partit pour la première croisade, après avoir assisté au concile de Clermont où elle fut décidée, et qui, ayant participé aux premiers succès, fut fait prisonnier à Antioche, lorsque les Musulmans reprirent cette ville en 1119. Guillaume de Tyr, écrivain distingué pour ce siècle, employé dans plusieurs négociations en Italie, et ambassadeur auprès de l'empereur de Constantinople. Vous pouvez laisser la partie de son histoire antérieure au temps où il vivoit, et ne la lire que depuis 1135 jusqu'à 1183. Jacques de Vitry traite à la fois des affaires d'Occident et de celles d'Orient. Après avoir prêché la croisade contre les Albigeois, il alla lui-même en Palestine : il raconte tout ce qui s'étoit passé dans l'armée des croisés depuis le concile de Latran jusqu'à la prise de Damiette : il a un mérite fort rare dans son temps, celui de peindre l'état politique, civil et domestique des pays dont il parle : il s'indigne contre les mœurs de son siècle, particulièrement contre celles du clergé d'Occident, des moines et de la plupart des croisés. Les traits qu'il rapporte prouvent que la plus horrible débauche s'allioit à la superstition, et que plusieurs de ceux qui faisoient le voyage de la terre sainte n'y étoient point conduits par des motifs de piété. Son histoire remonte à Mahomet, et finit à la prise de Damiette : on ne doit le consulter que pour les évènemens de son temps. Il donne quelques notions sur les Tartares, et il a pu être d'autant mieux instruit qu'il savoit le grec et l'arabe.

La relation d'un Anglois qui écrivoit au milieu du tumulte des armes, est encore fort intéressante. Enfin le recueil contient plusieurs lettres originales, et il est terminé par un ouvrage extrêmement curieux. C'est celui qui a pour titre *Liber fidelium crucis.* L'auteur est le Vénitien Sanuto, surnommé Torselli. Dans cet ouvrage, présenté au pape et à plusieurs princes, en 1321, Torselli montre d'abord les causes du peu de succès des croisades ; il indique ensuite le moyen de réparer les fautes qu'on a commises, de conquérir les lieux saints, et de convertir ou détruire les infidèles. Il entre dans les plus grands détails sur la route qu'il faut suivre, sur les frais de l'expédition, sur la manière d'armer les soldats, sur ce qu'il en coûtera pour leur nourriture, sur le nombre, la nature et l'armement des vaisseaux nécessaires; il veut qu'on affoiblisse la puissance du soudan d'Égypte, en défendant, sous les peines les plus sévères, d'acheter aucune marchandise venant des infidèles, et en faisant publier ces ordonnances dans toute la chrétienté. Torselli avoit fait cinq fois le voyage de la Palestine. Il a joint à son ouvrage des cartes géographiques très-curieuses en ce qu'elles montrent quelle idée on avoit alors de la figure de la terre.

L'histoire de S. Louis, écrite avec une extrême simplicité par Joinville, est le tableau le plus naïf des mœurs et de l'esprit du temps. On prend intérêt aux moindres détails sur ce prince, qui réunit à la piété d'un solitaire les qualités brillantes d'un héros, et le génie vaste d'un législateur. Ses fautes furent la suite des préjugés de son siècle, préjugés auxquels les hommes éclairés étoient encore plus attachés que le peuple: elles l'entraînèrent dans le malheur: mais aucun prince ne fut plus admirable par l'élévation de l'ame, l'amour de la justice, et la fermeté du caractère. En consultant les ordonnances par lesquelles il réforma les abus, et affermit l'autorité royale contre les usurpations des seigneurs et les prétentions des papes, vous ne négligerez pas de remarquer avec quelle prudence il attaqua les choses qu'il désapprouvoit le plus.

Il est à propos de joindre à l'étude des auteurs contemporains la lecture de quelques dissertations sur le commerce du Levant et de l'Inde, avant et après les croisades. Telle est celle de M. de Guignes, insérée dans le tome 37 de l'Académie des inscriptions. Comme les Vénitiens, qui étoient les principaux facteurs du commerce de l'Orient, fournirent les vaisseaux de transport pour les croisades, et qu'ils surent profiter de ces expéditions pour augmenter leurs richesses et leur puissance, c'est en ce moment que vous devez examiner les causes de leur prospérité, le rôle qu'ils jouèrent, leur politique habile, et l'influence qu'ils eurent. Vous consulterez pour cela l'histoire civile et politique du commerce de Venise, de M. Marin, ouvrage rempli de recherches, et où sont rassemblés une multitude de titres originaux.

C'est dans le cours de la période dont nous nous occupons, que la puissance établie par Grégoire VII, s'élève au plus haut degré. Les papes surveillent et dirigent l'administration de tous les états chrétiens; ils créent le tribunal de l'inquisition, ils commandent la guerre ou la paix, ils disposent des couronnes, et proclament hautement que toute autorité doit être soumise à la leur. Les peuples regardent leurs décrets comme émanés du ciel, et plusieurs souverains se reconnoissent leurs vassaux. Ils eussent infailliblement été les seuls maîtres de l'Europe, si le trône pontifical eût été occupé sans interruption par des hommes tels que Grégoire VII et Innocent III. Il faut avoir recours aux pièces originales pour connoître leurs prétentions, et les moyens qu'ils employoient. Le recueil de Gratien, composé au milieu du douzième siècle, recueil qui fut la base du droit canon, et la collection des actes des conciles du P. Labbe, où sont rassemblées plusieurs lettres des papes, vous instruiront mieux que toutes les déclamations des historiens. Cependant les querelles scandaleuses des pontifes et des empereurs, quoiqu'elles aient long-temps agité l'Allemagne et l'Italie, furent la cause d'une amélioration réelle dans le sort de l'humanité : plusieurs villes d'Italie s'étant, à la faveur des troubles, affranchies de la domination de l'Empire, se constituèrent en républiques; et quoique ces républiques se fissent la guerre, elles furent la première origine de la liberté. Bientôt après Louis-le-Gros favorisa en France l'établissement des communes, Henri V fit la même chose en Allemagne, et la plupart des souverains suivirent cet exemple. La liberté procurée aux habitans des villes passa bientôt à ceux des campagnes, par la voie des affranchissemens, et la servitude disparut peu à peu en France, en Allemagne, en Angleterre, etc.

Cet établissement des communes étant l'évènement qui a le plus influé sur le sort de l'humanité, et qui dans le cours de cette période a changé l'état de l'Europe, il est important d'en examiner toutes les circonstances. Vous rechercherez d'abord ce qui constituoit le droit de commune; quelles raisons engageoient les habitans des villes à le demander, quelles raisons déterminèrent les seigneurs laïques ou ecclésiastiques à l'accorder, quoiqu'il mît un obstacle à leur tyrannie; comment les habitans purent, malgré l'oppression sous laquelle ils gémissoient et les taxes arbitraires auxquelles ils étoient soumis, se procurer les sommes nécessaires pour acheter leur liberté; enfin comment ils réussirent, tantôt par une confédération tumultuaire et par la force, tantôt par la protection du seigneur suzerain, à revendiquer des droits imprescriptibles [1]. Guibert, abbé de Nogent, qui écrivoit au commencement du douzième siècle, nous a transmis l'histoire de l'établissement de la commune de Laon, dont il avoit été témoin [2], et cet écrit qui nous montre quelles vexations forcèrent les habitans de Laon à se soulever, et quels obstacles ils eurent à vaincre, est d'autant plus curieux, que Guibert aveuglé par les préjugés tyranniques de sa classe, regardoit les communes comme une chose détestable, comme une atteinte aux droits des seigneurs.

L'établissement des droits de bourgeoisie, qu'il ne faut pas confondre avec les communes, comme l'ont fait plusieurs auteurs, en fut une suite naturelle. Ce droit qui s'accordoit à des individus, mais dont ils ne pouvoient jouir qu'en établissant leur domicile dans une ville ou un bourg, donna naissance à l'industrie et au commerce, fit bâtir des villes qui furent des lieux d'asile, établit l'équilibre entre le nombre des consommateurs et celui des cultivateurs, et constitua dans l'état un nouvel ordre de sujets

[1] Voy. Brequigny, pref. des ord. T. XI.

[2] Guibert de vita sua, lib. 3.

intermédiaires entre les vilains et les seigneurs de fiefs; et cette classe qui s'accrut prodigieusement en peu de temps, augmenta la puissance royale, et fut une des principales causes de l'état florissant auquel parvint la monarchie [1].

Cette période n'est pas moins remarquable en ce qu'elle est celle de la législation et de la jurisprudence dans toute l'Europe; celle où les droits des hommes commencèrent à être comptés pour quelque chose; où les preuves par le combat, par le fer chaud, par l'eau bouillante, par le serment d'un certain nombre de personnes furent insensiblement supprimées, et firent place à une procédure légale. Un nouvel ordre, celui des gens de loi, s'établit dans l'état, et mit des bornes aux vexations des seigneurs. Le code Justinien fut apporté en France; les ordonnances de S. Louis restreignirent les guerres privées; elles établirent dans ses domaines un ordre qui paroît admirable, si on le compare à l'anarchie des temps antérieurs: c'est de son règne que date la jurisprudence françoise. La grande charte donnée par le roi Jean en 1215, est l'origine de la constitution de l'Angleterre: il faut voir ce qui est relatif à ce grand évènement, dans la collection des actes de Rymer.

[1] Voy. Brequigny, pref. des ord. T. XII.

La multiplication des ordres monastiques, et surtout l'établissement des ordres mendians donnent au pape une nouvelle milice et produisent de grands changemens dans les empires : il est essentiel d'observer combien fut différent l'esprit des moines mendians qui s'établirent alors, de celui des religieux soumis à la règle de S. Benoît qui existoient depuis le sixieme siècle, et de celui des moines d'Orient fondés par S. Basile. Ces derniers étoient des hommes retirés qui, dans leur cloître, disputoient sur des opinions mystiques, et qui, lorsqu'ils étoient appelés à la cour, portoient dans le gouvernement cet esprit de mysticité. Les religieux de S. Benoît eurent en France une grande puissance : c'étoit chez eux que se trouvoit réuni tout ce qui restoit de lumières, et leurs monastères étoient un asile pour les princes et les seigneurs dans les temps de trouble : possesseurs de grands biens, ils avoient intérêt à conserver un gouvernement régulier. Les moines mendians indifférens aux intérêts de leur patrie, soumis à une puissance étrangère, et ne pouvant établir leur domination que sur l'ignorance et les préjugés, eurent une influence toute différente, et devinrent de vastes corporations qui dirigeoient l'esprit de leur siècle.

EUDOXE.

Le grand nombre de moines dans tous les états de l'Europe pendant le moyen âge, montre combien la superstition avoit d'empire. Si les gouvernemens eussent été plus éclairés ou moins foibles, ils se seroient opposés à leur multiplication.

ARISTE.

Ce n'étoit point l'esprit religieux qui peuploit les monastères ; c'étoit le desir d'échapper aux vexations les plus humiliantes et les plus tyranniques. Le nombre des moines est toujours d'autant plus grand que les citoyens sont plus opprimés. Lorsque les hommes se vouent au célibat, c'est qu'ils sont incertains de pouvoir faire subsister une famille ; lorsqu'ils se soumettent à l'esclavage du cloître, c'est qu'ils le jugent moins dur que celui sous lequel ils gémiroient dans la société ; lorsqu'ils veulent être membres d'un corps auquel ils se dévouent et duquel ils reçoivent tout, c'est parce qu'ils ne sont pas sûrs de jouir en paix de leurs propriétés et d'acquérir par leur travail et leurs talens une considération personnelle. Dans un pays libre et sous un gouvernement sage, il n'y aura jamais que peu de moines ; et il ne sera pas nécessaire de mettre obstacle aux associations de ce genre : le petit nombre de ceux qui se réuniront pour les former seront alors déterminés par des motifs religieux et non par des vues d'ambition, et ils seront obligés de se rendre utiles pour avoir part à la considération dont jouissent les autres classes de la société. La superstition fut sans doute l'instrument dont se servirent les moines pour exercer leur puissance : mais cette puissance avoit une autre cause. Elle étoit due à ce que les ordres monastiques étoient dirigés par une règle invariable, à ce qu'ils suivoient toujours le même système et tendoient constamment au même but, tandis que le gouvernement civil étoit incertain et vacillant dans ses principes et dans sa marche.

Revenons à notre sujet. Il faut marquer deux divisions dans la période des croisades pour examiner le rapport qui existoit entre les divers états. Vous fixerez la première au commencement du règne de Philippe-Auguste, la seconde au commencement de celui de S. Louis. C'est à l'époque où Philippe-le-Bel monte sur le trône et où les croisés vont pour jamais être chassés de Syrie, que vous vous arrêterez, soit pour faire un résumé de ce que vous aurez lu, et pour vous rendre compte du gouvernement et des usages ; soit pour prendre une idée de l'état des sciences et des arts.

Comme le gouvernement féodal a perdu de sa force par l'habileté de plusieurs des successeurs de Hugues-Capet, par l'établissement des communes et des bourgeoisies, et par les croisades, c'est en ce moment que vous devez recueillir les renseignemens propres à vous faire connoître son origine et sa constitution. Ce gouvernement sembloit destiné à établir des rapports de protection et de service entre les puissans et les foibles : il devint oppresseur parce que le pouvoir que rien ne balance franchit insensiblement toutes bornes, et que chaque seigneur étoit persuadé qu'il étoit propriétaire de ses vassaux comme il l'étoit du territoire [1] ; il s'opposoit à la civilisation parce que la puissance publique morcelée en une foule de mains ne pouvoit agir de concert, et n'étoit employée qu'à soutenir des prétentions particulières. Il formoit cependant un système bien combiné, et cette gradation de pouvoirs établie dans tous les états de l'Europe est un spectacle digne d'attention. On y voit d'ailleurs la source d'une foule de lois et d'usages qui ont été en vigueur

[1] Brequigny, pref. des ord. T. XII, p. 6.

jusqu'à Louis XIII, et dont il restoit encore des traces, il y a vingt ans. Pour acquérir des notions exactes sur la féodalité, il est à propos de consulter principalement la Coutume de Beauvoisis, écrite par Philippe de Beaumanoir, vers 1283; les Assises de Jérusalem, recueil formé d'après les usages le plus généralement répandus parmi les diverses nations qui concoururent aux croisades, et la compilation connue sous le nom de Livre des fiefs, rédigée en Allemagne, au milieu du douzième siècle.

Pour connoître l'état des sciences et des lettres, pendant cette période, il vous suffira de feuilleter un petit nombre d'auteurs. Vous saisirez l'esprit de la théologie scholastique, en jetant un coup-d'œil sur les écrits de S. Anselme, de S. Thomas, de Scot et d'Albert-le-Grand, et vous verrez comment l'astrologie et la magie s'associoient à la médecine, en parcourant ceux de Raymond Lulle.

L'astronomie fut encouragée par des princes qui la cultivèrent eux-mêmes. Frédéric II, empereur d'Allemagne, fit traduire les œuvres de Ptolémée, et Alphonse de Castille appela près de lui les astronomes les plus habiles de son temps qui publièrent les tables alphonsines en 1252. En consultant cet ouvrage et le traité de la sphère de Jean de Sacrobosco, vous verrez qu'on sentoit déjà la nécessité de renoncer aux anciens systèmes. Vous remarquerez que c'est là que furent d'abord employés les chiffres arabes connus depuis cent cinquante ans, comme il paroît par quelques lettres de Gerbert. Cette arithmétique décimale, devenue universelle, est certainement l'une des innovations qui a le plus facilité le progrès des sciences physiques et mathématiques.

Il est remarquable que, pendant cette période, ce furent principalement les Juifs qui se distinguèrent dans les sciences et les lettres. Avant le milieu du douzième siècle, on en voit paroître plusieurs qui sont dignes de figurer dans l'histoire de l'esprit humain, dont ils remplissent en quelque sorte une lacune. Le premier est Aben-Esra, l'un des meilleurs commentateurs de l'Ecriture, très-habile philologue, comme le prouvent ses *Elegantiæ grammaticæ*, et, de plus, savant astronome. Il fonda, pour cette science, une sorte d'école dans laquelle se distinguèrent Abraham Cheïa, Abraham Nasi, et d'où sortit Isaac Abensid, principal auteur des tables alphonsines. David Kimchi de Narbonne et Salomon Jarki de Troyes en Champagne, montrèrent beaucoup d'érudition: ce dernier appelé par les Juifs le prince des commentateurs, avoit voyagé en Europe, en Asie et en Afrique. Les poëtes de cette nation, tels que Alcharisi, Hallari, Joseph Hadaiian de Cordoue, furent supérieurs à leurs contemporains. Enfin le célèbre Moyse, fils de Maimon, et par cette raison appelé le Maimonide, né à Cordoue et réfugié en Egypte, est celui de tous les rabbins qui a montré le plus de lumières et de connoissances. On ne peut s'empêcher d'admirer en lui une portion du génie d'Aristote, lorsqu'on lit ses nombreux écrits et surtout son Moreh - Nevochim, ou Questions douteuses, dont Buxtorf a donné une traduction latine. Ce dernier ouvrage suffira pour vous faire connoître la philosophie et la théologie des Juifs. En jetant les yeux sur celui d'Aben-Esra, que je vous ai cité, vous y verrez ce que les rabbins avoient conservé de littérature et de critique dans ce temps d'ignorance.

Il faut aussi parcourir les ouvrages du célèbre Roger Bacon, génie élevé au-dessus de son siècle dont il partagea cependant les opinions sur l'astrologie, la magie et la pierre philosophale, mais qui, le premier peut-être, dans ces temps barbares, annonça ce que le grand homme qui porta le même nom, prouva dans la suite, que la seule route pour parvenir à la connoissance de la nature est de joindre l'expérience au raisonnement. Son Traité d'optique vous montrera l'état de cette science et les progrès qu'il lui avoit fait faire, et vous y trouverez le germe de quelques découvertes qui n'ont été développées que dans les siècles suivans. Les persécutions qu'il éprouva, vous feront connoître l'esprit de son siècle et celui de l'Angleterre, sa patrie, l'espèce de philosophie qui régnoit dans les cloîtres, et combien la voix de la raison avoit de peine à se faire entendre.

Malgré les troubles qui agitoient l'Allemagne, la poésie y fut cultivée avec plus de succès qu'elle ne le fut depuis cette époque jusqu'au milieu du dix-septième siècle. Les poëtes accueillis à la cour trouvoient dans les princes leurs admirateurs et leurs émules. Cette poésie n'étoit point une imitation de celle des Grecs et des Latins ; elle avoit un caractère original, analogue aux mœurs et aux sentimens qui régnoient alors. Vous vous en convaincrez en jetant les yeux sur la collection des anciennes poésies allemandes publiées par le savant Bodmer. Plusieurs romans ont été composés pendant le treizième siècle. On peut en consulter quelques-uns pour prendre une notion des usages et des opinions du temps ; et pour y voir les premiers rudimens de la langue françoise, qui commence à être soumise à des règles et à devenir une langue particulière.

EUDOXE.

C'est dans cette période qu'on aperçoit la première aurore des sciences et des beaux-arts, puisque Dante et Cimabué florissoient à la fin du treizième siècle.

ARISTE.

Dante et Cimabué appartiennent bien plus à la période suivante, et c'est lorsque vous tracerez le tableau, que vous examinerez à la fois la naissance et le progrès des arts. Toujours est-il à remarquer que le grand mouvement imprimé à la société par les expéditions lointaines et par la lutte entre le sacerdoce et l'empire, lorsqu'il n'eut plus le même objet, se porta sur d'autres, et qu'une fois sortis de la route obscure où ils se traînoient depuis des siècles, les esprits prirent un nouvel essor. C'est même de ce moment que commence à s'opérer un changement général dans les idées, et que se préparent les grandes révolutions qui eurent lieu à la fin de l'époque suivante.

La guerre civile, les mutations continuelles

dans le gouvernement, les incursions de conquérans étrangers, les maux produits par la superstition , le défaut de lois régulières, le despotisme des grands et l'avilissement du peuple, ne sont pas les seuls fléaux qui aient désolé les nations dans le cours des deux périodes précédentes : la nature elle-même sembloit conspirer contre le genre humain. En parcourant l'histoire on voit reparoître à de courts intervalles, des maladies épidémiques et des famines qui ravageoient de vastes étendues de pays. Il faut chercher pourquoi ces fléaux étoient alors plus fréquens et plus cruels que dans l'antiquité, et depuis le quatorzième siècle. Vous verrez que cela tenoit au défaut de civilisation. Les maladies épidémiques étoient plus communes , parce que dans les campagnes il y avoit bien plus de terrains marécageux ; parce que dans les villes les habitations étoient plus petites , plus obscures, plus rapprochées ; parce qu'on négligeoit les soins de propreté, et qu'on ne faisoit usage ni de bains, comme les anciens, ni de linge comme les modernes. Il est évident encore que si l'on n'entretenoit pas autant de relations avec l'Orient, on ne prenoit pas non plus les précautions qu'on a prises depuis pour s'opposer à l'introduction et à la propagation de la peste.

Quant aux disettes, on s'étonne qu'elles ne fussent pas plus fréquentes dans des pays dévastés par la guerre : on voit aussi que l'administration ne s'occupoit pas des moyens de les prévenir, et qu'on étoit loin de connoître ces divers procédés d'agriculture qui font varier les productions du sol, de manière qu'elles se suppléent, et ces ressources du commerce qui font passer dans un pays les productions trop abondantes dans une autre. Les grandes famines ont plusieurs fois causé des révolutions dans les gouvernemens. Les hommes réunis en société ont une grande puissance sur la nature physique : mais cette puissance s'affoiblit à mesure qu'ils cessent de l'exercer, et surtout lorsqu'ils tournent contre eux-mêmes les forces qui leur ont été données pour lutter contre les élémens, pour soumettre les animaux, et pour établir leur domination sur la terre.

EUDOXE.

Quoique l'Europe fût couverte de ténèbres dans les temps dont nous parlons, c'est cependant à ces siècles de barbarie qu'appartiennent plusieurs découvertes importantes, comme celles du papier, de la boussole, des chiffres arabes, etc.

ARISTE.

Ces découvertes ne furent point faites en Europe ; elles y furent apportées, et l'on ne sut pas d'abord en tirer parti. Les Arabes avoient conservé le dépôt des sciences, et les relations que les croisades établirent avec l'Orient, nous firent profiter de leurs travaux. Le papier de soie étoit connu à la Chine depuis bien long-temps, et les Arabes fabriquèrent du papier de coton dans le neuvième, et peut-être dans le huitième siècle : mais les premières fabriques de papier de linge ne furent établies en Europe qu'au milieu du quatorzième siècle. La boussole paroît également être venue de l'Orient. Elle n'étoit d'abord qu'une aiguille aimantée portée sur un morceau de liége qui la faisoit flotter sur l'eau, et l'on n'imaginoit pas de quelle importance elle pouvoit être pour la navigation. Les chiffres arabes étoient venus de l'Inde ; mais on ne savoit pas calculer. On ne fit usage de ces découvertes que dans le quatorzième siècle, et c'est pourquoi je vous renvoie à l'époque suivante pour en étudier l'histoire.

Les découvertes les plus importantes n'influent sur l'état de la société que lorsque cette société est dans une disposition convenable pour les recevoir : sans cela elles sont stériles, ou ne se répandent que très lentement. Pour qu'une idée nouvelle soit adoptée, il faut qu'elle se lie à d'autres idées déjà généralement reçues. Nos navigateurs ont fait de vains efforts pour porter nos arts et nos connoissances chez les insulaires de la mer du Sud; ceux-ci ont paru étonnés de ce qu'on leur montroit, et ils n'ont su en profiter. Il n'est pas douteux que, pendant les siècles de ténèbres, il a existé plusieurs hommes de génie qui auroient été capables d'éclairer leurs contemporains; mais ils n'étoient point entendus: eux-mêmes, après avoir fait des efforts pour sortir du cercle formé par les préjugés reçus, se trouvoient forcés d'y rentrer, et d'appliquer leur esprit aux objets dont on s'occupoit généralement. Je ne suis pas surpris qu'on n'ait pas cherché à perfectionner et à employer la boussole dès qu'on a connu la propriété de l'aiguille aimantée: je le suis plutôt que celui qui a le premier fait connoître cet instrument merveilleux, n'ait pas été accusé de magie. Il est prouvé par divers monumens, que la peinture à l'huile étoit connue dès le treizième siècle: mais, comme on ne sentoit pas les avantages de cette manière de peindre, on s'en tenoit au procédé plus commode de la détrempe: on n'attachoit pas assez de prix aux talens, pour que les peintres songeassent à assurer la durée de leurs ouvrages. L'art de peindre à l'huile se perdit insensiblement, non que ceux qui le connoissoient en fissent un secret, mais parce qu'ils n'y attachoient aucune importance. Lorsque les frères Van Heick firent revivre ce procédé, ils l'employèrent dans des tableaux qui fixèrent l'attention, et on leur en attribua la découverte, parce qu'à cette époque on étoit à même de sentir les avantages de ce genre de peinture, et que tous les artistes lui donnèrent la préférence. La date précise d'une découverte n'est souvent qu'un objet de curiosité; et l'origine de plusieurs choses qu'on croit nouvelles, remonte souvent à des temps reculés : c'est le moment où une découverte influe sur l'état de la société, qu'il est essentiel de fixer.

La période qui nous reste à parcourir pour compléter l'histoire du moyen âge, s'étend depuis le commencement du règne de Philippe-le-Bel jusqu'à la fin du quinzième siècle. Le règne de Philippe-le-Bel est signalé par les innovations les plus heureuses. L'admission du tiers-état aux assemblées de la nation, l'institution des corps de magistrature donnent à la France un gouvernement plus régulier et plus favorable aux intérêts du peuple. La maison d'Autriche devenue si puissante dans la suite, commence à régner en Allemagne : la confédération helvétique se forme, et les Suisses conquièrent leur liberté : la puissance des papes parvenue à son plus haut période, commence à décliner par les démêlés de Philippe et de Boniface VIII. La translation du saint-siège à Avignon, change les rapports qui existoient entre les pontifes et les souverains ; et bientôt l'élection de plusieurs papes qui résident les uns à Rome, les autres à Avignon, diminue le respect qu'on avoit pour leur infaillibilité, et le clergé lui-même proclame hautement la suprématie des conciles. Mais je ne prétends point vous retracer un tableau que vous connoissez. Je veux seulement vous indiquer ce que vous devez principalement remarquer dans cette partie de l'histoire, et les secours que vous avez pour l'étudier. Ici les historiens contemporains ne vous manqueront pas ; ce ne sont plus d'insipides chroniques ; vous avez des pièces originales très-importantes, et des auteurs qui ont exposé avec simplicité les faits dont ils avoient été témoins, et sur lesquels ils avoient réfléchi. On a recueilli les actes du différend entre Boniface VIII et Philippe-le-Bel, et tous ceux du procès contre les templiers : l'histoire de Charles VI et celle de

Charles VII ont été écrites par des témoins oculaires ; on a les pièces originales relatives à la pucelle d'Orléans: l'histoire de Froissart est un chef-d'œuvre, et celle de Philippe de Commines ne laisse rien à désirer sur les règnes de Louis XI et de Charles VIII. Mais cette période depuis Philippe-le-Bel jusqu'à Louis XII, comprenant un intervalle de plus de 200 ans, elle doit être divisée sous le rapport historique ; car il ne faut pas attendre d'être arrivé à Louis XII pour lire les auteurs originaux sur l'histoire d'Allemagne, d'Angleterre, d'Italie, etc. L'histoire de France étant votre guide principal, voici, ce me semble, comment vous pouvez établir ces divisions.

Vous étudierez, sans interruption, ce qui est relatif à la France depuis l'avènement de Philippe-le-Bel jusqu'à celui de Philippe de Valois. Cette période est principalement remplie par les démêlés de Philippe et de Boniface VIII, et par le procès des templiers ; et l'histoire d'Italie fait partie de celle de France. A la mort de Charles-le-Bel, vous vous occuperez de l'empire d'Allemagne, depuis Rodolphe jusqu'à Louis V, de Bavière ; vous chercherez dans les mémoires du temps, comment les Suisses brisèrent le joug de l'Autriche ; et comme l'ordre teutonique, souverain de la Prusse et conquérant de la Pomérélie, étoit alors parvenu à une grande puissance, vous en étudierez l'histoire, soit dans l'ouvrage de Dusbourg, qui va jusqu'à l'an 1336, soit dans un autre auteur allemand. Delà passez à l'histoire d'Angleterre, pour laquelle vous consulterez Mathieu Paris, Mathieu de Westminster et Thomas Walshingam, qui vous conduira jusqu'à Henri V.

Vous suivrez la même marche pour les autres périodes : la première comprend les règnes malheureux de Philippe de Valois et du roi Jean, les autres sont naturellement indiquées par le commencement du règne de chacun des rois de France, depuis Charles V jusqu'à Louis XII. Je veux dire qu'à chacune de ces époques vous vous informerez de l'histoire des autres états de l'Europe, en consultant les auteurs contemporains.

Dans la première, vous voyez le commencement de ces guerres terribles qui durèrent plus de cent ans, et qui exposèrent la France à être soumise à la domination d'une puissance étrangère. L'Angleterre vous offre le règne glorieux d'Édouard III ; l'Italie, les dissensions des Guelphes et des Gibelins ; l'Espagne, les victoires d'Alphonse sur les Maures, et les désordres causés par Pierre le cruel. En Allemagne la bulle d'or qui règle le droit public de l'Empire, mérite toute votre attention. L'évènement le plus important de cette époque est l'introduction des armes à feu, dont les Arabes se servirent les premiers contre les Espagnols, au commencement du quatorzième siècle, et dont on fit usage en France à la bataille de Crécy.

Charles V fait époque dans les annales de la nation françoise. Ce prince doit être considéré comme législateur, et comme ayant réparé par sa sagesse les pertes faites sous les deux rois précédens. Vous interromprez l'histoire générale, pour lire la vie de quelques grands capitaines, et de quelques hommes célèbres qui jouèrent un grand rôle, tels que Bertrand du Guesclin, le Prince Noir, etc.

Le règne malheureux de Charles VI est un de ceux dont les événemens sont le plus compliqués: ce prince étant incapable de gouverner, deux factions se disputent la régence; elles déchirent le royaume, et les Anglois en font la conquête: ici l'histoire d'Angleterre se confond avec celle de France, et l'on gémit en voyant partout l'oubli des principes. Sous Philippe et Jean, les deux nations se faisoient la guerre; mais de grands hommes étoient à leur tête: maintenant on ne voit qu'intrigues criminelles et dévastations épouvantables. Il faut lire dans les auteurs allemands l'histoire de Wenceslas et de Sigismond , et consulter en même temps les Italiens sur le concile de Constance.

Nous ne manquons pas d'historiens contemporains pour le règne de Charles VII, qui commença et finit en même temps que celui de Henri VI en Angleterre. Ceux qu'il est utile de connoître, sont réunis dans le recueil publié en 1661, par Denis Godefroi, auquel il faut joindre l'histoire du siége d'Orléans, publiée en 1576 sur un manuscrit par Léon Tripault. L'expulsion des Anglois et les nombreuses réunions qui en furent la suite, donnent à la France une grandeur et une stabilité qu'elle n'avoit pas eues depuis des siècles, et les moyens par lesquels s'opéra cette grande révolution, doivent être étudiés en détail. L'établissement des milices permanentes, porte un coup terrible au système féodal, assure la puissance des rois, et doit changer la forme du gouvernement et l'état de la société dans toute l'Europe.

EUDOXE.

Aucune époque de l'histoire de France ne présente un spectacle aussi grand, aussi intéressant que le règne de Charles VII; soit par les évènemens merveilleux qui en signalèrent les premières années, soit par la rapidité avec laquelle on passa du désordre le plus épouvantable à une constitution régulière. Cependant ce prince avoit peu d'énergie dans le caractère ; il avoit le courage d'un chevalier et non celui d'un chef; il oublioit souvent les affaires pour les plaisirs, et quoiqu'on l'ait surnommé le Victorieux, il ne peut être compté ni parmi les grands génies, ni parmi les héros.

ARISTE.

Cela est vrai. Mais il n'en est pas moins digne d'éloges et de reconnoissance. S'il n'eut point d'ambition personnelle, il voulut sincèrement le bien public. Il ne fut jaloux ni des talens de ceux qui pouvoient le servir dans les armées, ni des lumières de ceux qui pouvoient l'éclairer sur l'administration intérieure. Il s'abandonna à ses généraux pour reconquérir son royaume, sans prétendre leur en disputer la gloire; il écouta des conseils désintéressés, et il suivit pour la législation les plans de Charles V, dont la sagesse étoit reconnue. Les états-généraux qu'il assembla plusieurs fois, et ceux des provinces qu'il consulta plus souvent encore, lui firent connoître les besoins de l'état. Il eut quelquefois la foiblesse d'abandonner ses amis, mais il ne fut jamais entraîné ni par l'orgueil, ni par la haine, ni par la vengeance. Aussi ses ordonnances portèrent-elles la réforme la plus salutaire dans toutes les parties de l'administration. Il donna une forme régulière aux cours de justice; il ordonna la rédaction des diverses coutumes; il fit sur les monnoies les règlemens les plus sages; il assura les libertés de l'église gallicane par la fameuse pragmatique-sanction, et mit de justes bornes à l'autorité pontificale en restant fidèle à l'église et au pape qui étoit alors attaqué par le concile de Bâle; il encouragea les lettres et protégea l'université de Paris dont il avoit eu à se plaindre; il accorda des privilèges aux villes rentrées sous sa domination, et il ne se montra jamais jaloux de son autorité. Il sut préparer le bonheur du peuple sans se rendre odieux aux grands: il est vrai que les les uns et les autres, fatigués des troubles et du désordre qui avoient agité la France sous le règne précédent, ne s'opposèrent point aux améliorations qu'il proposa. On peut assurer que si la France eût continué à être gouvernée dans le même esprit, elle seroit bientôt parvenue au plus haut degré de prospérité. Les milices et la taille que Charles VII établit sur la demande des états-généraux, suffisoient pour consolider peu à peu la puissance royale, sans qu'il fût besoin du despotisme de son successeur. Les ordonnances de Charles VII font époque dans la législation françoise.

Après avoir étudié les monumens de ce règne, il faut examiner l'élévation de la maison de Médicis, lire l'histoire de Machiavel, et consulter, sur l'empereur Frédéric III, le recueil d'Æneas Sylvius et les lettres de Campan.

L'histoire de Louis XI et celle de Charles VIII ont été si bien écrites par Philippe de Commines qu'il n'est besoin d'y rien ajouter. Commines étoit un des hommes les plus savans et les plus éclairés de son siècle; il étoit versé dans les affaires et avoit vécu dans l'intimité avec le roi. Il avoit été militaire, administrateur, ambassadeur, et il n'a écrit que ce dont il avoit été parfaitement instruit. Il est également essentiel de lire les auteurs originaux pour l'histoire d'Espagne: vous les trouverez rassemblés dans l'*Hispania illustrata* de Schot: les Allemands et les Anglois ont eu à cette époque des auteurs qui ont très-bien écrit la vie de leurs princes.

La paix publique rédigée à la diète de Worms en 1495, et l'établissement de la chambre impériale par Maximilien I, qui en est la suite, mettent fin aux défis et aux guerres privées autorisés par les lois et les usages, et dont une foule de règlemens n'avoient pu réprimer la violence. Cette ordonnance qui devient une loi fondamentale, fait cesser l'anarchie à laquelle l'empire germanique étoit en proie, et le soumet à un gouvernement régulier. Il faut lire l'excellent ouvrage de Datt, *de pace publica*, pour comparer l'état de l'Allemagne avant et après la publication de cette loi.

Vers la fin de cette période les Portugais sont de tous les peuples le plus digne de fixer vos regards. Leurs institutions sont admirables; leur caractère, leurs entreprises, leurs exploits ont quelque chose d'héroïque et de merveilleux. Avant le milieu du quinzième siècle ils avoient découvert les Canaries et les Açores, et poussé leur navigation jusqu'aux côtes de Guinée; et leur passage aux Indes fut une suite de l'esprit qui les animoit. C'est dans leurs propres auteurs, et surtout dans Barros, qu'il faut lire l'histoire de leurs découvertes et celle de l'infant Dom Henri, qui, par son génie, prépara les glorieuses destinées de sa nation.

La fin du règne de Charles VIII est l'époque de la grande révolution opérée dans le monde; je vous conseille cependant de lire encore l'histoire de Louis XII, celle de Maximilien I et celle de Henri VII. Souvent en terminant une grande époque, il est utile d'anticiper de quelques années sur l'époque suivante, relativement aux événemens historiques ; c'est un double travail, car il faut y revenir ensuite au commencement de la période, mais comme tout est lié, ce travail est nécessaire pour ne pas interrompre la narration des faits importans, et pour mieux en juger les conséquences.

C'est donc maintenant que vous devez revenir sur vos pas, pour examiner les progrès de l'esprit humain et la nouvelle carrière qu'il s'est ouverte dans le cours de cette période. Cette considération se divise en deux; la première a pour objet les grandes découvertes qui ont changé l'état du monde; la seconde la renaissance des sciences et des lettres et celle des beaux-arts qui même sont déja parvenus à leur perfection en Italie.

Les découvertes importantes sont au nombre de trois : 1.° les armes à feu, 2.° la boussole, 3.° l'imprimerie.

Vous examinerez comment on a été conduit à ces découvertes, comment elles se sont perfectionnées, comment on en a fait usage, et quelle influence elles ont eue.

Les armes à feu ne furent d'un usage général

qu'environ cent ans après l'invention de la poudre: mais, alors elles changèrent partout la manière de faire la guerre : elles eurent même une grande influence sur les mœurs et les usages des nations. Il faut ici comparer l'art militaire sous le rapport des batailles rangées, sous celui des combats entre un petit nombre d'hommes, et sous celui de l'attaque et de la défense des places avant et après cette découverte. La marine a dû être totalement différente aussi, lorsque les vaisseaux ont été destinés à porter des canons qui attaquoient de loin, de ce qu'elle étoit, lorsqu'on n'avoit guère d'autre manière de combattre que l'abordage. Il faut encore examiner quel changement dut s'opérer dans l'éducation, lorsque la force et l'adresse ne furent plus les qualités principales d'un chevalier. Alors les hommes qui vouloient se distinguer durent avoir recours à la culture de l'esprit; et l'instruction, auparavant renfermée dans les cloîtres, se répandit parmi les hommes du monde. Plusieurs sciences furent nécessaires au perfectionnement de cette nouvelle tactique; et l'on se trouva engagé dans une route toute différente. Je n'ai pas besoin de vous avertir de consulter sur l'invention de la poudre et des diverses armes auxquelles elle est employée, la

Bibliotheca arabica de Casiri, et quelques dissertations publiées dans les recueils des académies : je vous recommande seulement de porter votre attention sur les divers changemens que cette innovation produisit dans la société.

On ignore l'époque à laquelle on reconnut la propriété qu'a l'aiguille aimantée de se diriger vers le nord. On sait seulement que les mariniers provençaux en faisoient usage au treizième siècle : mais ce fut seulement au quatorzième qu'elle fut perfectionnée, et qu'on s'en servit généralement pour se diriger en pleine mer. Il est important d'examiner l'influence de cette découverte sur la navigation, sur le commerce, et sur toutes les connoissances humaines. Sans elle, Colomb n'eût point découvert le nouveau monde ; sans elle, on n'eût pu voyager aux Indes en doublant le Cap de Bonne-Espérance ; sans elle, la figure de la terre n'eût point été connue, et l'on n'auroit jamais senti la nécessité de cultiver les sciences qui se lient à la géographie. C'est la boussole qui a rapproché les habitans de toutes les parties du monde. Il faut donc comparer l'état de la marine commerçante avant et après cette époque.

Si l'invention de la boussole a été la cause du commerce entre les diverses parties du monde, celle de l'imprimerie a établi la communication des idées entre tous les hommes civilisés. L'époque de cette découverte est bien connue, parce que nous avons des monumens qui constatent son origine et ses progrès. Il faut en considérer les effets, sous le rapport moral et sous le rapport politique. Ce n'est point parce que l'imprimerie a rendu plus facile l'acquisition des connoissances, parce qu'elle a conservé les bons ouvrages, parce qu'elle a multiplié les livres classiques et mis l'instruction à la portée de tout le monde, qu'elle a changé l'état de la société; c'est parce qu'elle a donné un moyen de répandre universellement et avec une extrême rapidité toutes les opinions, toutes les doctrines, de propager les erreurs comme les vérités, et d'égarer les hommes comme de les éclairer. La révolution françoise n'auroit point en un moment enflammé les esprits et bouleversé l'ancien ordre de choses, si elle n'eût été préparée par des livres, et si les principes n'en eussent été proclamés dans des journaux universellement répandus. Les avantages dûs à l'mprimerie ne sauroient être mis en doute : par son secours, toutes les questions sont discutées; ce qui a été pensé au centre des grandes villes parvient dans les cantons les plus reculés, et les idées d'un seul homme peuvent, dans l'espace d'une année, changer celles de toute l'Europe. Ceux qui cultivent les sciences partent du point où leurs collaborateurs sont arrivés; les livres composés chez un peuple, étant traduits chez les autres, la différence des langues n'est plus un obstacle à la propagation des lumières ; et tandis que les individus forment leur opinion en comparant les opinions diverses, les préjugés nationaux s'affoiblissent, et l'éducation publique s'établit sur des bases uniformes.

Essayez de juger à quels égards la marche de la civilisation eût été différente, si l'imprimerie n'eût point été inventée, et remarquez que, si les erreurs historiques ont été combattues, les vérités morales ont été attaquées; que si les victimes du pouvoir arbitraire ont trouvé des défenseurs, les oppresseurs ont à leur tour trouvé des panégyristes : observez enfin que ce moyen augmentant la puissance de l'homme, il en fait un usage utile ou funeste, selon les dispositions de son ame. Les livres classiques, généralement répandus, ont sans doute épuré le goût, dirigé les études, et augmenté le nombre des bons écrivains : mais les ouvrages de génie ont-ils été plus fréquens depuis le quinzième siècle, et le seizième a-t-il produit des hommes supérieurs dans les lettres à Dante, Boccace, Pétrarque, le Poggio, etc.?

En examinant l'influence des trois grandes découvertes dont je viens de parler, vous examinerez aussi celle de plusieurs autres, faites ou introduites dans les temps d'ignorance, comme le papier de linge, la gravure, etc.

Il vous reste à étudier l'histoire de la renaissance des sciences, des lettres et des beaux-arts, et à observer les causes et les moyens par lesquels on sortit de la barbarie. Il faut pour cela lire les auteurs qui dans tous les genres ont donné l'impulsion à leur siècle, soit en présentant des idées nouvelles, soit en rappelant des connoissances depuis long-temps oubliées. Les écrivains qui se sont exercés dans le genre historique vous sont déjà connus, ce sont les littérateurs et les philosophes que vous devez lire. Bornez-vous à ceux qui ont un caractère original: vous ne vous éclaireriez point en lisant les autres. Déjà sous le règne de S. Louis, Vincent de Beauvais avoit composé, sous le titre de *Speculum*, une sorte d'encyclopédie qu'on a depuis imprimée en trois volumes in-folio. Qu'apprendroit-on dans un tel ouvrage? Pour l'histoire, l'auteur a compilé sans choix et sans goût, ce qui avoit été écrit avant lui; pour tout ce qui est relatif aux sciences naturelles, il a copié Pline, et l'on voit qu'il ne connoissoit pas une seule des plantes, pas un seul des animaux qu'il décrit: il ne faut lire que les ouvrages où se trouvent quelques idées propres à l'auteur.

Les écrits d'Aristote furent apportés en France avant le commencement du treizième siècle; ils causèrent des disputes sanglantes dans l'université de Paris, mais on ne les connoissoit que par les versions des Arabes; la langue grecque n'étoit entendue de personne; et l'on ne s'en occupa qu'au milieu du quinzième siècle, lorsque plusieurs littérateurs de Constantinople vinrent se réfugier en Italie. Alors les écrits d'Aristote et de Platon, dégagés du travestissement sous lequel on les avoit présentés, furent étudiés avec soin: la méthode de l'un, et les idées séduisantes de l'autre donnèrent une nouvelle forme à la philosophie, et firent renoncer aux vaines subtilités de la scholastique. Alors aussi les diverses opinions furent discutées dans le silence du cabinet: auparavant l'enseignement étoit oral; les nombreux élèves qui s'attachoient à un maître, ne connoissoient guères d'autre théorie que la sienne; et, dans les écoles, c'étoit toujours celui qui pouvoit embarasser son adversaire par des syllogismes, qui remportoit la victoire.

Comme la philosophie scholastique acquit son plus grand lustre au milieu de cette période, et qu'au commencement de la suivante elle fit place à un autre ordre d'idées, c'est maintenant qu'il faut en connoître les bases. Il vous suffira pour cela de lire quelques dissertations imprimées dans les mémoires de diverses académies d'Allemagne, et de feuilleter quelques-uns des ouvrages des chefs des scholastiques, tels que Guillaume Ocham et Pierre la Ramée. Votre but doit être de vous instruire des principes de cette philosophie, et d'y retrouver l'origine de quelques théories développées plus tard, et même de nos jours. Il est absolument inutile d'entrer dans les détails de plusieurs questions alors agitées avec beaucoup de chaleur, et qui ne conduisoient à aucun résultat. Ce fut encore à cette époque que la philosophie se sépara de la théologie, et qu'elle commença à faire une étude à part. Le temps n'étoit pas encore venu où elle devoit s'appuyer sur l'expérience et l'observation, en se liant d'un côté aux sciences physiques, et de l'autre à l'histoire, et en distinguant l'analyse des facultés de l'entendement à laquelle on parvient par la méditation, et l'application de ces facultés, qui ne peuvent s'exercer que sur des faits dont la réalité est bien constatée.

Cette partie de la philosophie, qui a pour but de diriger notre conduite dans l'habitude de la vie, d'établir les principes d'après lesquels on doit se décider dans les circonstances difficiles, de nous offrir des consolations dans le malheur, de fixer la subordination de nos devoirs, de nous faire vivre en paix avec nous-mêmes et avec les autres : la morale enfin ne fut point envisagée sous son vrai point de vue. On en établissoit les règles sur des distinctions subtiles, ou bien on l'associoit à des idées ascétiques, qui n'étoient d'aucun usage dans la société. A cette époque cependant parut un livre extrêmement remarquable par sa sagesse, par sa simplicité, par cette onction touchante, par cette douceur aimable qu'on retrouve ensuite dans Fénélon, et surtout par le contraste qu'il présente avec l'esprit général du siècle. Je veux parler de l'Imitation de J. C. Ce fut sans doute l'ouvrage d'un solitaire, né avec une ame sensible et un esprit droit, et qui, pour écrire, n'avoit consulté que son cœur, et les sentimens de piété que l'Evangile avoit développés en lui.

Dans le cours de cette période furent aussi composés un grand nombre d'ouvrages sur la philosophie occulte. Il faut en parcourir quelques-uns. La croyance à la magie, c'est-à-dire l'existence d'un ordre d'êtres différens de ceux qui tombent sous nos sens, à la possibilité d'entrer en communication avec eux, d'obtenir d'eux des connoissances qu'on ne peut acquérir par l'observation, et d'opérer par leur secours des choses qui excèdent les bornes de notre puissance naturelle; cette croyance, dis-je, a été celle de tous les peuples, elle a été reçue dans toutes les religions. Les idées mystiques, les pratiques superstitieuses ont varié à l'infini, mais toutes ont été établies sur cette base. Dans les temps d'ignorance, cette opinion s'est associée à la médecine, à la jurisprudence, au gouvernement des états; elle a produit des maux incalculables, et quand les nouveaux Platoniciens l'eurent introduite dans la philosophie, elle s'opposa pendant dix siècles au progrès des connoissances; elle est conséquemment un des principaux faits de l'histoire de l'esprit humain; et c'est une raison pour rechercher son origine et pour examiner l'ordre de preuves sur lequel on la croyoit fondée. Lorsqu'une opinion a été celle d'un seul homme ou de quelques sectaires enthousiastes, elle ne mérite pas d'être discutée; l'extravagance et la crédulité ne sont pas rares; mais lorsqu'elle se retrouve dans tous les temps, chez des hommes d'un esprit supérieur, lorsqu'elle est appuyée sur une foule de témoignages et sur des faits racontés par des gens de bonne-foi, elle mérite un examen attentif, et, quoiqu'elle paroisse absurde, elle doit être pesée comme si elle étoit douteuse. Je suis bien loin de regarder le consentement de tous les peuples comme une preuve convaincante; en s'en appuyant, Cicéron n'a sans doute prétendu l'appliquer qu'aux sentimens inspirés par la nature et aux principes de morale qui naissent de la conscience, mais c'est toujours un argument qui doit être refuté par des raisonnemens solides, et non par le mépris. Les erreurs en physique ont pour cause l'ignorance, et la découverte d'un principe ou d'un fait les dissipe à l'instant: mais dans ce qui tient à un ordre surnaturel, elles sont la suite des illusions de l'imagination et des écarts de la raison; et sous ce rapport, nous ne devons pas croire que les générations à venir seront plus à l'abri du danger que celles qui nous ont précédés. Le ridicule ne déracine point les erreurs; il fait seulement qu'elles ne se propagent qu'en secret: la persécution leur donne plus de force, et jamais on ne fut si adonné à la magie, que lorsqu'elle étoit poursuivie par la rigueur des lois. C'est par une discussion sage, sincère, et faite avec connoissance de cause, qu'on assure le triomphe de la vérité. D'ailleurs, en recueillant les faits merveilleux, ceux du moins qui sont bien attestés; on peut en découvrir les causes naturelles, on peut distinguer les faits eux-mêmes des conséquences qu'on en a tirées, du système auquel on les a liés, et cette recherche n'est pas indigne de celui qui fait une étude philosophique de l'histoire.

Venons maintenant à la littérature. L'Italie fut le berceau des lettres: c'est là qu'elles prirent leur essor pour se répandre successivement dans toute l'Europe. La langue italienne est la seule qui ait été fixée à cette époque. Le Dante, en l'employant dans la haute poésie au commencement du quatorzième siècle, montra que les langues vivantes avoient droit de revendiquer un privilège jusqu'alors réservé aux langues anciennes. On ne voit point sans étonnement que les beaux morceaux de ce poëte sont d'une harmonie, d'une pureté de style, d'une force et d'une justesse d'expression qu'on n'a point surpassées depuis. Sans doute, on trouve dans son poëme des traces de la barbarie antérieure, et les fautes de goût les plus grossières: mais il s'éleva au-dessus de son siècle, il lui donna l'impulsion. Son ouvrage offre le tableau des mœurs et des opinions de son temps. Dans toute autre époque, on n'auroit jamais imaginé ce plan bizarre, ce merveilleux à la fois sombre et burlesque, ces allégories puériles, cette manière de caractériser et de punir les vices, ce mélange incohérent de la religion chrétienne et de la mythologie. Les jugemens sur les personnages les plus célèbres de l'antiquité, et les traits satiriques contre les contemporains, montrent quel esprit de liberté régnoit encore en Italie, et avec quelle audace on jugeoit les souverains et les pontifes. Cette composition si absurde ne le paroissoit point à des hommes superstitieux et sans frein, dont l'imagination étoit alarmée par le spectacle des troubles qui agitoient l'Europe. Le plan et les ressorts du poëme sont ridicules à nos yeux : mais le génie imprime à tout ce qu'il crée le sceau de l'immortalité. Le Dante a placé dans son poëme des tableaux d'une vérité étonnante, et des traits sublimes dont l'effet ne peut être affoibli : tour à tour simple et naturel, imposant et terrible, il transporte l'imagination, et porte l'émotion dans le cœur, lors même que la raison se révolte contre les moyens qu'il emploie pour parvenir à ce but. Le Dante forma la langue, mais il ne la fixa point : il réveilla les esprits, mais aucun n'eut la force de le suivre dans la carrière qu'il avoit ouverte. Pétrarque et Boccace dont le génie avoit un caractère tout différent, furent ceux qui donnèrent, l'un à la poésie, l'autre à la prose, les formes qu'elles ont conservées jusqu'à ce que l'influence de la littérature françoise ait affoibli l'énergie d'une langue dont ils devroient être toujours les modèles. Cependant leur génie étoit trop supérieur à celui de leurs contemporains, pour que ceux-ci pussent les suivre. Après eux les ténèbres qu'ils avoient dissipées s'épaissirent de nouveau ; la langue se corrompit par le mélange de divers idiomes, et il s'écoula plus d'un siècle sans aucune production littéraire digne de passer à la postérité [1]. Ce fut seulement sous Laurent de Médicis que la littérature italienne reprit un nouvel éclat. Alors parurent Ange Politien, les Pulci, et Boiardo, le précurseur de l'Arioste. Dans le même temps commencèrent ces recherches d'érudition qui rétablirent le texte des anciens auteurs par la comparaison des manuscrits.

[1] M. de Voltaire s'est mépris en avançant qu'il y eut une succession non interrompue de poëtes qui ont passé à la postérité, et que Pulci écrivit après Pétrarque. Pétrarque étoit mort en 1374 ; Pulci ne se fit connoître qu'en 1468. *Voy. Hist. de Laurent de Médicis, par W. Roscoe*, *chap.* 5.

Plusieurs savans, venus de Constantinople, inspirèrent le goût de la langue grecque; de nouveaux modèles furent offerts aux jeunes gens, de nouvelles écoles furent ouvertes, et toutes les branches d'érudition furent cultivées avec ardeur.

La littérature italienne est, pendant cette époque, la seule qui mérite d'être étudiée pour elle-même. Je ne vous engage cependant point à lire les nombreux poëmes que les Italiens honorent du nom de classiques. Il ne faut s'arrêter qu'à ceux qui ont servi de modèle, et à ceux qui, offrant une peinture fidèle des mœurs et des opinions du temps, sont par cela même plus particulièrement liés à l'histoire. La plupart des contes de Boccace sont de ce genre : quoique lui-même les regardât comme des ouvrages frivoles pour le fond, et destinés à l'amusement des femmes, ils sont précieux pour nous, en ce qu'ils nous transportent au temps dans lequel ils ont été écrits, et nous en font connoître les mœurs privées. Quant aux auteurs du second ordre, il suffit d'en parcourir quelques fragmens. Le savant ouvrage de Tiraboschi vous donnera d'ailleurs une idée exacte des progrès de la littérature et des sciences pendant le quatorzième et le quinzième siècle.

Le goût des lettres passa d'Italie dans les

autres contrées de l'Europe. Mais antérieurement au seizième siècle, on ne trouve chez elles aucun ouvrage qui soit digne d'être lu, si vous en exceptez quelques historiens comme Froissart. Il conviendra cependant de parcourir les fragmens qu'on a recueillis de nos anciens poëtes, depuis le Roman de la rose jusqu'à Alain Chartier, pour y voir les premiers essais de notre poésie ; et de chercher en même temps par quels degrés la langue françoise commença à devenir régulière. Cette langue, encore barbare, étoit en usage à la cour d'Angleterre depuis la conquête, et ce fut Édouard III qui, en 1360, en interdit l'usage dans les actes publics. Il faut ici considérer la formation de la langue angloise, et comment elle s'est composée de mots de l'ancien saxon et de mots françois : il faut également examiner l'origine de la poésie angloise en lisant Chaucer. Il reste peu de chose des autres nations : les Espagnols et les Portugais occupés à reconquérir et à consolider leur empire, n'avoient pu cultiver les sciences et les lettres : ce fut seulement à l'époque de Ferdinand et Isabelle que leur langue se forma. On trouve cependant chez eux quelques poëtes et quelques romanciers dont les ouvrages ont passé postérité. Tels sont Juan de Mena, dont la grande célébrité, au quinzième siècle, prouve le cas qu'on faisoit des talens; et plus anciennement, Macias, qui a beaucoup de rapports avec Pétrarque, et le Portugais Vasco de Lobeira, auteur d'Amadis de Gaule, dont M. de Tressan nous a donné la traduction. Les Arabes eurent leur historien Abulfeda, et ils composèrent une foule d'ouvrages de philosophie, de médecine et d'histoire naturelle ; mais cette littérature ne doit pas vous arrêter, parce qu'elle présente bien peu d'ouvrages originaux.

Le génie des beaux-arts se réveilla en Italie en même temps que celui des lettres, puisque Çimabué étoit compatriote et contemporain de Dante. Il faut suivre leurs progrès depuis ce peintre jusqu'à Michel-Ange et Léonard de Vinci, qui les portèrent à leur perfection. Nous avons encore des ouvrages de Cimabué et de Giotto, et plusieurs tableaux des peintres du quatorzième siècle sont conservés au Muséum françois : beaucoup d'autres nous sont connus par la gravure qui fut portée assez loin par Albert Durer. Les monumens de l'architecture et de la sculpture du quatorzième et du quinzième siècle existent sous nos yeux : et l'on peut observer que la sculpture grossière de cette époque est préférable à celle de plusieurs artistes du temps de Louis XV, parce que les premiers étoient sur la route pour arriver au beau, tandis que les derniers s'en écartoient.

L'histoire de l'agriculture est un des objets qu'il est le plus important d'examiner. Il faut la considérer relativement aux procédés employés à la culture des champs, aux productions indigènes et à celles que les relations avec l'Orient avoient introduites depuis peu, à la conservation et au défrichement des forêts, au desséchement des marais, aux animaux domestiques, à la culture et à l'embellissement des jardins. L'ouvrage de Pierre de Crescent vous montre quel étoit l'état du jardinage en Italie au treizième siècle : il donne la liste des arbres et des plantes qu'on cultivoit. Suivez les progrès de cet art, et comparez ce qu'il étoit alors à ce qu'il étoit sous les Romains et à ce qu'il est de nos jours. Ne négligez rien, non plus, pour vous informer de l'état des arts mécaniques et voir ce qu'ils gagnèrent à la renaissance des lettres. Je ne puis me dispenser de faire, à ce sujet, une observation. En comparant les travaux des arts dans les temps où la civilisation est au berceau, et dans ceux où elle semble portée au plus haut degré, on s'étonne de voir, dans les époques de barbarie, des ouvrages qu'on auroit bien de la peine à exécuter aujourd'hui. Les constructions qu'on a nommées cyclopéennes, le Stone-henge prés de Salisbury, la pyramide de Cholula au Mexique, sont de ce genre; l'histoire nous cite une multitude de travaux dont l'exécution paroît impossible sans le secours des machines, et nous avons sous les yeux des monumens du moyen âge, entièrement dépourvus de goût, mais extrêmement remarquables par la hardiesse et le fini du travail. L'invention des machines est, sans doute, un secours inappréciable: mais lorsque les hommes en étoient privés, ils faisoient des prodiges de force et de patience dont ils sont devenus incapables depuis; et il me semble qu'on n'a point assez insisté sur cette observation. Il faut chercher comment on suppléoit à nos machines ou métiers dans les arts mécaniques, de même qu'il faut chercher comment les Grecs suppléoient à notre arithmétique, par un système de calcul très-compliqué et qui par cette raison exigeoit bien plus de force de tête [1].

[1] La méthode de numération des Grecs étoit absolument ignorée, il y a dix ans: pour la découvrir il falloit être également versé dans les mathématiques et dans la littérature grecque. Elle est bien connue aujourd'hui, M. Delambre ayant traité ce sujet avec la profondeur,

Un ouvrage dont vous ne pouvez vous passer et que vous consulterez à chaque instant, pour l'histoire du moyen âge, c'est le Glossaire de Ducange, monument d'érudition peut-être le plus étonnant qu'on ait jamais érigé. Toutes les fois que vous aurez quelque embarras sur un usage, sur les dispositions d'une loi, sur le sens d'une expression relative à l'état des personnes ou à la condition des terres, vous y trouverez les éclaircissemens que vous pourrez désirer. Cet ouvrage est surtout indispensable lorsqu'on lit les auteurs originaux: on peut le regarder lui-même comme original, puisque la plupart des passages qui y sont recueillis sont tirés d'anciennes chartes manuscrites et ne sont point imprimés ailleurs.

Ducange ne fait point de raisonnemens philosophiques; il ne donne pas les résultats de ses opinions comme le font la plupart des auteurs du dernier siècle, il ne décide aucune question d'après un système; il se borne à citer les anciens monumens, à chercher l'origine des anciennes coutumes et à comparer celles de différens peuples, à fixer les diverses accep-

l'exactitude et la clarté qui caractérisent tous ses écrits.

tions d'un même mot selon les temps et les lieux, à rapprocher le texte de diverses lois pour expliquer les unes par les autres, et l'exactitude de ses citations est si bien reconnue qu'on peut se dispenser de les vérifier. Sans le secours de cet auteur, il seroit presque impossible de débrouiller le chaos de l'histoire des peuples d'Occident.

Je vous ai dit que la méthode convenable pour étudier l'histoire ancienne ne l'étoit pas pour étudier l'histoire du moyen âge. Dans celle-ci vous consulterez sans doute quelques écrivains contemporains ; mais, pour l'enchaînement des faits qui sont épars dans une multitude d'auteurs, vous serez plus souvent obligé de vous en tenir aux historiens modernes. Ce n'est ni aux compilateurs, ni à ceux qui ont embrassé l'ensemble de l'histoire que vous devez avoir recours, mais aux savans qui, s'étant concentrés dans un sujet particulier, ont pu consulter et comparer les sources pour approfondir les détails. Vous recevrez d'eux des connoissances qu'il vous seroit impossible de recueillir par vous-même. Ainsi, l'histoire des républiques italiennes, depuis l'origine de Venise jusqu'à l'époque où Florence fut soumise aux ducs de Médicis, a été traitée avec un talent admirable par M. Sismondi : des évènemens qu'on remarquoit à peine, se trouvant réunis dans son ouvrage, forment un tableau du plus grand intérêt et qui remplit une lacune dans l'histoire.

Enfin, il est quelques hommes de génie qui ont présenté des considérations philosophiques sur l'histoire, indiqué les rapports des effets aux causes et cherché les résultats de la combinaison générale de tous les événemens. Il convient d'avoir recours à eux lorsqu'on a recueilli les faits dont la connoissance est nécessaire pour les juger et pour apprécier leur mérite. C'est pourquoi je vous engage à lire ici l'introduction à l'histoire de Charles-Quint par Robertson, ouvrage dans lequel on ne sait ce qu'on doit le plus admirer, de l'érudition qui a rassemblé les faits, ou du génie qui les a choisis et rapprochés pour en tirer des conséquences. Ce tableau vous retracera l'état de l'Europe depuis l'invasion des barbares jusqu'à la fin du quinzième siècle.

A Louis XII se termine la troisième des grandes divisions de l'histoire : celle qui suit, présente un tout autre caractère, et doit être étudiée sous un autre point de vue. Avant de vous y engager, vous devez vous préparer de nouveau, non-seulement en vous retraçant le tableau des événemens passés, en fixant vos idées sur l'état de l'Europe et sur la disposition des esprits au quinzième siècle, mais en faisant encore de nouvelles études préliminaires, et vous transportant pour cela dans les temps antérieurs et dans des pays jusqu'alors étrangers à l'Europe, comme vous l'avez fait lorsque vous avez commencé l'étude de l'histoire romaine et celle de l'histoire d'Occident.

Quoiqu'il me reste peu de choses à vous dire sur un sujet déjà traité par un grand nombre de philosophes et de critiques, je les renvoie à demain. Je vous invite à réfléchir sur l'ensemble et les détails de ma méthode, à examiner les difficultés qu'elle peut offrir, les principes sur lesquels elle est établie, et le but vers lequel elle est dirigée. Si vous avez quelques objections à me proposer, nous les discuterons avant de passer à d'autres objets. Je vais joindre mes enfans : c'est un délassement pour mon esprit, et une jouissance pour mon cœur, de m'associer à leurs études. Quand j'aurai jeté les yeux sur leur travail, nous nous réunirons dans le salon.

SIXIÈME ENTRETIEN.

DE L'ÉTUDE DE L'HISTOIRE MODERNE.

Réponse à quelques objections sur la méthode qui a été proposée pour apprendre l'histoire. De la lecture et des extraits. Réflexions sur les motifs de crédibilité : règles de critique d'après lesquelles on peut séparer le vrai du faux dans les récits des historiens. Exemple de l'application de ces principes. L'étude de l'histoire moderne doit être précédée par quelques recherches sur des peuples anciens dont on ne s'étoit point encore occupé, parce qu'ils n'avoient pas eu des relations avec l'Europe. Différent caractère des quatre grandes périodes de l'histoire universelle. Division de l'histoire moderne en époques. Réflexions sur les événemens et les opinions qui ont signalé chacune de ces époques. Auteurs à consulter : objets qui doivent fixer l'attention. De quelques problèmes de philosophie, dont la solution ne peut être donnée que par l'histoire. Des préjugés qui ont obscurci la raison, et des connoissances qui l'ont éclairée. But moral qu'on doit se proposer dans l'étude de l'histoire.

Après qu'Ariste m'eût quitté, je passai la plus grande partie de la journée seul à réfléchir sur le plan qu'il venoit de me tracer. Je feuilletai quelques-uns de ces livres de chronologie, de ces tableaux où les faits sont rapprochés pour considérer la variété et l'étendue des objets qu'embrasse l'histoire du moyen âge. La multitude des princes ; le grand nombre des peuples qui se déplacent les uns les autres ; les révolutions continuelles des états ; l'incertitude des principes du gouvernement ; la dispersion des forces sur une foule de ressorts, sans qu'il y ait de ressort principal ; la lutte entre divers pouvoirs tour à tour foibles et prépondérans ; la contradiction entre les lois et les usages ; la difficulté de décider, d'après les expressions des auteurs, quelles étoient la condition des personnes et des terres, et la subordination entre les diverses classes de la société : tout cela me sembloit un chaos impossible à débrouiller. L'histoire ancienne est bien moins compliquée : le fût-elle davantage, elle seroit plus facile à apprendre. Elle frappe l'imagination : tous les personnages qui paroissent sur la scène ont un caractère prononcé, et l'éloquence des historiens répand la vie sur tout ce qu'ils peignent. Dans l'histoire du moyen âge aucun peuple n'a sur les autres une prépondérance qui le fasse regarder comme un centre auquel on puisse tout rapporter. Les barbares envahissent et dévastent ;

mais à peine établis dans un pays, ils se divisent en petits états qui se font la guerre, et dans lesquels le grand nombre est opprimé par le despotisme de quelques tyrans qui n'ont eux-mêmes qu'une autorité précaire. De petites vues, de petites passions produisent de grands désordres et de grands crimes. Comment se défendre de l'ennui, en discutant des faits dont les causes et les résultats ne montrent jamais le génie ni la dignité de l'homme ? Comment prendre intérêt à des peuples barbares qu'aucun lien ne réunit, et chez lesquels rien ne s'exécute d'après un plan combiné ? Comment juger le gouvernement des nations, lorsque ce gouvernement n'a point de principes fixes, lorsque les lois ne sont d'accord ni entre elles ni avec les usages, lorsqu'on ne peut grouper les faits secondaires autour d'un fait principal ? Comment n'être pas affligé en voyant les hommes oublier le soin de leur liberté et de leur conservation pour s'occuper de disputes inintelligibles et frivoles, et ces mêmes disputes épuiser les forces de l'esprit, et devenir la cause des dissensions et des guerres les plus cruelles ? Comment enfin supporter la lecture de tant de chroniques, où les faits sont racontés avec sécheresse, sans que l'historien sache distinguer les circonstances essentielles ? Quant à l'histoire de la philosophie et des arts, s'il y a dans les siècles barbares quelques rayons de lumière, il est bien difficile de les réunir, et la chaîne des connoissances humaines semble interrompue depuis le cinquième jusqu'au quatorzième siècle.

Ces réflexions qui, malgré moi, s'emparoient de mon esprit, me portoient au découragement, et je doutois de mes forces.

Le lendemain lorsque nous fûmes entrés à la bibliothéque pour reprendre notre conversation, je voulus d'abord soumettre au jugement d'Ariste les inquiétudes dont j'étois agité.

Avant de passer à la quatrième partie de notre cours d'histoire, lui dis-je, je profite de la permission que vous m'avez donnée de vous faire des objections sur ce que vous m'avez dit hier. Le plan que vous m'avez tracé me semble très-propre à me donner une instruction solide sur l'histoire universelle. Je suis en état d'en apprécier les détails ; car vous jugez bien que je ne suis pas entièrement étranger à la connoissance de l'histoire. Pour l'histoire ancienne, j'ai lu les auteurs originaux les plus célèbres ; et quant à celle du moyen âge et des temps modernes, pendant les deux années que j'ai passées à Paris, en m'occupant de l'étude des sciences, j'ai fait mon amusement de la lecture des meilleurs historiens du dernier siècle, tels que Velly, Hume, Robertson, Gibbon, etc. Mais la route que vous me tracez est toute différente : elle est si longue que je ne vois pas la possibilité de la parcourir. Il ne faut pas que le terme soit placé si loin qu'on ne puisse l'atteindre. Ceux des écrivains antérieurs à Constantin, dont les ouvrages ont passé jusqu'à nous, ne sont pas en très-grand nombre ; les historiens latins ont été réunis en deux volumes in-folio, et les historiens grecs ne forment pas une collection plus considérable : je conçois que dans un an on peut en terminer la lecture, et qu'en doublant ce temps on peut y joindre les philosophes et les poëtes ; d'autant qu'il est plusieurs de ces auteurs qu'on a déjà étudiés même avant de sortir du collége. Mais depuis cette époque quel nombre prodigieux de volumes! ils se multiplient à mesure qu'on approche des temps modernes. Vous voulez que je lise plusieurs écrivains contemporains, françois, italiens, anglois, allemands, etc. Il ne suffit pas de lire, il faut extraire; il faut à la fin de chaque époque consulter divers auteurs pour connoître l'état des lettres, des sciences et des arts, et faire par écrit un résumé qui présente le tableau de la civilisation et des lumières dans chaque période, et la comparaison de cette période aux précédentes. Ce travail me paroît immense ; je ne sais s'il suffiroit de dix ans d'étude pour parvenir seulement jusqu'au seizième siècle, et peut-être depuis le seizième siècle jusqu'à nos jours, n'a-t-on pas besoin de moins de temps ; les ouvrages étant bien plus nombreux, les relations des peuples plus étendues, et les faits plus importans à connoître qu'avant cette époque. La seule histoire du président de Thou, qui, si je ne me trompe, ne comprend qu'un espace de soixante-trois ans, est en trois volumes in-folio. Si vous me proposiez aujourd'hui d'apprendre l'histoire, et de n'apprendre absolument autre chose, âgé de vingt ans, peut-être apercevrois-je le moment où j'aurois embrassé l'ensemble de cette science : mais je ne dois en commencer l'étude que dans quelques années, et lorsque je serai assez instruit dans les sciences naturelles et physiques.

ARISTE.

Le plan que je vous propose seroit d'une exécution impossible, si vous n'aviez d'abord acquis ce genre d'instruction.

EUDOXE.

J'en conviens : mais je n'en conçois pas mieux comment j'aurai le temps d'arriver en suivant une route si longue, en me détournant fréquemment pour entrer dans divers sentiers.

ARISTE.

Pendant votre séjour en Allemagne, n'avez-vous jamais jeté les yeux sur les œuvres de Leibnitz ? n'en avez-vous pas du moins lu le catalogue ? n'avez-vous jamais feuilleté le Dictionnaire de Bayle et le Glossaire de Ducange ?

EUDOXE.

Je reconnois, dans ces hommes extraordinaires, une érudition inconcevable : je ne sais comment ils l'avoient acquise; mais, d'après un calcul fort simple, je suis sûr que personne n'a jamais lu tous les historiens originaux. Un volume in-8o. ne se lit point dans une matinée, et quand on en liroit un par jour, au bout de dix ans, on ne seroit pas arrivé au dix-huitième siècle. Vous en trouverez la preuve en ouvrant la bibliothéque historique de Meusel, et cependant, la lecture des livres d'histoire ne fait pas la moitié du travail; il faut connoître dans chaque époque les ouvrages distingués en tout genre, il faut comparer les divers auteurs, et ce travail ne se fait que la plume à la main.

Je ne vous fais pas d'objection sur la difficulté de retenir ; vous me repondriez qu'en me conseillant l'étude de l'histoire, une mémoire heureuse est au nombre des dispositions que vous me supposez : mais on ne retient que ce qu'on a étudié, on ne s'approprie que les choses sur lesquelles on a réfléchi ; et comment étudier, extraire et comparer tant de livres ?

ARISTE.

Votre imagination vous emporte, mon ami, et vous perdez entièrement de vue les limites dans lesquelles est circonscrit le plan que je vous ai tracé. Je ne vous ai point conseillé de lire tous les livres : la chose est absolument impraticable, et quand elle seroit possible, elle n'en seroit pas moins inutile. Je vois qu'étonné de la multitude des objets qu'embrasse votre plan d'étude, vous n'avez point saisi ce que je vous ai dit dans plusieurs circonstances sur la méthode, sur les moyens qu'elle donne de choisir et d'élaguer, sur la subordination des objets d'étude relativement à leur importance, à leur certitude, à leur rapport à l'état actuel des choses. Je vais de nouveau répondre à votre objection. Elle porte sur trois objets : le nombre des livres à lire, la manière de les lire, et la manière de faire les extraits.

Le nombre des livres est immense sans

doute, surtout lorsqu'on est arrivé au seizième siècle; mais il faut se borner à ceux où l'on croit trouver l'instruction la plus solide. Ce seroit perdre son temps de lire les chroniques qui nous restent depuis Charlemagne jusqu'à Louis XII, et les ordonnances de nos rois, et le recueil entier des lois, et les livres de littérature, de philosophie et de science. On feuillete ces ouvrages plutôt qu'on ne les lit. Remarquez que presque toutes les histoires de France ou d'Angleterre remontent à une époque reculée. Lorsque vous prenez un de ces ouvrages, il faut passer tout ce qui est relatif à des temps antérieurs au siècle où l'auteur a vécu, et cela diminue déjà, de plus des deux tiers, l'étendue des volumes. Dans la collection des historiens de France, donnée par Dom Bouquet et ses continuateurs, on trouve, à la tête de chaque volume, une analyse exacte des auteurs qui y sont contenus : après avoir lu cette analyse, il suffit d'avoir recours au texte sur quelques faits essentiels. Froissart et Philippe de Commines sont deux auteurs fondamentaux pour le quatorzième et le quinzième siècle; les autres doivent être seulement consultés; et, dans Froissart même, combien de choses qui n'ont aucun intérêt pour nous! Quant aux auteurs de philosophie, on ne doit s'arrêter qu'à ceux qui ont été chefs d'école; et lorsque les questions qu'ils traitent sont des subtilités ou des extravagances, il suffit de savoir qu'elles ont été des sujets de discussion, sans examiner comment elles ont été traitées. S'il faut connoître l'esprit d'un siècle, il est inutile de s'informer des opinions particulières et passagères de tel ou tel auteur : les opinions qui ont eu une influence marquée sur les progrès de l'esprit humain sont les seules dont il faut rechercher l'origine et les vicissitudes.

Une habitude qu'il est essentiel de prendre, pour ne pas perdre trop de temps, c'est celle de juger, en parcourant un livre, des faits sur lesquels il est à propos de s'arrêter : il n'est presqu'aucun livre d'histoire qui ne contienne beaucoup de choses inutiles. Le titre d'un chapitre ou d'un paragraphe indique ordinairement si un objet a quelqu'importance. Tout ce qui ne fait pas une partie essentielle de la chaîne historique, tout ce qui ne peint ni le génie ni les mœurs, d'une nation, ne doit pas vous arrêter. Il est certain que si on ne passoit un grand nombre de feuillets dans la plupart des livres, on n'auroit pas le temps d'en consulter un grand nombre. Une multitude de pages doivent, comme on dit, être *lues du pouce.* Cela paroît d'abord difficile; on craint de passer des choses essentielles; mais, insensiblement, on se fait une habitude de discerner, dès les premières lignes, si un article a de l'intérêt; on embrasse d'un coup d'œil une page, et l'on juge si elle vaut la peine d'être lue. Je sais bien qu'il échappe toujours quelque chose; mais, il vaut mieux avoir négligé une anecdote curieuse, un trait instructif, que de se mettre dans l'impossibilité d'en examiner cent autres.

Vous ne serez convaincu que par l'expérience combien on apprend de choses en parcourant les livres. Je vous ai cité Bayle: il a prodigué l'érudition dans son dictionnaire. A chaque fait, sa mémoire lui rappelle ce qu'en ont dit les auteurs les moins connus; il les cite avec exactitude, et vous n'avez qu'à examiner le genre de ses citations pour reconnoître qu'elles ne sont pas faites avec le secours des tables de matières: la plupart sont tirées d'ouvrages où l'on ne trouve pas de pareilles tables, et dont le titre même n'annonce rien d'analogue au sujet qu'il traite: on voit que sa mémoire les lui a fournies et qu'il les a vérifiées. Maintenant si vous calculez le nombre des livres cités dans le dictionnaire de Bayle, vous verrez qu'il est inpossible qu'il les eût lus en entier : mais, du premier coup d'œil, il discernoit, en parcourant un ouvrage, ce qui devoit fixer son attention; il avoit une connoissance très-étendue de la bibliographie, et sachant dans quels livres il devoit chercher quelque instruction, il y trouvoit à l'instant les passages qui lui étoient nécessaires. Je ne prétends me comparer en rien à cet homme bien plus étonnant par la subtilité de sa dialectique que par l'étendue de son érudition: mais, le travail que je vous conseille, je l'ai fait moi-même. Ma bibliothéque est, comme vous voyez, assez considérable; cependant, si vous en exceptez les livres destinés uniquement à être consultés, comme les dictionnaires, il n'y en a pas un que je n'aie parcouru de manière à savoir ce qu'il contient d'intéressant. Ouvrez quelques-uns de ces in-folio, et vous y verrez la preuve que je ne les ai pas lus sans faire des observations. Ce n'est pas que je m'amuse à barbouiller les marges de mes livres: un simple numéro écrit avec un crayon renvoie à mon recueil de notes qui, comme je vous l'ai dit, sont placées sans interruption les unes à la suite des autres. Pour l'histoire, ces notes ne sont souvent qu'un renvoi d'un historien à un autre, ou bien une comparaison de diverses lois, de ce qui étoit ordonné légalement à ce qui se pratiquoit. Ainsi, par exemple, à cet endroit de l'histoire de Charles VI, où est rapportée la loi qui abolit pour toujours le duel en matière civile, je fais observer que le duel fut ordonné par le parlement entre Legris et Carrouge, en 1386, et je renvoye à la discussion de cette affaire par l'avocat même de Legris [1]. Je remarque ensuite, que le duel continua d'être autorisé par les rois; je rappelle celui qui eut lieu en présence de Henri II, entre Jarnac et La Chasteigneraie, et je cite les réflexions de Paquier, qui écrivoit sous Henri III, et qui, comparant l'ancien usage à ce qui se pratiquoit de son temps, dit qu'il n'y a plus que le roi qui puisse décerner le combat, et encore entre gentils-hommes [2]. J'examine, enfin, quels avoient été les effets de l'ordonnance de Charles VI, et comment elle avoit cessé d'être en vigueur.

[1] Voyez *Quæstiones Joannis Galli per arresta parlamenti decisæ*, dans les œuvres de Dumoulin, tom. III, p. 1973. J. Gallus, qui avoit été l'avocat de Legris, expose les motifs pour et contre, et après avoir considéré toutes les circonstances, il ne peut s'empêcher de reconnoître le jugement de Dieu dans l'issue du combat où Legris fut tué.

[2] Recherches sur la France, Liv. IV, c. 1.

EUDOXE.

En me conseillant de mettre tous les jours par écrit le résultat de mes observations et de mes lectures, vous m'avez indiqué la manière de disposer dans un ordre convenable les divers articles de ce recueil; mais vous ne m'avez presque rien dit sur le choix, l'étendue et la rédaction des extraits, et vous m'avez fait espérer que vous me donneriez encore quelques principes particuliers sur ce sujet. C'est surtout dans l'étude de l'histoire, celle de toutes qui en exige le plus, qu'il est essentiel de suivre une bonne méthode.

ARISTE.

La première règle pour les extraits, c'est qu'ils soient aussi courts que possible. Pour cela, il ne faut jamais transcrire ce qui est imprimé. Les extraits sont de plusieurs genres. Après avoir lu un auteur, il est à propos de vous rendre compte de l'impression qu'il vous a faite, et de marquer, en peu de mots, le jugement que vous en portez, comme le faisoit Gibbon. Ceci est applicable à toute sorte d'ouvrages. Pour l'histoire proprement dite, lorsque, à la fin de chaque période, vous tracerez un tableau de l'état de la société, soyez extrêmement précis sur l'enchaînement des faits: cela se trouve dans tous les abrégés; il vous suffit d'indiquer d'un mot les événemens principaux et les livres à consulter. Citez ces livres, en renvoyant aux chapitres ou aux paragraphes, lorsque ces divisions y sont employées, plutôt qu'aux pages qui ne peuvent servir que pour une édition. Si la lecture vous a fait naître une opinion particulière, développez-la, en indiquant les preuves, sans vous donner la peine de transcrire les passages qui appuient votre sentiment, à moins que ces passages ne soient très-courts. Ayez, sur chaque époque, un cahier particulier, où les objets essentiels soient traités à part; sciences, beaux-arts, littérature, arts mécaniques, commerce, valeur des denrées, état du peuple, religion, etc. Sur chacun de ces articles, posez les questions les plus importantes, répondez-y d'après l'opinion qui résulte de vos lectures, et citez exactement les autorités qui vous ont déterminé. Faites ensorte qu'aucune de vos observations sur ces divers sujets ne soit isolée : comparez les découvertes, les changemens, les progrès en divers genres, soit les uns aux autres, soit avec l'ensemble des idées reçues : car il arrive souvent qu'une vérité n'est pas saisie, que sa publication est inutile ou même nuisible, parce qu'elle ébranle un système général sans qu'on ait encore les moyens de l'étayer : il arrive, plus souvent encore, qu'une découverte dans les sciences ou dans les arts, est absolument stérile, parce que d'autres sciences ne sont point assez avancées : il arrive, enfin, qu'une institution, absurde ou vicieuse en elle-même, est utile dans certaines circonstances, et relativement à des habitudes qu'on doit modifier ou changer, sans pouvoir les détruire tout à coup.

A l'article de la géographie, soyez attentif à marquer à quelle époque un peuple paroît sur la scène pour la première fois, et sous quel nom il a été connu. Cherchez dans les auteurs contemporains quelques passages qui vous donnent une idée de la langue vulgaire. Enfin, que vos extraits contiennent principalement deux choses : le résultat des opinions que la lecture vous a données, et une table bibliographique qui vous facilite le moyen de retrouver ce que vous avez lu, et de comparer les diverses relations des mêmes faits. De tels extraits ne seront pas fort étendus. Vous n'avez besoin de noter rien de ce qui se trouve dans le président Hainaut, ni dans le Tableau des révolutions de l'Europe, de Koch. Les dialogues que je vous ai conseillé de composer, vous mettront souvent dans le cas de consulter des dissertations savantes : comme la plupart des choses que vous trouverez dans ces dissertations vous seront connues, vous n'aurez besoin de vous arrêter qu'à ce qui est essentiel et neuf pour vous. Il ne faut jamais regarder les extraits comme des matériaux qui pourront servir dans la suite à la composition d'un ouvrage. C'est seulement, lorsqu'on a long-temps médité sur un sujet qu'on a choisi à cause de son importance et de son utilité, qu'il faut faire des extraits, pour rassembler des objections, des éclaircissemens et des preuves. Plusieurs Allemands, après avoir fini leurs études à l'université, passent une couple d'années à extraire et compiler les livres de la bibliothéque de Gœttingue ; de là vient que leurs dissertations sont quelquefois surchargées d'érudition, et contiennent plus de citations que de choses nouvelles.

EUDOXE.

L'Essai sur les mœurs et l'esprit des nations me semble le meilleur extrait qu'on ait fait de l'histoire universelle.

ARISTE.

C'est sans doute le plus agréablement écrit, celui dans lequel sont rassemblés le plus de faits curieux; on peut même dire qu'il a produit une révolution heureuse dans la manière d'écrire l'histoire, en donnant l'exemple de ne s'attacher qu'à ce qu'il est important de savoir: mais il seroit inutile de composer pour soi un extrait dans le même genre. On y trouve le récit assez étendu de plusieurs événemens que celui qui fait une analyse pour son usage n'a nul besoin de rapporter. Cet extrait ne peut, d'ailleurs, vous dispenser d'en rédiger un à votre manière. On voit que M. de Voltaire a d'abord adopté un système, et qu'il a cherché à y ramener les faits. Les anecdotes qu'il choisit, les réflexions dont il les accompagne, et le style qu'il emploie, ne conviennent pas toujours à la dignité de l'histoire; et, comme il ne cite jamais les sources dans lesquelles il a puisé, son autorité est foible quand il n'est pas d'accord avec les autres historiens. Mais cet ouvrage vous prouve qu'on peut faire, de l'histoire générale, un extrait qui, sans être fort étendu, contienne tout ce qui est essentiel. Il est clair que si vous substituiez, au récit des faits que vous n'avez nul besoin de transcrire, la simple indication d'autres faits et des citations exactes, vous auriez un ouvrage qui, sans être plus considérable que celui de M. de

Voltaire, le seroit assez pour vous. Un pareil travail pourroit bien n'être pas accueilli du public , à qui il faut présenter à la fois la narration des événemens et les réflexions qu'ils font naître, mais il seroit certainement utile à celui qui l'auroit entrepris pour sa propre instruction. Quand vous relirez vos extraits, si vous ne vous rappelez pas les preuves d'une opinion que vous aurez adoptée, vous serez toujours à même de la vérifier et de la soumettre à un nouvel examen, pourvu que vous ayez mis la plus scrupuleuse exactitude dans vos citations.

EUDOXE.

Un mérite particulier à M. de Voltaire , c'est de se diriger toujours par les règles du bon sens, d'écarter le merveilleux, de soumettre l'autorité des témoignages à celle de la raison, et de ramener les événemens à des causes semblables à celles qui les produiroient aujourd'hui.

ARISTE.

La crainte de donner dans le merveilleux doit nous rendre difficiles sur les preuves , mais elle ne doit pas nous faire rejeter , comme faux , tout ce qui est extraordinaire , tout ce qui est invraisemblable ou inexplicable pour nous. Il faut former notre opinion d'après des faits bien constatés, et non juger des faits d'après nos opinions. Ceci s'applique à l'ordre physique comme à l'ordre moral. Combien de choses, dans Hérodote, qu'on a traitées de fables, et dont les dernières observations sur l'Égypte ont prouvé la vérité. La chute des pierres de l'atmosphère, dont il est souvent parlé dans les anciens, n'a-t-elle pas été mise, jusqu'à nos jours, au nombre des prodiges incroyables? Sur ce qui n'est pas physiquement impossible, il faut être dans une sorte de scepticisme, et peser les preuves, au lieu de les rejeter sans examen.

EUDOXE.

Mais, est-il facile de déterminer les preuves qui doivent entraîner notre conviction?

ARISTE.

Les fondemens de la certitude historique ont été souvent discutés. Les règles de critique pour l'histoire reposent sur deux bases : l'érudition et le raisonnement. Les premières sont exposées dans l'*ars critica* de Leclerc : elles sont surtout nécessaires à celui qui veut écrire l'histoire. Il faut comparer les divers auteurs, examiner si le texte n'a point été altéré, déterminer le sens des expressions, discuter la chronologie, expliquer les monumens, etc. Quant aux règles logiques qui doivent diriger notre croyance, je vous proposerai quelques observations.

On a dit que, pour déterminer la probabilité d'un fait rapporté par des contemporains, il falloit faire attention au caractère des témoins, à leur intérêt, à leurs passions, à leurs préjugés, à leurs lumières, à leur nombre, et savoir si la multitude des autorités ne se réduisoit pas à une autorité primitive qui devoit seule être discutée. On a dit encore qu'on devoit faire entrer dans le calcul les degrés de vraisemblance, tellement qu'on devoit exiger d'autant plus de preuves d'un fait qu'il s'écartoit plus de l'ordre commun. Tout cela est juste: mais il est une autre règle sur laquelle on n'a point assez insisté. En supposant un historien de bonne foi, on doit examiner, lorsqu'il raconte un fait extraordinaire, si ce fait est du nombre de ceux sur lesquels il a pu être trompé ou se faire illusion, et distinguer, avec soin, le fait en lui-même des circonstances accessoires. Je me ferai mieux entendre, en vous indiquant, par un exemple, l'application de diverses règles de critique. Vous avez lu, sans doute, l'histoire de la guerre des Juifs contre les Romains, par Joseph?

EUDOXE.

Oui, et je l'ai lue avec assez d'intérêt pour qu'elle soit présente à ma mémoire. Joseph a joué un rôle important dans les événemens dont il rend compte; il connoissoit parfaitement les lois, les mœurs et le caractère de sa nation. Son histoire fut présentée à Vespasien, à Titus et au roi Agrippa, qui l'approuvèrent et voulurent qu'elle fût publiée: il paroît également juste envers les Juifs et envers les Romains, et ni la flatterie, ni les préjugés nationaux n'influent sur son jugement. Cependant, il y a dans son histoire tant de choses incroyables, et le style de Joseph est si souvent celui d'un rhéteur, qu'il ne m'inspire pas beaucoup de confiance. On voit, d'ailleurs, dans son histoire des Juifs, qu'il a souvent altéré la narration des livres sacrés, et qu'il a recueilli, sans critique et sans choix, une foule de traditions rabbiniques. Le jugement qu'il montre dans sa réponse à Appion semble l'abandonner, lorsqu'il écrit les annales de sa nation.

ARISTE.

Je vous parlois de l'histoire de la guerre des Juifs, dans laquelle Joseph raconte ce qui s'est passé sous ses yeux, et non des antiquités judaïques, où il a recueilli les traditions reçues chez les Juifs : puisque vous rappelez les deux ouvrages, ils nous fourniront l'application de toutes les règles de critique. Les premiers livres des Antiquités judaïques ne peuvent être jugés que par la comparaison avec les autres historiens ; mais, dans l'histoire d'Hérode le-Grand, il est probable que Joseph a travaillé sur de bons mémoires, et qu'il a consulté les contemporains de ce prince, dont plusieurs vivoient encore. Le récit de la conspiration qui fit périr Caligula, et plaça Claude sur le trône, est un morceau admirable, par l'intérêt de la narration, et par le ton de liberté et de noblesse qui y règnent ; il y a seulement quelques détails que l'auteur n'a pu savoir exactement, et qu'il a placés dans son tableau, pour en mieux lier les diverses parties. Tout ce qui est relatif aux opinions des Juifs, à la philosophie des Pharisiens, des Esséniens et des Saducéens, est instructif, et ne peut être révoqué en doute.

Il y a au dix-huitième livre un passage qui a été le sujet de beaucoup de discussions : c'est celui où Joseph parle du Messie. Comme il n'existe aucun manuscrit antérieur au temps où le christianisme devint la religion dominante dans l'empire romain ; comme ce passage n'a été cité par aucun auteur des premiers siècles, et que d'ailleurs il n'est lié ni à ce qui précède ni à ce qui suit, il est impossible d'en admettre l'authenticité.

Passons à l'Histoire de la guerre des Juifs. Joseph, dans sa préface, allègue comme une preuve de la vérité des faits, que ceux qui en ont été témoins existent encore, et ne les ont point attaqués. Cette preuve est foible, parce que, même depuis la découverte de l'imprimerie, on publie tous les jours des relations fausses que personne ne réfute, et parce que Joseph peut avoir été contredit sans que nous le sachions aujourd'hui. Cependant l'approbation des empereurs doit nous faire croire que Joseph n'a point falsifié les principaux faits, ceux surtout qui nous montrent les avantages remportés par les Juifs sur leurs ennemis en diverses rencontres, et les fautes commises par ceux-ci.

Comme Joseph cherche toujours à se faire valoir, on peut penser que sur ce qui tient à son honneur et à celui de sa nation, il a quelquefois altéré la vérité: raison de plus de ne pas douter des crimes qu'il reproche à ses compatriotes, et qui, selon lui, ont attiré sur eux la vengeance du ciel. Quant aux éloges qu'il fait de la conduite et du caractère de Vespasien et de Titus, on auroit droit de les supposer exagérés, si d'autres historiens ne confirmoient son témoignage.

Dans la relation du siége de Jérusalem, on trouve plusieurs choses fort extraordinaires; je n'en citerai que deux. L'une est l'histoire de ce paysan qui, pendant sept ans et cinq mois, parcourut la ville en criant: Malheur sur Jérusalem! sans proférer jamais d'autres paroles. On ne peut la révoquer en doute, puisque Joseph avoit vu et entendu cet homme tous les jours. L'autre est l'histoire d'une mère qui, égarée par la faim et le désespoir, fit cuire, et dévora son propre fils. Il est certain que ce trait de barbarie passa pour vrai à Jérusalem, que Titus en fut informé dans son camp et en fut saisi d'horreur, que Joseph y ajouta foi, d'après l'état affreux auquel étoient réduits les assiégés, et la connoissance qu'il avoit de leur caractère: cependant pour rendre croyable une action si révoltante et si opposée à la nature, il faudroit des preuves que Joseph n'a point eues, ou sur lesquelles il a du moins gardé le silence.

Dans les prodiges que raconte Joseph, on voit sa crédulité, et dans ce qu'il dit des songes et du talent qu'il avoit pour les expliquer, il est probable qu'il se faisoit illusion.

Quant aux descriptions qu'il donne de quelques objets physiques, comme la fontaine de Jéricho, le lac Asphaltite, les fruits qui croissoient sur les ruines de Sodome, la racine Bara, etc., on reconnoît qu'il étoit fort ignorant en histoire naturelle.

Mais il est des choses plus importantes dans cette histoire; ce sont les traits qui peignent le caractère des Juifs, leur courage féroce, leurs opinions, la fureur des factions qui les agitoient; ce sont surtout ceux qui montrent à quel excès de frénésie les passions peuvent porter les hommes, et quelle étoit la barbarie des guerres de ce temps et le sort des vaincus, même sous le commandement de Titus et de Vespasien.

Ainsi Joseph raconte que les Juifs enfermés dans la forteresse de Massada voyant que la ville alloit être prise d'assaut, Éléazar leur chef les exhorta à y mettre le feu, à tuer leurs femmes et leurs enfans, et à se tuer eux-mêmes; et que tous, au nombre de neuf cent soixante-sept, périrent de cette manière, à l'exception de deux femmes qui s'étoient cachées dans un aqueduc avec cinq enfans; ces deux femmes vinrent le lendemain se rendre aux Romains, qui étant entrés dans la ville, trouvèrent tous les cadavres sur la place publique.

Ce fait est l'un des plus extraordinaires qu'on puisse trouver dans l'histoire. Il est contre nature que neuf cents personnes consentent à mourir de cette manière, que les hommes égorgent leurs femmes et leurs enfans, que chacun d'eux tende ensuite la gorge au fer de son ami, ou se tue de sa propre main, et que deux femmes seules échappent à ce massacre. Aujourd'hui pareille chose n'arriveroit chez aucun peuple. Cependant on ne peut douter du fait; car Joseph n'a pu être trompé, et il n'a eu aucun intérêt à en imposer à ses lecteurs. Quant aux circonstances, la plupart sont imaginées. En effet, comment Joseph a-t-il appris le discours d'Éléazar ? Il n'est nullement probable que les deux femmes l'eussent entendu, et quand elles l'auroient entendu, comment auroient-elles pu le rapporter ?

Mais il est un autre fait du même genre, dans lequel les circonstances sont attestées comme le fonds. Après la prise de Jotapat par Vespasien, Joseph se sauva dans une caverne où il trouva quarante des siens. Ceux-ci voyant qu'ils ne pouvoient échapper aux Romains, prirent la résolution de se tuer, et Joseph ne pouvant les en détourner, leur persuada de jeter le sort pour que chacun reçût la mort d'un de ses compagnons, jusqu'au dernier, qui se tueroit lui-même. Cette proposition fut acceptée, et trente-neuf ayant été tués, Joseph resté seul avec son compagnon, le décida à vivre, et à se confier à la clémence de Vespasien. Ici non-seulement le fait est certain, toutes les circonstances le sont également.

EUDOXE.

A cela près qu'on peut soupçonner que Joseph eut l'adresse d'influer sur le sort.

ARISTE.

Soit : mais cela n'est nullement important. Il est très-probable aussi que le discours de Joseph à ses compagnons contre le suicide, celui qu'il leur adresse ensuite pour les engager à décider par la voie du sort dans quel ordre chacun d'eux tueroit un de ses camarades, les réponses à ces discours, etc., sont une scène dramatique arrangée après coup; mais le fonds des idées est vrai : les motifs allégués de part et d'autre sont exactement présentés, et le discours de Joseph est très-remarquable, en ce qu'il fait connoître l'opinion des Juifs sur l'état des ames après la mort. « Ignorez-vous, dit-il, que Dieu répand ses bénédictions sur la postérité de ceux qui, lorsqu'il lui plaît de les retirer, remettent entre ses mains, selon les lois de la nature, la vie qu'il leur a donnée, et que leurs ames s'envolent pures dans le ciel pour y vivre bienheureuses, et revenir dans la suite des siècles animer des corps qui soient purs comme elles; mais que les ames des impies qui se donnent la mort de leurs propres mains, sont précipitées dans les ténèbres de l'enfer ». Remarquez ici deux opinions, l'une que le suicide est une action criminelle; l'autre, que les ames des justes doivent un jour revenir animer de nouveaux corps. Joseph avoit intérêt d'établir la première, et son discours ne suffit pas pour prouver qu'elle fut générale; mais il ne pouvoit parler de la seconde qu'autant que cette croyance étoit fort répandue chez les Juifs.

En parcourant avec vous l'histoire de Joseph, j'ai voulu vous donner un exemple des diverses règles de critique d'après lesquelles nous devons nous diriger dans la lecture des historiens contemporains. J'aurois pu faire l'application de ces règles sur un auteur plus ancien, comme Hérodote; sur un auteur du moyen âge, comme Grégoire de Tours; sur un historien moderne, comme Philippe de Commines; les résultats seroient toujours qu'il ne faut pas rejeter le témoignage d'un historien, sans motifs; que l'invraisemblance n'est pas un motif suffisant ; que si l'on peut supposer l'erreur et l'ignorance, on ne doit supposer le mensonge qu'autant qu'on en voit la cause dans l'intérêt de l'auteur ; que le peu de confiance qu'un historien mérite sur certains points, n'altère pas celle qu'on lui doit sur d'autres ; enfin, que si le scepticisme est dangereux en métaphysique et en morale, il est la seule disposition que nous devions apporter à l'étude de l'histoire.

EUDOXE.

Mais, pour les prodiges, si nombreux dans les anciens auteurs, pour les miracles dont est remplie l'histoire du moyen âge, vous conviendrez que cela ne vaut pas la peine d'être discuté.

ARISTE.

Les auteurs anciens et ceux des siècles d'ignorance racontent beaucoup de prodiges : mais presque toujours sur des ouï-dire. Quant à ceux dont ils ont été témoins, et qui, seuls, doivent être examinés, la plupart n'offrent rien de contraire aux lois de la nature. Il faut seulement les dépouiller des circonstances qui ont été altérées par l'imagination. Les relations des miracles qui sont bien attestées, ne sont pas fausses. Ce qu'on doit juger faux (excepté dans celles qui, étant rapportées dans les livres sacrés, sont mises hors de discussion par la foi), c'est la cause à laquelle on a attribué les faits, ce sont les conséquences qu'on en a tirées. Ainsi, pour prendre un exemple dans un temps voisin de nous, on s'est moqué de l'ouvrage de M. de Montgeron, sur la vérité des miracles opérés à l'intercession de M. de Pâris; tout ce qu'il raconte a été traité de fable. Je suis, je l'avoue, d'une opinion différente : car la plupart des faits sont si bien attestés qu'ils me paroissent incontestables; mais, ils ne prouvent rien, ni pour la sainteté du diacre Pâris, ni pour la doctrine des jansénistes. Sans doute, quelques malades se sont crus guéris sans l'être, et d'autres ont exagéré les maux qu'ils éprouvoient avant leur guérison : mais le fond est vrai, et l'ouvrage de M. de Montgeron est instructif, en ce qu'il montre le pouvoir de l'imagination, l'influence de l'opinion, et les ressources de la nature, lorsqu'elle est secondée par la réunion de plusieurs causes. Ce n'est point un livre de religion, mais un livre de physiologie et de médecine. Le plus étonnant des phénomènes, et le plus affligeant pour l'humanité, ce seroit qu'une foule de gens, les uns très-simples, les autres très-instruits, s'accordassent pour en imposer au public, et les faits sont de telle nature que ceux qui les ont attestés n'ont pu tromper sans en avoir l'intention. Remarquez que, parmi ces nombreux miracles, vous n'en trouvez aucun qui soit au-dessus des forces de la nature, comme de rendre un bras à celui qui l'auroit perdu, ou la vue à celui qui auroit eu les yeux arrachés. Mais, quelle preuve existe-t-il qu'une commotion nerveuse ne puisse dissoudre une obstruction, guérir une hydropisie, calmer les plus vives douleurs, et ramener le mouvement et la sensibilité dans un membre paralysé ?

Je reviens à la règle que je vous ai donnée. Distinguez, dans les faits, les circonstances sur lesquelles le narrateur n'a pu se tromper, de celles sur lesquelles il a pu se faire illusion: et, puisque tout ce que nous savons en histoire ne peut être appuyé que sur le témoignage des hommes, ne soyez pas si prompt à rejeter une assertion, seulement parce qu'elle contrarie vos idées.

EUDOXE.

N'est-il pas à craindre que cette doctrine ne conduise à adopter bien des rêveries ?

ARISTE.

Non: elle conduit à s'affranchir de tout préjugé, à établir son opinion sur des faits, et à discuter les faits avec une sévère critique. Au reste, si celui qui se dévoue à écrire l'histoire, est obligé de peser la validité des témoignages sur lesquels il s'appuye, et le degré de certitude de tous les faits qu'il raconte ; celui qui l'étudie pour sa propre instruction doit négliger tout ce qui ne conduit pas à un résultat important. Dans toutes les sciences, il est un grand nombre de questions sur lesquelles il vaut mieux rester dans le doute que d'employer son temps à les éclaircir. Il faut établir les bases d'une manière solide, dessiner avec précision les traits caractéristiques, et ne s'inquiéter nullement des détails de curiosité. Je suis plusieurs fois revenu sur ce principe, parce que je crois qu'il est essentiel que vous ne le perdiez jamais de vue dans votre cours d'étude.

EUDOXE.

Je vous ai proposé, Ariste, quelques difficultés qui m'embarrassoient : je saisis maintenant l'esprit de votre méthode, et je vois que deux ou trois ans d'études bien ordonnées me mettront au fait de l'histoire, pendant les siècles qui ont précédé la découverte de l'Amérique. Reprenons maintenant la suite de votre plan, et conduisez-moi depuis la fin du quinzième siècle jusqu'au commencement du dix-neuvième.

ARISTE.

Arrivé à la fin du quinzième siècle, un champ plus vaste s'ouvre devant vous. Ce ne sont plus seulement les principaux états de l'Europe, qu'il faut examiner, c'est l'ensemble du monde connu, dont toutes les parties ont acquis de nouvelles relations. La renaissance des lettres et des beaux-arts, la découverte du nouveau monde, l'invention de l'imprimerie, la réforme de Luther, la vaste puissance de Charles-Quint, l'affoiblissement de l'autorité pontificale, les routes nouvelles ouvertes au commerce, l'introduction de plusieurs denrées étrangères qui font naître d'autres richesses et d'autres besoins, la fondation de quelques républiques, la formation d'un système diplomatique qui, liant entr'eux tous les états, comme membres d'une association générale, les porte à s'observer et à garantir les plus foibles de l'usurpation des plus puissans; enfin, un changement général dans les mœurs, l'esprit et les opinions des peuples, impriment à l'histoire un caractère absolument nouveau. En entrant dans cette carrière, il faut revenir sur vos pas, et faire encore quelques études préliminaires. Elles consistent à remonter dans l'ordre des temps, pour connoître les divers peuples qui, jusqu'alors, n'avoient eu presque aucune relation avec l'Europe, et qui, cependant, sont aussi anciens, peut-être plus anciens que nous, et dont quelques-uns ont des annales qui remontent à une haute antiquité. Le commerce va bientôt établir une correspondance entre les contrées les plus éloignées, et la puissance d'une nation européenne aura souvent pour base les établissemens qu'elle aura formés en Asie ou en Amérique.

Pour la Chine, vous aurez recours aux grandes annales traduites par le P. de Mailla, et à la belle collection des mémoires sur les Chinois, dans laquelle, parmi beaucoup de choses inutiles, on trouve tout ce qu'on peut désirer sur les mœurs, les usages et les productions de ce vaste empire. Ces deux ouvrages sont très-volumineux; mais, vous vous contenterez de parcourir le premier et de consulter le second. Vous lirez ensuite ce qui nous reste de Confucius. Ce philosophe étoit contemporain de Pythagore, avec lequel il a beaucoup de rapport: son nom est consacré par l'admiration, le respect et la reconnoissance, et ses ouvrages, quoiqu'ils aient été peut-être fort altérés, contiennent toujours sa doctrine, et les principes de morale et de philosophie adoptés parmi les lettrés. Vous lirez enfin la relation de Marc-Paul, qui au treizième siècle voyagea dans ce pays et dans plusieurs autres contrées orientales.

EUDOXE.

L'antiquité des Chinois a été de nos jours le sujet d'une grande discussion entre les savans [1]. Quelle confiance vous paroissent mériter leurs annales, pour ce qui est antérieur de plusieurs siècles aux monumens de toutes les autres nations, et que pensez-vous de l'association des phénomènes célestes avec les faits historiques ?

ARISTE.

Il faut, ce me semble, distinguer deux choses dans cette question : l'antiquité des Chinois, comme nation civilisée, et la relation des évènemens. Pour le premier point, je crois qu'il faut s'en rapporter aux missionaires qui ont été à portée de vérifier les bases de la chronologie, et qui n'ont eu aucun intérêt à

[1] Les écrits relatifs à cette discussion ont été analysés avec impartialité, par M. de Fortia d'Urban, dans les deux volumes qu'il a publiés sur l'histoire de la Chine. (Ce sont les volumes IV et V de ses Mémoires sur l'histoire ancienne du globe, en 10 vol. in-12. Paris, chez F. Schœll.)

nous en imposer. Parmi les preuves qu'ils citent à l'appui de leur opinion, il en est qui sont d'autant plus concluantes, qu'eux-mêmes n'ont pu en sentir la force. Le père Gaubil, dans un manuscrit conservé au bureau des longitudes, rapporte que onze cents ans avant l'ère chrétienne, un empereur dont la mémoire est encore en vénération parmi les Chinois, détermina dans les deux solstices les longueurs des ombres méridiennes projetées par un gnomon, et fixa la position du solstice dans le ciel. La mesure de ces ombres, rapportée par le P. Gaubil, donne la latitude de la ville de Loyang, telle qu'on l'a reconnue par l'observation. Ce n'est pas tout : en calculant d'après les formules données par M. Laplace, l'obliquité de l'écliptique onze cents ans avant l'ère chrétienne, on trouve qu'elle est exactement la même que celle qui se conclut des deux hauteurs solsticiales observées. Or ces résultats ne peuvent être dus au hasard, et ni les Chinois, ni les jésuites n'étoient en état de les calculer : les lois que suit la diminution de l'obliquité de l'écliptique n'étoient pas même bien connues lorsque le P. Gaubil écrivoit [1].

[1] Voy. dans le Mercure de France (mai 1809) l'ar-

Il suit delà que les Chinois existoient en corps de nation, et qu'ils faisoient des observations astronomiques douze siècles avant notre ère. En partant de ce point, on ne peut guère s'empêcher de faire remonter la chronologie chinoise jusqu'à Yao, et de regarder comme probable l'opinion du savant Fréret, qui place le règne de ce prince deux mille deux cent soixante-un ans avant l'ère chrétienne.

Quant aux évènemens historiques, c'est autre chose, et malgré l'existence du tribunal d'histoire, la plupart me paroissent douteux.

Vous savez que les Chinois n'ayant pas anciennement l'usage du papier, ils peignoient les caractères sur des tablettes de bambou, ce qui rendoit les moindres écrits très-volumineux et très-difficiles à conserver; que les caractères n'ayant pas toujours eu la même forme, il n'y avoit qu'un petit nombre de savans qui fussent en état de déchiffrer l'écriture ancienne; que l'imperfection de l'écriture chinoise expose même aujourd'hui à beaucoup d'équivoques; enfin que l'empereur Tsin-tchi-hoamti, qui régnoit deux cent quarante ans avant l'ère chrétienne, ayant fait brûler tous les livres

ticle de M. Biot *sur l'antiquité de la Chine, prouvée par les observations astronomiques.*

d'histoire, le plus important fut, dit-on, rétabli cinquante ans après par un vieillard qui s'en souvint assez bien pour pouvoir le dicter. Je pense que ces circonstances singulières doivent faire regarder comme très-incertaine toute l'histoire des temps antérieurs à cette époque. La tradition peut bien avoir conservé quelques faits, mais non la série des évènemens. Les livres retrouvés après la proscription étoient en très-mauvais état, et l'on pouvoit plutôt les interprêter que les lire. Le Chouking, qui est la base de l'histoire, étoit entre autres fort altéré.

Les annales composées par Sse-ma-tsienne, cent ans après l'incendie des livres, ont été écrites sur des mémoires dont l'authenticité paroît bien douteuse. Les éclipses ne prouvent rien pour la vérité des faits auxquels elles sont liées; et comme on n'indique jamais le jour auquel elles ont eu lieu, on ne peut en tirer aucune conséquence. Cependant une sage critique peut démêler parmi les anciennes traditions quelques faits instructifs, et dont les circonstances prouvent la vérité; tel est celui de la mesure des ombres d'un gnomon, onze cents ans avant l'ère chrétienne.

Au reste les discussions sur l'antiquité et la certitude de la chronologie et de l'histoire chinoises sont moins importantes pour vous que l'examen de l'état auquel les arts étoient parvenus chez cette nation, à l'époque où elle commence d'être bien connue.

Il paroît que les Chinois sont depuis bien des siècles au même degré de civilisation; qu'ils conservent scrupuleusement leurs usages; qu'ils font toujours ce que faisoient leurs pères et de la même manière; que lorsqu'ils ont été conquis par les Tartares, ce changement de domination n'en a produit aucun dans leurs mœurs et dans la forme de leur gouvernement: ce qui porte à croire qu'ils ont reçu d'ailleurs leurs arts, leurs connoissances et leur philosophie. Car, lorsqu'un peuple a l'esprit inventif, les sciences peuvent se perdre chez lui, il peut rétrograder en prenant une fausse route, mais il ne sauroit rester dans un état de stagnation. Les Chinois ne perfectionnent rien, ils ne font jamais de combinaisons nouvelles, nos savans missionnaires n'ont pu répandre les lumières chez eux; et, cependant, ils ont un gouvernement régulier et un corps de lettrés chargés du dépôt des sciences. Le philosophe doit étudier les institutions de ce peuple, pour savoir si elles sont la cause de ce défaut de perfectibilité.

Quoique les Anglois établis à Calcutta aient

fait de profondes recherches sur l'histoire de l'Inde, ils n'ont pu recueillir que des faits épars et mêlés à des traditions mythologiques: mais, plusieurs de ces faits sont très-curieux, et nous avons la traduction des livres sacrés des Brachmanes. Les Recherches asiatiques, l'ouvrage de M. Le Gentil, et celui de Robertson que je vous ai déjà cité, vous fourniront des renseignemens sur tout ce qu'il est utile de connoître: vous avez déjà pris quelques notions sur cet objet, en étudiant l'histoire ancienne; il faut, maintenant, vous en occuper plus en détail, à cause des établissemens que les Européens vont bientôt former dans les Indes.

C'est encore ici le moment de comparer l'Afrique avec ce qu'elle étoit sous les Romains. Vous trouverez des éclaircissemens, à ce sujet, dans les notes que le président Des Brosses a jointes à son Histoire de la république romaine pendant le septième siècle.

Enfin, il faut lire la relation des premiers voyages faits en Amérique, et surtout la lettre de Cristophe Colomb, publiée en 1494, sa vie composée d'après les mémoires donnés par son fils, la correspondance de Fernand Cortez avec Charles-Quint, la relation de Bernal Diaz, qui étoit le compagnon de Cortez, et qui le juge et le désapprouve, les Voyages d'Améric Vespuce, les mémoires de Las-Casas, enfin, l'Histoire d'Herrera, pour y voir ce qu'étoient réellement les Américains, quelle idée on s'en faisoit, et quelle opinion on avoit en Europe des expéditions maritimes. Les ouvrages d'un voyageur moderne [1] qui a fait de profondes recherches sur les antiquités du Mexique, vous donneront encore beaucoup de lumières.

En jetant les yeux sur la Chine, la Perse, l'Inde et l'Afrique, les traits qui peignent l'état physique du pays, le caractère, les ressources et le degré de civilisation des peuples, sont les seuls qui doivent vous arrêter. Négligez la succession des princes, les anecdotes de leur règne, le détail des évènemens politiques et militaires. Les nations étrangères doivent être étudiées pour connoître l'homme, en général : sous tout autre point de vue, leur histoire n'est intéressante qu'autant qu'elle fait connoître leurs institutions civiles et politiques, ou qu'elle rapporte des évènemens qui ont influé sur l'état de l'Europe. Bruce a donné, dans son voyage, une histoire d'Abyssinie beaucoup trop étendue, parce qu'elle est isolée de ce qui est relatif à nous. C'est principalement sous le rapport du commerce que

[1] M. de Humboldt.

nous devons nous occuper des pays éloignés, lorsque les peuples qui les habitent ne sont pas parvenus à un haut degré de culture intellectuelle; si ce rapport n'existoit pas, leur histoire nous seroit à peu près inutile.

EUDOXE.

Je vous arrête encore un moment, pour vous demander l'explication d'un mot que vous m'avez dit hier. C'est que l'histoire ancienne et l'histoire moderne n'ont point le même caractère, et ne doivent pas être étudiées sous le même point de vue. Cette idée me paroît juste, mais je ne sais si j'en ai bien saisi les conséquences.

ARISTE.

La différence des quatre grandes périodes de l'histoire est frappante, et la dernière, dans laquelle nous allons entrer, diffère bien plus des trois précédentes, que celles-ci ne diffèrent entre elles.

L'histoire grecque présente la lutte de quelques peuples enthousiastes de leur liberté, contre de grandes nations soumises au despotisme. Tout ce qui peut agir sur l'imagination, y joue un rôle important, et cependant la simplicité est toujours unie à l'héroïsme dans les actions, au sublime dans les ouvrages. Les lois et les institutions n'ont aucun rapport aux nôtres, et ne sauroient nous convenir ; mais nous voyons quelle est leur puissance, et jusqu'à quel point elles modifient la nature : les beaux-arts au contraire nous offrent des modèles admirables, et que les siècles suivans n'ont jamais surpassés. Cette histoire est propre à élever notre ame, elle est l'aliment du génie et de la vertu : elle nous apprend à connoître, non les hommes avec lesquels nous vivons, mais l'homme en général. Presque tous les écrivains de cette époque doivent être lus en entier, non pour discuter la certitude de tel ou tel fait, les fondemens de telle ou telle opinion, mais pour voir comment ils considéroient les objets, et comment ils savoient les peindre ; enfin l'histoire grecque est un cours de littérature et de philosophie.

Dans la seconde période nous voyons un peuple étranger aux arts de la paix, se former et s'élever par degrés, se fortifier par les obstacles et les défaites, et se rendre le maître du monde par sa constitution et la discipline de ses armées. Cette puissance s'écroule enfin lorsque sa masse n'est plus en proportion avec les ressorts qui la font agir. L'histoire romaine forme un ensemble dont toutes les parties se lient et se correspondent : la naissance de la république, sa grandeur et sa décadence se présentent comme un grand drame qui a une marche régulière, depuis l'exposition jusqu'au dénouement. Dans l'intérieur de Rome il faut considérer la forme et les vicissitudes du gouvernement, et cette lutte des pouvoirs qui maintient l'équilibre, et conserve toujours la même direction : hors de Rome, la discipline des armées, la constance, même après les défaites, l'intrépidité et le dévouement des soldats, et les succès militaires qui en sont la suite. Il faut, en étudiant cette histoire, faire un choix parmi les auteurs, distinguer la grandeur des exploits de l'injustice des motifs, et se méfier toujours du jugement que les historiens portent de leur patrie, et des peuples qu'ils regardent comme devant être leurs sujets ; et le politique et le militaire trouveront ici beaucoup d'instruction, comme l'a si bien prouvé Machiavel, par ses commentaires sur Tite-Live.

L'histoire du moyen âge présente une multitude de guerres sans plan et sans objet, et des institutions incohérentes. Les barbares envahissent et dévastent ; et le hasard des circonstances établit seul diverses formes de gouvernement. Une foule de tyrans divisés entre eux, se servent de leurs vassaux comme d'instrumens dont ils sont propriétaires. On voit de temps en temps des exploits merveilleux ; mais nulle combinaison qui tende à assurer le repos ou la gloire d'une nation. Les états sont isolés, et s'ils se réunissent, cette réunion n'est point établie sur l'intérêt commun ; elle ne dure que jusqu'à ce que d'autres circonstances viennent tout bouleverser. Chez les anciens la plus grande partie de la population étoit composée d'esclaves, mais à côté de la servitude étoit placée la liberté : dans le moyen âge la liberté n'existe nulle part ; on voit seulement la licence et l'impunité dans quelques classes d'hommes. La puissance spirituelle exerce une domination que les forces réelles des princes et des nations ne peuvent combattre ; et des préjugés absurdes, des opinions dont personne ne se rend compte, gouvernent le monde. Il faut examiner ici les maux que produisent les guerres lorsque l'adoption générale d'un droit des gens n'en tempère pas la barbarie ; les suites funestes de l'ignorance et de la superstition, lorsque les peuples ne sont pas soumis à un gouvernement régulier et analogue à leur état de civilisation. Une nation peut être heureuse quoiqu'elle soit encore dans un état grossier, et très-ignorante; mais il faut pour cela qu'elle ait des lois simples et peu nombreuses, que les idées naturelles du juste et de l'injuste n'aient point été obscurcies par des subtilités, que l'agriculture et les arts de première nécessité occupent tous les individus, et qu'on ne prenne les armes que pour la défense de la patrie, qu'il n'y ait pas une grande inégalité dans les fortunes, que le luxe ne soit pas mêlé à la barbarie. Les sciences sont nécessaires aux peuples très-civilisés, elles mettent un frein à la corruption, elles offrent un remède à une foule de maux que les peuples grossiers ne connoissent pas : mais lorsqu'un peuple est conquis et désarmé, lorsque le désordre est dans la société, les sciences ne font qu'éclairer sur les malheurs qu'on éprouve, en faisant connoître l'état dans lequel on devroit être; elles se perdent bientôt, et de fausses sciences, des opinions absurdes et anti-sociales viennent prendre leur place, et produisent cent fois plus de maux qu'une ignorance absolue. Le bonheur d'une nation ne peut résulter que de l'accord qui se trouve entre les lumières, la forme du gouvernement, la division des classes et l'état de la civilisation. L'histoire du moyen âge se compose d'une multitude

empire. Les vaisseaux sont comptés dans la balance politique comme les villes fortifiées ; et souvent lorsque le continent est en paix, la guerre maritime change le sort des nations.

L'histoire moderne nous offre des exemples dont nous pouvons faire l'application, parce que depuis le seizième siècle les hommes sont placés dans les mêmes circonstances essentielles. Ils ne craignent plus une invasion imprévue : ils ont les mêmes arts, les mêmes moyens, les mêmes idées, le même but, les mêmes correspondances. Avant cette époque on pouvoit étudier chaque nation à part, aujourd'hui il n'en est pas une dont l'histoire ne soit liée à celle du monde.

Enfin, depuis la découverte de l'imprimerie nous avons bien plus de moyens de connoître la vérité, puisqu'il n'est aucun problème intéressant qui n'ait été soumis à la discussion, aucun évènement qui ne soit raconté par des auteurs de divers partis, aucun pays qui n'ait plusieurs historiens, aucun homme célèbre dont on n'ait écrit la vie. Les lumières se communiquent d'un peuple à l'autre, et si quelques-uns restent dans l'ignorance, ils profitent toujours des découvertes faites ailleurs par des hommes éclairés.

Voyons maintenant comment l'histoire doit être étudiée depuis cette époque à laquelle tout change dans l'ancien monde.

Le nombre des livres en tout genre s'étant prodigieusement multiplié, il faut choisir les meilleurs, et se borner à consulter les autres sur quelques particularités intéressantes. De Louis XI jusqu'à Henri IV nous avons trois historiens du premier ordre, et qui font presque une suite non interrompue. Ce sont Philippe de Commines, dont je vous ai parlé, Guichardin, dont l'histoire s'étend depuis 1494 jusqu'à 1536, et de Thou, qui commence à 1547, et finit à 1608. A la vérité Guichardin n'a pour objet que de traiter des guerres d'Italie, mais comme il s'élève à des considérations générales, il fait connoître tous les peuples qui avoient des relations avec cette contrée. Les mémoires de Dubellay contiennent tout le règne de François I. L'histoire de Charles-Quint, par Robertson, doit être lue ici; elle est si belle, si exacte, qu'on peut en associer la lecture à celle des écrivains contemporains; elle vous dirigera même pour consulter ceux-ci. Le président de Thou a vraiment donné l'histoire générale de son temps : elle est écrite sans passion, avec dignité; et pour connoître la période dont il trace le tableau, il suffit d'y joindre quelques mémoires particuliers, et la vie de quelques grands personnages. Ainsi vous lirez le journal de l'Étoile, la vie de Bayard, les mémoires connus sous le nom de Mémoires du prince de Condé.

Vous n'auriez cependant qu'une idée imparfaite de l'histoire de ce temps, si vous vous borniez aux écrivains françois et italiens. Les allemands et les anglois doivent être consultés aussi pour connoître les causes de la réformation, le caractère des réformateurs, et le changement qui s'opéra tout à coup dans l'esprit des nations. Le meilleur ouvrage sur la réformation de Luther est celui de Sleidan, imprimé en 1555. L'auteur raconte des faits dont il avoit été témoin, et, quoiqu'il fût attaché au parti des réformés, il est si exact, que son autorité est reconnue par les catholiques. Il n'en est pas de même de Burnet; celui-ci qui a écrit l'histoire de la réformation de l'église en Angleterre, plus de cent ans après l'évènement, est d'une telle partialité, qu'il fait même l'apologie de Henri VIII. Cependant comme son histoire présente l'ensemble des faits, qu'elle est accompagnée de pièces justificatives, et qu'elle renvoie aux auteurs contemporains, elle doit être lue avec soin. En la comparant aux relations données par les écrivains catholiques, il vous sera facile de fixer votre jugement.

La fin du règne de François Ier., ou plutôt celle du règne de Charles-Quint, est une de ces époques où vous devez vous arrêter, pour considérer les progrès des sciences, des lettres et des arts. Les Espagnols ont des écrivains qui fixent la langue et deviennent classiques; ils parviennent au plus haut degré de leur gloire littéraire. Les Portugais trouvent dans Barros un historien digne de raconter l'histoire de leurs découvertes, et dans le Camoëns, un poëte digne de les chanter. C'est sous François Ier. que les lettres renaissent en France, et qu'elles sont portées en Italie au plus haut degré de perfection : alors les beaux-arts brillent d'un tel éclat, que les chef-d'œuvres des peintres, des sculpteurs et des architectes sont les modèles de tout ce qui a paru depuis. Le goût ne se forma que lentement en France, puisque l'ouvrage de Rabelais eut un succès prodigieux, tandis qu'en Italie écrivoient Machiavel, Guichardin, l'Arioste, et plusieurs autres qui n'ont pas moins d'élégance que d'imagination. Marot eut quelquefois de la grace; mais combien il est inférieur aux poëtes italiens du second ordre! Remarquez les idées singulières qu'annonça Paracelse, et comment l'ignorance des principes de la médecine et de la chimie, réunie au goût du merveilleux et à l'esprit d'innovation, lui fit des partisans enthousiastes. Observez les premières idées justes sur le système du monde, dans Copernic : voyez enfin comment Gesner fit de l'histoire naturelle une science régulière, en établissant les genres. Son Histoire des Jardins vous montrera combien le goût de la botanique étoit général, et comment les plantes étrangères commencèrent alors à s'introduire en Europe.

C'est encore ici le lieu de parcourir les principaux écrits de Luther et de Calvin, pour y voir quelles passions animoient ces réformateurs, et comment ils ont été conduits bien plus loin qu'ils n'avoient prévu. Il faut examiner l'influence que cet esprit d'examen, de réforme et de dispute eut en même temps sur des opinions étrangères à la religion; comment les discussions politiques se mêlèrent aux discussions religieuses; comment prirent naissance les opinions les plus hardies sur l'autorité des princes et les droits des peuples.

L'ordre des jésuites, devenu depuis si célèbre, et qui a eu une si grande influence sur l'état de la société, tant en Europe qu'en Amérique, fut fondé en 1540. L'existence de cet ordre qui formoit une puissance politique, religieuse et morale, répandue dans tous les autres états, et dont tous les membres, soumis à un chef étranger, ne connoissoient d'autres lois que les siennes, est un des faits les plus étonnans de l'histoire du monde. Par quelle force l'intérêt personnel étoit-il tellement subordonné à l'intérêt du corps, que c'étoit pour l'ordre seul que les individus travailloient, et qu'ils ne vouloient ni gloire, ni honneurs, ni richesses, ni pouvoir, que comme membres de leur société? Ils renonçoient à tous les plaisirs, à toutes les places, ils étoient astreints à mille privations; ni le lieu de leur séjour, ni l'emploi de leurs talens n'étoient à leur choix; et cependant ils préféroient cette subordination à la liberté, et quoiqu'ils ne fussent engagés par des vœux qu'après l'âge de trente ans, on en vit bien peu qui voulussent quitter leur état pour rentrer dans le monde. Ce gouvernement, plus extraordinaire que celui de Sparte, mérite un examen attentif; et comme c'étoit de sa constitution qu'il tiroit sa force, il faut étudier celle qui lui fut donnée lors de sa formation. A la fin de la période suivante vous examinerez les progrès de l'ordre, et l'influence qu'il avoit acquise dans tous les pays où le christianisme avoit pénétré.

Vous reprendrez l'histoire, proprement dite, à Henri II, en lisant sans interruption De Thou, qui vous conduit jusqu'à la fin du règne de Henri IV, et revenant ensuite sur les historiens les plus distingués, soit des Anglois, soit des Allemands. Davila doit être parcouru, et l'histoire du concile de Trente est extrêmement importante. Je ne vous indique ici ni les livres, ni les grands évènemens. Les évènemens sont marqués dans tous les abrégés chronologiques, et quant aux auteurs, le choix est facile à faire. L'Esprit de la Ligue, par Anquetil, vous indiquera tous les ouvrages à consulter sur les troubles qui agitèrent la France pendant cette période.

La république de Hollande, qui se forme, devient, tout à coup, une partie si considérable du système de l'Europe, que son histoire doit être étudiée avec soin. C'est aussi, dès le commencement de cette période, et même depuis l'élection de Frédéric I à la couronne de Danemarck, et depuis l'étonnante révolution que Gustave Wasa fait en Suède, que l'histoire des couronnes du Nord a quelque certitude, et que les affaires de ces pays ont des relations avec celles des autres états de l'Europe.

A la fin du règne de Henri IV, vous vous arrêterez encore pour observer l'état des sciences et des lettres, et l'influence que les troubles civils, les dissensions religieuses, et l'exaltation des esprits eurent sur la littérature. La prose prend une énergie inconcevable dans Montagne : non-seulement il fait usage de toutes les ressources de sa langue, mais il crée des expressions et des tournures qui portent l'empreinte de sa pensée : ses métaphores sont toujours justes, ses peintures d'une vivacité admirable, et ce qu'on n'a point assez remarqué, son style est souvent plein de nombre et d'harmonie; tandis que ce caractère, bien plus essentiel dans les vers, ne s'y montre que plus tard, et lorsque Malherbe crée la poésie lyrique en France. Un problème curieux à examiner, c'est comment les poésies de Ronsard eurent un si grand succès; comment, étant vides d'idées, elles firent une si grande réputation à l'auteur, dans un temps où les anciens étoient bien connus. Ronsard voulut introduire dans son style poétique les formes des langues grecque et latine : il étonna d'abord : mais on sentit bientôt que ces formes étrangères ne pouvoient convenir à la langue françoise, qui est analytique et non transpositive, et pour laquelle la clarté est ce qu'il y a de plus essentiel. Le langage de Montagne lui est propre, il n'est point imité de celui des anciens : celui de Ronsard est barbare.

Après le Tasse qui fleurit pendant cette époque, le goût de la poésie se corrompt en Italie, et depuis le Marini, qui fit un abus si singulier de l'esprit, il n'y a plus d'ouvrage original jusqu'au milieu du dix-huitième siècle.

Spencer donne, en Angleterre, le premier exemple d'une versification élégante et harmonieuse, et le génie sublime et sauvage de Shakespeare paroît comme un météore : l'admiration qu'il excite empêche peut-être les Anglois de porter l'art dramatique au même degré que les François l'ont fait depuis. Les Portugais ont leur Camoëns, et les Espagnols leur Michel Cervantes.

C'est pendant cette période que les sciences sont cultivées d'une manière toute nouvelle. Galilée, le plus grand génie de son siècle, leur fait prendre une autre direction : Képler découvre ces fameuses lois qui doivent servir de base aux travaux de Newton : Bacon attaque l'ancienne philosophie scholastique, pour lui substituer l'expérience, et cette méthode de l'induction, la seule qui puisse accélérer les progrès de l'esprit humain. Bacon doit être lu presque en entier : parce que nul auteur n'est plus propre à réveiller toutes les puissances de l'esprit, et à le disposer à bien observer, et à tirer de nouveaux résultats des observations. Les ouvrages des autres auteurs qui, dans ce siècle, ont ouvert la carrière des sciences physiques, doivent être consultés, non pour y chercher les vérités qu'ils ont découvertes, et qui sont maintenant vulgaires, mais pour connoître la route par laquelle ils y sont arrivés.

La période suivante comprendra le règne de Louis XIII et la minorité de Louis XIV jusqu'à la paix des Pyrénées, en 1660. Je ne m'arrête point au traité de Westphalie, quoiqu'il soit la base du droit public de l'Europe, parce que l'histoire d'Angleterre ne peut être interrompue jusqu'au retour de Charles II, et que l'histoire de l'infortuné Charles I, celle de Cromwel, enfin celle de la révolution d'Angleterre doit être approfondie, et ne peut être terminée que lorsque tous les désordres occasionnés par l'usurpation de Cromwel furent réparés. Cette époque est aussi celle de l'entière décadence de la puissance espagnole et de l'élévation de la France. Vous apprendrez l'histoire de cette période dans les mémoires du temps, dans les recueils de traités et de négociations, dans les lettres des personnages les plus importans, dans les diverses pièces relatives aux troubles de France et d'Angleterre, aux dissensions civiles et religieuses; et vous choisirez parmi les mémoires ceux qui ont été composés par des hommes qui ont joué un rôle dans les affaires; en ayant soin de remarquer à quel parti l'auteur étoit attaché. Les mémoires du comte de Clarendon et sa vie écrite par lui-même sont bien certainement le meilleur ouvrage sur la révolution d'Angleterre : ils s'étendent depuis 1641 jusqu'à 1667 : il faut y joindre quelques écrits des fanatiques du temps. Vous lirez aussi la vie particulière des hommes qui ont le plus influé sur la destinée de l'Europe, comme Richelieu, Mazarin, Gustave Adolphe, etc. Je crois absolument inutile de vous indiquer les livres qui doivent particulièrement fixer votre attention : ce seroit répéter ce qui se trouve partout. Il me suffit de remarquer qu'il faut balancer les témoignages des écrivains des diverses nations sur les faits publics, et que pour ce qui tient à la police intérieure, il ne faut avoir aucune confiance aux étrangers, les nationaux seuls étant bien informés.

A la fin de cette époque vous examinerez les progrès des sciences. Descartes a détruit la philosophie scholastique : déjà Bacon l'avoit attaquée en lui substituant les principes les plus sages : il avoit formé une école à laquelle Newton appartient encore; mais il n'avoit fait aucune sensation en France. Il falloit que les erreurs brillantes et les systèmes de Descartes, en faisant renoncer au jargon reçu jusqu'alors, disposassent les esprits à écouter son prédécesseur. Vous lirez ses méditations et son excellent discours sur la méthode. Gassendi qui s'occupe de physique en consultant la nature, établit la métaphysique sur ses véritables bases : mais il est encore moins entendu que Bacon ne l'avoit été : et ce n'est qu'après que d'autres métaphysiciens, tels que Mallebranche, ont fait sortir les esprits de leur ancienne route, et lorsque ses idées ont été soumises à une nouvelle rédaction en Angleterre, par Locke, qu'elles reviennent dans le pays où elles avoient pris naissance, et y sont annoncées comme étrangères. Milton fait époque dans l'histoire des lettres : peut-être les scènes dont il fut témoin donnèrent-elles de la vigueur à son génie, et lui fournirent-elles plusieurs de ses caractères; mais c'est lorsque, dégoûté des agitations du monde, il s'enferma dans la retraite, lorsqu'il vécut isolé et seul avec son génie, qu'il éprouva cette inspiration d'après laquelle il a créé les peintures d'Éden.

La fondation des académies est encore de ce temps, et il est à propos d'observer quels services elles ont rendu aux sciences et aux lettres. Les sociétés littéraires peuvent faire adopter ce qui ne le seroit pas s'il étoit proposé par des particuliers : elles sont un moyen de répandre les découvertes utiles, d'en faciliter l'application. Les choses dont la vérité et l'utilité sont reconnues ont quelquefois bien de la peine à être admises. Nous en voyons un exemple dans la réformation du calendrier, qui ne fut reçue que dans les pays catholiques, parce que c'étoit Grégoire XIII qui en étoit l'auteur.

L'érudition s'exerce maintenant sur les objets d'histoire, elle est dirigée par une critique très-sage, elle ne se borne plus à rétablir le texte des anciens auteurs; elle recueille les faits les plus importans. Les travaux de Ducange sont des monumens pour la postérité. Les beaux-arts déclinent en Italie depuis les Carraches, mais ils passent en France et dans les Pays-Bas : les

François ont le Poussin, le Brun, le Puget; les Flamands, Rubens et Van Dyck. Quant aux lettres, c'est dans l'époque suivante qu'elles prennent un nouvel essor : car bien que la langue s'épure peu à peu, la prose n'a rien gagné depuis Montagne jusqu'à Pascal, ni la poésie depuis Malherbe jusqu'à Corneille. Il faut remarquer avec soin les changemens opérés dans l'éducation, relativement aux études qui se faisoient dans les colléges, ainsi que la prétention que plusieurs des grands de la cour montrèrent à la gloire littéraire. Cette circonstance contribua à ennoblir dans l'opinion la profession de littérateur, mais elle rendit l'érudition plus rare, et elle diminua le soin qu'on apportoit à la composition des ouvrages, en engageant les hommes de lettres à se répandre dans la société des gens du monde.

Quoique le traité de Westphalie soit antérieur de douze ans à l'époque dans laquelle vous entrez, c'est par-là que vous devez en commencer l'étude, puisqu'il termina les guerres occasionées par la réformation, et qu'il va devenir la base du droit public de l'Europe. L'Angleterre qui n'y prit aucune part, établissoit alors sa puissance maritime, et l'acte de navigation donné par Cromwel la rendoit la souveraine des mers. En même temps s'établit ce système colonial et commercial qui donne de nouveaux intérêts à tous les états du continent, qui est la source de la puissance des Hollandois, et qui n'a peut-être pas produit autant de bien dans la société par l'introduction de nouvelles richesses, qu'il a causé de mal par les guerres auxquelles il a donné naissance. Les colonies agricoles qui transportent dans des contrées incultes, mais fertiles, la surabondance de la population d'un pays, sont incontestablement le plus grand des biens; mais les avantages et les inconvéniens de la possession d'îles éloignées et dépendantes d'une métropole, sont un des plus grands problèmes de morale et de politique; et cette question a rarement été traitée sans passion et sans préjugé. On pourroit ici l'examiner philosophiquement et *a priori*: mais il vaut mieux en renvoyer la discussion à la fin du dix-huitième siècle, parce qu'alors on a plus de faits et d'objets de comparaison. Leur influence sur l'état de l'Europe est un point qu'il ne faut jamais perdre de vue.

C'est lors de la révolution de 1688 que l'Angleterre prit la forme de gouvernement, qu'elle a conservée depuis, et que la liberté de la presse, l'acte connu sous le nom de déclaration des droits, et les lois sur la succession furent sanctionnées: c'est donc en ce moment qu'il faut étudier à fonds la constitution de l'Angleterre. Vers la fin de cette époque, l'élévation d'une nouvelle puissance dans le Nord étend encore le champ de l'histoire. Je n'entreprendrai point de vous tracer ici le tableau des principaux évènemens, et je ne vous indique pas les sources auxquelles vous aurez recours, pour vous instruire des détails : la réputation des bons ouvrages est faite, et ce sont les seuls que vous devez lire. Il est clair que vous passerez souvent des historiens françois aux historiens anglois et allemands ; et que c'est surtout dans les mémoires du temps, dans les recueils des actes publics, des lois et des ordonnances que vous trouverez une instruction solide. Les lettres particulières, les journaux, vous donneront des notions sur la manière de vivre, sur la valeur des denrées, sur les usages, et sur beaucoup de choses qui dans les temps précédens étoient de pure curiosité, mais qui maintenant acquièrent de l'importance, parce qu'elles appartiennent à une époque célèbre et très-voisine de nous.

En vous arrêtant à la mort de Louis XIV

pour considérer l'héritage de gloire que ce siècle a légué à la postérité, vous observerez par quels degrés la littérature et les sciences parvinrent à leur perfection, soit en France, soit en Angleterre, quoique dans un genre différent. Nos poëtes dramatiques surpassent tous ceux de l'antiquité. Nos orateurs ont porté l'éloquence aussi loin peut-être que Démosthènes et Cicéron. A la vérité, la philosophie est circonscrite dans certaines limites ; et l'on ne trouve plus d'écrivains qui aient cette liberté de penser, cette sagacité, qu'on admire dans Montagne : mais il règne dans tous les bons ouvrages de ce siècle une décence, une dignité, un sentiment des convenances, une pureté de goût qu'on ne trouve dans la littérature d'aucun peuple. C'est dans le cours de cette époque que la langue est fixée ; et c'est à Pascal que nous en avons l'obligation. Vous relirez les Provinciales pour les comparer aux ouvrages antérieurs, et pour vous demander si nous avons gagné quelque chose depuis. Mais en admirant cette production si étonnante sous le rapport littéraire, vous ne négligerez point de remarquer que c'est un ouvrage infidèle, en ce que des opinions fort antérieures aux jésuites leur sont imputées, comme s'ils en étoient les premiers auteurs, et surtout en ce que quelques passages ignorés, et auxquels personne ne faisoit attention, sont présentés comme la doctrine de toute la société. On a fait aux Provinciales des réponses très-justes ; elles n'ont eu aucun succès, parce que la plupart des hommes se rangent du côté de celui qui les intéresse et les amuse ; mais le philosophe ne doit jamais mettre le talent d'écrire au-dessus de la raison et de la vérité.

Vous ne finiriez point si vous vouliez lire tous les bons ouvrages écrits pendant cette période. Les meilleurs en poésie et en littérature sont devenus classiques ; ils sont familiers à tous ceux qui, après avoir reçu une bonne éducation, ont conservé le goût des lettres. Il faut y joindre quelques-uns des ouvrages les plus foibles sur des questions intéressantes ; quelques-unes des critiques faites dans le temps des chef-d'œuvres que nous admirons le plus, pour comparer le goût de la foule des écrivains à celui des hommes de génie, qui sont devenus des modèles, et les formes de style généralement usitées au commencement et à la fin du dix-huitième siècle.

Sous Louis XIV les bons écrivains ont de l'élévation, de la dignité, de l'ordre, de la

l'érudition si cultivée dans la période précédente; celle enfin de la paix qui succéda aux troubles civils et à la guerre de trente ans; comment la littérature espagnole et la littérature italienne se mêlèrent à celle des Grecs et des Romains, et donnèrent un caractère particulier aux pièces de Corneille, et à plusieurs même de celle de Molière.

Cette époque est aussi celle où les sciences exactes se sont élevées aux théories les plus sublimes, et ont fourni les applications les plus étonnantes. Leur domaine s'est prodigieusement étendu depuis, mais leurs acquisitions et leurs progrès sont une suite des découvertes de Newton, et les travaux de ce génie immortel comparés à ceux des siècles précédens, sont plus extraordinaires que ceux qu'on a exécutés en partant du point où il a porté l'astronomie, la physique et les mathématiques. Il faut lire ses ouvrages, ainsi que plusieurs de ceux de Galilée, de Képler et de Leibnitz, pour découvrir l'origine de leurs idées, et l'ordre selon lequel elles se sont enchaînées dans leur esprit. Il faut voir également comment les méthodes se sont formées en histoire naturelle; comment les voyages des naturalistes ont introduit de nouvelles richesses; comment les productions des deux Indes sont devenues des objets de commerce, et presque de nécessité; comment quelques-unes de ces productions cultivées en Europe, et substituées aux plantes indigènes, ont augmenté les moyens de subsistance, donné lieu à d'utiles manufactures, et favorisé l'accroissement de la population; comment enfin l'industrie s'est perfectionnée, et quels secours les arts mécaniques ont tiré du progrès des sciences.

Le caractère que prirent les beaux-arts doit être comparé à celui qu'ils avoient dans les siècles précédens. On voit partout de la noblesse, du luxe; mais si on excepte le Poussin et le Sueur, aucun artiste françois n'a la simplicité de l'ancienne école italienne. Lebrun dirigeant tout, et ses élèves ne travaillant que d'après lui, les tableaux, les édifices, les bas-reliefs sont du même genre.

Vous observerez enfin quelles étoient pendant cette période les idées auxquelles on attachoit le plus d'importance, et quel étoit l'esprit général de la société. Des opinions qui, cinquante ans plus tard, ont été dans la bouche de tout le monde, étoient alors la doctrine secrète d'un petit nombre de personnes qui n'osoient les publier. Elles auroient paru si étranges à la plupart des hommes éclairés, qu'ils les auroient attribuées à un travers d'esprit, et que plusieurs même n'auroient pu concevoir qu'on les adoptât de bonne foi. Il faut toujours suivre la marche de l'esprit humain en lisant l'histoire, et remarquer par quelles idées intermédiaires on a passé à des sentimens opposés.

La dernière période historique va depuis la régence jusqu'à la fin du dix-huitième siècle. On pourroit la partager en trois sections, en s'arrêtant à la paix de 1762, époque à laquelle l'Angleterre établit sa domination dans les Indes orientales, et parvint au faîte de sa grandeur, où divers changemens eurent lieu dans plusieurs états, où le roi de Prusse vit sa puissance assurée, où fut conclu le fameux pacte de famille, époque enfin à laquelle s'opéra un grand changement dans les esprits, et où des écrivains du premier ordre ébranlèrent tous les préjugés reçus, et, quoique divisés d'opinions, semblèrent concourir à un même but. Delà on pourroit aller jusqu'à 1787. Vous pouvez en effet vous arrêter à chacune de ces époques pour considérer le tableau de l'esprit humain. Je ne vous dis rien des évènemens politiques et militaires, des révolutions opérées dans les divers états : ici tout est important, parce que tout est lié. A chacun de ces évènemens vous consulterez les historiens des divers peuples de l'Europe, pour faire marcher de front toutes les parties de l'histoire universelle. Les recueils de gazettes, ceux de lettres, de pamphlets, d'anecdotes, de pièces fugitives, et la tradition qu'on peut sans cesse consulter, vous offrent des ressources qui n'existoient point auparavant.

Dans la première division c'est M. de Voltaire qui tient le sceptre littéraire en France, et même en Europe. Il traite les questions les plus profondes avec une extrême légèreté, jette du ridicule sur les objets les plus respectés, et change l'esprit de son siècle. Tous les hommes de lettres semblent se ranger autour de lui, et se faire gloire d'être ses élèves. Montesquieu expose les idées politiques de manière à se faire lire par les hommes superficiels, et à leur persuader qu'ils l'ont entendu ; et Fontenelle, en introduisant les gens du monde dans le sanctuaire des sciences, leur apprend à ne pas les mépriser. Cependant on perd ce goût de l'ordre, cette méfiance de ses propres lumières, ce respect pour les recherches profondes, cette pureté de goût, et ce sentiment des convenances qui régnoient dans la république des lettres, sous Louis XIV.

Dans la division suivante les sciences ont fait plus de progrès que pendant les siècles précédens : non qu'il y ait eu des hommes supérieurs aux Galilée, aux Newton, aux Bacon, mais parce qu'on a marché dans la route tracée par ces génies créateurs. Après avoir épuisé les systèmes on est venu à l'examen des faits; la saine métaphysique de Gassendi et de Locke s'est répandue peu à peu ; l'histoire a été envisagée sous son vrai point de vue, et les Anglois, jusqu'alors inférieurs en ce genre aux autres nations, au jugement de Bolingbroke lui-même, ont égalé les historiens de l'antiquité; la géométrie, l'astronomie, l'histoire naturelle, la physique, la chimie, et leur application aux arts ont marché de concert et d'un pas si rapide ; les méthodes qui enseignent à enchaîner les faits, à comparer les résultats, à séparer le vrai du faux, ont été tellement perfectionnées, que quelques philosophes étonnés de l'accroissement des lumières, se sont fait une idée exagérée de la sagesse de leurs contemporains : ils ont pensé qu'il suffisoit de combattre les erreurs pour les détruire ; qu'une fois détruites la raison seule prendroit leur place; qu'alors le peuple connoissant ses vrais intérêts, il ne voudroit être conduit que par la justice et la vérité, qu'affranchi de ses préjugés il seroit délivré de la plupart de ses maux, et aussi éloigné d'adopter des erreurs nouvelles que de revenir aux erreurs anciennes. Prévenus de ces idées, des hommes d'un génie ardent ont voulu accélérer cette époque du bonheus universel; persuadés de l'empire des lumières et du dévouement des individus à la cause commune, ils ont voulu renverser tous les obstacles en proclamant de nouveaux principer chez un peuple à qui les écrivains que j'ai cités avoient donné le goût de la lecture. Cette période qui étoit celle des sciences et de la philosophie, est devenue celle des théories audacieuses et de l'esprit d'innovation. On a reconnu que l'expérience pouvoit seule nous guider dans les sciences; mais on a négligé de la consulter dans les affaires civiles et politiques : on n'a point assez senti que l'ordre étant ce qu'il y a de plus important dans la société, il ne devoit jamais être permis de l'intervertir, avant d'être sûr que ce qu'on substitueroit seroit solide. Il s'est établi une lutte continuelle entre les institutions qui dirigeoient les peuples, et l'opinion de ceux qui prétendoient les éclairer. On a adopté un langage de convention dans les conseils des princes, dans les chaires, dans les tribunaux, dans les maisons d'éducation ; tandis qu'on en tenoit un autre dans le monde et dans les livres philosophiques. On a attaqué par le raisonnement et par le ridicule tous les préjugés reçus ; sans faire attention que les préjugés sont le seul moyen de gouverner les hommes réunis en société, parce que les préjugés sont les mêmes pour tous, tandis que les opinions établies sur le raisonnement, sont différemment appréciées par chaque individu. Une classe d'hommes auxquels leurs talens donnoient la plus grande célébrité, marchant d'un pas si rapide que la multitude ne pouvoit les suivre, des enthousiastes incapables de saisir l'ensemble de leur théorie en ont détaché quelques principes qu'ils ont rendus populaires : de là cet esprit d'indépendance, ce mépris extrême pour les usages anciens, cet empressement irréfléchi à détruire toutes les erreurs, tous les abus ; sans songer si ces erreurs n'étoient pas liées à des vérités utiles, et ces abus à des institutions fondamentales dont on ne pouvoit les séparer que peu à peu. Que de maux sont résultés de cette domination exercée par des hommes d'une imagination forte, de ces secousses données à toutes les colonnes qui soutenoient l'édifice de la société, et de l'imprévoyance d'un gouvernement qui n'a pas jugé que bientôt on se trouveroit au milieu des ruines ! Cependant le sage ne dut jamais désespérer de l'avenir : quand les esprits épuisés par les fatigues cessent de s'agiter, l'ordre se rétablit par des moyens que la prudence humaine n'auroit pu prévoir, et les lumières acquises ne sont point perdues pour la génération future.

Vous n'aurez pas besoin de faire de nouvelles recherches pour examiner l'état des sciences et des arts pendant la dernière moitié de ce siècle. Ce travail est fait, puisque vous vous en êtes instruit avant de commencer l'étude de l'histoire. Il faut seulement remarquer quelles idées fondamentales, quelles découvertes appartiennent à cette époque, et comment elles ont été amenées. Quant aux lettres, laissez dire ceux qui se plaignent de leur décadence depuis le siècle de Louis XIV : si nous n'avons rien à opposer aux tragédies de Corneille et de Racine, aux comédies de Molière, aux fables de Lafontaine, aux chef-d'œuvres de Bossuet ; quels hommes le siècle de Louis XIV peut-il mettre à ...té de Rousseau, de Voltaire, de Buffon, de M...ntesquieu ? Il est injuste de comparer un siec... à l'autre sous un seul rapport : il faut mett... dans la balance tous les genres d'ouvrages. Les beautés de la littérature du 18e. siècle ne sont point celles du siècle précédent, pas plus que celles de Shakespeare et de Milton, ne sont celles du Tasse et de Racine. Des traits différens brillent dans les productions littéraires, selon les temps, les lieux et le caractère national. Un mérite particulier à la France, et qui la distingue, surtout depuis le milieu du dernier siècle, c'est la clarté et l'élégance avec laquelle sont écrits plusieurs traités sur les sciences. Les critiques qui se plaignent de la disette des bons ouvrages, ne s'occupent pas même de ceux-là. Cependant nous avons déjà assez de livres pour notre amusement, et nous ne saurions trop nous applaudir de ce que les hommes d'un vrai talent, après s'être formé le goût par l'étude des bons modèles, appliquent l'art d'écrire à des objets positifs, et qui ont d'autant plus besoin d'être exposés sous une forme intéressante, que par eux-mêmes ils exigent plus d'attention.

Je ne vous dirai rien de la dernière période. Ceux qui y ont joué un rôle vivent encore parmi nous, et ceux qui ont le plus de lumières et de probité peuvent vous donner des renseignemens plus certains que les écrits publiés p les divers partis.

Quoiqu'il ne soit pas temps encore .rire

l'histoire de la révolution, ses causes, sa marche et ses effets sont le sujet le plus vaste et le plus important dont on puisse s'occuper; si cette époque est effrayante par les crimes de quelques factieux, et par l'égarement dans lequel ils entraînèrent la multitude, il en est peu qui présentent autant de traits d'héroïsme et de générosité. Le courage des armées, le désintéressement des chefs, la patience du peuple dans la disette, le sacrifice que des hommes du premier rang font volontairement de leur fortune et des privilèges dont ils jouissoient, l'enthousiasme même de la liberté sont admirables en eux-mêmes, et indépendamment des résultats. Lorsque l'anarchie est au comble, et que des scélérats dominent par la terreur, on voit des pères se substituer à leurs fils pour aller à l'échafaud, des femmes solliciter comme une faveur de partager le sort de leurs époux, des hommes de diverses opinions affronter les dangers pour sauver des proscrits, d'autres se mêler parmi les bourreaux pour soustraire quelques infortunés à leur férocité; des prêtres sortir des asiles où ils étoient cachés, pour aller consoler des malheureux; des magistrats opposer une intrépidité calme aux fureurs de la populace; des hommes simples préférer la mort à la révélation d'un secret ; des fugitifs mettre en commun tout ce qu'ils possèdent, et chacun d'eux travailler pour faire vivre ses compagnons. La plupart des victimes marchent au supplice avec une noble résignation, et leurs dernières paroles sont des vœux pour leur pays. Que de choses qui exciteroient l'admiration si on les lisoit dans l'histoire ancienne ; si l'on vouloit juger les hommes d'après le motif qui les faisoit agir, et non d'après le parti auquel ils étoient attachés ! Recueillez ces traits, mon ami, et qu'ils vous apprennent à voir le bien à côté du mal, et à ne pas être injuste envers votre siècle. Je vous engage encore à examiner comment une assemblée composée des hommes les plus éclairés de la nation, a pris un caractère destructeur par le choc des opinions et des passions : comment les principes les plus vrais, altérés par l'exagération, ont conduit aux conséquences les plus funestes, et comment, peu d'années après, la vue de ces conséquences a porté tant de gens à rejeter les principes pour avancer des maximes opposées, et dont les effets ne seroient pas moins dangereux ; comment une sorte de vertige a paru égarer à la fois les peuples et les souverains, et faire croire à tous que le malheur de ses ennemis ou de ses voisins ne pouvoit lui nuire. Je détourne les yeux de ces temps de calamités : puisse la grande leçon donnée aux hommes par tant de catastrophes, leur apprendre que ni les lumières et les vertus d'un grand nombre de citoyens, ni les richesses, ni la puissance ne suffisent pour le bonheur d'une nation ; qu'il faut que chaque individu songe à remplir les devoirs de l'état dans lequel il vit, que la multitude soit paisible, que l'ordre général soit respecté, et que chaque homme ayant le droit de dire sa pensée, aucun cependant ne veuille se mettre à la place de l'autorité publique, et ne se croye en droit de se faire chef de secte ; que jamais un usage, une loi ne doivent être considérés isolément, mais toujours dans leur rapport avec le système général ; enfin que c'est en faisant le bien autour de soi qu'on remplit sa tâche dans ce monde, et non en voulant renverser les opinions sur lesquelles d'autres hommes établissent leur bonheur.

En vous traçant un tableau rapide des siècles précédens, je me suis arrêté à la fin de chaque période pour vous indiquer les ouvrages propres à faire connoître l'esprit du temps, ceux surtout qui ont exposé de nouvelles idées dont l'influence s'est fait sentir dans la suite : il est inutile de vous citer de même les écrivains du dernier siècle : ils vous sont connus dès aujourd'hui ; et leurs admirables productions sont liées à l'histoire du moment où elles ont paru.

Il est cependant une branche de la philosophie qui exige une étude particulière, et je dois vous arrêter encore un moment sur cet objet.

Dans notre premier entretien, lorsque je vous ai parlé de la nécessité de former votre esprit pour le rendre capable d'acquérir des connoissances solides, je vous ai engagé à faire d'abord une étude de la logique, et à adopter quelques principes de métaphysique clairs et simples, sans vous livrer à ce que cette science peut avoir d'abstrait et de systématique ; ce n'est pas que j'aie regardé comme peu importantes les discussions de ce genre ; mais j'ai pensé que vous les entendriez mieux, et que vous distingueriez plus sûrement les vérités des erreurs lorsque les sciences physiques et naturelles auroient donné de la rectitude à votre esprit : j'ai pensé aussi que l'étude des divers systèmes trouveroit sa place à mesure que leurs auteurs se présenteroient à vous dans l'histoire, et qu'en les voyant paroître successivement vous jugeriez ce que chacun avoit emprunté de ses prédécesseurs. Vous avez en effet examiné la doctrine des principaux philosophes depuis Aristote jusqu'à Locke. Après Mallebranche, je ne vois en France aucun métaphysicien qui ait un caractère assez distingué pour qu'on soit obligé de l'étudier, comme présentant un nouvel ordre d'idées, adopté par un grand nombre de disciples. Nous avons eu des moralistes sublimes, mais cette partie de la philosophie qui s'occupe de l'analyse des opérations de l'entendement, a été négligée en France.

A la vérité, quelques écrivains ont voulu établir l'empirisme absolu, et ne voir dans tous les phénomènes de l'intelligence que la sensation transformée : quelques-uns même ont ouvertement soutenu le matérialisme ; mais leurs ouvrages sont trop superficiels pour demander beaucoup d'attention, et l'éloquence de Rousseau les a victorieusement réfutés, en établissant des principes contraires. Il n'en est pas de même des autres pays.

Les Écossois ont formé une école à part, dont Hutcheson, Reid et Beattie sont les chefs, et qui compte aujourd'hui des hommes du plus grand mérite. Elle se distingue par sa tendance morale, par sa sagesse, et parce qu'elle admet la conscience, le sentiment et le bon sens comme premiers principes. Vous devez donc lire les principaux ouvrages qu'elle a produits.

La nouvelle philosophie allemande exige surtout un examen particulier, d'autant que, pour la connoître, il ne suffit pas d'une lecture superficielle : les livres dans lesquels elle est exposée, n'étant point rédigés avec cet art des auteurs françois, qui savent faire disparoître l'aridité d'un sujet par l'élégance du style.

Tandis que Locke écrivoit en Angleterre, Leibnitz donnoit à ses compatriotes une philosophie plus élevée : il faisoit revivre quelques idées de Platon, il considéroit l'intelligence indépendamment des organes, et, contemplant l'ordre général de l'univers, il montroit à la fois la dignité de la nature humaine, la puissance et la bonté du créateur. Ce grand homme, et son disciple Wolf, donnèrent aux Allemands le goût de la philosophie contemplative; mais au milieu du dernier siècle ce goût s'éteignit presque entièrement par l'influence des écrivains françois, et par celle de la philosophie adoptée à la cour du roi de Prusse.

Les choses en étoient là lorsqu'un génie du premier ordre, retiré dans une ville du Nord, a produit une révolution en Allemagne. Kant n'a rien emprunté de ses prédécesseurs, du moins pour sa méthode, et pour l'ensemble de sa doctrine. Il a cherché, par la seule force de la méditation, la solution du plus grand problème de la philosophie, celui de l'origine, de la réalité et des limites de nos connoissances. Cinq ou six ans se sont écoulés avant qu'il ait fait aucune sensation, parce que les difficultés qu'il falloit surmonter pour l'entendre ont rebuté les premiers lecteurs ; mais quelques hommes studieux ayant franchi ces obstacles, et annoncé les résultats, la curiosité a été excitée : alors la doctrine de Kant s'est répandue avec une rapidité étonnante; elle a frappé tous les esprits par son éclat et sa nouveauté, et la philosophie transcendante a exercé l'empire le plus absolu.

Il n'étoit pas possible que les idées de Kant ayant produit une fermentation générale, elles ne fussent défendues par les uns, attaquées par d'autres, et exagérées par un plus grand nombre. Au lieu de s'en tenir aux résultats, et de joindre sa *Critique de la raison pratique* à sa *Critique de la raison pure*, on est parti du point où il étoit parvenu dans le premier de ces ouvrages, pour substituer à la philosophie critique le dogmatisme le plus hardi, et deux nouvelles sectes se sont formées. Kant avoit considéré le sujet ou le moi qui reçoit les idées, et l'objet ou ce qui les produit, et il avoit cherché à distinguer ce qui appartient à l'un et à l'autre. L'auteur de l'*Idéalisme transcendant* anéantit l'objet, et considère le sujet comme l'unique source de toute réalité : enfin l'auteur de la *Philosophie de la nature* fait disparoître le moi individuel, et ne considère plus chaque existence que comme une portion de l'existence universelle. Tous les systèmes de philosophie spéculative rentrent dans ces trois là, et j'avoue que celui de Kant, qui a donné lieu aux autres, me paroît le plus raisonnable et le seul qui présente des applications utiles. Tous trois, le premier surtout, doivent être étudiés. Les principes de Kant ont renouvelé la philosophie en Allemagne, et cette philosophie, quoiqu'elle n'ait pas été adoptée ailleurs, a pourtant modifié les systèmes des métaphysiciens qui ont paru depuis [1].

[1] Les principes fondamentaux et les caractères distinctifs de ces trois systèmes sont résumés en quelques pages, et cependant avec beaucoup de clarté, dans les *Mélanges de littérature et de philosophie*, de M. Ancillon, tom. II, p. 129-185. Au reste tous les fragmens dont est composé cet ouvrage, sont très-remarquables par l'élévation des pensées, par la noblesse du style, et par l'application de la métaphysique à la morale. (On le trouve à Paris, chez F. Schœll.

Je ne vous dis pas de consacrer plusieurs années à cette étude, comme le voudroient ceux qui la regardent comme l'unique source des vérités ; mais il faut en connoître les bases, et je crois que vous y parviendrez en peu de temps, soit en parcourant les principaux ouvrages de Kant, soit en lisant les analyses qui en ont été données en France, en Angleterre et en Hollande.

C'est par cette étude que vous terminerez l'examen de la marche de l'esprit humain pendant le dix-huitième siècle.

EUDOXE.

Après avoir vu, par l'histoire, le tableau des temps passés, c'est, ce me semble, le lieu de conjecturer ce que seront les temps à venir, pour savoir ce qu'on peut faire d'utile pour la postérité. Ici se présente la grande question de la perfectibilité de l'espèce humaine, question si diversement considérée de nos jours, et décidée d'une manière opposée par les différens partis.

ARISTE.

C'est en effet le moment de la discuter, car elle ne peut être éclaircie que par le secours de l'histoire ; mais pour la résoudre il faut la bien poser, et c'est parce qu'on a négligé ce soin, qu'elle a donné lieu à tant de disputes. La perfectibilité est le caractère qui distingue essentiellement l'espèce humaine. Elle est la suite de la faculté donnée à l'homme, de transmettre à sa postérité, par le moyen du langage et de l'éducation, les connoissances qu'il a acquises : tout le monde en convient. Les effets de cette faculté peuvent être considérés relativement à l'esprit et à la raison, relativement aux sciences, relativement au bonheur social. On ne s'entend plus si l'on confond ces trois objets. Les hommes ont-ils plus de génie dans un siècle que dans les siècles précédens ? raisonnent-ils mieux ? sont-ils plus sages ? doivent-ils surpasser leurs prédécesseurs dans les lettres et les beaux-arts ? A cela je réponds que les hommes ont eu toujours à peu près les mêmes dispositions, et que des circonstances particulières ont développé leur esprit plus dans certains temps que dans d'autres. On ne peut nier que le siècle de Périclès et celui d'Auguste ne fussent supérieurs à celui de Constantin. L'histoire présente à cet égard une extrême différence entre les diverses périodes. Les hommes ont passé tour à tour des lumières à la barbarie. L'imitation de la nature étant l'objet des beaux-arts, ce n'est pas parce que nos pères ont bien fait que nous sommes capables de bien faire : pour réussir il faut imiter le modèle, et non copier les imitateurs. Il n'y a pas de raison pour que les peintres venus après Apelle et Raphaël, les sculpeurs venus après Phidias et Michel-Ange surpassent ces artistes : leurs moyens sont les mêmes, la nature qu'ils ont à imiter se présente à eux sous le même aspect : en poésie même ceux qui viennent les derniers ont un désavantage, puisque les premiers ont pu s'emparer des sujets les plus intéressans ; et de là vient que chez presque toutes les nations les premiers poëtes ont été supérieurs à ceux qui les ont suivis. Dans les sciences physiques et naturelles, et dans les arts mécaniques c'est tout le contraire. Les vérités une fois découvertes, s'enchaînent les unes aux autres : les instrumens et les procédés se transmettent du père aux enfans ; et chaque homme, après avoir reçu une bonne éducation, en sait plus que tous les inventeurs. Des circonstances peuvent faire négliger la culture des sciences ; mais on peut toujours en renouer le fil, et ce n'est pas faute de moyens et de capacité qu'un siècle est inférieur à l'autre.

Quant au bonheur des sociétés, ce qui comprend la morale et les gouvernemens, c'est-là que gît la grande question : et c'est uniquement par la comparaison des diverses périodes de l'histoire que vous pouvez la résoudre.

EUDOXE.

Il me semble que ce sujet a été fort bien traité dans un ouvrage de Chastellux, qui a pour titre *De la félicité publique*, et depuis par Condorcet, et par madame de Staël. Le premier a comparé le sort des hommes dans les divers âges : le second, en considérant les progrès des lumières, s'est persuadé qu'elles devoient s'accroître sans cesse, et dans tous les genres, que ce qui lui paroissoit démontré, devoit l'être également pour tous, et qu'on ne pouvoit jamais quitter la vérité pour l'erreur; s'abandonnant ensuite à toutes les conséquences d'une théorie abstraite, il n'a pas vu que dans certaines circonstances les illusions de l'imagination et l'impétuosité des passions entraînent la multitude, qu'alors l'esprit humain rétrograde et se précipite dans des abîmes; et que le bon sens, seul guide qui ne puisse égarer, a d'autant moins d'empire que les objets sur lesquels la raison s'exerce, sont plus multipliés. Madame de Staël, entraînée par son imagination, et par le désir du bonheur public, a suivi le même système : elle a cru que même pendant les siècles de barbarie le génie n'étoit point oisif, et que les découvertes faites ensuite se préparoient alors en silence.

ARISTE.

Il semble que ces deux derniers auteurs vivant au milieu des troubles de la société, vouloient se consoler des malheurs réels par des espérances imaginaires. Condorcet supposant que le progrès des connoissances doit tarir successivement les sources de tous nos maux, est parvenu aux conséquences les plus absurdes. Considérant les sociétés comme de grandes machines composées d'une multitude de ressorts, il a cru qu'en réparant l'imperfection de chacun des ressorts, on finiroit par assurer la marche de la machine; mais, erreur étonnante dans un géomètre! il a négligé de faire entrer les frottemens dans son calcul, et il ne s'est point aperçu que dans ces machines organisées que nous nommons sociétés, les divers ressorts ont une volonté particulière, et que tout se détraque si une puissance supérieure ne maintient l'équilibre. L'ouvrage de Condorcet n'en est pas moins celui d'une tête très-forte. Celui de madame de Staël, auquel on n'a pas rendu assez de justice, est à mes yeux l'un des plus remarquables qui aient paru pendant la révolution. Il y a beaucoup d'erreurs, certaines matières ne sont point assez éclaircies ; la distinction de la littérature du Nord et de celle du Midi est un système qui ne peut se soutenir ; le style est souvent trop métaphorique : mais il y a des pensées neuves et fécondes, des morceaux écrits avec autant de raison que de sensibilité : on y voit partout l'amour du beau et du bon, partout un sentiment de bienveillance bien admirable dans un temps où l'esprit de parti excitoit des haines, où le spectacle des crimes réveilloit l'indignation ; et la seule idée de comparer les rapports de la littérature avec les institutions sociales, est un trait de génie. Je me trompe fort, ou cet ouvrage sera mieux apprécié par la postérité qu'il ne l'a été par les contemporains : on regrettera que l'auteur ne l'ait pas travaillé de nouveau, en retranchant quelques pages qui tiennent aux circonstances, et en étudiant mieux la littérature des divers siècles et des divers pays.

Quoique l'ouvrage de M. de Chastellux ait eu deux éditions, il n'a pas été cité autant qu'il le mérite ; mais les idées que cet auteur a développées le premier, se sont insensiblement répandues dans une multitude d'écrits, et elles ont influé sur la manière d'envisager l'histoire : peut-être lorsqu'il trace le tableau des malheurs de nos pères dans les siècles d'ignorance, il a négligé de rechercher quelles étoient les compensations que les préjugés, les opinions religieuses, l'ignorance elle-même, apportoient à leurs maux. Quoique je fasse beaucoup de cas des ouvrages dont nous venons de parler, il faut bien se garder de les prendre pour guides dans l'étude de l'histoire. L'examen des faits doit seul déterminer votre jugement.

Je vous ai dit qu'en lisant l'histoire il falloit vous garantir des préjugés des historiens : il n'est pas moins essentiel de vous garantir de ceux des philosophes. Pour échapper à ceux des historiens, il faut comparer les témoignages et mesurer le degré de confiance que vous accordez à chaque auteur sur la connoissance de son caractère, de sa position, du but qu'il se propose, du parti auquel il est attaché. Pour éviter de même ceux des philosophes, il faut considérer les idées dominantes à l'époque à laquelle ils ont écrit; car ces idées influent sur le jugement même de ceux qui les combattent; il ne faut adopter aucune opinion qu'après un mûr examen.

Outre les religions positives différentes d'un

peuple à l'autre, il est des opinions superstitieuses qui ont régné dans tous les temps et tous les pays, et qui ont prodigieusement influé sur le gouvernement des empires et sur le sort des peuples. Ces opinions dissipées aujourd'hui, nous paroissent tellement absurdes que nous ne supposons pas qu'elles aient pu être adoptées par des hommes éclairés : lorsqu'elles se présentent dans l'histoire, nous les regardons comme des traits singuliers, et nous ne songeons plus à l'importance qu'elles avoient.

EUDOXE.

Je sais que dans les temps d'ignorance la crédulité du peuple n'a point de bornes, mais pensez-vous que les hommes élevés au-dessus des autres par leur rang ou par leurs lumières aient jamais adopté les absurdités révoltantes dont ils se servoient pour soumettre la multitude?

ARISTE.

Consultez les historiens les plus célèbres de l'antiquité, et voyez si Tite-Live, Tacite, Pline, Plutarque, ne croyoient pas aux prodiges de toute espèce. Voyez sur les magiciens, la loi des Douze-Tables, celles des empereurs, et celles publiées depuis dans tous les états de l'Europe; voyez les nombreuses procédures faites contre les accusés de sorcellerie, et combien de malheureux condamnés au feu pour ce prétendu crime, ont, par leur aveu, confirmé la relation des témoins et la sentence des juges. Voyez dans les temps modernes quelle a été, en France, l'opinion des plus grands génies, tant parmi les jurisconsultes que parmi les historiens. Bodin, l'auteur du fameux livre de la république, a composé un ouvrage dédié à M. de Thou, dans lequel il examine la conduite que les juges doivent tenir contre les prévenus de sorcellerie: Bodin étoit magistrat, il étoit l'un des hommes les plus distingués de son temps; il se plaint du relâchement de l'ancienne sévérité contre les sorciers, et il établit que, pour punir ce crime le plus commun et le plus abominable de tous, il ne faut pas exiger les mêmes preuves que pour les autres crimes. Ceux qui ont été plus raisonnables, comme Cuvier, son contemporain et son antagoniste, n'ont pas pour cela nié l'existence des sorciers; ils ont seulement prétendu qu'on avoit souvent regardé comme tels des maniaques et des épileptiques. Quelle influence l'astrologie judiciaire ne devoit-elle point avoir sur le gouvernement, lorsque les princes entretenoient auprès d'eux des astrologues qu'ils consultoient sur leurs opérations; lorsque les femmes de la cour, les hommes les plus respectés dans la magistrature, les écrivains du premier ordre et l'universalité du peuple étoient également imbus de cette extravagance? De tout temps il y eut quelques hommes qui secouèrent le joug des opinions reçues: mais ceux qui ont su élaguer seulement les erreurs, et discerner par la raison le vrai du faux auquel on l'avoit allié, ont été des phénomènes, et leur sagesse même auroit paru une témérité audacieuse. Shakespeare, dans une de ses pièces, voulant peindre un scélérat athée, lui fait dire qu'il ne croit point aux revenans, parce que c'étoit alors la même chose dans l'opinion. C'est depuis peu que nous sommes affranchis de ces idées barbares. Si, pour perdre le malheureux Urbain Grandier, le cardinal de Richelieu le fit accuser du crime de sorcellerie, c'est parce qu'il étoit sûr que cette accusation ne paroîtroit point invraisemblable. Laubardemont étoit probablement un scélérat; mais les douze juges qui reçurent la déposition des diables, étoient des hommes honnêtes et crédules, et le supplice de Grandier n'excita pas l'indignation générale. Les discussions même à ce sujet, prouvent que ceux qui regardoient cette exécution comme une atrocité, ne nioient pas la possibilité du fait. Il n'y a pas deux siècles de cela, et si en France on n'a pas vu depuis de tragédie aussi horrible, on le doit à Louis XIV, qui ordonna d'abord que les sorciers ne seroient plus punis que par la peine du bannissement, et qui ensuite voulut qu'on relâchât ceux qui étoient détenus pour ce prétendu crime. Cependant, encore dans le dernier siècle, il y a eu des accusations de ce genre, et dans plusieurs états de l'Europe elles ont eu des suites également funestes.

EUDOXE.

Le retour de ces dangereuses folies n'est plus à craindre aujourd'hui, et nous devons ce bienfait au progrès des lumières et de la philosophie.

ARISTE.

Nul doute que le progrès des lumières atténue et dissipe enfin ces erreurs qui sont nées de l'ignorance absolue des forces de la nature; mais le peuple a toujours le même penchant à la crédulité et au fanatisme, et quand une opinion fausse est détruite, il faut prendre garde qu'une autre ne vienne prendre sa place. Les prétextes d'après lesquels on a persécuté tant de gens honnêtes pendant la révolution, n'étoient ni moins absurdes ni moins barbares que les accusations de magie, et la fureur de la populace ne s'est pas moins exercée contre la religion qu'elle ne l'avoit fait jadis contre l'impiété. Ce n'est pas seulement en éclairant le peuple, c'est en l'occupant, c'est en lui donnant des mœurs, c'est en maintenant l'ordre qu'on assure la tranquillité. Il ne faut pas espérer de le guérir de toutes ses erreurs, cela n'est pas possible, il faut empêcher que ces erreurs n'aient des conséquences dangereuses.

S'il est des préjugés qui pendant plusieurs siècles ont régné sur presque toutes les nations, il est aussi des opinions qui se sont introduites tout-à-coup et qui ont donné subitement une nouvelle direction aux esprits. Il faut marquer avec soin l'origine et les effets de ces idées, et comparer les temps qui ont suivi leur introduction à ceux qui l'ont précédée. Ces changemens ont été quelquefois si prompts, qu'il en résulte une contradiction apparente dans les récits des historiens, et dans la manière dont ils caractérisent une époque. Une idée dominante étant renversée par une idée contraire, des principes que tout le monde adoptoit sont en moins de dix ans au nombre des absurdités; et comme dans l'ensemble de l'histoire un intervalle si court est peu sensible, lorsqu'il n'est pas signalé par un grand événement politique, deux relations vraies paroissent en contradiction, si l'on ne fixe exactement la date à laquelle on doit les rapporter.

N'avons-nous pas vu de nos jours les principes les plus opposés proclamés successivement avec une exaltation qui tenoit de la folie; et les opinions de la multitude varier en quelques années plus qu'elles n'eussent fait dans le cours de plusieurs siècles? En observant ces vicissitudes de l'esprit humain, il faut se souvenir que l'empire qu'exercent certaines idées, tient plutôt à un enthousiasme irréfléchi qu'à l'intérêt de ceux qui les adoptent.

Les guerres, les traités, les changemens de dynastie, ont apporté moins de diversité dans la manière de vivre et de penser des peuples que ne l'ont fait une opinion nouvelle, une découverte, une institution singulière. C'est ce qu'il ne faut jamais perdre de vue, et c'est pourquoi vous devez faire marcher de front l'histoire politique et celles des sciences. En remontant à la haute antiquité, on voit les hommes ignorant la plupart des arts qui sont aujourd'hui la base de la civilisation. Leur raison étoit semblable à la nôtre, leur imagination étoit plus forte parce qu'elle s'exerçoit sur un plus petit nombre d'objets, mais la privation des ressources que nous avons, les nécessitoit à y suppléer par d'autres moyens. Si nous entendons mal l'histoire des peuples anciens, c'est parce que nous ne sommes pas assez attentifs à remarquer la différence qui se trouvoit entr'eux et nous, non-seulement par les opinions, mais encore par le défaut de certains arts. L'origine des arts est donc l'un des objets les plus importans à considérer; mais il ne faut porter son attention que sur ceux dont la découverte appartient aux temps historiques. Il est inutile de chercher quand et comment les hommes ont trouvé le fer. Quand nous saurions le nom de l'inventeur, nous n'en serions pas plus avancés. Que Tubalcaïn ait enseigné aux hommes l'art de travailler les métaux; que Triptolème leur ait fait connoître la charrue; que Dédale ait imaginé la scie, cela ne fait rien : ce qu'il faudroit savoir, c'est quel changement ces découvertes ont apporté dans la société, et cela n'est pas possible, parce qu'elles sont antérieures à l'époque où les hommes ont commencé à transmettre leurs idées à la postérité par le secours de l'écriture. Les premiers livres de la Bible et les poëmes d'Homère nous présentent le tableau de la civilisation : c'est de ce point qu'il faut partir pour chercher l'origine de ce qui n'étoit pas connu alors.

EUDOXE.

Goguet, en comparant les connoissances que nous avons avec celles des Grecs, à l'époque du siége de Troye, a montré que ces peuples si célèbres manquoient de la plupart des choses qui sont devenues pour nous d'une nécessité indispensable.

ARISTE.

L'ouvrage de Goguet est excellent sous ce rapport, mais il ne faut pas se borner à comparer cette époque réculée au temps actuel, il faut suivre la marche des découvertes, et voir quel changement ont dû apporter dans la société, l'art de faire des cheminées, celui de construire des voûtes, celui de tanner les cuirs, celui de faire du papier avec l'écorce des plantes, celui de préparer les vélins, l'invention d'un calcul numérique, la vis d'Archimède et la pompe de Ctesibius; plus tard la découverte de la boussole, celle du papier de chiffons, celle de la gravure, celle de l'imprimerie, celle des lettres-de-change, celle des poteries vernies, celle des lunettes, des télescopes et des microscopes; l'introduction de la pomme de terre, qui a offert à plusieurs peuples un aliment sain, avec lequel ils peuvent nourrir deux fois plus de monde; celle des denrées coloniales, qui ont fait naître un nouveau genre de luxe et changé plusieurs de nos habitudes; l'invention de quelques machines, qui non-seulement ont crée de nouvelles branches d'industrie, mais qui ont beaucoup diminué le travail par lequel on se procuroit des choses usuelles, comme les métiers à filer, à tricotter, etc.; l'apparition de quelques maladies qui pendant long temps ont nécessité des précautions particulières, comme la lèpre, la petite vérole, et l'affoiblissement ou la cessation de ces fléaux, soit par des soins et des règlemens de police, comme dans la lèpre, soit par d'heureuses découvertes, comme l'inoculation et la vaccine. Je pourrois étendre beaucoup cette liste, mais il suffit de vous indiquer la nature des objets qui doivent plus particulièrement fixer votre attention. Les historiens marquent l'époque de ces changemens, mais c'est presque toujours dans des articles à part, et sans s'être souvenus, dans le cours de l'histoire, de l'influence qu'ils ont eue, à moins qu'ils n'aient produit une révolution générale dans les relations politiques et commerciales, comme l'ont fait la découverte de la poudre à canon, celle du passage aux Indes par le cap de Bonne-Espérance.

Tout est lié dans l'histoire: la nature du sol, la situation géographique, le climat, la religion, les mœurs, les lois, les sciences, les arts, le commerce: en considérant isolément ces divers objets, on prend des idées imparfaites sur le sort des peuples, il faut voir l'ensemble pour acquérir des notions exactes; mais cet ensemble ne peut être saisi qu'autant qu'on a des connoissances variées; c'est pourquoi j'ai voulu que vous eussiez achevé l'étude des sciences avant de commencer celle de l'histoire.

En examinant les révolutions des empires, les diverses formes de gouvernement qui se sont succédées, les opinions qui tour-à-tour ont régné sur les peuples, en comparant enfin les diverses périodes, il est deux questions que vous devez toujours vous proposer : quel a été le bonheur dont ont joui le plus grand nombre des hommes ? et quel a été chez eux le progrès des lumières ?

EUDOXE.

Est-il bien démontré que ces deux choses aillent toujours ensemble ? L'influence des lumières sur le bonheur est une des plus grandes questions de philosophie : Rousseau l'a traitée : croyez-vous qu'on ait réfuté le sentiment qu'il a adopté ?

ARISTE.

Non certainement : ceux qui ont combattu Rousseau l'on fait comme s'ils avoient voulu lui fournir de nouvelles armes. Ce que dit Rousseau est vrai : mais il n'a point envisagé la question sous toutes ses faces. Les mêmes causes qui amènent les sciences amènent aussi le lûxe, et conséquemment la corruption des mœurs ; les sciences même sont au nombre des biens dont on abuse, elles donnent de nouveaux instrumens aux passions : mais il faudroit être insensé pour nier les avantages qu'elles produisent. En développant l'intelligence, en étendant les facultés, elles font la dignité de la nature humaine. Quelques peines accompagnent cet accroissement de vie intellectuelle, mais on préfère ces peines au sommeil de l'ame ; et quoique les montagnards d'Ecosse soient peut-être plus heureux que les savans de Londres, nul homme instruit ne voudroit échanger son sort contre celui de ces hommes grossiers. D'ailleurs, les arts augmentent la puissance des nations qui les cultivent, et celle qui resteroit en arrière de la civilisation des autres, seroit infailliblement dominée ou envahie par elles.

Lorsque l'étude des lettres et de la philosophie est exclusivement le partage d'un petit nombre d'hommes étrangers aux affaires, et placés entre un gouvernement qui dédaigne les connoissances, et un peuple qui en est entièrement dépourvu, il peut se faire que ces hommes exercent sur les esprits une domination dangereuse, qu'en attaquant des préjugés ils affoiblissent le respect pour l'ordre établi, et que, présumant trop de leur influence, ils impriment un mouvement qu'ils ne seront plus maîtres d'arrêter : mais cet inconvénient n'existeroit point si le peuple avoit assez cultivé sa raison pour n'être pas égaré par de vaines théories, et si les chefs de l'état, plus instruits, savoient profiter des circonstances et modifier les institutions à mesure que la civilisation et les lumières font des progrès.

EUDOXE.

Si Rousseau eût eu le malheur d'être témoin de la révolution, il en eût tiré un argument terrible en faveur de son système. Jamais l'Europe ne fut aussi éclairée qu'à la fin du dix-huitième siècle, et jamais on n'adopta de théories plus extravagantes, jamais on ne poussa plus loin le fanatisme et la barbarie.

ARISTE.

Ce n'est point parce que les peuples étoient trop éclairés qu'ils se sont portés aux excès les plus affreux, c'est parce que les gouvernans ne l'étoient point assez. Ils furent trop aveugles pour prévoir le danger, trop foibles pour contenir les passions de la multitude. L'équilibre se rompt dans un état, lorsque la classe qui occupe un rang supérieur dans l'opinion, ou qui a part au gouvernement, se trouve inférieure en puissance à la classe la plus nombreuse. Or, il ne peut y avoir dans la société que trois genres de puissance : supériorité de force, supériorité de richesses, supériorité de lumières. Dans le moyen âge, les grands étoient seuls armés, seuls ils possédoient tous les biens, et ils étoient plus éclairés que le peuple. Par la suite, les grands n'ayant plus de vassaux, ils se sont trouvés sans force ; le commerce ayant disséminé les richesses, ils n'ont pas été les plus riches ; et tandis que les lumières se répandoient jusques parmi le peuple, ils négligeoient de conserver leur supériorité à cet égard : dès lors, leur puissance s'est trouvée ne reposer que sur l'opinion, et lorsque les préjugés ont été attaqués, elle a été renversée. Suivez dans l'histoire les révolutions intérieures, et vous verrez que presque toutes ont eu des causes analogues.

EUDOXE.

Il suivroit de ce principe que, dans certaines circonstances, l'intérêt des gouvernemens a été d'entretenir l'ignorance parmi le peuple.

ARISTE.

Les gouvernemens despotiques se sont opposés à la propagation des lumières : s'ils ont permis de cultiver les lettres et les beaux-arts, c'est seulement dans ce genre frivole qui détourne des pensées profondes et donne le change à l'activité de l'esprit : ils ont dû interdire les sciences qui élèvent l'ame et fortifient la raison [1]. Pour que les hommes consentent à être esclaves, il faut d'abord les avilir ; mais cette politique odieuse a les plus funestes conséquences, comme le prouvent, non les révolutions générales, mais les révolutions du palais, si fréquentes dans les états despotiques. Le véritable intérêt des princes, c'est de favoriser le progrès des sciences et des arts, en n'employant que des hommes aussi distingués par leurs talens et leurs connoissances que par leur zèle pour le bien public ; comme c'est leur intérêt de donner à la classe inférieure la plus grande liberté possible, non cette liberté qui associe tous les citoyens au gouvernement, chose impraticable dans un grand empire, mais celle qui les soumet aux mêmes lois, et ne les rend dépendans que des lois seules. Alors le patriotisme donne à l'état une force invincible, parce que tous les individus sont prêts à se sacrifier pour lui.

Je m'aperçois, mon ami, que nous nous écartons un peu du sujet de notre entretien : je ne voulois d'abord vous parler que de l'étude de l'histoire moderne, et je me trouve engagé dans quelques réflexions sur les résultats de l'histoire

[1] Voy. Montesquieu, Esp. des Loix, l. IV, ch. 3.

universelle : mais je crois utile de vous les proposer.

Pendant la dernière moitié du siècle qui vient de s'écouler, on a traité un grand nombre de questions philosophiques relatives au sort de l'humanité, mais il me semble qu'on les a la plupart du temps traitées d'après des idées générales qui sont toujours vagues, et que le seul moyen de les décider, et de parvenir à des résultats applicables, eût été de consulter l'histoire, et de s'en servir comme on se sert de l'expérience en physique. Lorsque ces questions se présenteront à vous, discutez-les sans préjugé, et remarquez que plusieurs solutions données par des hommes d'un grand talent, ont été reçues sans examen et ne sont point appuyées sur l'histoire. Telle est la question de la population, savoir s'il faut faire des lois qui la favorisent, celle de la subordination des rangs, celle du luxe, celle de l'utilité des colonies, celle du commerce étranger, celle des préjugés populaires, et mille autres qui tiennent à l'économie politique. Ces dernières se lient surtout à l'histoire moderne, qui seule peut fournir des renseignemens au politique, à l'administrateur, à l'homme d'état. Aucune question sur les moyens d'assurer la félicité publique ne peut être discutée que par celui qui a parcouru le cercle des connoissances dont je vous ai tracé le tableau.

J'ajoute un dernier conseil à ceux que je vous ai donnés sur l'étude de l'histoire. Toute étude doit avoir pour vous un but moral ; elle doit non-seulement vous donner des connoissances, mais vous inspirer des sentimens nobles et généreux. Les guerres étrangères, les dissensions civiles, les effets funestes des erreurs et des passions sont l'objet principal de l'histoire : les ambitieux y jouent le premier rôle ; mais dans tous les temps elle nous montre quelques hommes vertueux, tellement que depuis Abraham jusqu'à nous, il n'est pas un moment où nous ne puissions trouver quelqu'un de ces modèles. Evoquez leurs ombres dans votre imagination ; attachez-vous à eux, considérez-les comme des personnages éminens dont la société vous encourage et vous console; consultez-les, écoutez leurs maximes, et apprenez d'eux comment on doit se conduire dans les circonstances les plus difficiles. Que ce ne soient pas seulement des princes comme Marc-Aurèle, des philosophes comme Socrate, des hommes d'état comme l'Hospital, mais de simples soldats, des laboureurs, des cénobites, des esclaves. Ce seroit un beau tableau à tracer, que celui de cette série des hommes de bien. L'histoire, comme on l'a écrite, est souvent une satire de l'état social, une déclamation contre la Providence : elle s'arrête à peindre les calamités; elle donne même quelquefois une idée fausse de la vertu en ne parlant que des actions éclatantes : cherchez-y plutôt ce qui honore la nature humaine.

Dans le monde moral comme dans le monde physique, il est des momens d'orage qui menacent d'une destruction générale : mais lorsque la surface de la terre a été brûlée par une longue sécheresse, ou ravagée par une inondation subite, des germes de vie sont restés cachés dans son sein. Ainsi, pendant les plus cruelles révolutions, pendant les siècles de barbarie, les principes de l'ordre n'ont jamais cessé d'exister, et quelques sages ont conservé la tradition des vérités et l'exemple des vertus.

SEPTIÈME ENTRETIEN.

DE LA LECTURE DES VOYAGEURS; ET DES VOYAGES.

Des livres de voyage et de l'instruction qu'on doit y chercher. Du choix à faire parmi ces livres, de l'ordre dans lequel il faut les lire, et des règles de critique d'après lesquelles on peut se diriger dans cette lecture. Caractère des différens voyageurs. Observations sur les sauvages et sur les sociétés qui paroissent encore dans un état d'enfance. Des voyages considérés comme le complément des études. Des pays dans lesquels il est le plus utile de voyager. Manière de voyager; objets sur lesquels doit porter l'attention. Des notes qu'il est à propos de recueillir chaque jour. Les voyages dans des pays peu connus exigent une éducation particulière, et n'entrent point dans le plan de cet ouvrage. Conseils aux hommes de lettres sur la conservation de la santé. De ce qui reste à faire après le retour des voyages. Réflexions d'Ariste sur les difficultés que présente l'entreprise d'Eudoxe, sur les qualités qu'elle exige et sur l'incertitude du succès. Réponse d'Eudoxe.

Le jour suivant, la sérénité de l'air annonçant une belle matinée, nous sortîmes pour aller nous promener sur la rive du fleuve. Je fis d'abord à Ariste le résumé de ce qu'il m'avoit dit la veille pour m'assurer que j'avois bien saisi l'enchaînement de ses idées ; je lui dis ensuite : l'étude de l'homme en général, et des modifications dont il est susceptible, celle des erreurs funestes, celle des vérités successivement reconnues, celle enfin des institutions diverses et de l'influence qu'elles ont eue, doivent servir de base à la philosophie, et l'histoire peut seule nous éclairer dans cette recherche ; mais, malgré le nombre prodigieux de livres, combien les documens qu'elle nous donne sont incomplets ! Nous ne connoissons qu'un petit nombre de siècles dans la durée, et dans ces siècles même nous n'avons de renseignemens exacts que sur quelques nations. Cinq cents ans avant notre ère, il n'y a d'autre histoire que celle du peuple hébreu, et celle de la Grèce, pays moins étendu que la France. Tout est incertain dans les annales de Rome jusqu'à la troisième guerre punique ; depuis cette époque, l'horizon s'éclaire et s'étend ; l'histoire s'occupe de divers peuples éloignés les uns des autres, mais c'est seulement pour nous montrer leur résistance ou leur soumission à la domination romaine. César seul a décrit l'état des Gaules ; nous ne savons presque rien des vastes monarchies de l'Asie ; ce qu'en disent les anciens livres des Perses, des Indiens et des Chinois, est obscurci par des allégories ou défiguré par des fables, et l'authenticité même de ces livres est contestée. Les peuples du Nord nous sont inconnus jusqu'au temps où ils envahirent l'Europe ; nous ignorons le gouvernement qu'ils avoient dans leur pays, et la cause de cette immense population qui reflua souvent vers le Midi. L'écrit de Tacite sur les mœurs des Germains, est un tableau admirable, mais on désireroit plus de faits et plus de détails. Si dans les temps modernes une foule d'historiens ont décrit les révolutions de l'Europe, et donné trop d'étendue au récit des événemens dont elle a été le théâtre, il en est bien peu qui se soient occupés des autres contrées de la terre, et ceux-là même ne nous ont offert que des faits isolés et des notions superficielles. Ne seroit-il pas essentiel d'étudier également tous les peuples, et faut-il qu'une nation ait des arts et des institutions analogues aux nôtres pour que son histoire soit instructive ?

ARISTE.

Mon ami, nous devons étudier l'histoire des nations civilisées, libres, et gouvernées par des lois sages, parce qu'elle nous offre des objets de comparaison, des exemples et des résultats utiles. Qu'apprendrions-nous dans celles des peuples soumis à un long despotisme, ou dans celle des peuples barbares ? Sous le despotisme, tous les individus se ressemblent, ils n'ont ni énergie, ni volonté particulière ; leur caractère n'influe point sur la destinée de l'empire ; les lois dictées par le caprice n'ont aucune stabilité ; les agens du pouvoir, effrayés eux-mêmes de l'autorité passagère qu'ils exercent, sont également tourmentés par la crainte et par l'ambition, et le peuple, plongé dans l'apathie, est un troupeau dont le possesseur dispose pour son propre intérêt. Il peut y avoir des intrigues domestiques, des changemens de dynastie, mais l'état n'y gagne rien : un soulèvement a-t-il lieu, un nouveau despote prend la place de celui qui est renversé, et la marche générale est toujours la même. Que nous importe le nom de ceux qui se sont succédés sur les trônes de l'Asie? Que nous importent des anecdoctes particulières ? Nous verrions que le peuple a été plus malheureux sous un prince imbécile et méchant, que sous un prince éclairé et bon ; mais nous n'apprendrions point par quelles institutions on peut soutenir la dignité de l'homme, entretenir et développer son génie, conserver à chacun toute la liberté possible, sans que la tranquillité publique soit altérée.

Quant aux nations barbares, c'est par une raison opposée que leur histoire offriroit peu d'utilité. Les individus qui les composent ne formant pas un corps politique régulier, si ce n'est lorsqu'ils sont réunis pour la guerre et conduits par un chef, la civilisation ne fait chez eux aucun progrès. Chacun suivant l'impulsion de son caractère, de ses passions et des circonstances, il y a presque autant de centres d'action qu'il y a de familles ; et l'histoire de ces peuples ne présentant point un ensemble dans lequel les événemens naissent les uns des autres, et s'attachent à des principes communs, elle ne pourroit être écrite, quand même il se trouveroit chez eux un génie tel que Tacite ou Tite-Live.

Il faut chercher dans l'histoire des maximes de gouvernement, des règles de conduite, des exemples de morale, l'origine de nos arts, de nos mœurs, de nos préjugés, de nos institutions civiles et religieuses ; le reste est de curiosité.

EUDOXE.

Mais pour connoître la nature de l'homme, ne seroit-il pas nécessaire de l'observer dans les divers degrés de civilisation, depuis l'état sauvage jusqu'à l'époque de nos gouvernemens actuels ? On a peint dans plusieurs ouvrages ces différens états du genre humain, d'après quelques traits recueillis çà et là ; il faudroit plus de faits pour établir une théorie, et les peuples qui n'ont pas eu d'historiens sont peut-être bien différens de l'idée que nous nous en faisons.

ARISTE.

Si nous ne devons prendre aucun intérêt aux annales et à l'histoire politique des nations éloignées, et qui vivent dans l'ignorance, je conviens qu'il est essentiel de les observer sous le rapport philosophique. Il faut étudier leurs opinions, leurs usages, leurs habitudes, leur caractère pour comparer les divers degrés de civilisation, et chercher comment des hommes à qui nos arts sont inconnus, suppléent aux ressources que nous avons. Il faut aussi connoître la nature, l'étendue et les moyens des relations commerciales qu'ont entr'eux les habitans de toutes les parties du globe. Car les sauvages de Kamtschatka nous fournissent des pelleteries, comme les Chinois nous fournissent du thé et des porcelaines. Les livres des voyageurs vous offriront des renseignemens sur ces divers objets ; ils font l'amusement des gens du monde, et les délices des jeunes gens dont ils enflamment l'imagination ; mais pour y puiser une instruction solide, il faut s'être préparé à leur lecture par celle de l'histoire, et par des notions étendues sur les sciences et les arts. C'est au point où vous êtes parvenu que cette étude vous sera vraiment utile ; elle doit être faite avec beaucoup d'ordre et de discernement. Je ne vous indiquerai point ici les meilleurs livres en ce genre, la Bibliothèque des voyages que vient de publier M. Boucher de la Richarderie, vous donnera le catalogue de tous, et une notice instructive sur ceux qui méritent le plus d'attention. Je me borne à quelques observations générales.

Le nombre prodigieux des livres de voyage ne doit point vous effrayer. Je remarque d'abord que plusieurs vous seront déjà connus ; les voyages antérieurs à la renaissance des lettres, tel que celui de Marc Paul, vous ont été nécessaires pour connoître l'état de l'Orient à cette époque. Les relations des premiers navigateurs qui sont allés aux Indes ou en Amérique, ont fait partie des recherches par lesquelles vous vous êtes préparé à l'étude de l'histoire moderne.

Enfin, plusieurs des voyages faits dans les pays civilisés avant le commencement du dix-huitième siècle, appartiennent encore à l'histoire, parce qu'ils décrivent l'état civil et politique de pays qui ont entièrement changé depuis. La

Perse, par exemple, n'étant plus ce qu'elle étoit avant Thamas-Kouli-Kan, les Voyages de Chardin auront dû être consultés pour l'histoire de Perse avant cette révolution. Quant à ceux de la même époque, qui sont relatifs à l'histoire naturelle, il suffit de les feuilleter en jetant les yeux sur les figures, lorsque les mêmes contrées ont été visitées par des naturalistes plus instruits. Quelques pays ont même été si bien examinés et si bien décrits de nos jours, que les relations antérieures sont absolument inutiles. Ainsi l'Égypte est aujourd'hui aussi bien connue que la plupart des provinces de France; ainsi, pour la géographie, la physique, les monumens, en un mot, pour tous les objets qui peuvent intéresser le philosophe, M. de Humboldt ne laisse rien à désirer sur le Mexique, et la lecture des voyageurs qui l'ont précédé, ne serviroit qu'à faire admirer davantage l'étendue de son génie et l'exactitude de ses recherches.

Mais il est peu de contrées dont les richesses aient été exploitées par une colonie de savans; il est peu de voyageurs qui avant de s'éloigner de leur patrie eussent acquis assez de connoissances pour juger sainement de tout, et c'est ordinairement par la comparaison et le choix de plusieurs relations qu'on se procure des notions exactes.

EUDOXE.

Aussitôt qu'un voyage est publié, il est discuté par les savans, et sa réputation s'établit insensiblement dans le monde littéraire. On court peu de risque de se tromper en s'attachant aux relations dont la vérité est généralement reconnue.

ARISTE.

Lorsqu'un voyageur dit des choses nouvelles; lorsque les mœurs, les usages et les objets naturels qu'il décrit ne ressemblent à rien de ce qui est connu, la confiance qu'on lui accorde ne repose d'abord que sur l'opinion qu'on a de son caractère, et sur l'accord qu'on aperçoit entre les diverses parties de sa relation. Bien des gens rejettent son témoignage, parce que plusieurs des faits qu'il raconte leur paroissent invraisemblables, et c'est seulement lorsque le temps amène de nouvelles preuves qu'on s'accorde à lui rendre justice. Consultez donc l'opinion sans la regarder comme un guide sûr; défiez-vous de ce qui paroît romanesque sans le rejeter absolument; apportez enfin à l'étude des voyageurs le même scepticisme qu'à celle des historiens, et dirigez-vous par les mêmes règles de critique.

Avant de commencer la lecture d'un voyageur, il faut vous informer non-seulement de sa bonne-foi, mais encore du but pour lequel il a entrepris son voyage, de sa profession, de ses connoissances, de la tournure de son esprit, de la manière dont il a rédigé sa relation; enfin, du genre d'instruction qu'il peut vous offrir.

Quant à l'objet que se sont proposé les divers voyageurs, les uns ont été conduits par la curiosité et par le désir de voir de nouveaux pays; d'autres ont bravé les dangers et les fatigues pour faire des recherches d'histoire naturelle, de physique ou de géographie : plusieurs sont allés loin de leur patrie pour augmenter leur fortune et tenter de nouvelles opérations de commerce; quelques-uns ont été envoyés par les gouvernemens et chargés de négociations importantes; d'autres enfin sont allés observer les lois et les mœurs de peuples peu connus. Quant à leur état, on compte parmi eux de simples curieux, des marchands, des médecins, des naturalistes, des missionnaires, des philosophes, et quelques aventuriers que le hasard a poussés dans des contrées éloignées. Quant aux lumières, certains voyageurs ayant eu une éducation distinguée, étoient, avant leur départ, au courant des sciences; d'autres n'avoient aucune connoissance préliminaire ; les uns savoient, d'autres ignoroient la langue des pays qu'ils ont visités. Quant à la tournure d'esprit, il est des voyageurs crédules, enthousiastes, amis du merveilleux, et dont l'imagination répand une teinte brillante sur tout ce qu'ils décrivent ; il en est, au contraire, qui ayant considéré sans émotion les scènes les plus extraordinaires, déprécient tout, portent sur tout un esprit de critique, et sont disposés même à jeter du ridicule sur des usages qu'ils n'ont fait qu'entrevoir. Il est clair que ces différens caractères, ces dispositions diverses ont dû influer sur leur manière de juger et de peindre les objets.

Il est encore essentiel de savoir si le voyageur a rédigé sa relation d'après des journaux et des dessins faits sur les lieux, ou seulement de mémoire et dans le cabinet; s'il l'a écrite lui-même en rendant naïvement les impressions qu'il a éprouvées, ou s'il a emprunté la plume d'un homme de lettres; s'il n'a pas rempli des lacunes soit en recueillant des bruits incertains, soit en compilant d'autres voyageurs et en s'attribuant leurs observations; s'il a séjourné dans les mêmes lieux assez long-temps pour examiner les objets à plusieurs reprises, ou s'il ne les a vus qu'une fois et en passant : enfin, si lorsqu'il s'est occupé de la publication de son ouvrage, il n'a pas altéré la simplicité de sa narration pour y répandre plus d'intérêt et mieux captiver l'attention des lecteurs.

Vous aurez souvent occasion de remarquer que l'auteur d'une relation copie, sans les citer, des ouvrages précédens : alors ayez uniquement recours à ceux-ci, car celui qui s'attribue les découvertes des autres peut bien altérer les détails et changer les circonstances pour cacher ses plagiats. Lorsque quinze ans après son retour, Bruce publia son voyage en Abyssinie, on mit en problême s'il avoit vu les contrées dont il donne la description. On reconnut ensuite qu'il étoit réellement remonté jusqu'à la source d'une branche du Nil; mais comme il s'en attribue faussement la découverte, et que ce qu'il dit d'important sur l'état physique du pays, sur les mœurs des habitans, et sur l'histoire d'Abyssinie, est copié du père Lobo et autres missionnaires portugais, on avoit eu raison de douter de sa bonne foi. Il faut donc le lire avec précaution et seulement pour y recueillir quelques détails relatifs à l'histoire naturelle. La conformité du récit de deux voyageurs ne prouve rien, qu'autant que le second cite le premier pour dire qu'il a reconnu la justesse de ses observations.

EUDOXE.

Il me semble qu'on trouve encore plus de contradiction entre les voyageurs qu'entre les historiens.

ARISTE.

Lorsqu'un voyageur est en opposition avec un autre, qui peu de temps après a visité le même pays, cette opposition peut avoir deux causes : le désir d'annoncer une opinion nouvelle, ou la manière différente de voir. Dans le premier cas, la prétention de l'auteur s'annonce ordinairement par un ton tranchant et paradoxal dont il faut toujours se défier ; dans le dernier cas, la contradiction est instructive, et la vérité se trouve entre les deux relations, ou même dans toutes deux avec des modifications différentes. Ainsi, Savary et M. de Volney ont décrit l'Egypte d'une manière opposée ; l'un et l'autre ont voulu dire la vérité ; mais le premier, doué d'une imagination brillante, et dans l'âge où l'on est disposé à se livrer aux illusions, a peint avec les plus vives couleurs les sensations qu'il a éprouvées ; l'autre, observateur éclairé, mais froid et sévère, a porté par-tout un esprit de critique. Crèvecœur, et M. de Volney, ont également peint le sol, les colons et les sauvages de l'Amérique septentrionale ; le premier s'est laissé emporter par son imagination ; le second a tout calculé, et il a jugé du bonheur des Américains d'après ce qu'il éprouveroit s'il étoit dans la même position. Ainsi, malgré la sagacité, les lumières et l'exactitude de M. de Volney, les relations des autres doivent entrer pour quelque chose dans le jugement que nous portons des pays qu'ils ont décrits.

Les livres de voyage dont le mérite est reconnu, considérés en général, et relativement au genre d'instruction qu'on doit y chercher, peuvent encore se diviser en deux classes, d'après les pays dont ils contiennent la description.

Les voyageurs qui de nos jours ont visité les états de l'Europe, offrent un supplément à l'histoire de notre âge, en nous montrant plus en détail les mœurs, les usages et les opinions des peuples, la politique, le caractère et le génie des gouvernemens. Ceux qui, s'éloignant des pays policés, ont long-temps vécu chez des nations barbares ou chez les sauvages, nous servent pour remplir une lacune dans l'histoire de l'établissement des sociétés; puisque les hommes dans cet état de dégradation ou d'imperfection, ont dû être partout à peu près les mêmes. Ils nous montrent encore ce que l'homme peut être lorsqu'il n'a pas cultivé sa raison, lorsque la puissance de chaque individu n'est pas accrue d'une portion des facultés de tous ses semblables, par la division du travail, par l'agriculture et par l'industrie.

EUDOXE.

Il seroit à désirer que nous eussions plus de données sur cet objet, pour comparer, sous le rapport des facultés et sous celui du bonheur, l'homme civilisé et l'homme de la nature.

ARISTE.

Dites l'homme sauvage, et non l'homme de la nature. Il n'est point décidé que l'état sauvage soit l'état de nature, puisque l'homme est essentiellement né pour la société. Sans même consulter les doctrines religieuses, on pourroit soutenir que l'état de société a été le premier état du genre humain, et regarder les sauvages comme une race déchue qui doit son origine à quelques individus transportés dans un désert, ou restés isolés après une révolution, dans un pays où le produit de la chasse pouvoit suffire à leurs besoins. L'expression l'homme de la nature, qu'on a souvent employée, semble supposer une chose qu'on ne pourroit établir que sur un grand nombre de preuves : et je remarquerai en passant, qu'il est plus facile de concevoir comment des hommes civilisés, se trouvant en très-petit nombre dans un vaste pays perdent successivement leurs arts et deviennent sauvages, qu'il ne l'est d'imaginer comment des hordes de sauvages tels qu'on nous les a dépeints, renoncent à leur indépendance, et s'astreignent à la gêne momentanée des lois et du travail pour un avantage éloigné. Dans les temps modernes, les tentatives qu'on a faites pour civiliser des sauvages ont presque toujours été sans succès; car il ne faut pas compter au nombre des sauvages les naturels de quelques cantons de l'Amérique, qui, réunis dans des villages et cultivant la terre pour leur nourriture, étoient déjà disposés à écouter les instructions des missionnaires. Quand on prouveroit que des peuplades barbares ont reçu la civilisation, on ne feroit que reculer la difficulté : il resteroit à expliquer comment ceux qui la leur ont portée l'avoient acquise, et comment la première horde de sauvages a pu se civiliser d'elle-même. J'avoue que l'impossibilité de résoudre ce problême suffiroit seule pour me faire penser que lorsque l'homme a été placé sur la terre, il a reçu du créateur, non seulement des facultés, mais encore une première instruction nécessaire pour faire usage de ces facultés [1]. Mais revenons à notre sujet.

[1] Un écrivain distingué par ses talens, et respectable par son caractère moral, a donné, sur l'origine des con-

Les livres de voyage sont en si grand nombre qu'il faut non-seulement se borner aux meilleurs, mais encore choisir dans chacun ce qui est utile. Le rapprochement et la comparaison des traditions anciennes, la description des mœurs, des usages, des gouvernemens, celle des arts, celle des grands phénomènes de la nature, méritent toute votre attention ; mais il faut passer ce qui est romanesque, et tous les détails desquels ne résulte aucune instruction. Plusieurs voyages ne sont qu'un itinéraire utile tout au plus à celui qui parcourt les mêmes pays : plusieurs donnent de longues descriptions d'objets dont on ne peut se faire une idée juste qu'en les voyant : un grand nombre de livres sur l'Italie, décrivent les tableaux, les statues, les palais ; cela n'apprend rien du tout, si ce n'est à parler de ce qu'on ne connoît pas. Celui qui vient d'admirer l'Apollon ou le Laocoon, peut, en lisant

noissances et des vérités répandues dans les anciennes traditions, quelques idées hardies et profondes. (Voyez *Législation primitive.*) Je suis loin d'adopter la plupart des opinions de cet auteur sur d'autres objets ; mais je désirerois qu'il fût attaqué noblement par un adversaire digne de lui, et qu'en réfutant ses systèmes, on en dégageât des vérités extrêmement importantes, et qui n'ont jamais été exposées avec autant de force.

Winkelmann, découvrir de nouvelles beautés dans ces chefs-d'œuvres; mais l'enthousiasme avec lequel Winkelmann en parle, ne sauroit en donner une idée à celui qui ne les a pas vus. On trouve encore dans les livres de voyage des choses qui, très-essentielles en elles-mêmes, ne le sont cependant que pour un certain nombre de personnes et dans certaines circonstances. Toutes les relations des voyages maritimes donnent le journal des changemens de temps, le signalement des côtes, le détail des manœuvres, le relevé des observations faites avec la sonde, etc.; cela n'est utile que pour ceux qui doivent parcourir les mêmes mers. Les voyages des naturalistes sont remplis de descriptions de minéraux, d'animaux et de plantes; on a recours à ces descriptions lorsqu'on veut éclaircir des doutes et s'assurer si un objet qu'on a sous les yeux est le même que celui dont il est parlé dans l'ouvrage; mais il seroit superflu de les lire d'abord, parce qu'on les auroit bientôt oubliées, et que l'examen des figures qui les accompagnent ordinairement suffit pour donner une idée des objets. Enfin, pour choisir dans les livres de voyage ce qui est utile, on ne doit pas se décider uniquement par le titre des articles; il faut savoir dans quel genre l'auteur avoit des connoissances, et ne le consulter que sur ce qu'il a particulièrement étudié. En feuilletant d'abord l'ouvrage pour chercher ce qui est propre à votre instruction, vous trouverez souvent qu'un gros volume renferme seulement quelques pages qui doivent vous arrêter.

EUDOXE.

Voilà pour le choix; dites-moi maintenant quel ordre il faut suivre dans la lecture des voyages. On peut les classer par ordre de matières, par ordre de date et par ordre de pays.

ARISTE.

La première méthode n'est bonne que pour celui qui fait des recherches sur un objet particulier. Il est à propos de combiner les deux dernières. Lisez d'abord les voyageurs qui ont décrit les pays les plus voisins, et passez de ceux-là aux autres, de manière à faire le tour du globe. Consultez-en plusieurs sur chaque contrée, en commençant par les plus anciens. Par ce moyen, ils se rectifieront les uns les autres, et vous montreront le même peuple à différentes époques. Ces époques ne doivent jamais être perdues de vue, si vous voulez vous faire un tableau de l'état des diverses nations et de l'influence que le commerce et les communications ont eue sur elles. La Chine a peu changé depuis des siècles, mais l'Inde n'est plus ce qu'elle étoit au commencement du siècle dernier, et depuis trente ans l'Amérique septentrionale a vu des contrées jadis désertes, se couvrir d'une nombreuse population. Presque partout où nous avons pénétré, les peuplades sauvages sont repoussées dans l'intérieur des terres, elles s'affoiblissent et diminuent peu à peu; non que nous soyons venus à bout de les civiliser, mais parce que nous les détruisons en allumant chez elles la discorde, en leur portant nos liqueurs fortes et même nos maladies; ce qui prouve que les nations civilisées ont toujours, sinon une supériorité de bonheur, du moins une supériorité de puissance sur celles qui ne le sont pas.

Je dois encore vous faire observer, au sujet des sauvages, qu'il faut bien se garder de juger de même ceux des diverses contrées du globe. Dans plusieurs ouvrages de philosophie, on parle des sauvages comme s'ils se ressembloient tous, et rien n'est plus faux. Ceux de la pointe de l'Afrique, ceux du Canada, ceux des Antilles ou Caraïbes, ceux des diverses îles de la mer du Sud, observés par Cook et Forster; ceux de la Guyane ou Galibis, décrits par M. Malouet; ceux de la Nouvelle-Hollande, examinés par M. Péron; ceux du Paraguay, sur lesquels

M. d'Azara vient de donner des détails si curieux, n'ont presque aucun rapport, ni pour le caractère, ni pour l'intelligence, ni pour la manière de vivre.

Il est aussi des sociétés qui sont encore dans un état d'enfance, et qui cependant ont des institutions générales et un gouvernement régulier; telles sont celles qui habitent les îles des Amis. Elles s'éloignent si fort de nos sociétés européennes, qu'elles paroissent formées d'une race d'hommes qui n'a pas les mêmes facultés. En observant ces divers degrés de civilisation, depuis l'état sauvage où les hommes vivent indépendans, sans agriculture et sans troupeaux, et depuis l'état d'enfance comme celui des habitans d'Otaïty, jusqu'à celui des sociétés où le luxe, l'inégalité des rangs et des fortunes, et l'opposition des intérêts nécessitent une législation compliquée, on peut se demander à quel point le genre humain eût dû se fixer pour son bonheur.

EUDOXE.

C'est le grand problême que Rousseau s'est proposé dans son discours sur l'origine et les fondemens de l'inégalité. Jamais on ne traita une question avec plus de génie.

ARISTE.

Cela est vrai, mais Rousseau n'étoit pas assez

instruit de l'histoire, qui seule pouvoit lui fournir les conditions nécessaires à la solution du problême; et c'est pourquoi l'on trouve dans son ouvrage quelques opinions exagérées et paradoxales.

EUDOXE.

La grande variété d'objets dont s'occupent les voyageurs ne pouvant se fixer dans la mémoire comme une narration historique, il est essentiel de prendre beaucoup de notes pour retrouver dans la suite ce dont on aura besoin. Ces notes doivent-elles former un cahier particulier?

ARISTE.

Non : il vaut mieux les réunir à votre recueil général, d'après la méthode que je vous ai exposée, et en ayant soin de vous borner à de courtes indications. J'ai cependant à vous proposer quelques remarques qui sont particulièrement applicables aux extraits des livres de voyage.

Premièrement, il est à propos de tracer sur une carte la route du voyageur, et de marquer d'un signe les lieux dans lesquels il s'est longtemps arrêté, et ceux où il a fait des observations importantes. Secondement, lorsque plusieurs voyageurs ont successivement examiné les mêmes lieux et les mêmes choses, il faut indiquer en peu de mots la différence de leurs relations, et noter quel est celui auquel on a jugé devoir accorder le plus de confiance. Troisièmement, plusieurs peuples encore barbares, et qui n'ont presque point de communication avec les Européens, présentent dans leurs usages, dans leurs opinions religieuses, dans leurs arts, dans la construction de leurs édifices et même dans leurs langues, des rapports très-singuliers, soit avec des peuples anciens, soit avec des peuples qui habitent des contrées très-éloignées, et qui n'ont conservé avec eux aucune relation. Ces rapports sont d'autant plus essentiel à remarquer, qu'il s'est trouvé bien peu de voyageurs assez instruits pour en faire le rapprochement comme l'a fait M. de Humboldt. Quatrièmement, lorsqu'on rencontre dans un voyageur des choses singulières et contraires aux opinions reçues, il faut les recueillir comme des problêmes ou des questions qu'on pourra résoudre, soit en consultant des naturalistes et des physiciens, soit en demandant des informatious à des observateurs éclairés qui sont allés ou doivent aller dans le même pays ; il convient aussi de prendre note des productions utiles qui se trouvent dans des climats éloignés et qu'on pourra se procurer dans la suite par de nouveaux voyages. Cinquièmement enfin, s'il arrive qu'une chose évidemment fausse soit attestée par un observateur de bonne-foi, qui déclare ne la rapporter qu'après un examen attentif, il faut chercher la cause de son erreur, et tâcher de démêler la vérité parmi les circonstances fabuleuses dont elle est enveloppée.

Quoique ce travail paroisse immense, soyez sûr que quand vous aurez passé dix-huit mois ou deux ans à lire des voyages, vous aurez acquis une connoissance suffisante de toutes les nations et de toutes les contrées du globe.

EUDOXE.

Après avoir terminé la lecture des voyageurs, je crois qu'il ne me reste plus à faire d'autre étude que celle des philosophes.

ARISTE.

D'après le plan que nous avons suivi, celle-là même vous est à-peu-près inutile. En apprenant l'histoire vous avez, à chaque époque, étudié les ouvrages des principaux philosophes pour connoître l'origine et l'influence des opinions qui ont eu le plus de célébrité. Si vous voulez résumer dans votre esprit l'enchaînement des diverses théories relatives à l'origine des connoissances humaines, il vous suffira de lire l'Histoire comparée des systêmes de philosophie récemment publiée en France. Cet ouvrage est extrêmement remarquable par la sagesse des vues et par la justesse du raisonnement : en indiquant la route qu'on a suivie, il montre celle qu'il faut suivre et le but auquel on doit parvenir. Je sais qu'il est un nombre prodigieux de livres de philosophie que vous n'avez point lus ; mais comme dans l'histoire je vous ai dit de vous borner aux auteurs originaux, de même en philosophie, il faut s'attacher uniquement aux chefs d'école, et négliger les modifications que de nombreux disciples ont apportées à leurs principes. Il suffit même d'avoir considéré les diverses opinions dans leurs rapports avec l'histoire. Il n'est pas besoin de lire tant de livres pour connoître les vérités utiles. Les philosophes n'ont pu établir leurs théories que d'après l'observation de la nature, ou d'après les faits consignés dans l'histoire, ou d'après l'examen des opérations de leur esprit : les mêmes bases nous sont données, et elles sont plus étendues et plus solides sous les deux premiers rapports, à cause du progrès des connoissances.

Les écrivains qui se sont occupés de philosophie, se partagent en deux classes : les uns ont embrassé un sujet vaste et se sont élevés à des considérations générales ; les autres ont discuté des questions particulières; vous aurez lu les premiers s'ils ont fait époque par leur génie ou par leurs découvertes ; vous ne lirez les autres qu'autant que vous voudriez traiter de nouveau le sujet sur lequel ils ont écrit; vous n'aurez même recours à eux qu'après avoir profondément médité sur ce sujet, et pénétré aussi avant qu'il vous aura été possible par les seules forces de votre raison.

EUDOXE.

Maintenant que me reste-t-il à faire ?

ARISTE.

Vos études sédentaires sont finies, mais vos travaux ne le sont pas. Il faut voyager pendant deux ou trois ans pour observer par vous-même quelques-uns des pays que vous ne connoissez que par relation; pour prendre une idée plus exacte des mœurs et de l'esprit des principales nations de l'Europe ; pour vous affranchir de vos préjugés en vivant avec des hommes attachés à des préjugés différens; pour connoître l'influence des divers gouvernemens sur le bonheur domestique des citoyens ; le rapport entre l'étendue territoriale, la population et la force réelle des états ; les ressources existantes du commerce et l'accroissement dont elles sont susceptibles ; enfin, tout ce qui est relatif à la culture des sciences et des arts.

EUDOXE.

Aucun de ces objets n'est à négliger sans doute ; cependant on peut s'instruire aussi bien de l'état des sciences sans sortir de chez soi. La correspondance entre les hommes de lettres, la rapidité avec laquelle les ouvrages se répandent, la traduction de ceux qui sont en langue étrangère, les mémoires des académies, les gazettes littéraires, ne nous laissent rien ignorer sur la culture et les progrès des sciences dans toutes les villes de l'Europe.

ARISTE.

Assurément il n'est pas nécessaire d'aller dans les pays étrangers pour s'informer des découvertes qu'on y fait dans les sciences, ni pour connoître les productions et le caractère de leur littérature : mais on ne peut voir que sur les lieux ce que les sciences ont répandu d'usuel sur les arts mécaniques et sur les habitudes de la vie ; comment les lumières sont disséminées dans les diverses classes, et quelle est leur influence sur les préjugés, sur l'éducation, sur les goûts du peuple et sur la force nationale.

EUDOXE.

Pour acquérir ce genre d'instruction, croyez-vous nécessaire de faire le tour de l'Europe, ou me conseillez-vous de voyager seulement dans quelques parties ?

ARISTE.

Il seroit presqu'inutile d'aller dans des pays dont vous ne sauriez pas la langue, à moins que vous n'eussiez d'autre but que d'étudier l'histoire naturelle. Je pense que vous pouvez vous borner à visiter l'Italie, l'Allemagne, l'Angleterre et la Hollande. Commencez par l'Italie ; là, vos observations se porteront principalement sur les beaux-arts. Dans cette terre classique, vous éprouverez, à la vue des monumens de l'antiquité, un enthousiasme qu'ils ne vous auront jamais inspiré ailleurs. Les ruines de Rome ont quelque chose d'imposant qui porte l'empreinte de la puissance et de la majesté du peuple roi ; partout elles rappellent de grands souvenirs. Le contraste des édifices élevés par la magnificence des papes avec les débris du Colysée, les monumens enlevés à la Grèce, et les énormes obélisques apportés d'Egypte, les temples destinés jadis à recevoir les dieux de toutes les nations et maintenant consacrés au vrai Dieu, offrent un spectacle qui ne se trouve en aucun autre lieu de la terre.

En relisant Horace et Virgile sur le sol qui les

inspira, leurs vers vous offriront un nouvel intérêt; vous reconnoîtrez la vérité de leurs peintures, et vous serez frappé d'une foule de passages dont vous n'aviez pas même compris le véritable sens. La voix de Cicéron retentira à vos oreilles sur les ruines du Forum, et les charmes de sa philosophie vous toucheront bien davantage à Tusculum. En observant la dernière classe du peuple, vous chercherez si dans son accent et ses manières il n'y a pas encore quelque chose qui rappelle son ancienne dignité. Vous verrez comment les beaux-arts inspirent à des hommes d'une imagination mobile un enthousiasme excessif, lors même qu'ils sont absolument incapables d'en apprécier le mérite. Vous examinerez quelle influence des pratiques religieuses qui occupent une partie de la vie, des cérémonies qui séduisent l'esprit et frappent les sens, peuvent avoir sur la félicité, et quel rapport se trouve entre les opinions et la régularité de la conduite.

En Angleterre, vous étudierez la constitution du gouvernement et le caractère du peuple, pour découvrir la cause de cet esprit public qui fait la principale force de la nation et semble l'isoler de toutes les autres. Recherchez comment tandis que les principes de la liberté et de la philosophie sont proclamés dans les livres, et invoqués dans les discours publics, on ose établir dans les colonies le despotisme le plus dur, et conserver dans le pays même des lois comme celle de la presse des matelots, et celles contre les catholiques; comment on affecte un mépris injuste pour des nations dont on va recueillir les connoissances, et dont on avoue du moins la supériorité dans les beaux-arts : comment enfin, malgré les réclamations des hommes éclairés, des usages barbares se trouvent associés aux institutions les plus sages. De tous les pays du monde, l'Angleterre est celui ou l'agriculture et les arts mécaniques sont portés au plus haut degré de perfection; parce que les riches propriétaires ne craignent pas d'employer leur fortune à des entreprises dont ils ne recueilleront le fruit qu'après plusieurs années. De grandes manufactures occupent une multitude de bras, et cependant la main-d'œuvre est économisée par des machines ingénieuses; il semble que chacun songe moins à gagner davantage qu'à faire mieux que les autres. Les ouvriers assurés de recevoir le prix de leur travail, n'épargnent aucun soin pour donner à leurs ouvrages le fini et la qualité dont ils sont susceptibles. Ces principes et ces procédés de l'industrie doivent fixer votre attention ; c'est là ce qu'il faut emprunter aux Anglois, et non des usages et des modes dont l'imitation conduit à un luxe dispendieux et d'autant plus ridicule qu'il est en opposition avec nos mœurs.

En Allemagne, vous étudierez ces principes de droit public qu'on invoquoit sans cesse, et qui faisoient réellement la sécurité des princes les plus foibles. Vous examinerez la différence que présentoient en général les états catholiques et les états protestans ; vous observerez cette tendance vers les idées abstraites, cette disposition à la sensibilité qui donnent aux productions littéraires des Allemands une sorte de vague, mais en même-temps un caractère d'élévation et de mélancolie : vous tâcherez de pénétrer l'esprit de certaines doctrines mystiques répandues parmi les gens éclairés, et qui dans les livres nous paroissent inintelligibles : vous acquerrez enfin des connoissances positives sur quelques parties des sciences, (telles que la minéralogie) qui ont été cultivées avec un soin particulier. Il est surtout essentiel de profiter de votre séjour en Allemagne pour comparer, relativement à la culture de l'esprit, à l'émulation, au progrès des sciences et à l'exercice de l'autorité, les monarchies, où dans un vaste territoire, une capitale appelle dans son sein les talens et les richesses, et semble donner la loi à toutes les autres villes de l'empire, avec cette réunion d'un grand nombre de petits états, dont chacun avoit un centre particulier de gouvernement, et où se trouvoient des mœurs, des écoles, des opinions différentes.

La Hollande, ce pays en partie conquis sur les flots, doit être vu pour y observer les prodiges de l'industrie, luttant avec succès contre les obstacles que la nature lui oppose sans cesse; et le caractère du peuple si remarquable par sa simplicité, son activité, sa patience et son économie, tandis que ses richesses ont leur source dans le luxe et les fantaisies des autres nations.

EUDOXE.

Ne seroit-il pas également essentiel de visiter les cours du Nord? La Russie qui, de l'état le plus barbare, est devenue, en moins d'un siècle, une nation civilisée; où l'autorité absolue s'est occupée d'adoucir l'esclavage; où les arts et les sciences, transplantés tout-à-coup, commençoient à fleurir lorsque les secousses d'une révolution menaçoient de les arracher dans le pays d'où ils y avoient été envoyés; et le Danemarck et la Suède, d'où sont sorties jadis des armées qui ont subjugué l'Europe?

ARISTE.

Mon ami, il seroit sans doute utile de voir tous les pays. Le naturaliste et le philosophe gagneroient également à faire le tour du globe pour recueillir les productions des divers climats et observer les mœurs de tous les peuples. Mais la vie est courte : il faut mettre des bornes à sa curiosité. Si l'on veut parcourir un grand nombre de pays, on n'a le temps d'en bien étudier aucun. On a vu des sites variés, des usages singuliers, des monumens extraordinaires; c'est quelque chose pour l'imagination du poëte; ce n'est presque rien pour celui qui veut connoître les mœurs et le caractère des nations. D'ailleurs, comme je vous l'ai déjà dit, on n'apprend rien de positif dans des pays dont on ignore la langue. J'ajoute que quand on a assez voyagé pour comparer les hommes et la nature sous des aspects divers, pour prendre une juste idée du rapport qui se trouve ordinairement entre les relations des voyageurs et la réalité des choses, les livres suffisent pour donner des notions exactes sur ce qu'on ne peut voir par ses propres yeux.

Un dernier voyage, et qui me paroît le plus utile de tous, c'est celui de l'Amérique septentrionale. Je vous conseille d'aller y passer six mois. Quoique la traversée ne soit pas longue, elle pourra vous donner encore quelques connoissances sur la navigation, mais vous jugez bien que l'objet principal est d'observer les Etats-Unis.

Vous ne vous arrêterez point dans les villes de Philadelphie, de New-Yorck, de Charlestown; elles ressemblent à nos villes d'Europe. C'est dans l'intérieur des terres, c'est au Kentuckey, sur les bords de l'Ohio, au-delà des Alleghanis, et sur les confins des forêts inhabitées, qu'il faut aller étudier les hommes et la nature. Quel beau spectacle présentent ces colonies où les hommes se multiplient dans une progression étonnante, où chaque famille étend son domaine en défrichant des terres incultes, où le grand nombre des enfans est regardé comme une bénédiction du ciel, où les mœurs sont simples et pures, où la religion est respectée sans que l'intolérance soit connue, où l'on n'a ni féodalité, ni soldats, ni impôts, ni gêne sociale. La nature elle-même étale dans ces contrées toute sa magnificence; les forêts, les fleuves, les cascades, les montagnes, ont un caractère imposant; vous pourrez, en vous enfonçant dans les terres, rencontrer quelques familles de sauvages et faire sur eux des observations intéressantes. Mais celles que vous ferez sur les hommes civilisés qui ont renoncé à tous les biens de l'opinion pour posséder les vrais biens de la nature, seront bien plus instructives. Quelques écrivains ont exalté le bonheur dont on jouit dans ces nouveaux établissemens ; d'autres les ont présentés comme un séjour de privations et d'ennui. La vérité est que des hommes sortis de nos villes, et accoutumés à nos jouissances de luxe, ne sauroient se trouver bien dans un pays où l'on ne vit que du travail de ses mains, où ni l'espoir d'une fortune rapide, ni les distinctions de la vanité, ni les plaisirs frivoles ne peuvent fournir un aliment aux passions. Il faut des goûts simples, des mœurs pures, l'habitude du travail, pour trouver quelque charme dans cette vie uniforme et paisible, dans ces associations bornées à un petit nombre d'individus. Mais quiconque pense que les affections d'époux, de père et d'ami, suffisent pour remplir le cœur ; que le soin de pourvoir à l'existence d'une famille suffit pour occuper l'esprit ; que la liberté, la tranquillité, l'aisance, sont les premiers des biens ; qu'il vaut mieux vivre pour soi que de vivre dans l'opinion ; que les plaisirs factices ne sont qu'un foible dédommagement de ceux qui naissent de nos vrais besoins ; enfin, que la vie a de l'intérêt lorsque tous les jours sont employés à des travaux utiles : celui-là contemplera avec admiration ces associations nouvelles, elles lui paroîtront revenues à cet état intermédiaire entre la grossièreté de la vie sauvage et la corruption des sociétés policées, état dans lequel l'homme trouve toute la félicité dont il peut jouir sur la terre.

EUDOXE.

Mais ce bonheur sera-t-il de longue durée?

ARISTE.

Il durera jusqu'à ce qu'une population trop nombreuse, l'introduction des arts de luxe, et l'existence d'une classe d'hommes oisifs qui spéculeront sur le travail des autres, ait changé le caractère de la société. Ce temps peut être bien éloigné, si les enfans, au lieu de revenir vers les côtes, veulent vivre comme leurs pères en défrichant successivement les vastes forêts qui sont devant eux. Lorsque de grandes villes seront bâties sur le bord des rivières, lorsque les richesses pécuniaires seront devenues un objet d'ambition, lorsque le commerce introduira les denrées étrangères dont on ne sent pas aujourd'hui le besoin, lorsque des voisins puissans nécessiteront l'établissement d'une force militaire, lorsque l'inégalité se sera établie entre les diverses classes, et que les hommes les plus utiles seront mis au dernier rang, le sage regrettera les temps anciens : il s'écriera avec le poëte qui comparoit la splendeur de Rome sous les empereurs, avec sa simplicité sous les premiers rois :

O utinam remeare liceret
Ad veteres fines, et mœnia pauperis Anci.

Rien n'est stable sur la terre : mais ces idées tristes d'une décadence future ne se présenteront point à vous en visitant un peuple qui chaque jour fait des progrès vers le bien : vous trouverez chez lui cette antique hospitalité qui facilite les moyens de s'instruire et ne laisse aucune méfiance.

EUDOXE.

Dans les divers voyages que vous m'avez proposés, me conseillez-vous d'aller seul ou de me réunir à d'autres voyageurs ?

ARISTE.

Si vous rencontriez un homme éclairé qui fût à-peu-près de votre âge, et qui désirât comme vous de s'instruire, sa société vous seroit aussi utile qu'agréable : vous vous communiqueriez mutuellement vos observations ; souvent même vous pourriez travailler de concert. Mais il vaut mieux aller seul qu'avec des personnes qui n'auroient pas le même but que vous. Evitez de vous réunir à ces voyageurs oisifs qui parcourent divers pays sans avoir un objet déterminé; qui croient avoir tout fait lorsqu'après avoir visité les monumens, les curiosités, les hommes célèbres dont le nom se trouve indiqué sur leur itinéraire, ils remplissent leur journal de remarques superficielles sur les objets qu'on leur a montrés, sur les sociétés où ils ont été accueillis, sur les conversations qu'ils ont eues avec des personnes distinguées. De tels hommes rentreront chez eux plus vains, mais non plus instruits.

EUDOXE.

Dans plusieurs pays, et surtout dans le nord de l'Europe, on fait voyager les jeunes gens au sortir du collége : c'est-à-dire à l'âge où commence l'éducation qu'on reçoit non des maîtres, mais des choses et de la société. Je crois que cette méthode fait perdre un temps précieux et ne conduit à rien d'utile. Pour tirer quelque fruit des voyages, il faut s'être instruit de tout ce qu'on peut apprendre chez soi, et s'être ainsi mis à même de faire des comparaisons. D'après le plan que vous m'avez proposé, ils serviront à compléter, autant qu'il est possible, mon instruction dans tous les genres; mes études m'ayant donné les bases des diverses connoissances, mes observations pourront s'étendre à tous les objets.

ARISTE.

Oui ; mais le temps et l'attention que vous donnerez à chaque chose doit toujours être en raison de son importance, et ce qui caractérise une nation ou un pays, doit particulièrement arrêter vos regards ; et le genre des observations, et la manière d'observer, doivent varier selon les circonstances. Vous n'irez point de ville en ville en chaise de poste. S'il faut étudier dans les grandes villes le gouvernement, les arts, les établissemens consacrés à l'instruction publique, c'est dans les campagnes qu'on doit observer la nature et les hommes. On trouve rarement des choses nouvelles dans les sentiers battus. Voyagez à cheval autant que vous le pourrez : vous vous écarterez de la grande route toutes les fois que des choses intéressantes appelleront votre attention. En laissant vos chevaux dans une auberge, vous irez à pied faire des courses dans les campagnes, pour examiner les procédés de l'agriculture, les mœurs, les préjugés, le caractère des cultivateurs et des divers ouvriers : vous parcourrez les montagnes, en couchant dans les cabanes des bergers, pour vous faire une idée du sol, des sites divers, des animaux, des végétaux et des minéraux les plus remarquables de chaque contrée. Vous irez examiner les grandes manufactures, les mines, les canaux d'arrosage et de navigation. Vous comparerez les habitans des villages isolés avec ceux des grandes villes. Il y a cent fois plus de différence entre les paysans qui vivent sur les Alpes et le peuple de Lyon, qu'entre les habitans de Paris et ceux de Londres. Partout vous vous informerez de la population, si elle augmente ou diminue, si elle excède ou non les moyens naturels de subsistance, si le pays est riche ou pauvre, s'il est agriculteur ou commerçant, si ses besoins sont au-dessus ou au-dessous de ses ressources, et quel rapport se trouve entre ces mêmes ressources et le bonheur dont il jouit. Vous examinerez si, par des canaux, par des défrichemens, par l'éducation des bestiaux, ou par un autre système de culture, on ne pourroit pas augmenter la prospérité. Vous verrez l'état des arts mécaniques, le secours qu'on tire des machines, leur utilité selon les circonstances; si les artisans sont des hommes éclairés qui perfectionnent les procédés des arts, ou si ce qu'ils font n'est que la suite d'une aveugle routine. Vous irez demander l'hospitalité dans les chaumières, pour vous entretenir familièrement avec les gens simples et grossiers, et vous tâcherez de ne point vous séparer d'eux sans qu'il vous bénissent.

Informez-vous des opinions bizarres et des pratiques superstitieuses auxquelles le peuple est attaché; non pour les tourner en ridicule, mais pour en rechercher l'origine et les effets. Examinez si elles ne fortifient pas les mœurs nationales, si elles ne rapprochent pas les individus, si elles ne sont pas, pour des hommes ignorans et pauvres, une source d'espérances, de consolations et de plaisirs. Dans plusieurs contrées la condition du peuple est si différente de celles des autres classes, que cette comparaison le rendroit bien malheureux, si son attention n'étoit détournée par des habitudes, si les illusions auxquelles il se livre ne le dédommageoient de la liberté, du repos, de la fortune et de la considération dont il est privé. Ce sont les opinions et les usages particuliers qui, liant entr'eux les divers membres d'une société, en forment un corps indissoluble. Cette vérité fut bien connue des anciens législateurs. Il est plus facile de tirer parti des préjugés du peuple pour le diriger vers le bien, que de lui faire concevoir les principes philosophiques qui nous apprennent à subordonner l'intérêt particulier à l'intérêt général. Vous verrez souvent les hommes les plus sages et les plus éclairés garder le silence sur les erreurs populaires : ils savent qu'il vaut mieux les laisser subsister chez tous les individus que d'en détromper seulement un certain nombre.

EUDOXE.

D'après les relations des voyageurs, il me semble que le peuple est dans tous les pays d'autant plus heureux qu'il est plus éclairé. Comparez les paysans de Suisse, d'Angleterre, de plusieurs états d'Allemagne, et des États-Unis d'Amérique, avec ceux de Russie ou des États barbaresques, vous trouverez chez ceux-ci bien plus de superstitions ridicules et de croyances absurdes.

ARISTE.

Cela est vrai ; comme les premiers ont une existence politique, comme ils ne vivent pas dans la misère et l'avilissement, ils n'ont pas besoin de chimères, et il leur convient d'avoir de tout des idées justes : les autres, au contraire, seroient encore plus à plaindre s'ils étoient plus éclairés.

C'est à ceux qui sont à la tête des nations à mettre les citoyens de toutes les classes dans une situation telle qu'ils puissent la connoître et la considérer sans en être affligés. Alors les lumières seront utiles à tous les individus, elles leur apprendront à tirer parti des biens placés autour d'eux, elles augmenteront la force nationale; et le peuple, instruit de ses vrais intérêts, employera son activité à soutenir un gouvernement qui le protège et le rend heureux. La société générale, et ceux qui, dans cette société, occupent le premier rang, trouveront un égal avantage dans cet ordre de choses : c'est une vérité dont l'histoire de tous les peuples du monde offre la preuve, et que le philosophe ne sauroit trop répéter à ceux qui ont la puissance de faire le bien.

Pendant le cours de vos études, vous vous serez fait plusieurs questions qui ne peuvent être résolues que dans certains pays. Ainsi, vous vérifierez diverses opinions de géologie, en parcourant à pied les montagnes, les bords de la mer, et le lit des torrens et des fleuves; ainsi, vous pourrez éclaircir quelques problêmes de littérature et d'histoire, soit à l'aide des manuscrits conservés dans les bibliothèques les plus célèbres, soit par l'examen de quelques anciens monumens. Mais défendez-vous de ce qui n'est que de curiosité; n'allez pas vous amuser à transcrire et déchiffrer des inscriptions qui n'apprennent rien d'essentiel : si vous examinez ou recueillez des médailles, ne faites aucune attention à celles qui n'ont de prix que par leur rareté, et n'employez pas votre argent à acheter une antique dont le plâtre ou le dessin vous offriront la même instruction.

Avant de quitter la France, vous aurez soin de vous munir de lettres de recommandation pour les savans, les artistes et les hommes distingués en tout genre. Votre premier soin, en arrivant dans un pays, sera de faire connoissance avec eux : ils vous faciliteront les moyens de voir ce qu'il y a de plus intéressant. Ne négligez rien non plus pour vous lier avec les hommes qui, par état, sont initiés dans les affaires du gouvernement et du commerce, comme sont les consuls nationaux dans les ports de mer ; les directeurs des douanes dans les villes considérables, les secrétaires d'ambassade et les chefs des bureaux des ministres, dans les capitales. Quoique vous ne deviez leur faire aucune question indiscrète, ni chercher à pénétrer leurs secret, vous apprendrez d'eux bien des choses qui ne se trouvent point dans les livres. Les prêtres et les médecins sont en général plus instruits que le commun des hommes, surtout dans les provinces ; tâchez de connoître ceux qui sont les plus considérés, de gagner leur confiance, et d'obtenir d'eux quelques renseignemens sur les choses qu'ils sont à portée d'observer.

Depuis le milieu du dernier siècle, il existe dans presque toutes les grandes villes des associations de bienfaisance qui s'occupent sans ostentation à soulager les maux de l'humanité, à répandre des secours et des connoissances dans la dernière classe du peuple; les membres de ces associations sont également empressés à recueillir et à communiquer ce qui peut être utile, et vous gagnerez beaucoup à vous rapprocher d'eux.

Répandez-vous dans toutes les classes de la société. Il y a des villes où les mœurs et les habitudes des classes inférieures et des classes supérieures sont entièrement différentes, où le peuple et les grands sont séparés par une limite très-marquée, comme à Vienne, et dans quelques cantons de l'Allemagne : il en est où les diverses conditions se rapprochent par des nuances insensibles, comme à Paris, à Londres, etc. Dans certains endroits, c'est la naissance; dans d'autres, c'est la fortune qui fait la distinction des rangs : ici les talens donnent une considération personnelle et indépendante; ailleurs, ils sont seulement une qualité que les hommes puissans recherchent dans leurs inférieurs, parce qu'elle leur procure quelques avantages. Il faut observer si ces différences tiennent à la forme du gouvernement ou à d'anciens préjugés.

Partout où vous serez, adoptez autant qu'il vous sera possible, le costume et les manières du pays. Il seroit avantageux qu'on oubliât que vous êtes étranger. N'allez point à Londres dans les auberges françoises, mais dans celles où se rendent les Anglois. Ne ridiculisez jamais rien, et ne vous permettez de faire tout haut une remarque critique que lorsqu'elle vous sera demandée, et lorsque vous serez sûr qu'elle doit être utile. Soyez sévère dans vos mœurs, et gardez-vous de cet air de légèreté que les étrangers ont quelquefois reproché aux François. Respectez les opinions religieuses, et ne parlez qu'avec ménagement des superstitions même, lorsqu'elles ne conduisent pas à un fanatisme dangereux. Ne laissez pas apercevoir que vous vous croyez plus sage ou plus éclairé que vos hôtes. Si vous êtes dans un pays dont la religion ne soit pas la vôtre, faites ensorte que les hommes les plus zélés pour leur culte, en vous plaignant de l'erreur qu'ils vous supposent, ne cherchent cependant pas à s'éloigner de vous.

Souvenez-vous enfin que le philosophe ne va point dans les pays étrangers pour en rapporter des anecdoctes piquantes, ou des modes singulières, ou la note de ce qui se trouve dans les cabinets des curieux; mais pour saisir par une observation attentive les traits caractéristiques du génie et des mœurs des peuples, pour former son esprit en communiquant avec ceux qui ont une manière différente de voir et de juger; enfin, pour acquérir des connoissances positives et précises dont il puisse faire usage pour lui, et dont le résultat devienne utile aux autres. Je n'entrerai pas dans de plus longs détails sur les objets qui doivent fixer votre attention : il me suffit d'avoir posé les principes généraux. M. Berchtold a fait un ouvrage intitulé, Essai pour diriger les recherches des voyageurs qui se proposent l'utilité de leur patrie; cet ouvrage sera votre manuel; vous y trouverez, non-seulement tous les conseils qu'on peut désirer, mais encore une série de questions qui rappellent à l'esprit tout ce qui mérite d'être observé dans les divers pays.

EUDOXE.

Me conseillez-vous de faire un journal de mes voyages?

ARISTE.

Vous prendrez note tous les soirs de ce que vous aurez vu ou entendu de remarquable : en différant de quelques jours, les circonstances essentielles échappent, parce que de nouveaux objets les font oublier : mais comme l'économie du temps est extrêmement importante, vous ne recueillerez que ce qui est digne d'être conservé. Plusieurs voyageurs marquent dans leurs journaux à quelle heure ils sont partis ou arrivés, à quelle auberge ils se sont arrêtés, etc.; négligez ces détails. On a publié depuis peu la statistique de la plupart des états de l'Allemagne, et il n'est pas douteux qu'on aura bientôt celle de tous les pays de l'Europe; il faut les vérifier sur les lieux; si elles sont exactes, elles vous suffisent. Vous lirez en même temps les derniers et les plus accrédités des voyageurs qui ont visité le pays où vous vous trouvez, et vous noterez en marge du livre, ou sur un cahier particulier, les choses dans lesquelles vous serez d'une opinion différente. Par ce moyen, vous ne consignerez dans vos notes que ce qui ne se trouve nulle part. Quant au caractère général d'une nation, comme chacun en considère les traits d'une manière particulière, selon sa tournure d'esprit et les circonstances dans lesquelles il est placé, vous en tracerez pour vous un tableau dans lequel tout soit lié. Ce qui tient au progrès des sciences et des arts étant intéressant pour vous, ne négligez point de conserver le souvenir des machines ingénieuses, des objets remarquables en histoire naturelle : ici le dessin vous sera d'un grand secours. Des vues et des plans exacts sont bien plus clairs et bien plus instructifs que des descriptions. Il vous sera agréable aussi de dessiner rapidement les sites singuliers et pittoresques et les costumes des divers cantons. Au reste, pour les dessins comme pour les descriptions, il faut se borner à ce qui n'est pas connu et qui cependant mérite de l'être.

J'ajoute encore un conseil : n'ayez point le projet d'écrire l'histoire de vos voyages. Cette idée vous engageroit à chercher de préférence ce qui peut plaire aux lecteurs, à chercher des renseignemens sur des choses qui ne sont que de curiosité, à saisir dans les objets le point de vue le plus singulier, à peindre les choses de manière à produire de l'effet. Il faut vous oublier vous-même pour être utile aux autres. Ne songez point à ce qui peut servir votre réputation, mais à ce qui peut vous rendre content de vous-même; cherchez ce qui est bien pour le faire connoître et aimer, ce qui est mal pour en indiquer la cause et le remède. Que le bonheur des hommes soit le but de vos travaux : que le désir d'y contribuer occupe sans cesse votre pensée : ce sentiment vous fera surmonter les obstacles et vous éclairera sur les moyens de réussir. Tel fut l'objet des voyages d'Howard.

EUDOXE.

Au nom de ce grand homme j'éprouve un sentiment d'admiration et de respect. Je le vois parcourant l'Europe, les côtes d'Afrique et les frontières de l'Asie, pour adoucir le sort des malheureux, et par l'influence de son génie et de son courage, appelant l'attention des gouvernemens sur l'état des prisons, des hôpitaux et des écoles. Il me semble un être au-dessus de la nature humaine. Il finit par être victime de son zèle : mais que ne suis-je réservé à une pareille destinée !

ARISTE.

Il resteroit peu de choses à faire dans la carrière que ce grand homme a parcouru : mais en suivant un autre plan, en embrassant un plus grand nombre d'objets, vous pouvez, comme lui, rendre de grands services à votre patrie et peut-être au genre humain. A certains égards, il doit être votre modèle : qu'il vous apprenne ce que peut un seul homme lorsqu'il ne détourne point la vue du but qu'il s'est proposé. Jamais aucun danger n'effraya son courage ; jamais il ne songea à sa propre gloire ; il annonça la vérité sans appareil, sans enthousiasme, sans blesser aucun de ceux qui pouvoient réformer les abus. Soyez, comme lui, simple et modeste, animé du seul désir de faire le bien, et après un certain nombre d'années, vous aurez acquis plus de lumières et exécuté plus de travaux utiles que vous ne pouvez l'imaginer aujourd'hui.

En vous indiquant l'époque de vos voyages, les pays qu'il est le plus utile de visiter, le séjour que vous pouvez y faire, et les objets sur lesquels doit porter votre attention, j'ai considéré ces excursions, hors de votre patrie, comme le complément de vos études, comme un moyen de rectifier et d'étendre les connoissances que vous avez acquises. Si vous vous destiniez à embrasser la profession de voyageur, si vous vous proposiez d'aller recueillir et d'offrir à vos compatriotes des notions exactes sur les pays éloignés, j'envisagerois les choses sous un autre aspect : car du moment où vos études préliminaires auroient été terminées, les autres auroient dû être dirigées vers ce but.

Plusieurs contrées de l'Asie et de l'Amérique sont imparfaitement connues ; elles ont été vues en passant par des missionnaires, des curieux, des négocians, qui n'avoient ni le loisir ni l'instruction nécessaire pour les étudier ; ou par des naturalistes qui ont recueilli diverses productions dont ils ont enrichi nos cabinets et nos jardins, mais qui n'ont pas fait un séjour assez long dans le même lieu, pour pouvoir en décrire la constitution physique. De grandes nations qui ne sont pas arrivées à un haut degré de culture intellectuelle, ou qui sont déchues du point où elles étoient parvenues jadis, occupent une grande partie de la surface du globe : et nous attendons encore qu'un philosophe s'y fixe pendant plusieurs années pour étudier leur état de civilisation, et le rapport de leurs traditions, de leurs langues, de leurs monumens, avec les traditions, les langues et les monumens des peuples anciennement connus. Si l'Inde, le Thibet, le plateau de la Tartarie, le nord de la Chine, étoient examinés comme le Mexique vient de l'être ; ces recherches étendroient beaucoup la sphère de nos connoissances ; elles donneroient la solution de plusieurs problêmes de la plus haute importance, et qu'on a vainement tenté d'éclaircir en comparant des inscriptions, des hiéroglyphes et des fragmens épars dans les auteurs anciens.

Le plan d'études et de conduite convenable à l'homme courageux, qui se détermine à renoncer pendant plusieurs années aux douceurs de la société européenne, au commerce de ses amis et des hommes éclairés, à ses habitudes, pour affronter des dangers imprévus dans des climats éloignés, pourroit faire le sujet d'un traité particulier. On pourroit examiner quelle instruction convient à tous ceux qui se destinent à des voyages lointains, quelle instruction particulière est nécessaire à celui qui doit aller dans telle ou telle contrée, quels objets doivent être examinés de préférence, quelles sont les questions les plus importantes à résoudre; enfin, de quelle manière doit être rédigée la relation de ce genre de voyages, pour que la variété des objets ne nuise pas à l'unité de l'ouvrage, pour que le lien qui en unit les diverses parties ne tienne point aux aventures du voyageur, mais à la subordination des objets entr'eux.

Aucune des sciences dont je vous ai parlé ne seroit inutile à celui qui se dévoueroit à une telle entreprise. Mais comme son exécution exige la vigueur et l'activité de la jeunesse, et que c'est de vingt-cinq à quarante ans qu'on est le plus capable d'en surmonter les obstacles, on auroit été forcé de négliger plusieurs études pour s'attacher à celles dont l'application seroit plus utile, comme les langues, le dessin, l'astronomie, la physique, les principes de l'histoire naturelle, les antiquités. Il est des connoissances qui pourroient être d'une grande ressource au voyageur, et qui sont inutiles au philosophe qui vit dans son pays: telle est celle de la médecine et de la chirurgie, à l'aide de laquelle on obtient souvent un accueil favorable chez des peuples ignorans.

Cette courageuse destination étant étrangère au but que vous vous proposez, je ne m'étendrai pas davantage sur les qualités et les travaux qu'elle exige.

Lorsqu'après avoir terminé vos voyages, vous vous trouverez fixé dans votre patrie, vous emploierez quelques mois à jeter un coup d'œil général sur les études que vous avez faites, à les mettre en ordre, à en réunir les résultats, et il sera temps alors de vous livrer à l'étude particulière du sujet sur lequel vous voudrez écrire.

EUDOXE.

J'aperçois enfin le terme de la carrière : je l'atteindrai, s'il suffit d'avoir du courage. Je ne suis effrayé ni des fatigues ni des privations : le travail occupera tous mes instans, et mon ardeur ne se ralentira jamais. Je ne crains que des circonstances indépendantes de moi. Une maladie peut retarder ma marche.

ARISTE.

Une interruption passagère des études n'est pas aussi nuisible qu'on pourroit le croire. Les progrès de l'esprit ne sont pas graduels et successifs. On voit dans les collèges des jeunes gens qui ont été malades pendant trois mois, rejoindre leurs camarades avant la fin de l'année. Les passions et les distractions de tout genre écartent du but bien plus que ne le fait un accident qui force à suspendre pour un temps toute espèce de travail. Souvent après un intervalle de repos, les idées précédemment acquises se trouvent mieux ordonnées, et le génie prend un nouvel élan. Une maladie aiguë est moins à craindre que l'affoiblissement de la santé et l'épuisement des forces, par une application trop soutenue, par une vie trop sédentaire. Le premier de ces dangers est inévitable; le second peut être prévenu par de sages précautions. Je vous ai dit un mot de ces précautions en vous parlant de la manière de distribuer votre temps: ne perdez jamais de vue qu'elles sont de la plus grande importance, et que pour y avoir recours il ne faut pas attendre que vous en sentiez le besoin.

Les connoissances, considérées relativement aux moyens par lesquels on se les procure, se partagent en deux classes. Les unes sont le fruit de la lecture, les autres sont celui des observations recueillies en divers endroits. On apprend l'histoire dans le silence du cabinet et en suivant toujours la même chaîne d'idées : on étudie la nature et les hommes dans les voyages, en portant son attention sur toute sorte d'objets. Les études du premier genre demandent une vie sédentaire : les autres une extrême activité. Cette activité, à laquelle on est très-disposé dans la jeunesse, se perd si l'on cesse long-temps de l'exercer. Ainsi, pendant que vous vous livrerez à l'étude uniforme de l'histoire, il faut que le soin de perfectionner vos connoissances sur l'histoire naturelle et les arts vous fournisse souvent des motifs d'exercice et des sujets de distraction. Si le passage d'une vie sédentaire à une vie active est très-pénible, celui d'une vie active à une vie sédentaire a bien plus d'inconvéniens : c'est surtout au retour de vos voyages, et lorsque rentré dans la retraite, vous voudrez vous livrer à la méditation, qu'il sera essentiel de ménager vos forces. La fatigue produite par le travail de la composition est plus nuisible à la santé que celle qui résulte de l'étude : on ne s'en aperçoit pas d'abord, parce qu'on est soutenu par une sorte d'exaltation des facultés intellectuelles : cette exaltation même cause une jouissance à laquelle on a peine à s'arracher : c'est une raison de plus pour craindre d'abuser d'une facilité passagère, et pour ne donner chaque jour que quelques heures à ce genre de travail. La modération doit toujours être unie à la persévérance. Si vous voulez conserver la force de votre tête dans un âge avancé, il ne faut pas en user les ressorts par l'excès de l'application.

L'homme n'est pas seulement un être moral ; il est encore un être physique, et son état physique exerce une grande influence sur son esprit. La santé est d'autant plus précieuse pour le philosophe, que la perte du temps est pour lui la plus grande de toutes. Il doit donc prendre soin de la conserver, non-seulement pour ne pas souffrir, mais pour jouir sans distraction de toutes les facultés de son ame.

EUDOXE.

La nature indique assez la conduite qu'il faut tenir. S'accoutumer de bonne heure aux intempéries des saisons, éviter les excès, faire usage de ses forces sans en abuser : je crois que les préceptes d'hygiène peuvent se réduire à cela.

ARISTE.

Oui, pour ceux qui mènent une vie active et qui remplissent la plupart des professions de la société. Mais l'état d'homme de lettres, de savant, de penseur, quoiqu'utile dans l'ordre social, n'est point naturel à l'homme qui a été destiné à exercer moins les forces de son esprit que celles de son corps, puisque c'est par celles-ci qu'il pourvoit à ses premiers besoins. Cet état exige un genre de vie particulier, pour balancer les inconvéniens d'une méditation trop prolongée.

EUDOXE.

Vous paroissez adopter les idées de plusieurs anciens philosophes, qui attachoient beaucoup d'importance au régime diététique. Pythagore avoit porté à l'excès la sévérité sur ce point; mais je pense que les pratiques et les abstinences qu'il prescrivoit à ses disciples, avoient pour but d'en former une société isolée, une sorte de congrégation religieuse, dont les membres, liés par les mêmes usages et les mêmes habitudes, quoique dispersés en divers pays, se regardassent comme attachés à une même doctrine, comme les enfans d'un même père.

ARISTE.

Quoi qu'il en soit du but de Pythagore, son institution produisit les hommes les plus distingués dans les sciences, dans la législation, dans la morale. Mais sans recourir aux anciens philosophes, aux prêtres égyptiens, non plus qu'aux fondateurs de ceux des ordres religieux qui étoient destinés à se livrer à l'étude, je trouverois des exemples journaliers de l'utilité du régime pour entretenir les forces de l'esprit. Les médecins et les physiologistes sont, sur cet objet, d'un avis unanime. Il est curieux de voir dans le traité de Cornaro, quelle netteté d'idées, quelle gaieté ce Vénitien conserva depuis qu'il eut adopté un régime très-sobre jusqu'à l'âge de quatre-vingt dix-huit ans. Sans doute il seroit absurde de le prendre pour modèle; il seroit même insensé de s'asservir à des pratiques minutieuses; mais on peut adopter le genre de vie le plus favorable à l'entretien des forces morales. Je ne veux point vous prescrire en détail des règles d'hygiène; je me borne à quelques principes dont vous ferez l'application.

Lacaze, ou plutôt Bordeu, dans un ouvrage trop systématique[1], mais plein de génie et fécond en

[1] Idée de l'homme physique et moral.

conséquences, considère dans l'homme trois ordres d'organes ou trois centres de forces ; savoir, la tête, organe de la pensée ; la région épigastrique où s'opère la nutrition, et le système musculaire par lequel les mouvemens s'exécutent. Pour que l'homme jouisse pleinement de ses facultés, il faut que ces trois organes soient également exercés ; l'un n'acquiert une surabondance de forces qu'aux dépens des autres : si le cerveau est fatigué par la méditation, l'estomac digère mal, le système musculaire s'affoiblit : si trop d'alimens surchargent l'estomac, la tête est peu capable de penser. Si l'on fait un exercice trop violent, la tête et l'estomac perdent de leur énergie ; si l'on n'en fait point, les autres organes, seuls occupés, se fatiguent à leur tour. Le sommeil est destiné à rétablir l'équilibre et à réparer les forces des organes extérieurs : s'il est trop court, les ressorts s'usent ; s'il est trop prolongé, ils s'engourdissent.

EUDOXE.

Je vois où vous allez me conduire, et j'écoute avec intérêt cette ingénieuse théorie.

ARISTE.

Je ne prétends pas vous la proposer comme exacte : Bichat a bien prouvé que c'est du cerveau que partent les forces, envoyées de là aux divers organes. Mais cela revient au même pour les conséquences que je veux tirer : il faut toujours que cette distribution de forces soit faite d'une manière régulière. J'ai pris les choses d'un peu loin : venons à l'application. Si vous travaillez de tête avec excès, les forces employées à méditer seront aux dépens de celles qu'exigent les autres fonctions vitales.

EUDOXE.

Je ne me suis jamais aperçu que le travail me fût nuisible.

ARISTE.

A votre âge on ne sent pas d'abord la fatigue de ce qu'on fait avec ardeur. Cependant le tempérament s'use, on se trouve tout-à-coup épuisé, et l'on est obligé, pour réparer sa santé, de suspendre pendant long-temps ses occupations. Mais les conséquences de mon principe ne se bornent pas là. Comme vous devez donner plus de temps au travail d'esprit que la plupart des hommes, il faut que vous ayez plus de soin de ménager les organes des autres fonctions. Par cette raison, vous devez vous faire une loi de la sobriété, et comme vos occupations vous engageront souvent à être sédentaire, il faut reposer votre tête et entretenir vos forces par un exercice modéré. C'est ici que je vous rappellerai les préceptes de Pythagore, sur la distribution du temps, sur la sobriété, sur l'exercice, sur l'usage de quelques amusemens propres à porter des affections douces dans l'ame et des idées riantes dans l'imagination. Ces préceptes étoient utiles, seulement il ne falloit pas en faire des lois rigoureuses.

EUDOXE.

Je ne crois pas, Ariste, que les disciples de Pythagore écoutassent leur maître avec plus d'intérêt et de respect que je ne vous écoute: vous ne frappez pas mon imagination par des mystères; vous n'enveloppez pas vos leçons sous des emblêmes, vous parlez à-la-fois à mon cœur et à ma raison. Vous m'avez fait sentir l'utilité d'un régime approprié à l'état que j'ai choisi; permettez-moi de vous demander quelques conseils dont je puisse immédiatement faire l'application. Daignez m'indiquer le régime que vous jugez habituellement le plus utile. De pareils détails peuvent paroître minutieux; mais ils s'ennoblissent par l'importance du but.

ARISTE.

Je vous conseille de faire, à votre lever, une demi-heure d'exercice en plein air. C'est un moyen de donner du ton aux organes. Travaillez ensuite, et qu'un ou deux repas légers partagent votre matinée. Dînez modérement, et arrangez-vous de manière à ne point manger seul. Le temps du repas doit être une distraction agréable ; après dîner, jouissez quelque temps de la société ; faites ensuite encore une heure d'exercice. Je préfère l'usage établi depuis peu de dîner tard, parce que la matinée étant alors très-longue, on peut s'interdire le soir toute occupation qui exige trop de contention d'esprit. Souvent la digestion produit une excitation qui dispose au travail et donne à l'imagination plus de vivacité ; mais si l'on profite de cette effervescence, la digestion en souffre, et à la longue les forces se détruisent. Ne prenez pas l'habitude de travailler avant dans la nuit, il vaut mieux se lever de grand matin. Cherchez de temps en temps des distractions dans la société des femmes aimables et sensées, et dans le plaisir de la musique. Vous jugez que ce genre de vie sera modifié selon les circonstances. Par exemple, lorsque vous étudierez l'histoire naturelle, vous n'aurez pas besoin de faire de l'exercice par régime ; il sera un des moyens par lesquels vous acquerrez des connoissances, puisque vous serez obligé d'aller observer dans les campagnes. Evitez, autant que les bienséances le permettent, ces repas où la multitude des mêts excite l'appétit, où une société trop nombreuse fait qu'on oublie de s'observer. Ne vous faites pas une habitude des choses agréables, dont la privation peut devenir pénible, comme le thé, le café, etc. On les croit propres à réveiller l'esprit et par cette raison convenables aux hommes de lettres : mais avant que l'usage en fût introduit, on n'avoit ni moins de force de tête, ni moins de vivacité d'imagination.

Eloignez-vous de ces assemblées où l'on passe la nuit à s'étourdir sur son existence, et qui ne conviennent qu'à des hommes oisifs. On a remarqué que les poëtes et les artistes du siècle de Louis XV annonçoient, en général, une imagination moins vigoureuse que ceux des deux siècles précédens. Je ne pense pas qu'ils fussent nés avec moins de génie ; cela tenoit à la distribution de leur temps, à ce qu'ils se répandoient dans des cercles où ils alloient recueillir des applaudissemens prématurés. Comment sera-t-on capable de méditer un plan, de penser avec énergie, de se recueillir, lorsqu'on a passé la nuit dans le tourbillon d'une société frivole ? La succession rapide des idées étrangères distrait des pensées profondes, comme les plaisirs qui viennent du dehors font oublier ceux dont-on trouve la source en soi-même.

Revenons à ce qui est relatif à vous. Allez à la campagne quand vous le pourrez, et faites de temps en temps beaucoup d'exercice. Il est nécessaire d'acquérir un tempérament robuste, et s'il faut suivre un régime très-sobre et très-modéré pour avoir plus de temps à soi, il ne faut pas s'en faire une habitude qu'on ne puisse changer sans inconvénient. Il est même utile de tenter quelquefois des excès de veille et de fatigue, pour s'assurer qu'on pourra les supporter au besoin. Enfin, il est probable que votre santé éprouvera quelquefois du dérangement. Dans les incommodités légères, suspendez tout travail pénible, et tâchez de vous guérir sans le secours des remèdes : si vous éprouviez une maladie grave, il faudroit vous en rapporter entièrement aux lumières des médecins, et aux soins des amis dont vous seriez entouré.

EUDOXE.

Ariste, vos principes de conduite embrassent la vie entière et s'appliquent à toutes les circonstances : vous portez votre attention sur les moindres détails, et vous les considérez comme faisant partie de l'ensemble. Vous voulez que le désir de l'instruction soit subordonné à la sagesse, qu'en recherchant les diverses connoissances je n'attache à chacune d'elles que le dégré d'importance qu'elles peuvent avoir relativement au but que je me propose ; que je regarde chacune de mes actions comme liée à toutes les autres ; que je ne néglige rien pour conserver la paix, la santé, le bonheur, et que je goûte chaque jour quelques fruits de cette philosophie que je veux cultiver pour l'utilité des autres. Vous m'avez indiqué les travaux à faire, les obstacles à vaincre, les précautions à prendre : vous m'avez enfin montré toute l'étendue de la carrière. Pourrois-je savoir quel temps il me faudra pour la parcourir ? Je sais que cela dépend de mes talens et de circonstances qui me sont étrangères : mais supposez-moi doué de dispositions heureuses, et placé dans des circonstances favorables, et dites-moi à quelle époque je pourrai faire une application utile des études qui auront occupé ma jeunesse. L'éloignement du but ne m'effrayera point, pourvu que je puisse espérer de l'atteindre. Calculons seulement s'il est possible d'apprendre tant de choses avant l'âge où l'imagination commence à s'affoiblir, où l'on n'a plus cette vigueur d'esprit qu'exige la combinaison d'un plan, et cette facilité nécessaire pour en exécuter les détails. La plupart des hommes célèbres ont composé leurs plus beaux ouvrages avant l'âge de cinquante ans.

ARISTE.

Si vous n'aviez déjà une partie des connoissances que je vous ai proposé d'acquérir, le plan que je vous ai tracé seroit impossible à suivre. Je vous suppose toute l'instruction que peut avoir à votre âge un jeune homme né avec les meilleures dispositions, animé de la passion de l'étude, et dont l'éducation a été parfaitement dirigée. Je pense que les langues anciennes, et même quelques-unes des langues modernes, vous sont familières; que vous êtes versé dans les mathématiques, que vous avez étudié la géographie et la l'histoire, que vous avez des élémens d'histoire naturelle et de physique. Je n'ai pas eu besoin de vous faire beaucoup de questions pour savoir à quoi m'en tenir : je ne vois même en cela rien d'extraordinaire. Plusieurs élèves de l'école polytechnique de Paris, de l'université d'Oxford, des académies de Gottingue, de Stutgard, de Jena, etc., ont à vingt ans toutes ces connoissances. Vous reviendrez sur vos pas pour vous rendre compte de ce que vous savez, mais non pour l'étudier de nouveau. Ceux qui trouveroient mon plan impossible, n'auroient aucune idée de la puissance de l'esprit humain. Il ne faut point en juger par le temps qu'exigeroit l'étude de chaque science considérée isolement, mais en s'informant de ce qu'ont fait quelques hommes illustres; puisque ce qu'ils ont fait, d'autres hommes doués des mêmes facultés et animés du même zèle peuvent le faire encore. Lorsqu'en lisant les ouvrages de Leibnitz on voit avec quelle force de logique, avec quelle profondeur d'érudition il traite les divers sujets, on ne peut concevoir comment il avoit appris ce qu'il savoit dans tous les genres. J'en pourrois dire autant de quelques autres auteurs, tels que Bacon, Haller, et de nos jours de William Jones. Ce dernier avoit des notions sur toutes les sciences. Les langues anciennes lui étoient familières; il savoit à fonds l'hébreu, le persan, l'arabe, le turc et le sanscrit; il connoissoit même le chinois, et il écrivoit et parloit avec élégance presque toutes les langues de l'Europe. Il a traduit en vers grecs et en vers latins plusieurs morceaux de poésie orientale, et ces vers sont pleins d'harmonie et de goût. Il n'avoit point négligé les mathématiques et leur application à l'astronomie. L'histoire naturelle ne lui étoit point étrangère, et il s'étoit particulièrement occupé de la botanique. En étudiant les langues asiatiques il avoit étudié aussi l'histoire des divers peuples de l'Asie; il avoit examiné leur origine, et les rapports de leur littérature et de leur philosophie avec celles des Grecs et des Romains. Ses ouvrages roulent sur les questions les plus importantes; ils sont remplis d'érudition, et le style en est toujours soigné : cependant William Jones est mort à quarante-sept ans, et les devoirs de la place qu'il remplissoit avec distinction, avoient pris une partie de son temps.

Je vous ferai encore observer que la plupart des hommes qui se sont distingués par leur érudition, avoient un emploi qui ne leur permettoit pas de s'occuper uniquement de travaux littéraires. Lorsqu'une fois l'esprit est bien préparé, lorsque toute idée nouvelle se classe et se lie à ce qu'on sait dejà, on se trouve au bout de quelques années avoir acquis une grande variété de connoissances. La chose est sans doute impossible pour les hommes ordinaires; mon plan n'est bon pour vous qu'en ne vous rangeant pas dans cette classe. Je présume que vers l'âge de trente-six ans vous serez en état de voyager; que, revenu à trente-huit ans chez vous, deux ans vous suffiront pour vous préparer à l'objet particulier auquel vous voudrez vous attacher. A quarante ans vous pourrez commencer d'écrire : c'est à cet âge que Bacon, Montesquieu, Buffon et Rousseau se sont fait connoître. Votre imagination n'aura rien perdu de sa force, et vous aurez devant vous une vingtaine d'années pour composer des ouvrages utiles. Bien long-temps avant cet âge on peut se distinguer dans la poésie et faire des découvertes dans les sciences ; mais on traiteroit d'une manière superficielle les questions générales de la philosophie : non que ce dernier genre demande plus de génie, mais parce qu'il exige des connoissances que le temps seul peut donner.

EUDOXE.

En considérant la multitude des objets dont je dois m'occuper, l'exemple seul de quelques grands hommes me montre la possibilité d'en parcourir le cercle dans l'espace de vingt années. Je puis regarder ces vingt années comme la moitié du temps qui me reste à vivre : et ce n'est pas trop d'employer la moitié de la vie à s'instruire soi-même, si pendant l'autre moitié on se destine à instruire les autres. D'ailleurs, je sens bien que pour avoir le droit de donner aux hommes des leçons de sagesse, il faut avoir atteint cet âge où l'on n'est plus emporté par l'imagination, où les passions sont calmées, où l'expérience du monde est acquise, où la raison est dans toute sa force. Vingt ans ne sont rien pour moi, si je dois ensuite recueillir le fruit de mes travaux. Mais ni le zèle du bien, ni les connoissances acquises ne suffisent pour réussir; et ne serois-je pas trop présomptueux de me croire un de ces génies privilégiés destinés à éclairer et leur siècle et la postérité?

ARISTE.

Je vous ai dit d'abord que le parti le plus sage étoit de choisir un état, de vous attacher à en remplir les devoirs, de diriger vos études vers ce qui y est relatif, et de regarder les sciences et les lettres comme un noble amusement, comme un moyen de fortifier votre raison et d'employer agréablement vos momens de loisir. Quand on les cultive dans cette vue, nulle inquiétude ne se mêle aux jouissances qu'elles procurent: on a rempli sa tâche par d'autres travaux. Lorsqu'on en fait son unique occupation, le succès dépend des talens, et si l'on ne réussit pas, le but de la vie entière est manqué. Je ne puis ni vous engager à entrer dans une carrière périlleuse ni vous en détourner: si j'en vois les dangers, j'ai aussi l'espérance que vous pouvez prétendre aux plus hautes destinées. C'est à vous à réfléchir: je ne puis que vous montrer la longueur et les difficultés du voyage, vous tracer une carte et vous indiquer les écueils. Examinez-vous, et voyez si vous ne prenez pas votre goût pour du talent, si l'ardeur de vos desirs ne vous aveugle pas sur les obstacles, si vous êtes sûr que votre patience ne se lassera point. En vous attachant à une science en particulier, en concentrant votre attention sur un seul objet, vous seriez assuré de réussir : mais le champ que vous voulez parcourir est bien vaste : le but que vous vous proposez d'atteindre est bien élevé : pour planer au-dessus des montagnes, il faut les ailes de l'aigle.

EUDOXE.

Mais vous qui me connoissez, ne pouvez-vous juger si mon entreprise est téméraire? Ne pouvez-vous me dire si vous me croyez ces qualités qui justifient les tentatives les plus hardies, et mettent en droit d'espérer le succès ?

ARISTE.

Je puis vous dire seulement que leur ensemble est bien rare. Une fortune indépendante sans aucun des goûts que la fortune entraîne; le germe de toutes les passions avec la modération qui leur impose silence; une ame ardente, une imagination vive, une activité que rien n'arrête, avec une raison calme et une patience infatigable, la faculté d'embrasser l'enchaînement des idées générales avec celles de saisir les plus petits détails ; le désir de répandre la vérité avec cette sagesse qui fait examiner si sa publication est utile dans le moment ; l'enthousiasme pour ce qui paroît grand et beau ; l'indépendance de l'esprit, la fermeté du caractère et le sentiment de ses forces, avec la défiance en ses propres lumières, la réserve dans les opinions et la modestie dans la conduite ; la sévérité des principes et la haine des méchans en général, avec la douceur des manières et l'indulgence pour les individus ; telles sont les qualités qu'il faut associer. Les unes sont des dons que la nature accorde seulement à quelques êtres privilégiés ; les autres semblent contradictoires : elles ne pourront se réunir en vous qu'autant qu'une passion qui n'appartient qu'aux grandes ames, celle du bien général, vous dominera dans tous les instans, et vous fera regarder les talens, les connoissances et tous les travaux comme un moyen de parvenir à votre but. Maintenant prononcez vous-même.

EUDOXE.

O grands hommes qui avez illustré votre patrie, qui, par vos travaux, avez ouvert à l'esprit humain des routes nouvelles ! génies sublimes que je contemple avec admiration ! le feu qui vous anima n'est point éteint. Eh bien! j'ose le dire, j'en suis échauffé : je veux être de votre société. O Aristote! Bacon! Leibnitz! lorsque vous entrâtes dans la carrière, vous ne pouviez prévoir vos glorieuses destinées; loin de vous défier de vos forces, vous enrichîtes votre génie des plus vastes connoissances, et vous êtes devenus la lumière des siècles. Votre exemple m'enflamme, je vous suis, et j'aspire à me placer un jour près de vous.

ARISTE.

Jeune homme, je ne vous arrête plus. Puissent ces noms célèbres être toujours présens à votre souvenir, et puissé-je m'applaudir un jour de vous avoir donné des conseils. Examinez les détails du plan que je vous ai tracé; si vous avez d'autres questions à me faire, elles seront demain le sujet de notre entretien.

HUITIÈME ENTRETIEN.

DES PRINCIPES QUI DOIVENT DIRIGER L'HOMME DE LETTRES DANS SA CONDUITE ET DANS LA COMPOSITION DE SES OUVRAGES.

Moyens de conserver la rectitude des principes de morale et la pureté du goût. Des auteurs qu'il est à propos de choisir pour guides, ou des classiques de toutes les nations. De Rousseau. Des devoirs particuliers à l'homme de lettres et du but qu'il doit se proposer. Inconvéniens du désir de la réputation. De l'art d'écrire. Du choix des sujets. De la composition, de la rédaction, et de la correction des divers genres d'ouvrages, et de l'époque à laquelle il convient de les publier. Des ouvrages sur les sciences, et des qualités qui en assurent la durée. Des ouvrages d'histoire. Des ouvrages de philosophie. Des diverses méthodes qui peuvent être employées à l'exposition de la vérité. Plan d'un traité de philosophie morale. Conclusion.

ARISTE m'avoit prévenu la veille qu'il ne sortiroit point avec moi, mais que, si je voulois aller l'attendre dans l'allée des peupliers, il viendroit m'y joindre aussitôt qu'il seroit libre. Deux paysans de son voisinage avoient un procès : il avoit parlé à chacun en particulier, il s'étoit informé des détails de leur affaire, et il leur avoit donné rendez-vous chez lui de grand matin pour tâcher de les concilier.

J'étois sorti avec un livre : mais occupé de mes projets, considérant l'étendue de la carrière où j'allois entrer, réfléchissant sur les conseils que m'avoit donnés mon guide, et sur les questions que je pouvois lui faire encore, j'étois absorbé dans mes idées et je me promenois à grands pas.

J'ai réussi, me dit Ariste en m'abordant; mes deux voisins ont fait chacun quelques sacrifices, ils ont signé un accommodement, et cette journée est aussi heureuse pour moi que pour eux. Il n'est pas tard encore, et nous pouvons continuer nos entretiens. Etes-vous content du plan que je vous ai proposé ? En avez-vous bien saisi l'ensemble ?

EUDOXE.

Ariste, vos leçons ont éclairé mon esprit ; elles ont embrâsé mon ame ; le vaste plan que vous avez déroulé à mes yeux n'a rien qui m'effraye. J'entre dans la carrière avec un courage qui m'est garant du succès. J'ai déjà fait beaucoup d'études préliminaires, je vais les reprendre pour remplir les lacunes qui s'y trouvent: je m'appliquerai ensuite aux diverses sciences pour connoître leurs principes, pour saisir leurs rapports, et pour faire usage des secours mutuels qu'elles peuvent se prêter. Si quelque difficulté m'arrête, j'aurai recours à vous. Enfin, car mon imagination franchit sans peine un intervalle de vingt ans, je me livrerai à des méditations profondes sur le sujet qu'il me paroîtra le plus utile de traiter : je le sens à mon attrait pour elle, ce sera la philosophie morale qui fixera mes derniers regards. Lorsque je serai parvenu à cette époque de la vie où il me sera permis d'offrir aux hommes le résultat de mes études, ô mon maître! ô mon ami! vous serez d'un âge avancé, et votre disciple viendra vous faire hommage du fruit de ses veilles et de vos leçons. Ah! plût au ciel qu'une suite de philosophes uniquement animés de l'amour du bien, se transmettant l'un à l'autre leur doctrine, comme jadis Socrate à Platon, pussent, au milieu des orages qui bouleversent les sociétés politiques, et des vains systèmes qui égarent l'esprit humain, conserver d'âge en âge la pureté de la morale et le dépôt des vérités acquises, successivement accru de vérités nouvelles. Peut-être dans ma vieillesse un jeune homme viendra me consulter : je serai digne alors de verser dans son ame les grandes leçons que j'ai reçues de vous, et je pourrai l'encourager à-la-fois par votre exemple et par le mien.

ARISTE.

Bon jeune homme, vous m'inspirez le plus tendre intérêt. Vos talens et l'usage que vous en voulez faire me font désirer que des dégouts imprévus ne vous arrêtent pas.

EUDOXE.

Des dégouts ? ah ! pouvez-vous le craindre ? Ne serez-vous pas toujours là pour soutenir ma constance ? Si je m'égarois, vous me tendriez la main et me retireriez de l'erreur. Mais le souvenir de vos leçons ne s'effacera point : s'il en est dont je ne puisse faire usage que dans vingt ans, à cette époque je les retrouverai gravées dans mon cœur. Si j'ai quelques écueils à redouter, quelques précautions à prendre, avertissez-moi dès aujourd'hui. Dites-moi ce que je dois faire pour conserver la pureté du goût en me livrant à des lectures variées, pour ne perdre jamais cette justesse d'esprit qui fait discerner le vrai, ce sentiment délicat qui fait aimer le bon lorsque j'étudierai les divers systêmes, lorsqu'un chaos d'opinions contradictoires se présentera à moi. Vous m'avez indiqué l'ordre dans lequel je dois étudier les diverses sciences : ajoutez quelques avis sur les moyens d'en appliquer les résultats à ce qui est utile.

ARISTE.

Mon ami, vous me ramenez à des considérations sur lesquelles je n'ai point assez insisté en vous traçant un plan d'études : revenons-y, et voyons ce qu'exige de vous la noble profession à laquelle vous vous destinez Celui qui s'occupe des sciences physiques peut avoir des succès lors même que sa conduite ne seroit pas irréprochable. Des découvertes étendent le domaine de la science, quel que soit le caractère de l'auteur. Mais dans la philosophie morale l'homme qui veut éclairer ou diriger les autres, ne peut être séparé de son ouvrage. Il n'inspirera aucune confiance si sa réputation n'est pas sans tache. Si, pour conserver l'estime, il se croit obligé de cacher sa conduite, combien il sera malheurenx ! Il ne pourra descendre en lui-même sans s'indigner de sa fausseté, sans rougir d'une estime usurpée.

EUDOXE.

Celui qui ne réfléchit point, peut être séduit par les attraits trompeurs du vice, et vivre en paix en s'aveuglant sur ses vrais intérêts : mais je ne conçois pas qu'on puisse contempler l'image de la vertu, la peindre, appeler les hommes à elle lorsqu'on la sacrifie à ses passions. Ce seroit un supplice pareil à celui qu'un poëte demandoit pour les tyrans :

Virtutem videant intabescantque relictâ.

Quand on s'est écarté de la morale, on n'a plus le droit d'en soutenir la cause.

ARISTE.

Ne soyez pas si sévère, mon ami. L'hypocrisie est le plus méprisable des vices; et rien n'est plus criminel que d'altérer les principes pour excuser sa conduite. Mais le repentir peut expier des fautes passées, et lorsqu'on se les reproche, on peut engager les autres à les éviter. J'espère que vous ne serez jamais dans cette cruelle position. Ne vous croyez cependant pas à l'abri de tout danger : tant de gens se sont égarés après avoir été enthousiastes de l'honnêteté, qu'on ne sauroit avoir trop de méfiance. Craignez la séduction des passions, celle de l'exemple, celle de vos lectures, et faites vous des méthodes pratiques qui tous les jours vous mettent en quelque sorte vis-à-vis de vous-même. Il en est une surtout dont je ne saurois trop vous recommander l'usage. Lord Shaftesbury l'a développée dans ses Conseils à un auteur.

EUDOXE.

Je connois l'ouvrage de Shaftesbury; il indique, avec raison, le soliloque comme un moyen de rectifier ses idées et de se juger soi-même.

ARISTE.

Je suis bien aise que, malgré le style diffus et recherché de Shaftesbury, vous ayez reconnu l'utilité de sa méthode. Etablissez en vous-même un tribunal auquel vous citerez vos principes et votre conduite. La lumière de la raison nous vient du ciel, elle nous suffit toujours pour juger de ce qui nous touche. Les passions excitées par les objets étrangers tendent à l'obscurcir; mais en la contemplant tous les jours, on s'accoutume à ne pas la perdre de vue. Rentrez donc fréquemment en vous-même: interrogez-vous; demandez-vous compte de vos sentimens, de vos désirs, de vos actions, de votre but; cherchez la cause de vos jugemens et les motifs de vos opinions; comparez sans cesse votre conduite avec vos principes, et que le regret d'une faute dont vous vous êtes accusé, vous garantisse d'une autre.

EUDOXE.

Mais pour juger la règle de mes jugemens ; pour savoir si mes principes ne sont pas des erreurs....

ARISTE.

Je vous vois venir et je vous arrête. Avez-vous donc oublié ce que nous avons dit en traitant de l'étude de la métaphysique ? Les principes de la morale sont gravés dans nos cœurs ; l'homme vivant en société les trouve en lui-même à mesure que ses facultés se développent et qu'il connoît les rapports qui l'unissent à ses semblables ; il en saisit la vérité, l'utilité au premier aperçu. S'il les soumet à la discussion, quel moyen aura-t-il ensuite de s'assurer de la justesse de ses raisonnemens ? Si la raison se fait juge de la droiture du sentiment, il faudra bien qu'à son tour le sentiment soit juge de la droiture de la raison : il vaut mieux laisser chacun régner dans son empire. Que la raison vous dirige seule dans l'étude de la nature ; mais en morale, écoutez la voix de votre conscience. Mon ami, votre ame est pure, les principes du bon et du beau y sont semés ; gardez-vous d'arracher ces plantes salutaires pour les examiner et les replanter ensuite ; vous les affoibliriez beaucoup : il faut les cultiver et prendre garde que des semences étrangères ne viennent se mêler parmi elles. Vous êtes sûr que vous n'avez pas besoin de changer de maximes pour être toujours honnête, mais seulement de donner plus de force à celles que vous respectez aujourd'hui. Les vérités physiques sont connues par l'expérience et l'observation : il faut donc les avoir examinées pour en être sûr ; mais les vérités morales sont de sentiment, la discussion peut les ébranler et non leur donner plus de force. Dans l'étude des sciences physiques on peut révoquer en doute ce qui n'est pas démontré ; on ne risque rien : l'ordre de la nature ne sera point interrompu par nos erreurs, et un examen attentif nous ramènera au vrai. Il n'en est pas de même en morale, comme l'a si bien dit M. de Bonald ; si vous la regardez comme problématique, vous n'aurez plus rien qui vous dirige, et vous tomberez dans le chaos. Pendant que vous examinerez si la boussole est un moyen de diriger votre route, les vents pousseront le vaisseau dans des mers inconnues, et vous ne saurez plus vous retrouver. Ne laissez point obscurcir cette lumière intérieure qui vous montre le vrai, le bon et le beau : bientôt vous les connoîtrez si bien au premier aperçu que vous ne risquerez jamais de vous tromper. Mais pour cela, à votre âge surtout, il est des précautions à prendre.

EUDOXE.

Vous avez détruit mes objections ; et j'aurois dû prévoir votre réponse. Elle est la conséquence de ce que vous m'aviez exposé dans nos premiers entretiens. Mais dites-moi quelles sont ces précautions que vous jugez nécessaires.

ARISTE

Je vous ai indiqué les livres qui peuvent vous guider dans l'étude de la nature, et ceux qui peuvent vous instruire de l'histoire. Mais outre ces livres où vous puiserez successivement des connoissances positives, il en est un petit nombre que vous devez feuilleter tous les jours pour former votre cœur et votre esprit. Le choix de ces auteurs, auxquels on a communément donné le nom de classiques, n'est point indifférent, et c'est un sujet que je veux encore traiter avec vous.

Le vrai, dans tout ce qui est relatif à la morale, est si simple et si clair que, sitôt qu'on nous le montre, nous croyons nous rappeler ce que nous savions déjà. Mais si nous nous livrons à la lecture des sophistes, ses caractères se perdent pour nous. Le bon plaît à notre ame dès qu'il se présente : mais il faut pour cela qu'elle soit tranquille et que l'intérêt personnel ne trouble pas notre jugement. Le beau saisit à l'instant tout esprit non prévenu, lorsque le goût n'a point été gâté par des faux brillans ; mais ce tact délicat qui le fait sentir se perd, sitôt qu'on s'écarte de la nature. Le bel esprit, l'emphase, l'exagération, l'exaltation, émoussent ce tact, comme l'usage des liqueurs fortes empêche de distinguer les saveurs. Voulez-vous conserver votre raison dans toute sa droiture, votre sentiment moral dans toute sa pureté, votre goût dans toute sa délicatesse, fuyez ces hommes pour qui tout est devenu insipide et problématique, ou du moins ne discutez jamais avec eux ? S'ils vous font des objections, réfutez-les pour vous et dans la solitude. Evitez surtout la lecture des ouvrages qui tendroient à ébranler vos principes. La pureté du goût se conserve par la pureté des mœurs. Ne vous permettez jamais d'arrêter votre esprit sur des choses qui le blessent. Vous entendrez souvent vanter des ouvrages qui choquent la décence, qui attaquent des principes respectés ; on vous engagera à les lire, tantôt parce qu'ils sont bien écrits, tantôt parce qu'ils peignent les mœurs et contiennent des anecdotes piquantes, tantôt enfin, parce que tout le monde les connoît et en parle. Ne répondez rien : mais soyez ferme, et défendez-vous d'une curiosité funeste. Un livre est bien écrit : merveilleux éloge ! comme si le style étoit un mérite, lorsqu'il n'est pas employé à faire valoir des idées utiles. Un livre peint les mœurs d'un siècle ou d'une société : l'histoire ne suffit-elle pas pour nous en apprendre ce qu'il faut savoir, et ne vaut-il pas mieux ignorer beaucoup de choses que d'arrêter sa vue sur des tableaux dangereux ? Manquons-nous de livres à-la-fois instructifs et agréables, propres à nous distraire des études sérieuses ? Quelle nécessité pour un homme de lettres d'avoir lu Catulle, Martial et Pétrone ? n'a-t-on pas assez de poésie latine dans Virgile, dans Horace et dans vingt autres ? Tacite ne suffit-il pas pour faire connoître les mœurs des Romains sous les premiers empereurs ? On a cent fois réimprimé les divers écrits de Voltaire : mais parce que la plupart sont dignes d'admiration, faut-il les lire tous ? Vous occuperez-vous dans la solitude d'un poëme dont vous n'oseriez citer quelques vers en bonne compagnie, dont vous ne prononceriez pas même le nom devant des femmes honnêtes ? Ce sont, dit-on, des modèles pour l'élégance, pour l'harmonie, pour tous les genres de beautés ; soit ! mais depuis la publication de ces prétendus modèles a-t-on surpassé leur auteur ? A juger de l'influence de ses ouvrages par la comparaison de notre littérature à celle du temps où il vivoit, il semble que l'éducation qu'il avoit reçue valoit mieux que celle qu'il nous a donnée.

Personne n'admire plus que moi le génie de Voltaire : personne ne désapprouve davantage l'indécence des satires dont il est aujourd'hui l'objet : mais pour rendre hommage à sa gloire, je voudrois qu'en louant les productions dignes d'un poëte, d'un historien, d'un philosophe né pour éclairer et illustrer son siècle, on oubliât à jamais celles qui manquent de cette dignité, de cette délicatesse sans lesquelles un homme de lettres perd les droits que ses talens lui donneroient à la reconnoissance publique. Que me servent des livres après lesquels je ne sais plus ce que je dois croire, ce que je dois admirer ? La plaisanterie ne convient point dans les discussions importantes, et si l'on s'en sert pour attaquer des ridicules, elle ne doit jamais sortir des bornes de la décence. Mon ami, quand l'imagination est une fois souillée, l'esprit perd sa délicatesse, le mérite de la simplicité lui échappe, il ne sent plus ces traits touchans qui pénètrent une ame sensible et pure. Veut-on écrire, on est étonné de ne plus trouver en soi cette finesse de tact qui, mettant de l'harmonie dans les images et les expressions, répand de la grace sur tous les objets. Comment sentira-t-on le charme de Pétrarque, si l'on s'est accoutumé à voir la peinture de l'amour accompagnée d'images licencieuses? Faut-il le dire enfin? le délire de l'imagination vient troubler les jouissances de l'esprit, et l'on finit par ne plus voir les beautés de la nature.

Soyez sûr, mon ami, que c'est l'amour de la vertu qui entretient en nous le goût du beau. Ne dites pas qu'il faut connoître le vice pour en peindre la laideur : vous ne corrigerez point les méchans par là. Quant aux gens de bien, c'est en fortifiant leurs sentimens, en leur offrant de grands exemples, que vous les mettrez à l'abri du danger. N'avez-vous pas éprouvé cent fois l'influence de la société des gens de bien? N'avez-vous pas senti combien ils élevoient votre ame? Et quand ont-ils fait le plus d'impression sur vous? est-ce lorsqu'ils ont déclamé contre le vice? non : la haine vous est pénible, et vous éprouviez une sorte de fatigue : c'est lorsqu'ils ont peint les charmes de la vertu; alors vous les aimiez; vous vouliez leur ressembler, et vous étiez également content d'eux et de vous-même. Ce sont les sentimens affectueux qu'il faut entretenir, c'est l'indulgence pour les autres, c'est la bienveillance universelle. L'admiration et l'amour appellent autour des grandes ames ceux qui sont capables de leur ressembler. Si vous voulez conserver la pureté de vos sentimens et la délicatesse de votre goût, faites-vous une loi de fermer à l'instant un livre dans lequel vous trouvez, soit des peintures licencieuses, soit des principes opposés à la morale.

EUDOXE.

Je sens toute la sagesse de ce conseil pour les ouvrages licencieux : mais quant aux principes erronés, ne faut-il pas les connoître pour les combattre ?

ARISTE.

Mon ami, lorsque dans un âge avancé une longue habitude ne vous laissera plus la crainte d'être égaré, vous pourrez sans danger examiner les doctrines pernicieuses. Mais jusqu'alors vous devez songer à vous instruire, et ne donner place dans votre tête qu'aux notions les plus justes. Dussiez-vous vivre un siècle, vous n'auriez pas le temps de lire tous les bons livres. La meilleure réponse à faire à une doctrine fausse, c'est d'établir la vérité sur des bases inébranlables, de la faire aimer par le sentiment qui captive le cœur, plus que par la discussion qui n'agit que sur l'esprit. Faites choix d'un petit nombre de livres propres à entretenir en vous le goût du vrai, du bon et du beau, à remplir votre imagination d'idées douces et brillantes, et votre cœur de sentimens honnêtes; à vous donner l'habitude d'un style pur, élégant, harmonieux, celle surtout de l'enchaînement des idées, de la gradation et de la justesse des expressions; enfin, de cette simplicité, de cette noblesse, de cette dignité dont l'imitation ne peut jamais entraîner dans le mauvais goût.

EUDOXE.

Ne pourriez-vous, Ariste, m'indiquer ces ouvrages? Faut-il les choisir dans ma langue ou dans les diverses langues que j'aurai apprises? Les livres françois peuvent seuls me former à la pureté et à l'harmonie du style.

ARISTE.

Pour la pureté du langage, sans contredit; mais pour l'harmonie, elle naît d'un sentiment délicat qui se perfectionne également par la lecture des auteurs anciens. On apprend à écrire en françois en lisant Homère et Démosthène, parce qu'on cherche à reproduire dans sa langue les formes qu'ils ont employées dans la leur. Les livres que vous devez choisir pour votre lecture habituelle sont les classiques de toutes les nations. Je vous recommande de les réduire à un petit nombre. Ce n'est point par la lecture rapide d'une multitude de livres que le goût se forme, c'est par la lecture attentive et réitérée de ce que les grands écrivains nous ont laissé de plus parfait.

Il ne me paroît pas nécessaire de vous indiquer les auteurs les plus célèbres; si je le fais, c'est seulement pour vous dire combien je restreins le nombre de ceux que vous prendrez ainsi pour guides; en vous les citant, je n'entends même parler que de leurs meilleurs ouvrages, ou même de quelques fragmens dont le mérite est universellement reconnu.

Homère chez les Grecs; Virgile, Horace, chez les Latins; le Dante, Pétrarque et le Tasse chez les Italiens; Klopstock chez les Allemands; Milton, l'Essai sur l'homme de Pope, et plusieurs pièces réunies dans les *Elegant extracts* chez les Anglois; voilà les modèles en poésie : encore faudra-t-il marquer en marge, à la seconde lecture, les morceaux sur lesquels vous voulez revenir; car il est des choses dans Horace qu'il vaudroit mieux ne pas lire du tout, il en est beaucoup dans Milton qui ne valent pas la peine d'être lues deux fois. Chez nous les chefs-d'œuvre de Corneille, de Racine, de Boileau, de Molière, de La Fontaine, suffisent pour la poésie. Quant aux prosateurs, Platon, Xénophon et Plutarque, Cicéron et Tacite vous offriront ce que la littérature grecque et latine offre de plus propre à élever l'ame, à entretenir le goût de la simplicité. Quelques écrits d'Addison, de Robertson et quelques-uns de Lessing, de Wieland et de Goethe, vous suffiront pour les langues angloise et allemande. Les Italiens ont les commentaires sur Tite-Live de Machiavel. Dans la littérature françoise qui, pour la prose, est à la fois la plus riche et la plus sage de toutes, je vous engage à vous attacher à quelques chapitres de Montagne, pour la richesse et l'énergie de l'expression; à quelques lettres de Sévigné pour le naturel et la grace; aux Provinciales et aux Pensées de Pascal pour la force du raisonnement; aux chefs-d'œuvre de Bossuet pour la sublimité des pensées; au Télémaque et à quelques autres écrits de Fénélon pour la douceur et l'élégance du style.

EUDOXE.

Je vois, Ariste, que c'est parmi les auteurs du dix-septième siècle que vous me conseillez de choisir des modèles : nul doute qu'ils sont supérieurs pour la poésie; mais dans la prose le siècle suivant n'a-t-il pas produit des hommes aussi distingués ?

ARISTE.

Les grands écrivains du siècle de Louis XIV ont en général plus de simplicité, une logique plus sévère, plus de justesse et de netteté dans l'expression : ils sont moins éblouissans, parce qu'ils ne visent point à l'effet, et qu'occupés uniquement à rendre leur pensée, ils ne s'écartent jamais de la route qui conduit au but : c'est par cette raison qu'ils sont plus propres à former le goût. Ceux qui depuis ont acquis une grande célébrité, s'étoient instruits à leur école, et les imitateurs de ces derniers leur sont très-inférieurs. Quand on a pris l'habitude de bien lier ses idées, de faire usage du mot propre, de s'astreindre à une méthode sage, de s'exprimer avec toute la clarté possible, les traits d'imagination s'offrent d'eux-mêmes au moment où l'on est vivement affecté : ils paroissent toujours faux, lorsqu'au lieu d'être inspirés, ils sont empruntés d'ailleurs.

EUDOXE.

Pensez-vous que le philosophe éloquent auquel le pays que vous habitez a donné naissance, ne soit pas l'égal de ceux qui l'ont précédé, et digne comme eux de servir de modèle ?

ARISTE.

Jamais personne ne surpassa Rousseau dans l'art d'écrire : cependant, s'il ne s'agissoit que de former votre style, je vous dirois qu'il vaut mieux encore étudier ceux qui lui ont servi de modèle, que de l'étudier lui-même. Je vous en conseille la lecture, parce qu'il parle au cœur en éclairant l'esprit, et qu'il réunit au plus haut degré la pureté de la morale, la chaleur du sentiment, et l'élévation des idées. Si je ne vous l'ai pas nommé d'abord, c'est parce que je voulois le considérer sous un aspect particulier, et vous prévenir du choix qu'il convient de faire dans ses écrits. Le même talent brille dans tous ; mais il ne faut pas que l'enthousiasme qu'ils inspirent empêche de discerner ceux sur lesquels il est à-propos de s'arrêter. Négligez et les discours oratoires, et les discussions polémiques qui occupèrent une partie de sa vie ; laissez ceux de ses ouvrages où il traite des questions politiques, sur lesquelles votre opinion doit se former par l'histoire et non par des théories abstraites : oubliez tous les écrits qu'il composa pour défendre ses opinions et son caractère contre des attaques dont il s'exagéroit l'importance : on ne peut en trouver l'excuse que dans l'égarement de sa raison. Mais écoutez-le lorsque planant pour ainsi dire entre la terre et le ciel, il annonce les grands principes qui sont la base de la société, trace la règle des devoirs, développe le plus magnifique système de philosophie, et donne à la pratique de la vertu des motifs inébranlables. Relisez souvent la seconde partie de l'Héloïse, dans laquelle, en traitant toutes les questions de la morale privée, il fait sentir que les plus grands sacrifices sont une source de jouissances. C'est là qu'on peut contempler le modèle idéal de la perfection, et le tableau ravissant du bonheur domestique, de ce bonheur pur qui ne sauroit exister que par l'amitié, la confiance et la vertu.

EUDOXE.

O mon digne maître, avec quelle joie je vous entends louer celui qui embrâse mon ame, fortifie ma raison, et soutient mes espérances! Mais pourquoi donc a-t-il des détracteurs? Pourquoi ses ouvrages, accueillis d'abord avec enthousiasme, ont-ils été depuis traités avec tant d'injustice?

ARISTE.

Est-ce un temps de justice que celui où l'imagination a été effrayée par des spectacles horribles, où les passions ont été vivement irritées, où les secousses les plus violentes ont agité la société ? L'harmonie de la nature disparoît aux yeux vulgaires pendant une nuit de tempête, et le chant des oiseaux ne peut être entendu lorsque le tonnerre ébranle les airs. Long-temps encore après le retour du calme, les hommes timides craignent tout ce qui a brillé au commencement de l'orage. Mais les siècles à venir vengeront l'ami de la vérité; ils reconnoîtront que ce n'est point sa faute si des méchans, voulant en imposer, ont placé son effigie sur leur bannière; si, défigurant quelques passages de ses écrits, ils ont osé se servir de son nom pour répandre des principes qui lui auroient fait horreur; comme jadis les fanatiques arboroient l'étendard du christianisme, et prétendoient en suivre les préceptes, lorsqu'ils l'outrageoient également par leur doctrine et par leur intolérance.

Croyez qu'il est encore des ames sensibles et douces, des esprits éclairés qui ne jugent point d'après les clameurs de la prévention. Au reste, ne disputez jamais sur le philosophe dont nous parlons. Contentez-vous d'avouer votre admiration pour lui. Ne répondez ni aux allégations injustes, ni aux interprétations fausses : laissez faire au temps. Ceux qui n'ont pas lu les écrits de Rousseau ne vous croiroient point; ceux qui les ont lus sans être touchés de son éloquence, ne seroient pas ramenés à lui par vos discours. Honorez sa mémoire en prouvant par votre sagesse combien ses disciples sont dignes d'estime et de confiance; montrez par votre bienveillance, par votre modestie, combien les sentimens répandus dans ses écrits ont pénétré votre ame. A votre âge on lit Rousseau avec enthousiasme; mais c'est à cinquante ans, c'est lorsqu'on connoît le néant du monde et le prix de la vertu, qu'on en sent mieux le mérite. Sans doute il n'est pas exempt d'erreurs; son imagination l'entraîne quelquefois au-delà du vrai; mais il inspire le respect pour les grands principes de la morale, lors même qu'il se trompe dans leur application.

EUDOXE.

Que pensez-vous des contradictions qu'on s'accorde à lui reprocher?

ARISTE.

J'ai cherché ces contradictions dans ses ouvrages, et je ne les ai point trouvées. Un des chefs de la philosophie moderne s'est attaché à les prouver[1]. Il a cité textuellement divers passages de Rousseau; il les a opposés les uns aux autres, et la contradiction saute aux yeux.

[1] Helvétius, *de l'Homme*, sect. 5.

Je n'accuse point cet auteur de mauvaise foi : mais j'ai lu les mêmes passages dans les ouvrages desquels ils sont extraits, non plus isolés, mais expliqués, développés par ce qui précède et ce qui suit, et ces prétendues contradictions ont disparu. Il n'est à mes yeux aucun auteur dont les divers ouvrages fassent un corps de doctrine plus lié et paroissent plus être des conséquences d'un même principe. On ne peut donner le nom de contradiction à une erreur dont on se retracte, ni à une différente manière d'envisager les mêmes objets dans diverses circonstances, et sur des matières de peu de conséquence. En ce genre, il est impossible qu'il n'y ait pas de légères contradictions dans un écrivain de bonne foi ; car on ne sauroit les éviter qu'en faisant accorder ce qu'on dit, non à ce qu'on juge vrai, mais à ce qu'on a dit dans un autre temps. Il ne faut pas non plus mettre en ligne de compte ces exagérations dans lesquelles un auteur se laisse quelquefois entraîner par son imagination ; le moindre examen suffit pour les distinguer de ses véritables sentimens.

Je reviens à mon sujet. En supposant réunis dans un même recueil les ouvrages ou les fragmens dont je vous conseille la lecture journalière, ceux auxquels j'applique ce qu'Horace disoit des auteurs grecs, *Nocturnâ versate manu, versate diurna*, j'estime que cela pourroit former à peu près quarante volumes comme celui qui comprend l'Iliade : c'est assez. Si les livres de philosophie font aujourd'hui si peu d'impression, c'est parce qu'on en lit un trop grand nombre. Nous ressemblons à l'agriculteur qui, au lieu de cultiver les plantes de son jardin, de sarcler, d'arroser, s'amuseroit à y semer tous les jours des plantes nouvelles. Les principes divers qui passent devant nous ne nous semblent qu'un jeu d'esprit. Les anciens étoient moins vacillans dans leur morale, parce qu'ils lisoient moins, et qu'un système de philosophie adopté devenoit la seule nourriture de leur ame. Platon fut l'objet de la vénération de l'antiquité : Cicéron le met au-dessus de tous les philosophes, et semble regarder sa morale comme la seule vraie, la seule utile. Comment voulez-vous que nous le jugions en le lisant comme un roman? La morale sublime et touchante de Rousseau aura pénétré votre ame; Helvétius viendra la remplir d'incertitude; Voltaire vous portera à tourner en plaisanterie ce qu'il y a de plus sérieux. Ne lisez point pour avoir matière à briller dans la conversation, mais pour cultiver votre raison; alors vous verrez combien elle deviendra vigoureuse. Une chose vous paroît-elle fausse dans un ouvrage, n'allez pas chercher ailleurs la réfutation ; méditez, et vous trouverez en vous-même des lumières pour discerner le vrai.

EUDOXE.

Vos conseils m'ont conduit au moment où mes études seront terminées. Je serai heureux jusqu'alors. Je ne me dissimule point les peines du travail, les sacrifices à faire, les obstacles à vaincre : mais les plaisirs de l'étude dédommagent de toutes les privations : les connoissances sont pour l'esprit une source intarissable de jouissances, et la paix de mon cœur ne sera jamais troublée tant que je serai fidèle aux principes de la morale. Cependant la paix de mon cœur s'évanouiroit, et les jouissances de mon esprit perdroient leur charme si je n'espérois de me rendre utile. Ce n'est pas pour moi seul, c'est pour la société que je dois travailler : ce but doit être toujours présent à ma pensée. Le moment arrivera où je cesserai d'être disciple pour être auteur. Alors il faudra m'occuper des autres ; je ne serai plus ignoré ; je serai en butte aux jugemens du public ; je serai responsable de l'influence que pourront avoir mes écrits ; j'aurai des doutes sur le succès. Combien de ménagemens à garder, d'écueils à éviter, de précautions à prendre! Daignez, Ariste, vous transporter avec moi dans cette nouvelle région; et vous aurez sans doute quelques avis à me donner.

ARISTE.

Oui, mon ami, et de très-importans. D'abord c'est de ne jamais consulter le goût du public pour lui plaire, l'opinion pour la flatter : c'est de faire abstraction de ce qui est relatif à votre réputation littéraire, de ne point choisir un sujet parce qu'il offre le moyen de développer vos talens, mais uniquement parce qu'il vous paroît utile de le traiter. Vous n'ambitionnerez point les applaudissemens de la multitude, mais l'estime de quelques hommes éclairés parmi vos contemporains et le suffrage de la postérité. Vous ne penserez pas même à obtenir ces honneurs que les hommes de lettres décernent à leurs émules. Les sociétés littéraires, les académies, sont une belle institution; elles répandent les lumières, elles engagent à respecter les bienséances, elles entretiennent le goût, elles excitent, encouragent et récompensent le talent; elles établissent des relations entre les hommes qui cultivent les diverses branches des sciences. Il seroit également flatteur et avantageux pour vous d'y être admis, et vous recevriez ce gage d'estime avec d'autant plus de reconnoissance que vous en seriez plus digne. Mais le projet d'y parvenir ne doit influer en rien sur la composition de vos ouvrages. Il pourroit vous induire à ménager telle ou telle opinion : et s'il ne faut rien négliger pour mériter le suffrage des hommes les plus éclairés, il ne faut rien faire pour se concilier leur faveur. Je n'ai pas besoin d'ajouter que vous jugerez indignes de vous toutes ces formules qui ne conviennent point à un philosophe ; et les épîtres dédicatoires ; et les louanges, même les plus délicates, pour les grands ; et ces allusions fines employées tour-à-tour par la flatterie et par la malignité. Vous vous interdirez à plus forte raison ces traits hardis par lesquels un écrivain semble braver l'autorité et s'arroger une magistrature que les lois ne reconnoissent point. Défendez courageusement la cause de la justice, mais sans irriter les passions. Evitez d'exciter la jalousie et d'attirer les yeux sur vous. La dignité de l'homme de lettres ne consiste point à affecter un air d'importance, à exiger des égards dus seulement à certains rangs établis pour le maintien de l'ordre social, mais à ne point profaner la philosophie par ses mœurs, à rester ferme dans ses principes, à ne capter ni la faveur des grands ni les éloges de la multitude, à se contenter de sa fortune et de l'état dans lequel on est né, à se montrer le moins qu'on peut chez ceux qui recherchent les hommes célèbres par vanité, à ne point faire dans le monde un vain étalage de sa doctrine, à mettre dans sa conduite privée de la sagesse et de la modestie, et à laisser au temps le soin de sa réputation.

Ne vous offensez point des critiques : examinez-en le fonds et non la forme : si elles sont fondées, rétractez-vous simplement et sans vous en faire un mérite ; car la vérité doit vous être plus chère que votre gloire : mais n'entrez jamais en lice avec vos adversaires ; le moindre inconvénient seroit la perte du temps. Souvent, pour défendre son opinion, on s'échauffe, on va au-delà du vrai ; si l'amour propre s'en mêle, tout est perdu.

Songez combien la sensibilité de Voltaire à la critique lui a fait écrire de choses qui ternissent sa gloire. Rousseau lui-même n'a-t-il pas perdu beaucoup de temps pour s'être livré à des discussions polémiques ? N'est-ce pas l'inquiétude que lui causoient les jugemens des hommes qui a empoisonné sa vie et fini par égarer sa raison? S'il eût fixé ses regards sur la postérité; si, lorsque des adversaires se présentoient à lui, au lieu de s'arrêter pour les combattre, il eût poursuivi sa route; s'il eût bien réfléchi que la vérité une fois connue, elle est, par sa propre force, victorieuse des passions et des erreurs, il nous eût probablement laissé quelque autre ouvrage utile. S'il n'eût pris pour juge que sa conscience; malgré les haines, les persécutions, les calomnies, il eût été tranquille. Peut-être auroit-il été forcé d'aller vivre dans la retraite, et loin des grandes villes; mais il y auroit trouvé la paix de l'ame, et il n'auroit point publié ses derniers écrits dont la lecture afflige ceux qui chérissent sa mémoire. Toutes les fois qu'on veut vivre dans l'opinion du jour, on se met dans la dépendance des autres.

Je dis plus, et ceci vous paroîtra peut-être bien sévère. Le désir du bien doit vous engager à éviter l'éclat. La célébrité d'un philosophe nuit souvent à la cause de la philosophie. Sans le vouloir, il devient chef de secte : il fait des enthousiastes qui exagèrent les conséquences de sa doctrine et sortent de la limite du vrai. Alors ses détracteurs l'attaquent avec avantage, et les hommes sages, craignant de prendre part à l'exaltation, se méfient des principes qui l'ont produite. Quelquefois même des opinions opposées, que l'esprit de contradiction fait soutenir avec chaleur, acquièrent momentanément de nouveaux partisans. Le meilleur moyen d'opérer le bien, c'est d'y travailler lentement et sans bruit. Cela est vrai en morale comme en politique.

EUDOXE.

Ariste, l'amour du vrai, le désir d'être utile l'emporteront toujours en moi sur tout autre sentiment : mais peut-on être indifférent à la gloire ? peut-on.....

ARISTE.

Si vous aspirez à passer pour un grand écrivain, à acquérir une réputation brillante, ne vous lancez pas dans la carrière de la philosophie, pas même dans celle de l'histoire. Trop de passions, trop d'intérêts viendront s'opposer à vous, pour que vous jouissiez en paix des éloges. L'expérience de tous les siècles le prouve, et je n'ai pas besoin de vous retracer le sort de ceux qui se sont élevés au-dessus de leur siècle.

Ploravere suis non respondere favorem
Speratum meritis. . . . . . . [1].

Je vous prie seulement de faire un calcul sur lequel peu de gens se sont arrêtés. C'est à cinquante ans que vous commencerez à publier vos ouvrages : vous aurez donc passé trente

[1] Hor. epist., l. 2, ep. 1.

ans à étudier, à vivre dans la retraite, à vous imposer des privations. Il faudra laisser passer encore quelques années avant que l'opinion soit fixée; il vous restera peut-être dix ans à vivre. Dites-moi : les jouissances que vous donneroit une grande réputation, vaudroient-elles les peines que vous auriez prises? Non, sans doute. Dans la carrière littéraire, avec des talens on est sûr de réussir. Un auteur compose une pièce de théâtre, son but est de faire impression sur ceux devant qui elle est représentée; si elle a du succès, il est récompensé : les applaudissemens font taire les critiques : mais dans les matières de philosophie, le temps seul peut assurer le succès d'un ouvrage, et ce n'est ordinairement qu'après la mort de l'auteur, que son rang est fixé.

EUDOXE.

Ce n'est point aux suffrages des contemporains qu'il faut borner son ambition. L'espoir de l'immortalité peut seul enflammer le génie et déterminer aux plus grands sacrifices. On se transporte par la pensée dans les siècles à venir, on jouit d'avance de la gloire qu'on obtiendra dans la postérité.

ARISTE.

Dites plutôt qu'on jouit du bien qu'on espère

produire. Lorsqu'on est animé de l'amour des hommes, on s'intéresse aux générations futures comme à la génération présente. L'immortalité de renommée est une illusion aux yeux du sage : il désire la célébrité, non comme la récompense de ses travaux, mais comme un moyen d'être plus utile. C'est seulement dans une nouvelle existence qu'il est un prix digne de la vertu, et cette vérité consolante doit être le principe de notre conduite et l'objet de nos espérances. Ne vous occupez donc pas des jugemens du public, tâchez de vous rendre indifférent aux éloges et à la critique : si vous vous inquiétez de ce qu'on dira de vous, les plaisirs de l'étude et de la méditation perdront leur charme.

EUDOXE.

Je vois bien dans le seul amour de la vertu le motif de soutenir la cause de la vérité : mais pour travailler son style, pour donner à tout une forme agréable, ne faut-il pas être excité par le désir de la renommée?

ARISTE.

Non, sans doute. Ce désir engage à se soumettre au goût de son siècle, à s'écarter de la simplicité, qui n'éblouit pas d'abord, mais qui est belle dans tous les temps. Les ornemens recherchés, les tournures singulières, les allusions piquantes, les traits ingénieux qui font parler d'un ouvrage au moment de sa publication, sont un défaut qui l'empêche de passer à la postérité. Le motif le plus puissant pour soigner le style, c'est qu'un ouvrage foiblement écrit ne peut faire aucune sensation. Ce n'est pas votre intérêt, c'est celui des lecteurs qui doit vous déterminer à ne rien négliger pour donner à votre style toute la perfection possible.

EUDOXE.

Je remarque, Ariste, que parmi les études dont vous m'avez conseillé de m'occuper successivement, vous n'avez point fait entrer celle de l'art d'écrire. Cet art si difficile, surtout en françois, n'exigeroit-il pas une étude spéciale? Les traités de Cicéron, de Quintilien, chez les anciens; de Blair, de Condillac et de cent autres chez les modernes, prouvent qu'on a toujours pensé qu'il étoit soumis à certaines règles. Ne seroit-il pas à-propos de m'en instruire dès aujourd'hui?

ARISTE.

Les ouvrages des rhéteurs sont propres à former le goût; ils enseignent à bien juger, mais ils ne peuvent enseigner à bien faire. La première chose, c'est de savoir parfaitement sa langue;

alors on écrit bien, si l'on est rempli de son sujet, si l'on a beaucoup d'idées, une bonne logique, une imagination vive et une oreille sensible à l'harmonie. Celui qui manque de ces qualités, ne peut, avec le secours de toutes les règles, composer que des discours de collége. En tout genre, les idées doivent être tirées du fonds du sujet, et liées entr'elles : l'expression qui rend l'idée avec force, avec clarté, avec précision, est toujours bonne : la meilleure est celle qui fait image, pourvu que l'image n'attire point l'esprit sur elle-même, mais sur l'objet qu'elle est destinée à peindre.

La différence entre un livre bien écrit et un livre mal écrit, c'est que l'un attache, et que l'autre ennuie. Si plusieurs personnes racontent un fait, celui qui en aura le mieux gravé dans votre esprit toutes les circonstances, sera celui qui aura le mieux raconté. De deux hommes qui veulent prouver une vérité à des juges éclairés, le plus habile est celui qui produit l'impression la plus profonde.

EUDOXE.

Cela est vrai; mais pour plaire, pour intéresser, pour faire impression, comment s'y prendre? On distingue différens genres de style dont chacun doit être employé de préférence, selon la nature des ouvrages.

ARISTE.

La distinction établie par les rhéteurs entre le style sublime, le style tempéré et le style simple, n'est point exacte, puisque ces caractères se rapprochent par des nuances. Celle entre les genres oratoire, historique, didactique, épistolaire, n'est que la conséquence d'un principe général; c'est que le style doit toujours être analogue à l'importance du sujet, à la manière dont est affecté celui qui parle, aux dispositions de ceux qui l'écoutent. Une lettre peut être d'un style sublime, un discours oratoire du style simple; cela dépend des circonstances. La convenance du style au sujet est un principe dont on ne doit jamais s'écarter; mais le goût seul peut en faire l'application. Il y a autant de sortes de style que de sujets différens et de manières de les envisager. Il faut, comme je vous l'ai recommandé, lire chaque jour quelques morceaux des meilleurs écrivains, pour entretenir le sentiment du beau, pour se former à l'élégance et à l'harmonie, mais non pour imiter les formes du style, qui tiennent essentiellement au sujet que chacun d'eux a considéré, et qui ont d'autant plus de mérite qu'elles sont plus originales. Ceux qui ont une prédilection pour un auteur, et qui le lisent continuellement, sont exposés à prendre ses coupes de phrases, ses tournures, quelquefois même ses expressions; vous éviterez ce danger en mettant de la variété dans le choix de vos lectures.

De même que chaque grand écrivain a son style qui naît de la tournure particulière de son esprit, tous ceux d'un même siècle ou d'un même pays ont une teinte générale qui porte le caractère de l'époque à laquelle ils écrivoient. C'est ainsi que chaque peintre a sa manière et celle de l'école où il s'est formé : et de même qu'en peinture, quelques maîtres se sont frayés une route dans laquelle ils ont été suivis par un grand nombre de disciples, en littérature quelques hommes de génie ont eu une foule d'imitateurs. Ordinairement ces chefs d'école ont des défauts, et ce sont principalement ces défauts qu'on retrouve dans ceux qui viennent après eux, parce que les beautés originales ne peuvent être imitées.

Les anciens Grecs eurent dans le style une majestueuse simplicité; ce caractère distingue Hérodote, Thucydide et Xénophon. Platon ayant introduit dans sa prose les ornemens de la poésie, et donné à ses phrases toute l'harmonie possible, il séduisit tellement l'imagination de ses lecteurs, qu'il leur fit admirer même ce qu'ils n'entendoient pas.

Ceux qui imitèrent son style brillant et figuré n'étant pas, comme lui, soutenus par de grandes idées, s'égarèrent dans le vague des abstractions. Les Romains, formés sur les Grecs, après avoir été long-temps barbares, trouvèrent cette marche imposante que nous admirons dans Tite-Live et Cicéron, quoique le dernier soit quelquefois diffus, et le premier trop périodique. Tacite, en se créant une manière opposée, en employant un style concis et des phrases courtes, ne fut pas moins sublime que ses prédécesseurs. Sénèque avoit adopté la même coupe de phrases: mais au lieu que Tacite, dans chacune des siennes, renferme une pensée toute entière sur laquelle il n'a pas besoin de revenir; Sénèque retourne la même idée de cent manières différentes. Au treizième siècle, le Dante, génie original et sublime, réveilla l'imagination de ses compatriotes. Bientôt l'étude des anciens donna une autre direction aux esprits: la lecture d'Aristote fit prendre aux uns une manière sèche et aride, et celle de Platon fit adopter aux autres un style à la fois abstrait et métaphorique.

En France, Montagne s'ouvrit une route nouvelle. Sa manière hardie, vive et pittoresque, n'est celle d'aucun autre écrivain : elle ne convenoit qu'à son génie. Pascal donna tout-à-coup à notre langue le caractère qu'elle a conservé : alors les grands écrivains, tels que Bossuet et Fénélon, surent allier la majesté à la simplicité, l'éclat de l'éloquence avec la rigueur de la dialectique, la pureté de l'élocution avec l'expression la plus hardie. Voltaire qui ne s'exerça point dans le genre oratoire, eut une élégance continue, une clarté admirable, un art de rapprocher et d'opposer les idées, qui n'appartient qu'à lui. Buffon peignit la nature avec une richesse digne d'elle. Il employa les couleurs les plus brillantes, mais il sut les varier selon les objets, et les nuancer de manière à composer des tableaux harmonieux. Rousseau porta l'éloquence au plus haut degré, parce qu'il écrivit d'après son intime conviction et d'après son cœur. Enfin, de nos jours, l'auteur d'Anacharsis transporta parmi nous toutes les fleurs de la littérature grecque. Les écrivains du second ordre furent froids dans le siècle de Louis XIV, en voulant imiter Pascal. Les imitateurs de Voltaire ont eu un faux bel esprit ; ceux de Buffon ont surchargé d'ornemens étrangers les descriptions qu'ils ont faites de la nature ; ceux de de Rousseau ont eu une chaleur factice.

Maintenant le défaut le plus ordinaire est de multiplier les figures, de chercher une harmonie périodique, souvent fatigante, et d'oublier entièrement la simplicité. Je m'en suis demandé la cause, et j'ai cru pouvoir l'attribuer aux livres qui servent à l'éducation littéraire. Dans toutes les rhétoriques on cite comme modèles de style les traits les plus remarquables de Cicéron, de Bossuet, etc.; mais ces morceaux brillans n'ont de prix que parce qu'ils sont convenablement placés. Ils sont toujours précédés et suivis de quelques pages où tout est simple; on y est conduit par la gradation des idées. Pour imiter ces morceaux qui éveillent leur enthousiasme, les jeunes gens recherchent les expressions pompeuses, et ils s'écartent du naturel. Cette prétendue chaleur n'est que le travail de l'esprit; on est ébloui, et l'on ne voit rien. Sans doute il est encore parmi nous de bons écrivains, mais je vous avertis du défaut général. J'aime cent fois mieux l'antique simplicité de l'histoire de Joseph, dans la Bible, que ces narrations ampoulées à la fin desquelles on ne sait souvent ce que l'auteur a voulu dire. Je crois qu'au lieu d'exciter les jeunes gens à employer le style figuré, il faudroit les exercer à écrire avec la plus grande simplicité, à faire choix du mot propre, à ordonner leurs idées, à être clairs et précis, à ne rien dire d'inutile. Les traits de sensibilité et d'imagination se présenteront d'eux-mêmes, quand l'écrivain sera bien pénétré de son sujet. Les diverses observations qu'on a publiées sur l'art d'écrire, sont utiles pour nous diriger, lorsque nous corrigeons un ouvrage; elles ne font point découvrir les beautés qu'il convient d'y placer.

Lorsqu'un sujet intéressant se sera offert à vous, lorsque vous serez bien convaincu qu'il n'est pas au-dessus de vos forces, et qu'en le traitant vous pourrez faire quelque bien; méditez-le, envisagez-le sous toutes les faces: discutez les objections, réfléchissez sur l'ordre dans lequel vos idées doivent être disposées; tout cela doit être fait avant d'écrire.

Du moment que vous prendrez la plume, soyez attentif à donner à votre style de la clarté, de la précision, de l'élégance, de l'harmonie: mettez autant de soin dans l'exécution des détails que vous en avez mis dans la formation du plan: ne vous permettez point de négligences, sous prétexte qu'elles disparoîtront dans une seconde rédaction: il ne vous en échappera que trop malgré vous. Si par paresse on est d'abord lâche et diffus, on a ensuite une peine infinie à supprimer les répétitions, à substituer le mot propre à celui qui ne l'est pas. Que votre premier jet soit donc aussi correct qu'il est possible. Ne craignez pas que ce soin vous fasse perdre le fil de vos idées. Quand vous aurez fini, laissez votre ouvrage pendant quelque temps: méditez toujours sur les principes, mais ne reprenez votre manuscrit, pour revenir sur les détails, qu'après les avoir en quelque sorte oubliés: alors jugez-vous avec une extrême sévérité: retranchez ce qui est inutile, resserrez ce qui est diffus, changez toute expression qui manque de force ou de clarté, pesez vos phrases en les lisant même à haute voix pour en mieux sentir l'harmonie: examinez si vous ne pouvez pas donner à tout plus de simplicité, s'il n'y a pas des ornemens étrangers au sujet, si votre style n'est pas trop tendu; si, en supposant le lecteur froid et indifférent, vous avez connu l'art de l'intéresser peu à peu, de mettre son ame à l'unisson de la vôtre, de l'entraîner enfin en vous emparant à-la-fois de sa raison, de son cœur, et de son imagination. Cela fait, transcrivez votre ouvrage pour corriger jusqu'aux moindres fautes. Si vous avez un ami au goût duquel vous puissiez vous en rapporter, remettez lui votre manuscrit : écoutez ses avis ; pesez-les sur tout ce qui tient aux principes : suivez-les sans balancer sur tout ce qui tient au goût. Quand un ouvrage est publié, il ne faut plus s'occuper de son sort : mais on ne sauroit trop consulter, revoir, corriger avant ce moment-là.

Beaucoup d'écrivains modernes se font un mérite de leur facilité ; elle est sans doute une preuve du talent de l'auteur, mais elle est funeste à l'ouvrage. L'élégance, la correction, le naturel même sont le fruit du travail. Lorsqu'on est vivement ému, on peut écrire du premier jet quelques pages éloquentes : mais dans un sujet qui exige des développemens, si l'on s'abandonne à son imagination, les idées ne seront point exactement déterminées, et l'expression sera toujours vague. Ne vous pressez jamais : qu'importe une année de plus employée à la rédaction d'un livre destiné à l'instruction de la postérité? Les ouvrages qui nous sont restés des anciens, ceux des modernes qui tous les jours acquièrent plus de prix, ceux qui paroissent les plus faciles, ont presque tous coûté beaucoup de temps à leurs auteurs. Les anciens parloient sans cesse de la peine qu'ils se donnoient pour mériter les suffrages. Virgile corrigea pendant vingt ans ses Géorgiques ; Horace n'a laissé qu'un petit volume, et voyez ce qu'il dit de son travail : l'Arioste qui semble avoir écrit de verve, corrigeoit sans cesse : Racine, après avoir fait le plan d'une tragédie, passoit deux ans à la mettre en vers : Buffon, Rousseau, faisoient et refaisoient vingt fois la même page, et Boileau dit que les vers les plus faciles qu'il ait faits lui ont beaucoup coûté. S'il est quelques exceptions, elles sont bien rares.

EUDOXE.

Je crois qu'il y a pour la facilité du travail une grande différence entre les hommes. Quelques uns font aisément ce que d'autres ne font qu'avec beaucoup de peine : ceux-là sont les plus habiles. L'habileté dans tous les arts se compose de deux facultés, celle de faire bien, et celle de faire vîte.

ARISTE.

J'en conviens ; le peintre qui fait un bon tableau du premier coup est plus habile que celui qui ne réussit qu'après beaucoup de tâtonnemens. L'un met d'abord chaque trait, chaque couleur à sa place : l'autre est obligé d'étudier, de chercher ce qui est bien. Mais il est un degré de fini auquel on ne parvient que par le travail.

EUDOXE.

On peut citer plusieurs écrivains distingués qui ont publié un grand nombre d'ouvrages. Bossuet, Bayle, Voltaire en sont des exemples.

ARISTE.

Il faut distinguer les genres. Bossuet étoit un génie du premier ordre. Avant de commencer à écrire, il avoit approfondi les matières qu'il a traitées dans la suite, et il étoit doué d'une mémoire prodigieuse. Ses ouvrages de controverse, son Histoire des variations, annoncent des conceptions vastes, une grande force de logique, et les connoissances les plus profondes sur l'histoire de l'église : mais quoiqu'ils étincellent de génie, ce ne sont pas des modèles de style, et ils se ressentent de la précipitation avec laquelle ils ont été écrits. Les Oraisons funèbres et le Discours sur l'histoire universelle, restés seuls au nombre des livres classiques, ont été travaillés avec beaucoup de soin. Bayle avoit l'érudition la plus étendue et la dialectique la plus subtile. Il écrivoit au courant de la plume : il vous plaît parce qu'il semble causer avec vous : mais son style familier et négligé n'auroit pu convenir dans un sujet de morale, d'histoire ou de philosophie.

Quant à Voltaire, nous avons de lui cent

volumes in-8°.; mais retranchez d'abord trente volumes de lettres et de bagatelles qu'on a recueillies parce qu'elles contiennent des anecdoctes piquantes, ou parce qu'elles sont échappées à la plume d'un homme célèbre : retranchez encore trente volumes composés dans les dix dernières années de sa vie, où l'on ne trouve que des répétitions de ce qu'il avoit déjà écrit ; vous verrez qu'il lui reste à peine quarante volumes. Dans ce nombre sont encore des comédies, et quelques morceaux qui n'ont aucun mérite. Ses ouvrages, en conservant même ceux que la morale et le goût voudroient supprimer, et à ne les considérer que sous le rapport du talent, se réduisent donc à environ trente volumes, et Voltaire a travaillé pendant plus de soixante ans. Cependant il s'est exposé au reproche de manquer d'exactitude dans l'histoire, en ne citant jamais les sources où il avoit puisé; ses pièces dramatiques sont inférieures à celles de Racine pour la conduite et pour le style, non qu'il eût moins de talent, mais parce qu'il ne corrigeoit point assez. Sa Henriade est foible pour le plan qu'il avoit conçu dans sa jeunesse ; mais elle se soutiendra toujours par le style, parce que c'est de tous ses ouvrages celui qu il a corrigé avec le plus de soin.

EUDOXE.

Le poëte est toujours maître de différer la publication de son ouvrage : la forme étant aussi essentielle que le fonds, il est inexcusable de la négliger. La satire qui attaque des ridicules passagers ou des hommes qui corrompent la morale publique, est le seul genre dans lequel il soit nécessaire de saisir le moment favorable : mais l'écrivain en prose est souvent forcé de se presser. Une question intéressante agite les esprits ; l'opinion est égarée ; il faut opposer des digues au torrent ; alors on écrit d'après la première impulsion, et l'on n'a pas le temps de châtier son style.

ARISTE.

Défendez-vous, mon ami, de l'empressement à traiter des sujets dont tout le monde s'occupe. On entre en lice avec une foule d'adversaires, et comme on n'a pas le temps de se mettre en défense de tous les côtés, on est vivement attaqué et souvent avec avantage. Il arrive alors qu'on s'attache à ses idées, qu'on les soutient avec opiniâtreté : l'amour-propre, l'esprit de parti, la passion s'en mêle : on sort des bornes de la modération, et l'on perd de vue la véritable philosophie. Je sais qu'il est des circonstances où un homme de lettres ne peut se dispenser d'embrasser la cause de la vertu et de la vérité, parce que son silence seroit nuisible : mais ces circonstances sont rares. S'il s'en présente jamais, renfermez-vous dans la solitude, méditez la question que vous jugez importante; demandez-vous si le public n'est pas trop prévenu pour écouter la voix de la raison; tâchez de vous dégager de tout préjugé : traitez ensuite votre sujet d'une manière générale; évitez d'attaquer personne en particulier, essayez même d'établir le vrai sans réfuter directement des objections; craignez surtout d'irriter ceux qui soutiennent une opinion contraire à la vôtre. Lorsque les esprits sont exaltés, il est rare qu'un écrit, dicté par la raison, puisse ramener aux vrais principes : les gens passionnés n'écoutent guères que ceux qui favorisent leur sentiment. Dans les circonstances malheureuses auxquelles nous sommes échappés, vous n'avez presque jamais vu un discours faire sensation, à moins qu'il ne flattât un parti. Le philosophe doit profiter d'un temps calme pour répandre des principes qui se développeront, et qui dans la suite seront un obstacle à l'erreur. Ce n'est point pendant l'orage qu'il faut ensemencer la terre : le vent emporteroit la semence. Les ouvrages faits pour une circonstance passagère sont bientôt oubliés : les seuls qui exercent une influence utile et durable sont ceux qui traitent des questions générales et qui peuvent être consultés dans le calme des passions. Au lieu d'opposer des digues à un torrent, remontez vers les sources qui le grossissent, et donnez à leurs eaux un autre cours. Vous préviendrez le mal pour l'avenir. Souvent une question paroît importante parce qu'on s'en occupe, et dans quelques années elle n'excitera l'attention de personne. Plusieurs écrivains distingués ont perdu leur temps à des discussions oubliées aujourd'hui avec les écrits auxquels elles ont donné lieu.

EUDOXE.

Les Provinciales sont restées.

EUDOXE.

Elles attaquoient un corps qui, jusque vers la fin du dernier siècle, a joué le plus grand rôle en Europe ; elles soutenoient un parti auquel plusieurs hommes illustres étoient attachés : si elles eussent paru cinquante ans plus tard, elles n'auroient pas eu le même succès. Elles nous offrent le premier modèle d'un style correct, énergique, élégant, harmonieux ; elles nous apprennent que les expressions et les tournures adoptées depuis ont altéré la noble simplicité de la langue de Pascal, sans rien ajouter à son énergie et à sa clarté, et voilà pourquoi on continue de les lire. C'est sur-tout depuis quelques années qu'il est essentiel de revenir sur les ouvrages excellens du siècle de Louis XIV, pour se garantir de la corruption du goût. Mais laissons ces digressions. Je reviens à mon principe : c'est qu'après vous être préparé par de longues études, vous ne devez traiter que des sujets aussi intéressans pour la postérité que pour vos contemporains. Les sciences, l'histoire et la philosophie ne vous en laisseront pas manquer.

EUDOXE.

Je présume, Ariste, que la lecture, la méditation, l'étude des hommes me feront apercevoir, dans le vaste domaine où s'exerce l'esprit humain, et les terrains en friche et ceux qui sont susceptibles d'une meilleure culture. Résolu de consacrer plusieurs années à m'instruire, à acquérir l'art de rendre mes idées, à sonder mes dispositions en tout genre, pour employer ensuite mes talens de la manière la plus utile; je ne puis prévoir à quoi je pourrai m'attacher. Il faut, avant de me fixer à un objet, avoir parcouru le cercle que vous m'avez tracé, et cette époque est encore éloignée. Mais vous êtes parvenu à ce terme: daignez me faire part de vos réflexions, et dites-moi quelque chose du choix des sujets, de la composition et des méthodes dans les ouvrages de science, d'histoire et de philosophie. Je ne vous consulte pas sur les ouvrages d'imagination; si le goût doit les corriger, le génie seul peut les créer en s'élançant dans des régions nouvelles. Vous avez placé des jallons sur ma route, consentez à me tracer la carte du pays que je dois enfin habiter.

ARISTE.

Avant de vous proposer des principes généraux, je dois vous rappeler une observation que j'ai faite en vous indiquant la succession des études. Les trois divisions établies dans les connoissances humaines, forment trois domaines situés à des distances différentes du point de départ. En vous engageant à attendre l'âge de quarante ans, pour songer à composer un ouvrage, et à en différer encore de quelques années la publication, j'ai supposé que vous voudriez traiter les plus grands sujets de philosophie. Le terme seroit moins éloigné, si vous vous fixiez aux sciences naturelles et physiques. Plusieurs savans ont acquis de bonne heure une grande réputation, non qu'il faille moins de talent pour réussir dans les sciences, mais parce que le nombre des études préliminaires est plus borné. Pour reculer les limites d'une science, il n'est pas nécessaire de savoir à fonds l'histoire, ni d'avoir long-temps étudié les hommes. A trente ans le génie est dans toute sa force; en s'attachant à un objet on peut faire des découvertes, et comme l'observation, l'expérience et le calcul offrent les moyens de vérifier la théorie qu'on adopte, on ne doit pas différer de la publier. Je remarquerai même que dans la carrière des sciences on a moins d'écueils à craindre. S'il échappe quelque erreur, elle sera rectifiée, et n'aura nul danger, tandis que toute vérité, tout fait nouveau, sera utile.

Pour écrire l'histoire, il ne suffit pas d'avoir consulté la tradition, les livres, les monumens; si l'on n'est pas versé dans les sciences, on ne sera point en état de montrer les progrès de l'esprit humain; on ne pourra juger de l'influence des lois et des institutions, si l'on n'a pas étudié les hommes en voyageant et en fréquentant la société : avant quarante ans, cela n'est guère possible.

Les ouvrages de philosophie étant le résultat des lumières fournies par les sciences et l'histoire, on doit attendre encore plus tard pour les publier. Non-seulement il faut avoir beaucoup médité, beaucoup comparé; il faut encore avoir acquis toute la maturité de l'âge, pour s'arroger le droit de donner des leçons sur des objets d'un intérêt général. Quelque talent qu'on ait, il faut se défier de l'imagination, des préjugés, des passions, et même du désir de la gloire. Aussi, vous pouvez remarquer qu'en ce genre tous les ouvrages du premier ordre ont été composés par des auteurs qui étoient parvenus à l'âge de quarante-cinq ou cinquante ans.

J'ai cru ces observations nécessaires avant de considérer avec vous les principes relatifs à la composition des ouvrages de science, d'histoire et de philosophie.

Ceux qui écrivent sur les sciences ont pour but, ou de donner une théorie générale, ou de traiter un sujet particulier, ou de rédiger des élémens. Pour composer une théorie, il faut non seulement être au niveau de tout ce qui est connu dans la science dont on s'occupe, mais avoir saisi les rapports de cette science avec les autres : il faut encore avoir fait des découvertes fondamentales, d'après lesquelles on puisse présenter l'ensemble des objets sous un point de vue nouveau. La précision et la clarté naîtront de l'ordre des idées et de la distribution des faits. La méthode de l'induction dans laquelle les principes généraux naissent des observations et des expériences, et sont vérifiés à leur tour par d'autres observations et d'autres expériences, est la seule qui garantisse de l'erreur. De tels ouvrages doivent être composés de manière que des faits nouveaux ne puissent jamais en ébranler les bases ; que si dans les détails il y a des erreurs, la charpente générale ne soit pas détruite, et que les conjectures se présentent seulement comme des accessoires qu'on peut retrancher sans nuire à la solidité de l'édifice.

EUDOXE.

Quelque solide que soit l'édifice, on en construira bientôt un plus vaste et plus élevé. La plus grande exactitude dans l'exposition des faits, l'ordre le plus lumineux dans leur classification, la réunion d'une multitude d'observations nouvelles, l'enchaînement rigoureux des principes et des conséquences n'assurent point un long succès à une théorie générale. Lorsqu'un livre accélère les progrès d'une science, il en fait composer d'autres qui le rendent inutile : le nom seul de l'auteur échappe à l'oubli s'il a fait quelque découverte intéressante qu'on puisse détacher de l'ouvrage : et qui peut se flatter que le hasard lui offrira l'occasion d'une découverte ? Cette réflexion seroit décourageante si l'on n'avoit d'autre but que de vivre dans la postérité. Heureusement on est entraîné à cultiver les sciences par l'attrait qu'elles inspirent, par les jouissances qu'elles procurent, et surtout par le désir d'être utile.

ARISTE.

Les ouvrages où les faits sont rapprochés, classés ou expliqués, ceux même qui contiennent des faits nouveaux, n'assurent à leurs auteurs qu'une célébrité passagère. L'immortalité est réservée à ces génies créateurs qui, par l'invention d'une méthode ou d'un instrument, impriment à la science dont ils s'occupent une forme nouvelle, à ceux qui l'établissent sur des principes solides et qui la soumettent à des lois regulières, à ceux enfin qui s'introduisent dans un pays inconnu où ceux qui suivront leurs pas pourront faire de riches moissons.

Lorsque Descartes eut l'idée d'appliquer l'algèbre à la géométrie, cette science put embrasser des objets qui jusqu'alors avoient été hors de sa portée; et le nom de Descartes fut consacré à la reconnoissance des siècles.

Lorsque Newton eut inventé un nouveau calcul, il en fit l'application aux lois de la nature, et pendant long-temps employant presque seul l'instrument qu'il avoit créé, il fit une suite de découvertes d'autant plus étonnantes qu'elles paroissoient être uniquement des inspirations du génie. Sa méthode une fois connue, les géomètres en profitèrent pour s'élever à d'autres vérités, pour étayer de nouvelles preuves le principe universel qu'il avoit annoncé, pour appliquer ce principe à tous les phénomènes physiques, et le nom de Newton reçoit un nouvel éclat de tous les travaux de ses successeurs.

Linné donne des lois pour la description, la classification et la nomenclature des animaux et des végétaux; il caractérise d'après ces lois toutes les espèces connues jusqu'à lui : celles que ses disciples vont recueillir dans les diverses parties du globe se placent dans le cadre qu'il a tracé, tellement que leurs travaux paroissent une continuation des siens : aussi la gloire d'être le premier législateur de l'histoire naturelle reste-t-elle à Linné, après que son système sexuel a fait place à une méthode plus instructive, plus générale et plus philosophique.

Lavoisier étoit entouré de chimistes aussi savans, aussi habiles que lui; mais il sut choisir des expériences fondamentales, les lier d'après une méthode qni lui étoit propre, deviner les circonstances qui pouvoient conduire à de grands résultats, découvrir le principe qui jouoit un rôle dans toutes les opérations ; il fut le fondateur de la théorie pneumatique, et les progrès que la chimie a faits depuis, sont de nouveaux titres à sa gloire.

M. de La Grange donne au calcul différentiel et intégral une base dégagée de toute idée hypothétique ; il fonde la mécanique sur un nouveau principe, celui des vitesses virtuelles, qui s'applique à tous les cas possibles, et les progrès que cette science ne cessera de faire par le secours de sa méthode, lui seront toujours attribués.

M. Cuvier observe les lois générales de la classification des animaux, et l'importance des organes qui distinguent chaque espèce. Il détermine la subordination où ces organes sont les uns des autres, et les rapports qui existent entre les diverses parties de chaque être vivant : dès lors il peut fixer les limites naturelles dans lesquelles les genres sont circonscrits, déterminer, d'après l'examen d'un seul os, la nature et les principales habitudes de chaque animal, et recomposer, avec des fragmens trouvés çà et là, un grand nombre d'espèces d'animaux perdus. Aussitôt la zoologie devient un corps de science dans lequel tout est lié ; et les zoologistes, en faisant usage des lois qu'il a établies, feront chaque jour de nouvelles découvertes qui viendront remplir les lacunes du tableau qu'il a tracé, sans en changer l'ordonnnance.

Ce n'est point au hasard que ces découvertes sont dues. Le hasard nous présente à chaque instant un nombre infini de phénomènes : ils passent comme des images fugitives devant les observateurs vulgaires. L'œil seul du génie sait discerner ceux auxquels une foule d'autres sont subordonnés, les dégager, les fixer et en saisir les nombreuses applications. C'est la découverte de tels principes qui imprime à une théorie générale le sceau de l'immortalité. Cependant pour que l'ouvrage reste avec le nom de l'auteur, il faut qu'il soit rédigé avec une extrême clarté, et que ceux qui viendront après puissent y ajouter les nouvelles découvertes, sans avoir jamais besoin d'en développer et d'en éclaircir les principes.

Quant aux questions particulières, pour les bien traiter il ne suffit pas d'en avoir attentivement examiné l'objet. Souvent une question tient à plusieurs autres, et sa solution dépend d'une foule d'observations qui lui paroissent d'abord étrangères ; souvent une partie de la science est forcée de s'arrêter parce qu'une autre partie n'a pas encore fait assez de progrès ; souvent les faits isolés semblent conduire à des conclusions opposées, parce qu'on ne les a pas grouppés convenablement, parce qu'on ne les a pas assez comparés pour distinguer ceux qui appartiennent à diverses branches, et pour connoître le lien qui unit ces branches à un même tronc.

La cause du flux et du reflux ne pouvoit être soupçonnée avant la découverte de la gravitation universelle. Jusqu'à celle des gaz, la plupart des phénomènes chimiques étoient inexplicables : on ne pouvoit faire que des romans sur la météorologie avant de connoître l'électricité : les observations sur l'organisation et l'accroissement des végétaux ne présentoient que des résultats contradictoires, avant que M. Desfontaines eût remarqué que le règne végétal se divise en deux coupes dont l'organisation est inverse.

Voulez-vous traiter un sujet particulier, commencez par examiner si vous avez les données suffisantes ; observez la nature ; interrogez-la par l'expérience, et n'accordez rien à l'imagination ; sans cela vous ferez des systèmes qui s'écrouleront à mesure qu'on acquerra des connoissances exactes. Il est des questions intéressantes sur la physique générale, sur la géologie, sur l'histoire naturelle, dont la solution excite vivement la curiosité. Ceux qui ont étudié superficiellement les sciences, aiment à s'occuper de ces questions obscures parce qu'elles ébranlent leur imagination : ils les expliquent par des hypothèses séduisantes, par des rapprochemens inattendus, et leurs ouvrages soutenus d'un style brillant et pittoresque, obtiennent un succès momentané ; ils se persuadent qu'ils ont trouvé la vérité, et s'en écartent toujours de plus en plus. Garantissez-vous de ce travers d'esprit. Soyez persuadé qu'une question de physique générale ne peut être bien traitée que par celui qui, profondément versé dans la physique particulière, connoît les faits et prévoit les objections. Lorsque l'explication d'un grand phénomène vous paroît simple, dites-vous à vous-même : il n'est pas possible que cette explication ne se soit déjà présentée à des hommes plus savans que moi : s'ils ne l'ont pas adoptée, c'est qu'ils ont vu des objections qui m'échappent, c'est qu'elle contrarie des lois que je ne connois pas encore. On se plaint dans le monde que les savans ne répondent pas à tel ou tel système ; et pourquoi répondroient-ils ? Leur affaire n'est pas de lutter contre des opinions vagues, mais de hâter les progrès des sciences, en les enrichissant de faits nouveaux. Cependant cette manie d'écrire sur ce qu'on n'entend pas s'accroît tous les jours; l'un explique les phénomènes célestes, sans savoir les mathématiques; l'autre résout les plus grands problêmes sur la théorie de la terre, sans avoir voyagé, sans avoir la moindre notion des divers fossiles et de leur gisement.

EUDOXE.

Les tentatives faites pour soutenir un systême n'ont-elles pas conduit souvent à la découverte de quelques vérités?

ARISTE.

Il est possible qu'en faisant des observations ou des expériences pour appuyer une opinion fausse, on trouve des choses utiles. Les recherches des alchimistes sur la pierre philosophale leur ont fait rencontrer des combinaisons imprévues, dont la chimie et les arts ont tiré parti. Mais si l'esprit de systême, en excitant à l'attention, fait apercevoir quelques circonstances isolées, il ne conduit jamais à des résultats généraux. Comme on peut imaginer un nombre infini d'explications fausses, tandis qu'il n'y en a qu'une seule de vraie, il y a l'infini à parier contre un, qu'on ne rencontrera point la vérité par hasard. La nature ne peut être devinée; ce n'est qu'en l'observant qu'on parvient à la connoître:

ni la vivacité de l'imagination, ni la profondeur de la méditation, ni la subtilité de la dialectique ne peuvent tenir lieu de ce travail, comme le dit Bacon.

Non-seulement les systêmes ne conduisent à rien, ils écartent même du vrai : ils conduisent à altérer les faits, à s'aveugler sur les principes et les conséquences. Des savans du premier ordre, après avoir imaginé une hypothèse, ont quelquefois oublié jusqu'aux principes des sciences qu'ils avoient étudiées et enseignées aux autres. Buffon ne s'est point inquiété de savoir si son hypothèse sur la théorie de la terre ne contrarioit pas des lois démontrées par le calcul : il n'a pas même vu qu'il s'appuyoit sur des dénominations fausses, et qui bien expliquées prouvoient contre lui. Ainsi, comme les montagnes primitives sont formées de terre *vitrifiable*, il en conclut que notre globe a été vitrifié, et il ne songe pas que la terre à laquelle on a donné le nom de *vitrifiable* est absolument infusible sans addition, tandis que ce qui a été une fois vitrifié est toujours fusible. Ainsi lorsqu'il veut prouver que le témoignage des sens nous conduiroit sans cesse à des erreurs, s'il n'étoit rectifié par la raison, il dit que nous voyons les objets renversés, et il ne s'aperçoit pas que le renversement est relatif, et que, si tout est renversé, rien ne l'est pour nous.

Les écrits les plus utiles et les plus estimables sur des questions particulières, sont ceux dans lesquels, en prenant la science au point où elle est, on s'occupe à remplir une lacune en examinant le sujet en détail, et en s'éloignant tellement de tout système que si la théorie venoit à changer, les mémoires qu'on a publiés pussent être également employés dans toute autre théorie.

Les ouvrages élémentaires ne donnent pas à leurs auteurs une grande réputation parmi les savans, qui n'y trouvent rien de nouveau pour eux : mais leur composition exige une réunion de talens et de connoissances si rare, leur utilité est si grande, que les hommes les plus habiles ne doivent pas dédaigner d'y consacrer leurs veilles. Celui-là seul peut les bien exécuter, qui possède à fonds tous les secrets de la science, qui sent quelles sont les vérités mères sur lesquelles il faut insister pour préparer à la connoissance des autres, et qui, familier avec les diverses méthodes, sait choisir, selon les circonstances, celle qui est la plus propre à guider l'esprit avec facilité et sûreté. Dans ces sortes d'ouvrages, il faut que l'auteur s'oublie lui-même pour ne s'occuper que de ses lecteurs, qu'il descende jusqu'à eux pour les élever jusqu'à lui, qu'il ne se permette jamais aucune hypothèse, qu'il soit simple et clair, qu'il passe successivement du connu à l'inconnu, de manière que rien ne soit isolé; qu'en exposant des faits et des principes, en les enchaînant et les subordonnant les uns aux autres, il accoutume l'esprit à essayer ses forces et à découvrir de lui-même les conséquences.

La plupart des traités élémentaires ont été composés par des jeunes gens qui croyoient réussir en exposant les leçons qu'ils avoient reçues de leurs maîtres, et en les surchargeant d'une érudition étrangère: heureusement de nos jours des savans du premier ordre se sont occupés de ce travail : ils ont acquis par là de nouveaux droits à la reconnoissance publique, et ils ont prouvé que le talent d'écrire ne leur étoit pas plus étranger qu'aux littérateurs de profession.

Avant de quitter ce sujet, je dois vous faire observer que c'est surtout par des ouvrages sur les sciences physiques et naturelles que le philosophe est assuré de se rendre utile. La connoissance des productions du globe, celle des phénomènes et des lois de la nature, conduit à s'approprier de nouvelles richesses, et à perfectionner les arts. Elle agit d'une manière encore plus efficace sur le bonheur des sociétés, en détruisant insensiblement les préjugés et les erreurs, en donnant à la raison plus de force, à l'intelligence plus d'étendue, en dissipant les illusions de l'imagination pour établir à leur place des vérités de fait sur lesquelles tout le monde finit par être d'accord.

EUDOXE.

Les vérités nouvelles, même dans les sciences physiques, ont eu souvent bien de la peine à s'établir. Plusieurs, aujourd'hui généralement reconnues, ont été long-temps contestées; quelques-unes, comme l'existence des antipodes et le mouvement de la terre, ont été tour-à-tour soutenues et oubliées, et ont passé pour des opinions absurdes et impies. Peut-être est-il encore des vérités qui, proposées autrefois, sont maintenant reléguées au nombre des fables.

ARISTE.

Si cela est, mon ami, la faute en est en partie à ceux qui les ont découvertes et annoncées.

EUDOXE.

Je sais qu'à mesure que les obstacles se multiplient, il faut redoubler d'efforts, accumuler les preuves, réfuter les objections, et continuer à soutenir le vrai sans se laisser intimider par les critiques et par le ridicule; mais la vie est terminée avant qu'on ait répondu à tous ses adversaires. Pour se faire des disciples qui continuent à défendre la même cause, pour appeler l'attention et exciter l'intérêt, il faut agir sur l'imagination des hommes, et ce talent appartient bien plus aux faiseurs de systêmes qu'aux observateurs exacts de la nature.

ARISTE.

Vous ne saisissez pas ma pensée. Ceux qui n'ont pu réussir à faire adopter des vérités nouvelles, ont échoué moins par défaut de courage ou de talent que par défaut de prudence. Ils ont voulu dominer l'opinion au lieu de la ramener, ils ont exigé qu'on commençât par les en croire sur leur parole. Lorsque des faits nouveaux paroissent en contradiction avec d'autres faits ou avec des principes reçus, lorsqu'ils ne sont pas de nature à être présentés avec une entière évidence et vérifiés à chaque instant, il est naturel que ceux qui sont prévenus d'une autre théorie les rejettent sans examen. Le philosophe qui aura le premier vu de tels faits, doit d'abord se méfier d'autant plus de l'exactitude de ses observations, qu'elles sont plus éloignées de celles des autres; il doit les répéter en silence, les rapprocher de ce qui est connu, et rejeter toute conjecture si, après un examen sévère, il ne lui reste aucun doute, il doit mettre quelqu'adresse dans l'exposition de la vérité, non point en employant ces précautions par lesquelles on cherche à engager dans ses intérêts les hommes célèbres ou les corps enseignans, mais en exposant d'abord les faits les plus simples et les plus faciles à constater, sans parler des circonstances qui doivent se présenter d'elles-mêmes à ceux qui verront le fait principal ; en cherchant à mettre les autres sur la route du vrai, tellement qu'ils puissent croire en avoir eux-mêmes fait la découverte ; en exposant modestement ses observations, ses principes et ses preuves, sans paroître attacher trop d'importance aux résultats, et sans attaquer directement aucune opinion ; en ne s'appuyant jamais sur des expériences douteuses ni sur des témoignages incertains ; en se défendant d'établir une théorie sur des faits nouveaux, et d'expliquer par elle des choses qu'on explique déjà d'une autre manière ; en craignant surtout de se faire un parti qui nécessairement exciteroit les passions du parti opposé : enfin, en ne s'impatientant point de la lenteur avec laquelle la vérité se propage, et en laissant au temps le soin de substituer peu à peu les idées nouvelles aux idées anciennes.

Je passe aux ouvrages d'histoire. Vous savez, mon ami, qu'ils se partagent en plusieurs classes. On distingue d'abord les annales et l'histoire proprement dite. Je ne vous dirai rien des annales, elles n'ont de mérite que par l'exactitude. Les faits y sont disposés dans l'ordre chronologique : on doit négliger ceux qui n'ont aucune importance, et présenter les autres avec détail, et accompagnés de toutes leurs preuves.

L'histoire, proprement dite, a été divisée en histoire générale qui embrasse une longue suite d'années, et tous les peuples qui ont eu quelque communication entr'eux; et histoire particulière, soit d'une époque, soit d'un peuple. On peut encore écrire l'histoire d'un événement important, ou celle de quelque grand personnage : on peut enfin se proposer de faire une histoire philosophique, ou de traiter un sujet historique en le considérant sous un point de vue particulier.

L'histoire a pour but de recueillir dans le passé des leçons pour l'avenir ; elle ne doit inscrire dans ses fastes que les faits desquels résulte une instruction utile. Destinée à joindre l'expérience des siècles écoulés à celle que nous pouvons acquérir pendant la durée de la vie, elle doit montrer l'enchaînement des causes et des effets, et suivre la narration des événemens depuis leur origine jusqu'à leur conclusion. La marche que doit suivre l'historien, et les limites dans lesquelles il doit se renfermer, lui sont indiquées bien moins par la chronologie et par la géographie, que par la correspondance des événemens qui ont influé sur le sort des peuples.

Il suit de là qu'on ne peut réunir dans un même corps d'ouvrage, l'histoire des diverses nations. Ce sont alors autant d'histoires particulières qu'on entrelace les unes dans les autres.

L'historien, s'il veut laisser une impression profonde dans l'esprit des lecteurs, doit composer un tout dans lequel les faits s'enchaînent et s'éclaircissent mutuellement, et où le peuple sur lequel il fixe l'attention soit présenté comme un individu dont il raconte les actions dans la vue de faire connoître son caractère, de marquer à quel degré de bonheur, de lumière et de puissance il est parvenu, comment il a tiré parti des circonstances, et quelles ont été les causes de sa prospérité ou de ses malheurs. Il faut qu'il juge les actions d'après les règles éternelles de la morale, et les individus d'après les mœurs et les opinions de leurs siècle; qu'il ne donne au récit de chaque événement que l'étendue relative à son importance; que sa narration soit claire et rapide; que ses réflexions soient courtes et profondes; qu'au lieu de faire des portraits, qui sont le jugement particulier de l'auteur, il mette les personnages en action pour que le lecteur les voie et les entende; qu'il évite de trop multiplier le nombre de ces personnages, pour ne pas fatiguer l'attention; que le récit d'une bataille l'occupe moins que les dispositions d'une loi; qu'il sache mettre de la variété dans son style, mais sans employer des métaphores, sans avoir recours aux contrastes, sans jamais prendre le ton de la déclamation.

EUDOXE.

Les anciens écrivoient l'histoire d'une manière dramatique. Cette forme n'ôtoit rien à la clarté et à la simplicité, et elle augmentoit l'intérêt. Thucydide, Tite-Live et Salluste, font dire à leurs personnages ce qu'ils veulent nous apprendre, et par ces discours ils font connoître les sentimens et le caractère des différens partis. Je ne sais pourquoi les modernes ont renoncé à cette manière qui permet à l'éloquence d'interrompre la monotonie de la narration. Voyez le résultat : c'est qu'après avoir lu les historiens anciens, les faits restent mieux gravés dans l'esprit.

ARISTE.

Vous avez raison. Mais cette manière n'est pas admissible dans tous les cas. On ne pourroit, sans blesser les convenances, en faire un usage fréquent dans l'histoire moderne. Un discours qu'on suppose paroît une infidélité, quoiqu'il exprime les véritables sentimens de celui à qui on le fait prononcer. Il ne suffit pas que la narration soit vraie pour le fonds, il faut qu'elle soit vraisemblable dans la forme. Cependant une histoire ne doit pas être une gazette, et chaque fois que les circonstances permettent de faire parler les acteurs, il faut en profiter. De nos jours on s'est fort applaudi d'avoir écrit l'histoire d'une manière philosophique, c'est-à-dire de ce que l'auteur, au lieu de raconter avec impartialité, prévient par ses réflexions le jugement du lecteur, prononce sur tout d'après ses systêmes, et mêle au récit des faits des tirades brillantes sur la politique et la morale. C'est en montrant la cause et le rapport des grands événemens, en élaguant ce qui est de peu de conséquence, en fixant l'attention du lecteur sur les points essentiels, en pesant scrupuleusement la validité des témoignages, en indiquant l'influence réciproque des grands hommes sur l'esprit de leur siècle, et de l'esprit du siècle sur les grands hommes, en se garantissant de tout esprit de parti, en ne s'écartant jamais du fonds du sujet, qu'on est sûr de faire un ouvrage utile, et dont le succès augmente avec le temps.

Les anecdotes ne sont à leur place dans l'histoire que lorsqu'elles dévoilent la cause d'un grand événement, ou lorsqu'elles peignent les mœurs générales : quand elles sont trop multipliées, elles font d'une histoire un ouvrage de marquetterie. Les portraits ne servent le plus souvent qu'à montrer le talent de l'auteur : ils nuisent à la simplicité : d'ailleurs, pourquoi des portraits ? Si le personnage agit, le lecteur verra bien ce qu'il est.

Pour être à même d'écrire l'histoire d'une nation, pendant le cours d'une période, il faut d'abord connoître jusque dans ses moindres détails la géographie du pays où se sont passés les principaux événemens, son climat, ses productions naturelles, ses ressources possibles, sa population ; puis les préjugés anciens, les arts, et les relations commerciales du peuple dont on s'occupe. Cette connoissance doit précéder celle de la forme du gouvernement ; parce que la bonté du gouvernement n'est point absolue, mais relative à ces diverses circonstances. Tout cela exige des études préparatoires : elles consistent non-seulement à lire les auteurs contemporains dans leur langue, mais à rechercher les titres originaux et les manuscrits ignorés, à peser et balancer les témoignages, à prendre des notes sur les faits essentiels, à examiner les monumens, à consulter toutes les cartes géographiques, s'il est impossible de voyager sur les lieux, enfin à ne rien négliger pour s'assurer de la vérité.

Ce travail fini, il faut considérer son sujet du point de vue le plus élevé, s'en faire un tableau dans lequel les figures principales se montrent sur le premier plan, et distinguer avec soin, dans les grands événemens dont une foule d'autres sont la conséquence naturelle, ce qui est le produit du hasard et ce qui est dû, soit au caractère de la nation, soit au génie de ses chefs. Si l'étendue du sujet exige des divisions, elles seront placées aux époques de quelque changement essentiel, et l'on observera les traits propres à chacune de ces divisions et le lieu qui les unit. Lorsqu'on prend la plume, on doit être en état d'écrire de suite et sans consulter les livres pour chercher de nouvelles instructions : c'est seulement après avoir terminé l'ouvrage, ou du moins chaque partie de l'ouvrage, qu'on doit recourir aux autorités pour les citer exactement.

EUDOXE.

Les principes que vous venez de me donner, s'appliquent à toutes les périodes dont les événemens nous sont connus par des mémoires d'auteurs contemporains. Mais l'époque de la première existence d'une nation et celle du temps actuel me semblent demander un autre genre de recherches.

ARISTE.

Votre réflexion est juste. L'origine des nations est enveloppée de fables dont l'explication sera toujours hypothétique, et par conséquent inutile. Mais on doit chercher si ces fables sont empruntées d'une nation plus ancienne, si elles ont été imaginées dans un autre pays. Il en est plusieurs qui portent évidemment le caractère du climat sous lequel elles ont pris naissance.

EUDOXE.

Bailly, dans ses lettres sur l'Atlantide, a fait beaucoup d'usage de ce genre de critique.

ARISTE.

Bailly est allé beaucoup trop loin, parce qu'au lieu de se borner à indiquer la source d'un petit nombre de fables, il a voulu en pénétrer le sens, et ramener ensuite à son système toutes les idées mythologiques. Mais l'examen des anciennes traditions, s'il est fait avec doute, peut conduire à quelques résultats certains : la connoissance de la langue d'un peuple et l'analogie de cette langue avec d'autres peut encore donner beaucoup de lumières, et ce genre d'érudition n'est point à négliger.

Quant à l'histoire du temps actuel, pour se rendre capable de l'écrire, il ne suffit pas d'avoir lu les gazettes nationales et étrangères, et les écrits des divers partis; il faut interroger les témoins des événemens, fréquenter les hommes qui ont joué un rôle dans les affaires, et consulter les observateurs froids qui ont suivi les variations de l'opinion publique. Ces relations orales, souvent contradictoires, sont bien plus difficiles à comparer que les mémoires écrits dans un autre âge. Dans l'histoire des siècles passés la connoissance des résultats nous aide à juger les causes des événemens, les motifs de ceux qui les ont dirigés, les avantages et les inconvéniens des innovations : tandis que dans l'histoire du temps actuel, les résultats n'existant point, nous sommes réduits à former des conjectures. Pour que ces conjectures soient justes, ce n'est point assez que nous soyons bien informés des faits, il faut encore que nous soyons absolument exempts de préjugés et de passion. Enfin je dois vous faire observer que celui qui écrit l'histoire de son temps, est obligé de mettre bien plus de prudence et de réserve dans ses jugemens.

EUDOXE.

Je sais qu'il est quelquefois dangereux de dire la vérité : mais celui qui veut instruire les autres doit avoir le courage de se dévouer pour elle.

ARISTE.

Je ne doute pas de votre courage. Si je pouvois supposer que la crainte d'un danger personnel arrêtât l'élan de votre ame, le seul conseil que j'aurois à vous donner, seroit celui de renoncer aux lettres. Lorsque dans nos camps, les soldats, qui savent bien que leur nom sera perdu dans la foule, préfèrent la mort à la moindre lâcheté, combien seroit méprisable l'écrivain qui, aspirant à la gloire, trahiroit la cause de la justice. Vous êtes au-dessus d'un tel soupçon : si vous vous trouviez jamais dans ces circonstances extraordinaires où l'homme de bien est forcé de choisir entre son devoir et le sacrifice de sa fortune, de sa vie, et même de sa réputation, je crois que vous ne balanceriez pas. C'est par un autre motif que je vous conseille la prudence, que je vous recommande même de vous méfier de cette exaltation de courage qui peut entraîner hors des bornes de la sagesse une ame généreuse. Avant de publier ce qu'on croit vrai, il faut d'abord s'assurer qu'on ne se trompe point; ce n'est pas tout: il faut examiner si dans les circonstances où l'on se trouve il est utile de faire connoître la vérité. Lorsqu'après d'exactes recherches on est conduit par son intime conviction à renverser une opinion reçue sur des événemens anciens ou sur des hommes célèbres dans l'histoire, on ne craint pas qu'une opinion nouvelle produise une commotion subite. Lorsqu'il s'agit des circonstances présentes et des hommes vivans, en détruisant une erreur générale, en détrompant le public sur le caractère de tel ou tel homme, en dévoilant hardiment une intrigue ignorée, on peut exciter des haines, des vengeances et même un mouvement dont il est imposible de calculer les suites. Si la publication d'une vérité dont on a des preuves certaines, exige des ménagemens, si quelquefois même on doit s'imposer un silence absolu, l'incertitude où l'on est souvent de connoître le vrai dans tous ses détails, prescrit bien plus de réserve et de précautions.

Quand on écrit l'histoire d'un temps éloigné, on a devant soi tous les renseignemens possibles, on se décide d'après toutes les pièces qui peuvent conduire à la solution d'un problême; le jugement qu'on porte est motivé sur des faits qu'on suppose vrais parce qu'ils sont attestés; les contemporains dont on a recueilli les témoignages sont garans de l'opinion qu'on adopte, ils forment en quelque sorte un jury d'après lequel on prononce. Quand on écrit celle du temps présent, on manque d'une foule de mémoires qui ne sont pas encore publiés, et qui seroient nécessaires pour fixer l'opinion; on est parfaitement instruit de certaines circonstances, de certaines causes, mais on en ignore d'autres, et l'on est par cela même disposé à attribuer plus d'influence à celles que l'on connoît; et cependant on devient soi-même une autorité pour les temps à venir. Ce n'est donc qu'avec beaucoup de réserve, et lorsqu'on est parvenu à une entière évidence, qu'on a le droit de distribuer la louange ou le blâme.

EUDOXE.

D'après ce que vous me dites, vous paroissez

croire que c'est une entreprise téméraire que d'écrire l'histoire de son temps.

ARISTE.

Oui, si l'on veut l'embrasser dans son ensemble, au lieu de se borner à traiter les parties sur lesquelles on a des renseignemens positifs. Mais revenons à notre sujet, en continuant d'examiner les principes relatifs à la composition des divers ouvrages historiques.

On donne le nom d'histoire critique à certains ouvrages d'érudition qui ont pour objet d'examiner les bases sur lesquelles doit reposer l'histoire d'une période, de comparer les diverses autorités, de montrer dans quelle source a puisé chaque écrivain, de discuter l'authenticité des monumens, d'éclaircir tout ce qui peut paroître obscur dans les textes originaux, de fixer avec précision les dates chronologiques et les positions géographiques ; enfin, d'aplanir les difficultés, en distinguant ce qui est certain de ce qui est douteux, et en évaluant le degré de probabilité des différentes opinions. Ces sortes d'ouvrages sont faits pour les hommes instruits, et destinés à servir de guide à ceux qui veulent écrire l'histoire. Ils doivent être absolument exempts de tout esprit de système : ils ne peuvent embrasser une période très-étendue, parce qu'ils exigent trop de recherches. Les faits connus y seront seulement indiqués ; mais il faut qu'il n'y ait pas un problème qui ne soit examiné à fonds, pas une objection qui soit dissimulée, et que les passages contradictoires des écrivains originaux soient rapportés en entier et discutés avec la plus scrupuleuse exactitude. Il n'en est pas de même dans l'histoire proprement dite ; ici l'auteur doit fondre ensemble les diverses relations, sans transcrire les passages, renvoyer aux autorités sur lesquelles il s'appuie, sans entrer dans le détail des motifs qui l'ont déterminé à adopter tel ou tel sentiment, et supprimer les circonstances peu essentielles pour donner à sa narration plus d'intérêt et de rapidité. Plusieurs dissertations de Du Cange et de Freret, et surtout l'Examen des historiens d'Alexandre, par M. de Sainte-Croix [1], sont des

[1] Qu'il me soit permis d'exprimer ici ma douleur sur la perte de ce savant respectable qui m'éclairoit de ses lumières et m'honoroit de son amitié. Son amour pour la vérité et l'élévation de son ame se montrent dans ses écrits ; les recherches d'érudition le conduisent toujours à des pensées grandes et utiles. Ses titres à la célébrité ne sont qu'une partie de son mérite. L'extrême bonté de son cœur, la franchise de son caractère, un courage que le malheur ne put jamais abattre le faisoient

modèles pour l'histoire critique : on peut dire qu'il ne reste plus aucune recherche à faire sur les sujets qui y sont traités.

L'histoire particulière d'un événement mémorable prête beaucoup au talent de l'écrivain. Elle doit être précédée d'une introduction qui présente nettement le lieu de la scène, les circonstances où l'on se trouvoit, et le genre d'idées dont les esprits étoient imbus. Dans ces sortes de compositions, comme dans un poëme, il faut que nulle digression n'écarte de l'objet principal, que l'unité soit rigoureusement conservée, que les caractères soient fortement dessinés, que l'intérêt aille toujours en croissant, et que tout ce qui est présenté dès le commencement de l'ouvrage aboutisse à la conclusion. Xénophon chez les Grecs, Salluste chez les Latins, nous ont laissé des modèles en ce genre, et plusieurs modernes ont mérité d'être placés à côté d'eux. Le principal défaut à éviter, c'est de donner à la narration un caractère romanesque en voulant deviner les motifs secrets des révo-

également admirer et chérir de ceux qui le connoissoient. Il avoit bien voulu lire la partie de mon manuscrit relative à l'étude de l'histoire, et je dois regretter de n'avoir pu le consulter de même sur le reste de l'ouvrage.

lutions, en en cherchant la cause dans des intrigues domestiques.

EUDOXE.

Les plus grands événemens ne sont-ils pas dus à de petites causes ? La passion de Henri VIII pour Anne de Boulen ne produisit-elle pas le schisme de l'Angleterre ? Si l'historien peut découvrir ces causes primitives, n'est-il pas de son devoir de les développer, de suivre ces fils qui lient les événemens publics aux vues particulières de quelques individus, et font dépendre le sort d'un empire de l'intérêt ou même du caprice d'un souverain ou d'un ministre ?

ARISTE.

C'est toujours une circonstance minutieuse qui détermine le moment d'une catastrophe; mais c'est parce que tout y étoit disposé. Une étincelle n'allume un incendie qu'autant qu'elle tombe sur un amas de matières combustibles. L'historien doit indiquer en passant, comment une impulsion légère a détruit l'équilibre ; mais c'est sur l'ensemble des grandes causes, sur les événemens qui en sont la suite, sur la dépendance où ces événemens sont les uns des autres, qu'il doit fixer son attention.

Plusieurs écrivains célèbres ont détaché de l'histoire générale un objet particulier pour le considérer isolément. C'est ainsi qu'on nous a donné l'histoire de diverses institutions religieuses ou militaires, celle du commerce, celle de la littérature, celle des sciences, etc. Pour remplir cette tache, il faut avoir une connoissance profonde de l'histoire civile et politique, et s'être préparé par des études dont le lecteur ne se doutera pas. Il est à désirer qu'en racontant ce qui a été fait, on ait pour but de diriger les esprits vers des idées plus saines. Dans l'histoire de la philosophie qui a paru depuis peu en France, l'auteur, en comparant les opinions des philosophes, en montrant ce que chacun d'eux a emprunté de ses prédécesseurs, ramène toujours à cette philosophie de l'observation et de l'expérience, qui dans tous les temps fut celle des bons esprits.

Les biographies sont un genre plus circonscrit mais non moins utile. Les hommes qui ont joué un rôle important, et qui par leur caractère ou leur génie ont imprimé une nouvelle direction aux affaires ou aux esprits, doivent seuls en être le sujet. Lorsqu'on écrit la vie d'un de ces hommes célèbres, il faut grouper autour de lui ceux avec qui il a eu des relations, et le considérer comme un centre auquel les événemens se lient par diverses circonstances. On négligera les anecdotes qui piquent la curiosité sans donner une instruction solide, et détournent l'attention des traits importans. Si l'on peint le héros dans sa vie privée, ce doit être pour faire connoître les motifs de sa conduite, les moyens qu'il a employés, et l'influence que ses opinions particulières et ses vertus domestiques ont eue sur ses succès. La malignité se plaît à dévoiler les foiblesses des grands hommes, à chercher dans l'intérêt personnel le mobile des plus belles actions : mais pourquoi rabaisser ceux qui sont les objets du respect universel et dont l'exemple réveille des sentimens généreux? S'il est permis d'arracher quelques lauriers de leur couronne, c'est pour les restituer à ceux qui ont coopéré à leurs travaux, et dont la gloire se perd dans l'éclat de celui à qui ils étoient subordonnés. Plusieurs des vies de Plutarque, et, parmi les modernes, la vie de Cicéron, par Middleton, sont des modèles dans le genre biographique.

Quant aux vies des personnages du second ordre, ce sont des monumens que la reconnoissance et l'amitié peuvent ériger à ceux qui rendirent des services. Mais ces morceaux ne passeront point à la postérité, à moins qu'en écrivant la vie d'un homme de bien, on n'ait fait un traité de morale dans lequel le précepte naisse de l'exemple, ou qu'en traçant celle des hommes illustres dans les sciences ou les lettres, on n'ait indiqué la route qu'ils ont suivie.

Les mémoires ne peuvent être écrits que par ceux qui, ayant été employés dans les affaires, ont été à même d'en connoître les ressorts secrets. L'auteur doit distinguer soigneusement ce dont il a une connoissance certaine, de ce qu'il ne sait que par conjecture. Si la sagacité, la pénétration, l'art de démêler les intrigues, celui de peindre les caractères, font le succès des mémoires, la probité et l'impartialité de l'auteur peuvent seuls leur donner un mérite réel.

Il est un genre intermédiaire entre l'histoire proprement dite et les traités philosophiques: c'est celui dans lequel on considère l'histoire d'une période ou d'une nation, ou même l'histoire universelle, sous un point de vue particulier.

Tel est l'ouvrage de Montesquieu sur les causes de la grandeur des Romains et de la décadence de leur empire. Malgré la petitesse du volume, rien d'important n'est oublié, et les faits sont choisis avec tant de discernement, rapprochés avec tant d'art, qu'il en résulte un tableau fini dans toutes ses parties.

Tel est encore le Discours de Bossuet sur l'histoire universelle.

Les hommes de génie sont seuls capables d'embrasser l'ensemble de l'histoire de manière à pouvoir en extraire les faits essentiels pour les réunir ensuite et en former un tout. Il faut que l'auteur ait une grande idée, une idée utile, et que l'ouvrage entier en soit le développement.

EUDOXE.

Une objection se présente. Si l'auteur est occupé d'une idée fondamentale, ne sera-t-il pas porté à faire valoir les faits qui l'appuyent, à altérer, ou du moins à passer sous silence ceux qui la combattent? Je ne prétends pas juger les ouvrages admirables de Bossuet et de Montesquieu : mais sont-ils exempts de système? On a reproché à Montesquieu d'avoir souvent attribué aux combinaisons de la sagesse ce qui n'étoit que l'effet du hasard, le produit nécessaire de circonstances imprévues; et Bossuet semble avoir fait du peuple juif le centre de tous les événemens.

ARISTE.

Je ne vous ai point proposé ces ouvrages, comme devant servir d'introduction à l'étude de l'histoire : je vous les cite comme des modèles dans leur genre. Montesquieu a rapproché toutes les observations qu'une étude approfondie de l'histoire romaine lui avoit suggérées ; et un homme d'un génie aussi élevé avoit le droit de communiquer le résultat de ses méditations. Bossuet a considéré les desseins de la providence pour l'établissement de la religion, et c'est parce qu'il a rapporté tous les faits à ce principe, que son ouvrage a l'intérêt d'un poëme. Il annonce son but dès le commencement, et c'est le développement de cette grande pensée qu'il faut y chercher. Il semble planer au-dessus de la terre, faire passer les nations sous ses yeux, les caractériser et les juger d'un mot. Tout est lié dans son ouvrage : la première partie est le tableau le plus rapide et le plus sublime qu'on ait jamais tracé ; dans la dernière on trouve les réflexions les plus profondes sur les révolutions des empires, et les bases même de l'ouvrage de Montesquieu.

L'inconvénient que vous craignez n'existera point si l'auteur est de bonne foi avec lui-même ; s'il n'a pas d'abord étudié l'histoire dans la vue d'appuyer un système, mais si les vérités qu'il veut établir sont le résultat de cette étude. Une fois bien convaincu de ces vérités, il cherchera celle qui est fondamentale, celle d'où les autres peuvent découler ; il y attachera tous les fils qui le dirigeront dans sa route, de manière à pouvoir y être toujours ramené. Il ne l'énoncera point par une maxime, car une maxime n'est point une idée développée, mais la maxime naîtra d'elle-même dans l'esprit du lecteur.

EUDOXE.

Cette considération des ouvrages où l'histoire est traitée sous un point de vue moral ou politique, nous conduit naturellement à celle des ouvrages de philosophie. Ceux-ci exigent plus de méditations et plus de talent que tous les autres. Dans l'histoire, les événemens forment une série qui détermine l'ordre des idées, et qui sert à rectifier les opinions; dans les sciences, la nouveauté des faits assure le mérite de l'ouvrage: mais les matières philosophiques ont été traitées de tous les temps; la réflexion seule peut féconder les observations faites sur les hommes et sur l'histoire: il faut une extrême justesse d'esprit pour éviter l'écueil des systèmes; les résultats doivent avoir une généralité à laquelle il est difficile de s'élever. Une imagination brillante est nécessaire pour faire disparoître la sécheresse des discussions, et cette faculté de l'écrivain doit être tellement soumise à sa raison, qu'en s'en servant pour attacher et entraîner ses lecteurs, il ne soit jamais exposé a être séduit par elle. On a donné des règles sur la composition des ouvrages de littérature et d'histoire : mais, si je ne me trompe, on a négligé d'en donner sur la composition des ouvrages de philosophie. On a dit que, l'instruction en étant le principal but, la clarté en étoit la qualité la plus essentielle : mais les hommes recherchent peu l'instruction morale qui ne sert pas à briller dans la société ; il faut les intéresser, les persuader, avant de les convaincre. Le plus digne usage de l'éloquence n'est-il pas d'exciter les hommes à la vertu ? Et n'est-ce pas la profaner, que de la réserver pour des discours d'apparat, pour des éloges, pour des écrits destinés à exciter les passions de la multitude ?

ARISTE.

Les matières de philosophie sont si nombreuses, les formes employées pour les traiter sont si variées, qu'il n'est pas surprenant qu'on n'ait pas soumis à des règles précises la composition des ouvrages philosophiques. On peut leur appliquer la plupart des principes que je vous ai donnés sur les ouvrages d'histoire. Après avoir choisi un sujet, l'art consiste à trouver la vérité principale, à laquelle les autres doivent s'attacher, de manière qu'on ne perde jamais de vue le but qu'on s'est proposé. On a publié à la fin du dernier siècle une foule d'ouvrages philosophiques, dans lesquels on trouve des pages très-éloquentes, et qui n'ont eu cependant qu'un succès éphémère : c'est que les idées n'y étoient pas disposées dans l'ordre convenable ; c'est qu'il n'y avoit pas cette gradation qui subordonne les idées accessoires à l'idée principale; c'est que, malgré des traits brillans et des vues tour à tour ingénieuses et profondes, la lecture de l'ouvrage entier ne laissoit pas dans l'esprit un résultat important. Il ne suffit pas que chaque phrase présente une idée; il faut que toutes les pensées d'un ouvrage s'arrangent pour former un foyer de lumière. C'est à quoi on ne réussit qu'en méditant son sujet, en distribuant toutes les parties du plan avec assez de justesse, pour qu'on voie d'un coup-d'œil et le but et la route qui doit y conduire. Quand on a ainsi conçu l'ensemble de l'ouvrage, il faut examiner son sujet dans un ordre inverse, pour remonter de la conclusion aux principes, et des propositions générales aux observations particulières qui les ont établies. Ceci n'est encore qu'un travail préparatoire : car le lecteur ne doit jamais s'apercevoir de la peine qu'on a prise pour combiner les détails, et pour mettre chaque chose à la place où elle doit produire le plus d'effet.

Je n'ajoute rien à ce que je vous ai dit sur le style; vous avez raison de le regarder comme une qualité essentielle dans des ouvrages qui doivent à la fois convaincre l'esprit, toucher le cœur, calmer les passions intéressées, et réveiller les sentimens généreux; mais je dois ajouter une règle importante, et dont l'application fait le principal caractère des ouvrages de génie.

Lorsque vous aurez fait choix d'un sujet philosophique, il faut l'envisager en grand, et le traiter de manière que vous soyez également utile aux hommes de tous les temps et de tous les pays. De tels ouvrages ne sont d'abord entendus que d'un petit nombre d'hommes accoutumés à réfléchir; mais leur réputation s'accroît peu à peu. Ils deviennent le texte de plusieurs écrits où l'on en développe les principes, où l'on en applique les conséquences aux cas particuliers.

Bien des gens se sont trompés sur le but de l'Emile. On a critiqué le plan de l'auteur comme impraticable; on a remarqué de l'opposition entre nos usages et les précautions qu'il demande; on a dit enfin qu'un jeune homme élevé comme il le propose, seroit un personnage fort singulier dans la société. Ceux qui ont ainsi jugé l'Emile n'en ont pas saisi l'esprit. En le composant, Rousseau a fait abstraction de ce qui est relatif à tel ou tel pays, à telle ou telle condition, à tel ou tel siècle. Il a voulu former un homme. Il a donné les principes généraux, indépendans des usages et des préjugés qui varient selon les temps et les lieux. Il ne s'est pas étendu sur les méthodes propres à instruire un jeune homme dans les sciences et les lettres, parce que la marche à suivre peut être modifiée par les progrès des lumières et les besoins de la société : mais, comme les principes de la morale sont invariables, comme la justesse d'esprit est la base de toute instruction, il a insisté sur les moyens de prévenir les idées fausses, d'entretenir la droiture de la raison, de faire naître dans l'esprit les notions du juste et de l'injuste, de subordonner l'intérêt particulier à l'intérêt public, de donner de la force au caractère, d'élever l'homme au-dessus de la fortune, de le rendre capable de vivre dans toutes les situations, de lui apprendre à conserver l'indépendance de son ame sous le joug même de la nécessité, et à se confier à Dieu pour la récompense de tous les sacrifices qu'il peut faire, et la réparation de toutes les injustices qu'il peut éprouver. D'après ces bases, tout homme éclairé peut faire un plan d'éducation adapté à telle ou telle circonstance. Si Rousseau eût voulu simplement indiquer les moyens d'élever un enfant né en France, et dans telle ou telle condition, son ouvrage n'auroit rien présenté que tout le monde ne pût saisir, mais il n'auroit été utile que pour le moment. Ce n'est point par singularité, comme on l'a répété cent fois, qu'il a négligé ce qui tient aux mœurs actuelles. Il avoit le sentiment des convenances, et il jugeoit bien de ce qui pouvoit se faire. Il en a donné un bel exemple en parlant de l'éducation des enfans de madame de Volmar. Là, tout est applicable, parce que le temps, le lieu et l'état des personnes sont donnés. C'est ainsi que dans le Contrat social il s'est élevé aux principes abstraits et généraux, et que dans l'Essai sur le gouvernement de Pologne, il est descendu aux plus petits détails sur le peuple dont on lui demandoit de rectifier la constitution. Si l'on trouve des défauts dans l'Emile, c'est lorsque l'auteur, descendant de la région idéale où il s'est placé, s'occupe des hommes avec lesquels il a vécu et des mœurs actuelles. Ces morceaux forment une disparate dans son ouvrage, ils nuisent même à l'effet général : ils portent quelquefois l'empreinte d'une humeur chagrine, tandis qu'un sentiment de bienveillance règne partout où il considère en général la nature humaine.

EUDOXE.

Le sujet de l'Emile est d'un intérêt universel; mais en est-il beaucoup de cette nature? Combien de choses d'une très-grande importance dans le moment, et dont on cessera de s'occuper aussitôt qu'on aura détruit une erreur ou réformé un abus!

ARISTE.

Si l'ouvrage devient inutile parce qu'il a produit son effet, l'auteur n'a rien à désirer. Il est cependant un moyen de n'être point oublié dans l'avenir; c'est de lier toute question particulière aux principes fondamentaux de l'ordre social. La question, s'il étoit convenable d'établir un spectacle à Genève, sembloit n'avoir d'intérêt que pour cette petite république: on n'auroit pas même dû l'agiter dans l'Encyclopédie, ouvrage destiné pour l'instruction de la postérité. En la discutant dans sa lettre à d'Alembert, Rousseau s'est élevé à des considérations générales sur l'influence que les divers genres de spectacle peuvent avoir, selon la constitution des états, le degré de civilisation, la population des villes, le caractère et les mœurs des citoyens;

et son ouvrage, exempt de déclamations, et d'une antique simplicité, sera lu dans tous les temps.

Si vous préférez le suffrage de la postérité à une célébrité passagère, je vous engage encore à traiter des sujets susceptibles de développemens, et à ne point donner au public des écrits de quelques feuilles d'impression. Un ouvrage ne reste dans les bibliothèques qu'autant qu'il forme au moins un volume. Il vaudroit cependant mieux publier une feuille où rien ne seroit inutile, qu'un livre dans lequel il y auroit des longueurs. Evitez les digressions : je n'aime point les notes dans un ouvrage de philosophie : ce qui est nécessaire doit trouver place dans le texte ; ce qui ne l'est pas, doit être retranché. Je n'entends point parler des notes qui contiennent ou des pièces justificatives, où la citation des auteurs originaux ; comme sont celles de Robertson dans l'Introduction à l'histoire de Charles-Quint.

EUDOXE.

Vous me conseillez, Ariste, de ne publier que des ouvrages d'une certaine étendue : cependant les écrits fort courts se répandent avec une extrême rapidité. S'ils ne font sensation qu'au moment où ils paroissent, ils ont alors un bien plus grand nombre de lecteurs. Un journal bien fait, dans lequel on examineroit avec impartialité les opinions nouvelles et les ouvrages qui attirent l'attention, seroit peut-être le moyen le plus sûr de répandre des idées saines, d'arrêter les erreurs dans leur naissance, de conserver la tradition des bons principes, et de s'opposer à la corruption du goût.

ARISTE.

J'en conviens ; mais une telle entreprise n'est-elle pas au-dessus des forces d'un seul homme ? et plusieurs collaborateurs d'un grand talent peuvent-ils se réunir pour travailler sur le même plan et d'après les mêmes principes ? Les journaux littéraires et philosophiques se divisent en deux classes. Les uns se composent de dissertations publiées successivement, et dont l'étendue est limitée par celle de la feuille d'impression: les autres sont consacrés à juger les ouvrages qui paroissent. Le Spectateur est de la première classe. Les numéro qui le composent forment un recueil très-estimé ; mais quoiqu'il soit l'ouvrage des meilleurs écrivains du temps, on y trouve beaucoup d'articles frivoles desquels ne résulte aucune instruction, et les morceaux qui en ont assuré la réputation dans l'avenir et hors de l'Angleterre, auroient gagné à paroître sous une autre forme.

L'examen des ouvrages nouveaux présente bien plus de difficultés. Pour bien faire un journal critique, il ne suffiroit pas d'avoir un goût sûr, un sentiment délicat des convenances, des connoissances étendues sur les sciences et la littérature; il faudroit encore être au-dessus de tous les préjugés, de toutes les passions, et être capable de porter à volonté son attention et son intérêt sur toutes sortes d'objets. Quand un homme de lettres traite un sujet de morale, de politique ou de littérature, il y est poussé par son génie ou par l'intime conviction qu'il sera utile : il établit ses opinions sans attaquer directement celles des autres : mais au journaliste, les sujets sont donnés, ou par les ouvrages qui paroissent, ou par les opinions qui se répandent. On est obligé de juger, après quelques jours d'examen, un ouvrage dont la composition a coûté plusieurs années à son auteur : on n'a pas le temps nécessaire pour méditer une grande question: on doit craindre tantôt d'être influencé par l'amitié; tantôt de ne pas rendre assez de justice à celui qui soutient des opinions opposées à celles qu'on a soi-même. Se croit-on obligé de réfuter, de blâmer, on éprouve un sentiment pénible, et s'il faut le faire lorsque l'intérêt de la vérité l'exige, il ne faut pas se mettre par choix dans cette nécessité.

Ceci me conduit à une autre réflexion. C'est qu'un ouvrage sur les sciences naturelles et physiques peut être composé par plusieurs savans qui se distribuent le travail, et publié par cahiers successifs avant que tout soit fini : tandis qu'un ouvrage de philosophie ou de morale ne peut être exécuté que par un homme seul, et doit être entièrement terminé avant même qu'on se permette de l'annoncer.

Lorsque les meilleurs et les plus profonds écrivains françois se réunirent pour composer l'Encyclopédie, ils se proposèrent d'abord d'exposer l'état actuel des sciences et des arts. Cette entreprise, la plus vaste qu'on eût jamais faite, étoit cependant d'une exécution facile. D'Alembert étoit sûr de fournir à une époque fixe tous les articles de géométrie; Diderot et ses collaborateurs pouvoient donner de même la description des arts et métiers. Si l'on eût suivi ce plan, l'ouvrage eût pu être perfectionné de siècle en siècle par l'addition des nouvelles découvertes; il eût toujours été le dépôt des connoissances positives, et son mérite auroit été indépendant de l'opinion. Mais en y joignant des dissertations sur des objets de morale et de métaphysique, on en changea le caractère ; on ouvrit la porte à tous les systèmes ; et comme chaque auteur traitoit son sujet d'après sa manière de voir, et souvent sans s'y être préparé par de longues méditations, il n'y eut point d'accord entre les principes, et l'on y trouva des contradictions et des déclamations sans nombre. Cela ne pouvoit être autrement. Un traité de philosophie ne peut être formé de morceaux détachés et de pensées de divers auteurs ; il faut qu'il soit conçu dans son ensemble. Aussi l'épigraphe de l'Encyclopédie:

Tantum series juncturaque pollet.

semble-t-elle en être la critique.

En effet, s'il est certain que la liaison de toutes les parties est le principal mérite d'un ouvrage de philosophie, il est évident qu'il n'est aucun ouvrage où cette qualité se trouve moins que dans l'Encyclopédie. On ne fera point un bon livre sur les sciences morales et politiques avec des fragmens détachés de Bossuet, de Montesquieu, de Rousseau. Si l'on vouloit absolument traiter ces matières sous forme de dictionnaire, il faudroit que le même auteur composât d'abord son ouvrage en suivant l'ordre naturel, et qu'il le partageât ensuite par articles.

EUDOXE.

Il est clair que les dictionnaires si utiles pour donner des notions précises sur la géographie, la biographie, l'histoire naturelle, etc., ne peuvent être employés à l'exposition d'une doctrine dont toutes les parties doivent être enchaînées. Mais parmi les autres formes qu'on peut donner à un ouvrage philosophique, quelle est celle qui vous paroît mériter la préférence ?

ARISTE.

Les diverses méthodes qu'on peut employer dans les ouvrages de philosophie, ont toutes des avantages et des inconvéniens, et le succès dépend de l'art avec lequel on en fait usage. Les principales sont la méthode synthétique dans laquelle on pose des principes généraux desquels on tire des conséquences : c'est celle de Descartes, de Leibnitz et de Kant. En s'en servant il faut prendre garde de ne pas se perdre dans le vague. Souvent lorsqu'on se place sur un point de vue trop élevé, une foule de détails échappent à la vue ; on n'aperçoit pas nettement les bases sur lesquelles le système est établi, et le moindre écart conduit à de fausses conséquences. La méthode analytique opposée à celle-ci est plus simple et plus sûre, mais elle exige plus de travaux préparatoires. Elle consiste à examiner les faits en détail, à les comparer, à les rapprocher, pour parvenir enfin aux idées générales qui en sont le résultat. Bacon, et plusieurs philosophes après lui, l'ont adoptée.

Une autre méthode, qu'on pourroit nommer méthode historique, est celle par laquelle on lie les principes philosophiques à une histoire vraie ou imaginée, comme Xénophon l'a fait dans la Cyropédie, Rousseau dans Émile. Il faut que les opinions de l'auteur soient si clairement énoncées, qu'on ne puisse jamais s'y méprendre. On peut distinguer encore la méthode des essais dans laquelle, en supposant un sujet connu, on présente sur ce sujet des idées nouvelles; comme dans Montagne, Hume, etc. : la méthode critique par laquelle on prend pour texte un ouvrage ou une opinion célèbre pour l'examiner, la réfuter ou la commenter. Bayle s'est distingué en ce genre, mais il a souvent oublié qu'il ne faut pas faire des efforts pour arracher des plantes qui vont périr d'elles-mêmes. On ne doit s'occuper d'un ouvrage qu'autant qu'il est d'un ordre supérieur, et que les paradoxes qu'il contient sont soutenus de manière à égarer des lecteurs éclairés. Tel étoit, par exemple, le livre de l'Esprit. Rousseau avoit cru devoir en entreprendre la réfutation, et ce fut par délicatesse qu'il y renonça, lorsqu'il sut que l'auteur étoit attaqué par l'autorité.

La méthode du dialogue que les anciens ont si souvent employée, a l'avantage de présenter le sujet sous plusieurs faces, d'opposer les objections et les réponses, et de conduire adroitement le lecteur à un résultat inattendu : elle n'est bonne qu'autant que chaque interlocuteur soutient son sentiment avec toute la force possible, et que celui qui remporte la victoire la doit à ce qu'il a raison, et non à ce qu'il défend sa cause avec plus d'esprit. Enfin, la méthode oratoire est celle dans laquelle on pose d'abord une question pour la traiter en l'examinant sous tous les aspects, en développant toutes les idées secondaires qui se lient à la vérité principale, en employant toutes les ressources de l'éloquence pour attacher le cœur à ce qu'on a prouvé par la raison. Les discours de Rousseau sont des chefs-d'œuvres en ce genre. Il faut que l'auteur se méfie de sa propre imagination, et qu'il ne donne à chaque chose que l'importance convenable.

Ces formes ne sont pas les seules dont la philosophie puisse se revêtir : depuis les proverbes et les apologues des Orientaux, et les fictions des

Grecs, jusqu'aux ouvrages abstraits et didactiques de l'école allemande, il est une infinité de moyens de présenter des vérités utiles. L'auteur préférera celui qui convient le mieux à la tournure de son esprit. Le point essentiel, comme je vous l'ai déjà dit, c'est de bien choisir son sujet, d'en mesurer l'étendue, et de s'assurer qu'on a la force nécessaire pour l'embrasser dans son ensemble et le traiter dans ses détails; c'est enfin d'examiner quels ménagemens exige la publication de la vérité.

Je vous ai plusieurs fois répété ce dernier conseil, mon cher Eudoxe; j'y reviens encore, parce que je le crois de la plus grande importance, et que la sagesse qui calcule les moyens de succès, est plus rare que le courage qui affronte les obstacles.

L'un des principes de la philosophie du dernier siècle, c'est que la vérité est toujours utile, et que l'erreur seule est nuisible. Ce principe est évident, si l'on considère d'une manière abstraite les effets de la vérité et de l'erreur sur le genre humain : il devient dangereux, si l'on en conclut que toutes les vérités, dès qu'elles sont connues, doivent être annoncées à tous les hommes.

Jamais le philosophe ne se permettra de parler contre sa pensée; il s'interdira même ces tournures, par lesquelles on semble adopter des opinions qu'on rejette.

Mais il est des vérités qui doivent être exposées avec réserve, et communiquées seulement à une certaine classe d'hommes, de même qu'il est des principes d'une justice éternelle, et dont l'application ne peut être faite que peu à peu, et avec les plus grandes précautions. Je n'en citerai qu'un exemple.

S'il y a une vérité incontestable, c'est que l'esclavage des noirs est également condamné par la religion, par la justice et par l'humanité: cependant, en proclamant cette vérité chez les esclaves, on allumeroit leurs passions sans produire aucun bien; et si le gouvernement lui-même affranchissoit tout-à-coup les noirs dans les colonies, il en résulteroit les plus grands inconvéniens. Cela n'a malheureusement pas besoin de preuves.

EUDOXE.

S'ensuit-il que le philosophe doive garder le silence, s'il traite un sujet dans lequel la question de l'esclavage vienne naturellement se présenter?

ARISTE.

Non, sans doute, parce que les noirs ne lisent

pas. Cependant il évitera toute déclamation propre à exalter les esprits. Il tâchera de prouver qu'on ne perdroit rien à faire cultiver les terres par des hommes libres (et vous savez que ce principe a été soutenu par des colons très-riches, et que déjà quelques provinces des Etats-Unis en ont fait une heureuse expérience); il indiquera les moyens de suppléer aux services que rendent les noirs; il engagera les gouvernemens et les maîtres des esclaves à adoucir leur sort, à les éclairer et à les rendre dignes de la liberté; il montrera les degrés successifs par lesquels on pourroit les y faire parvenir; il s'élèvera contre l'infame commerce qui se fait sur les côtes d'Afrique : il répandra enfin ces principes de douceur et de philosophie qui font désirer à tous les hommes honnêtes de voir disparoître un système qu'il faudroit rejeter encore, quand même il auroit les avantages qu'on lui a faussement supposés.

Bien d'autres vérités doivent être confiées seulement à ceux qui peuvent en faire un usage utile : il faut les semer sur un terrain déjà préparé, pour qu'elles croissent d'elles-mêmes, et que cultivées successivement par les sages, elles étouffent peu à peu les erreurs et paroissent être les productions naturelles du sol.

Horace a dit :

Quid verum atque decens curo et rogo et omnis in hoc sum[1].

Ce vers doit être la devise du philosophe.

Que l'amour de l'ordre soit uni dans votre ame à l'amour du vrai; cherchez à-la-fois ce qui est bon en soi, et ce qui convient aux temps, aux lieux, aux circonstances. Eclairez les hommes par les sciences, formez leur cœur par la morale, et vous contribuerez à amener le règne de la justice et de la vérité.

EUDOXE.

Croyez-vous, Ariste, que la philosophie morale soit une carrière dans laquelle on puisse encore se distinguer ?

[1] La plupart des traducteurs me semblent n'avoir pas saisi la pensée d'Horace, lorsqu'ils ont rendu *decens* par *l'honnêté*, *les mœurs*, *le beau*. Ce mot signifie *ce qui convient*. Pope ne s'y est pas mépris.

What is true, what is right, what is fit.

Un passage de Cicéron peut servir de commentaire au vers d'Horace.

Officia reperientur cum quæretur quid DECEAT, *et quid aptum sit personnis, temporibus, ætatibus* Off. 1, 125. Le même auteur définit précisément le mot *decens*. *Decere*, dit-il, *quasi aptum esse consentaneumque tempori et personæ*. Orat. 74.

ARISTE.

Quoique depuis le Traité des devoirs de Cicéron on ait publié une foule d'ouvrages sur cette matière, je pense que nous n'avons point encore un système complet de philosophie morale. Ce travail seroit bien digne d'un homme de génie; mais combien il demanderoit de connoissances et de méditations! Il ne suffiroit pas d'avoir étudié l'homme en s'interrogeant soi-même, en observant la société, en consultant les leçons de l'histoire, en comparant les diverses nations, en examinant l'influence du sol, du climat et des habitudes sur les dispositions naturelles; il faudroit encore être versé dans les sciences pour connoître les ressources qu'elles offrent aux diverses époques de la civilisation.

Si, muni de ces connoissances préliminaires et doué du talent d'enchaîner ses idées et de les exposer avec toute la chaleur de l'éloquence, un philosophe entreprend cet ouvrage; qu'il recherche d'abord ce que c'est que l'homme, quelle est l'origine de ses idées, de ses sentimens, de ses passions; qu'il distingue ce qui tient à sa nature de ce qui est produit par les circonstances; qu'il observe quel est le pouvoir de l'éducation; à quel degré de vertu et d'héroïsme elle peut élever la nature ; à quel degré de vice et de férocite elle peut la ravaler; jusqu'où l'homme est susceptible d'être perfectionné; quelles sont les limites naturelles de cette perfectibilité, et quels obstacles probables s'opposent à ses progrès. Qu'il examine quels sont les devoirs de l'homme comme habitant de la terre; quels sont les droits et les devoirs respectifs des sociétés entr'elles, des citoyens entr'eux, des citoyens et de la société, de la société et du souverain, du souverain et des sujets; quel est le fondement des lois, d'où naît leur sanction, sur quels objets elles doivent s'étendre, dans quels cas elles cessent d'être obligatoires, et s'il est des circonstances qui permettent au citoyen de les interpréter ou de les éluder; ce que c'est que les mœurs, et comment elles influent sur le bonheur national; quelle différence existe entre les vertus publiques et les vertus privées, et jusqu'où les lois naturelles peuvent être modifiées par les institutions sociales; quelles circonstances rendent la guerre légitime pour une nation; quelles autres la rendent nécessaire, et obligent chaque particulier de concourir à la défense commune ; s'il est permis de marcher à la guerre pour une puissance étrangère, et de faire de l'état militaire une spéculation; si le citoyen a le droit de s'isoler, ou même d'aller vivre dans une terre étrangère, lorsque sa patrie a besoin de lui, et jusqu'où chaque individu doit à la communauté l'exercice de ses talens, le sacrifice de son temps et de sa fortune. Qu'en traitant ces questions il ne perde jamais de vue que si le principe de la sociabilité est le seul général, le seul d'après lequel on puisse apprécier la moralité des actions, le seul enfin qui puisse servir de base à un code de lois, il ne renferme cependant pas en lui-même des motifs suffisans pour déterminer les individus. La vertu est le sacrifice de l'intérêt particulier à l'intérêt public, des passions au devoir; où trouver le motif de ce sacrifice, si ce n'est dans l'espoir d'une récompense? et quel autre que celui qui lit dans les cœurs peut récompenser le bien fait en secret? Il est donc impossible de donner une base à la morale sans le secours des vérités religieuses. Ces vérités, également reconnues de tous les peuples, et communes à toutes les religions, sont indépendantes des dogmes particuliers à chacune d'elles; mais ces dogmes doivent être respectés, parce qu'en les discutant on s'exposeroit à affoiblir la puissance des vérités qui leur sont associées.

Après avoir exposé quels sont les devoirs des

hommes et combien il leur importe de les suivre, le philosophe examinera quel est le pouvoir de l'opinion; s'il faut au peuple des préjugés, et s'il seroit possible de le conduire par la raison, en l'éclairant, en donnant aux lois plus d'accord et de force, en associant mieux l'intérêt particulier à l'intérêt général; quels sont les préjugés nuisibles, quels sont ceux qui doivent être ménagés et même entretenus pour un temps; quelles doivent être les bornes de la liberté de parler et d'écrire; si la religion doit être liée au gouvernement, ou si le gouvernement ne doit s'en mêler que pour la protéger et pour empêcher que les opinions ne divisent les hommes; comment on peut accorder le respect pour la religion dominante avec la tolérance des divers cultes; quelle est l'utilité des sciences, quels sont les maux que l'ignorance produit, quelle instruction est due à tous, et à quel point il est nécessaire pour le bonheur national que les citoyens des diverses classes soient éclairés; quels sont les plaisirs qu'on peut procurer aux hommes de tous les états, et comment on peut faire de ces plaisirs un mobile qui les porte à la vertu.

De tout temps les sages ont reconnu que l'inégalité des conditions est indispensable pour le maintien de l'ordre social; mais ils ont désiré de voir disparoître cette ligne de démarcation, établie jadis par la féodalité entre les diverses classes de citoyens, et qui, dans plusieurs pays, met le privilége de la naissance au-dessus du mérite personnel, et même au-dessus des droits qu'une magistrature donne à la considération publique. Le philosophe doit donc indiquer les moyens de rapprocher les hommes, en les soumettant aux mêmes lois, en donnant à tous, par des moyens différens, une part égale au bonheur, en faisant que chacun reçoive plus de la société, selon qu'il lui est plus utile : il doit chercher surtout comment on peut arriver à ce but par des degrés insensibles, par le progrès des lumières et de la morale, et sans que ceux qui occupent le premier rang dans la société, y perdent quelque avantage réel.

Que le philosophe examine encore quelles sont les bornes que doit avoir l'esprit de patriotisme pour n'être pas destructif de l'amour du genre humain; quels sont les avantages et les inconvéniens des associations particulières, et de l'esprit de corps qui en est la suite. Qu'il fasse sentir que la piété filiale, la déférence pour les vieillards, le respect pour la sainteté du mariage, la pureté des mœurs, sont les élémens de la tranquillité intérieure, et que l'oubli de ces vertus entraîne nécessairement le désordre et la corruption générale. Qu'il détermine enfin le jugement qu'il faut porter de certaines actions que les lois et l'opinion ont tour à tour excusées et condamnées, comme le suicide, le duel, le divorce, le luxe excessif des particuliers, etc.

La plupart de ces questions ont été traitées avec éloquence; mais on ne les a pas liées à un corps de doctrine où tout découle du principe de la sociabilité, où l'exemple soit toujours à côté du précepte. Il seroit temps peut-être de réunir ces matériaux dispersés, et de composer un système complet de philosophie morale. Un tel ouvrage devroit s'éloigner également du ton de la déclamation et de la sécheresse de la dialectique. Il faudroit tour à tour intéresser le cœur, enflammer l'imagination, convaincre la raison, et frapper l'esprit par des maximes sublimes qui se graveroient dans la mémoire et serviroient de règle dans les occasions difficiles.

EUDOXE.

Oh! Ariste, avec quelle satisfaction je me dévouerois à l'étude, pendant vingt ans, pour me rendre capable de remplir enfin cette noble tâche! Il n'est pas temps pour moi de former des projets, ni de déterminer d'avance le sujet sur lequel il sera le plus utile d'employer mes talens. Mais pensez-vous qu'un pareil ouvrage pût fixer l'attention dans un siècle où tout a été mis en problème, où l'on a répandu un vernis de frivolité sur les questions les plus importantes ? Un vrai philosophe sera-t-il écouté ?

ARISTE.

Il le sera tôt ou tard, s'il est au-dessus des autres hommes par son génie, et par la pureté de ses principes. Mais qu'il ne prétende pas à obtenir d'abord une grande réputation. Celui qui sème une forêt ne s'attend pas à se promener sous son ombre ; il travaille pour la postérité. En vous livrant à l'étude, nourrissez votre ame des leçons de la sagesse, ne cherchez point une célébrité presque toujours funeste à ceux qui l'ont obtenue ; renoncez à briller par votre esprit, à étonner par vos connoissances, à faire parade d'une vaine éloquence ; ne songez qu'à l'utile. La passion du bien public est rare, mais lorsqu'elle existe, elle domine toutes les autres, elle surmonte tous les obstacles, elle impose silence à l'intérêt personnel, elle récompense de tous les travaux. Ne cultivez donc point les sciences par curiosité, par désir de la renommée, ou de la fortune, ou des honneurs, mais pour éclairer les hommes sur leurs vrais intérêts, pour les disposer à s'aimer, pour les exciter à la vertu. C'est ce précepte que Bacon a placé au commencement de son grand ouvrage : il l'adresse à tous ceux qui veulent se livrer à l'étude : je vous l'ai rappelé souvent, mon cher Eudoxe, et c'est en vous recommandant de ne l'oublier jamais que je termine mes avis [1].

[1] *Postremo omnes in universum monitos volumus ut scientiæ veros fines cogitent; nec eam aut animi causa petant, aut ad contentionem, aut ut alios despiciant, aut ad commodum, aut ad famam, aut ad potentiam, aut hujusmodi inferiora, sed ad meritum et usus vitæ, eamque in caritate perficiant et regant.* (Instaurationis magnæ præfatio.)

NEUVIÈME ENTRETIEN.

DE LA POÉSIE.

Quid alat formetque poetam.

Introduction. Définition de la poésie. Des talens essentiels au poëte. Des temps poétiques et des circonstances favorables à la poésie. De l'éducation qui convient au poëte, et combien elle doit différer de celle du philosophe. De l'épopée et des poëtes épiques les plus célèbres. De la poésie descriptive. De la poésie lyrique et des premiers poëtes lyriques. De la poésie dramatique, des règles auxquelles elle est soumise, et des plus grands auteurs en ce genre. De la poésie fugitive. Du style poétique. Du but que doit se proposer le poëte. Conclusion de tout l'ouvrage.

La chaleur avoit été excessive pendant la journée : le soir, des nuages amoncelés cachèrent le soleil; le feuillage des arbres étoit immobile, les oiseaux étoient silencieux, et tout sembloit annoncer un orage. Au milieu de la nuit je fus réveillé par une pluie bruyante et par un vent impétueux : le tonnerre se fit entendre; bientôt ses éclats répétés se succédèrent presque sans interruption. J'ouvris ma fenêtre pour considérer les cieux sillonnés par les éclairs : tour à tour je voyois la campagne éclairée d'une vive lumière, et couverte de la plus profonde obscurité. La foudre abattit les branches d'un chêne situé sur le coteau voisin; je frémis, et cependant je voulus continuer de contempler ce spectacle. Lorsque le génie des tempêtes plane sur les campagnes, on est d'abord saisi de terreur; mais l'admiration se mêle à ce sentiment : on songe que ces commotions passagères n'altèrent point l'harmonie de la nature, et l'on se rappelle la bonté du Tout-puissant qui fait sortir l'ordre de ce qui semble devoir le troubler.

L'orage s'apaisa, les nuages entrouverts laissèrent apercevoir le ciel, et les premiers rayons de l'aurore se montrèrent à l'orient. La belle ode de Klopstock s'offrit à ma mémoire : je la répétois, lorsque je vis un arc-en-ciel embrasser la moitié de l'horizon. Je m'écriai alors avec le poëte : « Ce n'est plus au milieu de l'orage, c'est dans une douce harmonie que se montre le Seigneur, l'arc de la paix se déploie sous ses pieds. »

Ariste entra chez moi. Sa gravité, son âge, en m'imposant le respect, n'arrêtoient point les élans de mon ame. Je lui récitai quelques vers de l'ode de Klopstock, et je vis qu'il partageoit mon enthousiasme. Je ne sentis jamais aussi vivement la sublimité de ces idées, lui dis-je; c'est en contemplant la nature, qui inspira le poëte, que ses grandes pensées exaltent mon esprit. Cette nuit j'étois étonné du spectacle terrible que présentoit l'orage, j'éprouve maintenant un ravissement délicieux à l'aspect de cette campagne magnifique. Le vent du nord dissipe les nuages, il redresse les blés; cet arc des nues, où les couleurs les plus brillantes sont fondues avec tant d'harmonie, est vraiment un signe de paix et de joie. Les rayons du soleil vivifient la verdure; le lac toujours limpide réfléchit les cieux, les oiseaux célèbrent le retour de l'aurore, et la nature rajeunie m'offre l'image du moment où le Créateur la fit sortir du chaos. Oh! qui pourroit rester froid à la vue de ces merveilles! avec quel transport je m'unis au poëte qui reçut le don de les chanter!

Emilie arriva dans ce moment: je ne lui demandai point pourquoi elle étoit levée de si grand matin; il me sembloit qu'elle avoit, comme moi, contemplé ce magnifique tableau et qu'elle venoit nous joindre pour unir son admiration à la nôtre. Je la fis approcher de la fenêtre : Oh le charmant coup-d'œil, dit-elle, comme les oiseaux sont joyeux, comme la verdure est belle. Mais il faut, mes amis, nous occuper des êtres sensibles : je suis inquiète du désordre qu'à pu produire l'orage de cette nuit; allez vous informer dans les campagnes si les moissons n'ont pas été endommagées. Oh ! femme admirable, m'écriai-je, c'est vous qui savez vraiment jouir de la nature; elle ne vous offre aucune image qui ne réveille un sentiment dans votre cœur : partons.

Nous sortîmes en effet Ariste et moi. Hier, me dit-il, on moissonnoit sur le côteau voisin; allons savoir si les blés étalés sur la terre n'ont point été entraînés par les eaux. En arrivant, nous trouvâmes que les gerbes avoient été amoncelées, et que des rigoles avoient été ouvertes pour détourner les eaux des endroits qu'elles auroient pu ravager. Les paysans, prévoyant l'orage, avoient, dès le soir, pris leurs précautions, et ils avoient continué à travailler même pendant la pluie. Ils étoient rentrés fort tard et revenoient sans paroître plus fatigués. Comme il n'y avoit pas eu de grêle, rien n'avoit souffert. C'étoit un jour de fête, et nous en trouvâmes plusieurs qui, en attendant l'heure où ils devoient se réunir pour le culte, venoient visiter leurs champs. Nous rencontrâmes aussi des femmes et des enfans qui portoient des paniers et alloient ramasser sous les arbres les fruits que le vent avoit abattus. Nous rejoignîmes Emilie pour la rassurer : nous la trouvâmes entourée de quelques femmes du village, et du bon vieillard André qui étoit venu la voir avec ses enfans. Ariste s'arrêta avec eux ; nous nous rendîmes tous dans le temple, et le soir j'assistai à une petite fête où les enfans d'Emilie dansèrent avec ceux du canton. Le magnifique spectacle que j'avois vu le matin, la sensibilité d'Emilie, le discours du pasteur qui avoit prêché sur la providence, la piété des habitans, leurs innocens plaisirs, la pureté du soleil couchant, la beauté de la soirée, tout avoit rempli mon esprit de grandes pensées, et mon cœur de sentimens doux et tendres.

Je restai fort tard à contempler la beauté de la nuit, dont le silence n'étoit interrompu que par le cri monotone des rainettes et le chant du rossignol. Il me sembloit que dans un jour j'avois vu l'image des siècles. Des révolutions bouleversent les sociétés, mais le calme renaît et la nature morale rentre dans l'ordre comme la nature physique. Lorsque je me livrai au sommeil, mon imagination, remplie de ce que j'avois vu, erra au milieu des plus brillantes fictions : à mon réveil il me sembla sortir d'un monde enchanté, et je me rappelai l'hymne sublime que Milton met dans la bouche de nos premiers pères ; oh ! comme je m'unissois à eux pour célébrer la grandeur du Tout-puissant.

J'entendis Ariste qui descendoit ; je le joignis. Allons encore, lui dis-je, nous promener sur le bord du fleuve ; j'ai besoin de m'entretenir avec vous. Vous m'avez parlé des études qui conviennent au philosophe ; je suis décidé à suivre le plan que vous m'avez tracé : rien ne me détournera des travaux auxquels je me dévoue pour acquérir des connoissances et fortifier ma raison : mais hier j'éprouvai les émotions les plus vives, et mon ame en est encore agitée. En ce moment, ceux qui, dans leurs chants immortels ont célébré la nature et son auteur, occupent ma pensée. Je voudrois remonter à la source de l'enthousiasme qu'ils m'inspirent, considérer leurs titres de gloire, et savoir quels liens unissent les poëtes et les philosophes.

Si Platon eût conduit un de ses disciples dans le temple des Muses, pour invoquer celles des sciences et de l'histoire, il eût offert une couronne de fleurs à celles qui président aux beaux-arts. Après avoir traité tant de sujets, permettez que je ne me sépare point de vous sans savoir quelle idée vous vous faites de la poésie, et quelle éducation vous jugeriez convenable au poëte. Différeroit-elle beaucoup de celle qui doit former le philosophe?

ARISTE.

Lorsque nous avons voulu traiter des études nécessaires au philosophe, nous avons commencé par définir la philosophie. La chose étoit d'autant plus essentielle que ce mot a été employé dans un sens bien différent à diverses époques, et que, même chez nous, les bons écrivains n'y ont pas tous attaché la même idée. On est plus d'accord sur la poésie, quoique jusqu'à présent on n'en ait pas donné une définition qui en circonscrive les limites, et qui s'applique également à tous les genres.

EUDOXE.

Le mot poésie vient d'un mot grec qui signifie faire, créer; d'après cela, c'est l'invention qui fait le caractère du poëme.

ARISTE

Ce caractère ne distingue pas le poëme du roman. Pour bien entendre le sens d'une expression vulgaire, il ne faut pas s'en rapporter à l'étymologie, mais à l'usage. On donne le nom de poëme à des ouvrages dans lesquels il y a peu d'invention; on le refuse à d'autres dans lesquels tout est imaginé. Anacréon, Tibulle, Silius Italicus sont comptés parmi les poëtes, comme Homère et Virgile. Les épîtres d'Horace et de Boileau, l'Essai sur l'homme de Pope, sont des morceaux de poésie; les dialogues de Platon et ceux de Lucien, l'Ane d'Or d'Apulée n'en sont pas. Göthe a fait Werther et Herman et Dorothée : ce sont deux ouvrages d'imagination; le premier est un roman, le second est un poëme. Ce que les poëtes ont de commun et ce qui les distingue, c'est d'employer un langage mesuré.

EUDOXE.

Mais pourquoi cette condition seroit-elle essentielle? La prose n'a-t-elle pas, comme les vers, du nombre et de l'harmonie? Cette harmonie n'est-elle pas plus variée, et par conséquent plus imitative?

ARISTE.

Il est inutile de discuter sur la cause du plaisir que nous font les vers. Ce goût nous est donné par la nature, comme celui de la musique et de la danse. Chez tous les peuples et dans tous les degrés de civilisation, le langage mesuré a été employé pour exprimer les affections vives, pour peindre la beauté de la nature, pour faire passer dans l'ame des autres l'enthousiasme dont on étoit agité. Une cadence régulière, soit qu'elle naisse d'un arrangement déterminé des longues et des brèves, ou de la place qu'occupent les accens, ou du retour symétrique des mêmes sons après un certain nombre de syllabes, produit sur l'oreille une sensation agréable qui se communique à l'esprit, et les vers se gravent dans la mémoire, sans effort, et bien plus facilement que la meilleure prose.

EUDOXE.

On ne donne pas le nom de poëtes aux auteurs des chroniques en vers.

ARISTE.

Non, sans doute; mais on ne donne pas non plus le nom de peintre à l'ouvrier qui barbouille des enseignes, ni celui d'orateur au charlatan qui harangue la populace. Il faut considérer dans la poésie le style dont elle se sert, qui est l'instrument, et les sujets qu'elle traite. Quant au style, il doit non-seulement être soumis à une mesure régulière, mais encore distingué de la prose par l'élégance de l'expression, par la

de leur morale, donna un caractère sacré à l'art qu'ils employoient.

Hinc honos et nomen divinis vatibus atque
Carminibus venit.

EUDOXE.

Eh bien! ramenons la poésie à son origine, ou du moins considérons-la sous ce point de vue. Voyons comment pourroit aujourd'hui se former le poëte lyrique, le poëte épique; voyons s'il pourroit s'élever à la même hauteur que ceux des temps anciens.

ARISTE.

Les siècles poétiques sont passés; les mœurs n'ont plus leur simplicité primitive; le véritable enthousiasme n'existe plus : la philosophie a détruit l'empire du merveilleux; elle a dissipé ces légions d'êtres fantastiques, que l'imagination faisoit intervenir dans tous les phénomènes de la nature; elle a réduit en corps de doctrine les principes de la morale; et j'ai peine à croire que de nouveaux poëtes puissent se placer sur la ligne des anciens. D'ailleurs, les limites entre la poésie, l'histoire et la philosophie ne sont plus aussi marquées. Nous avons introduit dans la prose plusieurs des formes de la poésie, et la poésie a été forcée à parler le langage de la philosophie. Le merveilleux n'est plus que de convention, et le domaine de la vraie poésie est plus restreint que jamais.

EUDOXE.

Mais le temps des grands poëtes n'est pas éloigné. Milton, Klopstock, Thomson, sont voisins de nous.

ARISTE.

Oui; mais on ne les lit plus avec le même enthousiasme : on ne partage plus leurs opinions, et la direction que les études, ont prise nous laisse à peine espérer qu'ils puissent avoir des rivaux.

On se plaint que nous n'avons plus de grands poëtes, et l'on ne songe pas combien un poëte seroit étranger parmi nous. Platon compare Homère à un aimant qui, pénétré d'une vertu céleste par l'inspiration divine, attire ceux qui l'entendent, fait passer dans leur ame son propre enthousiasme, et les rend capables de le communiquer à d'autres; tellement que tous ceux qui sont sensibles à l'harmonie se trouvent liés entr'eux et attachés à lui; mais aujourd'hui, le poëte enthousiaste ne s'adresse plus qu'à des auditeurs froids qui se refusent à l'illusion, et lui demandent raison de tout. A mesure que les hommes font des progrès dans les sciences, ils se désabusent des brillantes chimères de l'imagination, ils raisonnent au lieu de sentir, ils examinent au lieu de se laisser entraîner. Je ne sais si nous y gagnons pour la morale, pour le bonheur de la vie, mais nous y perdons nécessairement la faculté d'être émus par les beaux-arts.

EUDOXE.

Quoi? pensez-vous que si Homère revenoit parmi nous, il ne trouveroit plus ni le même aliment à son génie, ni de justes appréciateurs de son ouvrage?

ARISTE.

Cela n'est pas douteux. L'impression qu'ont fait les poëtes ne pouvoit être produite que dans les siècles où ils ont vécu. Les moyens qu'ils ont employés auroient été sans effet dans un autre époque. Lorsqu'Homère parut dans la Grèce, elle sortoit à peine de la barbarie. Les hommes avides du merveilleux, étoient disposés à adopter toutes sortes de fables. Une mythologie brillante et variée offroit des moyens d'animer toute la nature, de montrer dans le ciel une foule d'êtres supérieurs aux hommes, et s'occupant des affaires de la terre. Si quelques personnes révoquoient en doute ces fables, elles étoient du moins reçues par la multitude; l'esprit y étoit accoutumé dès l'enfance; on les prenoit aisément pour des vérités ; il n'y avoit rien qui parût absurde. Homère n'eut besoin que d'un sujet très-simple ; il put accumuler les fictions et les ornemens sans choquer la vraisemblance. Quelques maximes de morale qui n'avoient point encore été énoncées, frappèrent par leur justesse ; chacun prenoit intérêt au récit des actions héroïques de ses ancêtres, et comme il n'y avoit point d'histoire, ces récits en tenoient lieu.

Virgile, bien inférieur à Homère pour la simplicité du plan, pour la grandeur des conceptions et pour la peinture des mœurs, attacha les Romains en leur racontant leur fabuleuse origine ; il put employer encore une mythologie familière à tous, et qui, si elle n'étoit pas la croyance généralement reçue, tenoit du moins aux opinions religieuses.

Le sujet que choisit le Tasse, et le merveilleux dont il l'embellit, lui furent indiqués par les opinions de son siècle. Les esprits étoient encore exaltés par le souvenir de la chevalerie : on regardoit les croisades comme la plus belle entreprise qu'on eût jamais tentée : on ne parloit qu'avec respect des lieux sacrés dont le poëte chantoit la conquête. On voyoit dans les cérémonies religieuses l'appareil le plus imposant :

le goût de la galanterie se mêloit à des idées d'héroïsme, et les femmes avoient beaucoup d'influence dans la société. La croyance à la magie, aux apparitions, à l'intervention des êtres surnaturels dans les affaires humaines, étoit généralement répandue, et le peuple, quoique ignorant et crédule, étoit passionné pour les beaux-arts.

Milton parut au milieu des querelles théologiques et politiques. Tous les habitans de l'Europe étoient pénétrés de la vérité des bases de son poëme. Les chrétiens, catholiques ou non, s'accordoient sur l'origine du genre humain. On aimoit à commenter le peu de lignes qui se trouvent sur cet objet dans la Genèse. Dès lors tout étoit vraisemblable dans le Paradis perdu, et le poëte trouvoit chacun disposé à l'écouter. Comme les discussions théologiques se mêloient aux dissensions politiques, comme les opinions religieuses occupoient les têtes et faisoient le sujet des conversations, comme les hommes instruits étoient de plus très-familiers avec la mythologie, rien n'étoit obscur dans le poëme, qui cependant ne dut pas avoir d'abord un succès populaire comme celui du Tasse.

Klopstock a trouvé encore des hommes religieux qui, partageant ses sentimens, ont lu la

Messiade avec transport : il n'est peut-être ni moins sublime, ni moins original, ni moins touchant que les autres poëtes, et cependant le nombre de ses admirateurs diminue, et les étrangers surtout ne l'apprécient point à sa juste valeur.

Aujourd'hui on pourroit faire un ouvrage en vers excellens, sagement conduit, et rempli d'intérêt : mais où prendre le merveilleux qui doit soutenir le poëme épique ? Il faut que le merveilleux nous séduise, et pour cela il doit reposer sur une base que nous adoptons. Nous ne pouvons plus nous servir de l'ancienne mythologie : le goût, et l'affoiblissement de la foi s'opposent également à ce que nous puisions ce merveilleux dans la religion chrétienne : le champ des fictions est stérile pour nous.

EUDOXE.

Mais celui de la réalité est devenu plus vaste. La nature est mieux connue. Pourquoi ne pas l'étudier, pourquoi ne pas revêtir des couleurs de la poésie les grandes idées philosophiques ?

ARISTE.

La prose s'est emparée des droits de la poésie, et elle n'a plus laissé à celle-ci que la mesure du vers qui puisse la distinguer. Les grandes idées philosophiques ne peuvent passer dans la poésie qu'autant qu'elles sont simples, qu'elles n'ont besoin d'aucune réflexion pour être saisies, qu'elles sont associées à un grand sentiment; et ces idées ne sont plus nouvelles. Quant aux descriptions, sera-t-il facile à un poëte de l'emporter sur Buffon lorsqu'il peint les déserts de l'Arabie ou les savannes d'Amérique, lorsqu'il oppose le tableau de la nature sauvage à celui de cette même nature cultivée et enrichie par la main de l'homme? Essayez de mettre en vers ces morceaux sublimes : si bien que vous réussissiez, vous ne serez applaudi que de la difficulté vaincue. Je ne prétends cependant pas qu'il soit impossible aujourd'hui de se distinguer dans la poésie; la carrière dramatique est toujours ouverte : dans la poésie épique et lyrique il y auroit peut-être encore quelques palmes à moissonner; mais on n'obtiendroit jamais cette réputation qu'acquirent les anciens poëtes; les moyens seroient infiniment plus difficiles.

EUDOXE.

On ne sait ce que peut faire le génie.

ARISTE.

J'en conviens : mais s'il s'en rencontre un qui réussisse, on peut assurer que ce sera par des moyens différens de ceux dont on a fait usage jusqu'ici.

EUDOXE.

Il faudroit que son ouvrage fût le résultat de combinaisons et de méditations profondes; que le poëte fût au niveau des connoissances de son siècle, qu'il s'appuyât, non sur des fictions, mais sur les nouvelles découvertes dont nous nous sommes enrichis; et je sens que son imagination seroit refroidie, avant qu'il eût fini ses études.

ARISTE.

Je ne suis pas en tout de votre avis : je crois bien que de longues études éteindroient l'enthousiasme, sans lequel il ne peut y avoir de poésie; mais je suis persuadé que ces études ne sont pas nécessaires. Un ancien a dit : Nous naissons poëtes et nous devenons orateurs. Ce mot très-juste signifie que le talent de la poésie est un don de la nature, et ne peut s'acquérir par le travail le plus opiniâtre. Dans toute poésie il y a deux choses, le fonds des idées et l'expression. Le poëte doit posséder parfaiment sa langue, il doit en connoître les ressources bien mieux que le prosateur; il doit s'être exercé à vaincre les difficultés; il doit s'être accoutumé à mettre dans ses vers une cadence variée et une tournure élégante; il faut qu'il soit habile à se servir de l'instrument; cela est tout simple, et nous en sommes convenus. Mais celui qui est né avec le sentiment de l'harmonie, qui est doué d'un goût sûr, n'a pas besoin de beaucoup de travail pour cela. La tâche du philosophe est bien différente de celle du poëte. Le philosophe doit expliquer les phénomènes et en connoître les lois ; le poëte doit les peindre : il lui suffit d'en avoir bien observé les apparences. Le philosophe doit comparer les effets aux causes, se défendre de l'étonnement et de l'admiration, soumettre ses préjugés à la discussion la plus sévère, balancer les diverses opinions et suspendre son jugement. Le poëte se livre à son imagination, il compose lorsqu'il est vivement ému, et son but est de faire passer son émotion dans l'ame de ceux qui l'écoutent. La poésie ne vit que d'images et de sentimens, les images nous sont offertes par la nature, les sentimens naissent de notre propre cœur. L'étude des livres est presque inutile au poëte.

EUDOXE.

Vous m'étonnez : j'aurois pensé que la culture peut seule donner aux facultés de l'esprit tout le développement dont elles sont susceptibles.

Nec rude quid prosit video ingenium.

ARISTE.

Je ne prétends pas que le poëte doive être

ignorant; je prétends seulement qu'il ne doit pas être instruit à la manière du philosophe. Celui qui, comme vous, a reçu dans unbon collége une éducation soignée, est à peu près au courant des connoissances de son siècle, quant aux résultats; je dis quant aux résultats, parce qu'il est bien différent de savoir que tous les corps, depuis les astres jusqu'à la plus petite molécule de matière sont soumis à la gravitation universelle, ou de se rendre compte des preuves sur lesquelles cette vérité est établie; d'avoir une idée des divers phénomènes de l'électricité, du magnétisme, de l'optique et des lois par lesquelles ces phénomènes sont régis, ou de posséder à fonds la théorie qui sert à les expliquer; de connoître de vue des minéraux, des plantes et des animaux, de s'être informé même de ce qui est relatif aux mœurs des quadrupèdes, des oiseaux et des insectes, ou de savoir la minéralogie, la botanique et la zoologie; d'avoir acquis une notion générale de l'histoire, ou d'avoir discuté les bases sur lesquelles les faits historiques sont appuyés. Il faut que le poëte s'instruise en contemplant la nature dans son ensemble, en l'examinant dans ses détails, en se livrant aux impressions que les phénomènes lui font éprouver; il sera toujours exempt d'erreur lorsqu'il ne peindra que ce qu'il a vu, que ce dont il a été fortement frappé.

La vraie cause de la supériorité des anciens poëtes, c'est qu'ils observoient attentivement la nature. Aujourd'hui, un auteur se propose-t-il de placer dans un ouvrage en vers la description d'une tempête, il lit Virgile, Thomson, etc., et des traits qu'il leur emprunte il compose un nouveau tableau : ces traits ne sont pas d'accord ; et comme il n'a pas vu ce qu'il peint il n'a qu'une fausse chaleur. Voulez-vous être original, imitez la nature, et n'imitez qu'elle. En lisant les poëtes modernes, on s'aperçoit souvent qu'ils n'ont pas vu les objets : ils ressemblent au peintre qui voudroit faire des portraits d'après des récits.

EUDOXE.

Dites-moi donc quelle éducation vous voudriez donner au poëte ?

ARISTE.

Le poëte est entraîné par un penchant irrésistible ; il ne sauroit se former par calcul, et un homme sensé ne peut faire le projet de devenir poëte : il faut qu'il le soit, parce que son génie le domine.

EUDOXE.

Mais supposons que je fusse entraîné par cet enthousiasme, quelle route devrois-je suivre ?

quelles études me conseilleriez-vous ? Devrois-je apprendre les langues, les sciences, l'histoire ?

ARISTE.

Les chefs-d'œuvre des anciens sont des modèles de simplicité dans la narration des faits et dans l'expression des sentimens, d'élégance et de noblesse dans les discours, de richesse et de vérité dans les descriptions, de vivacité et d'harmonie dans le style. C'est en les lisant qu'on se forme le goût, et leurs beautés se fanent lorsqu'elles sont transplantées dans un idiome étranger. Il est donc infiniment utile au poëte de savoir les langues anciennes ; mais s'il les ignoroit à vingt ans, il devroit y renoncer, et ne pas refroidir son imagination par des études grammaticales. Qu'il apprenne l'allemand, l'anglois, l'italien en voyageant, en expliquant avec des amis, et non avec la grammaire et le dictionnaire ; qu'il connoisse les principaux phénomènes de la physique, les lois générales auxquelles ils sont soumis, et les résultats positifs de ces lois, sans s'occuper des mathématiques ; qu'il étudie l'histoire naturelle en errant dans les campagnes, en observant attentivement tout ce qui s'offre à lui, et non dans les livres et dans les collections des cabinets. Il n'ira point compter les articulations, les des insectes, les dents des quadrupèdes, examiner les caractères précis qui distinguent les êtres dans nos méthodes; il observera leur physionomie, leurs habitudes, leurs rapports entr'eux; il se livrera à toutes les impressions qu'ils feront sur lui. Qu'il lise les historiens les plus éloquens, les plus originaux, mais sans travail; qu'il y cherche le tableau des événemens qui ont changé la face des empires, le récit des belles actions, et surtout la vie des hommes qui se sont distingués par leur caractère, par leur génie ou par leurs vertus. Qu'il lise les poëtes des diverses nations, non pour les imiter, mais pour donner un aliment à son enthousiasme, pour réveiller de grandes pensées dans son imagination. Qu'il voyage pour voir la nature sous tous les aspects; qu'il promène sa vue sur la mer, sur les lacs, sur les grands fleuves; qu'il parcoure les montagnes; que, gravissant leurs cimes escarpées, d'où la vue s'étend jusqu'aux bornes de l'horizon, il considère les pays qu'elles dominent, et sur lesquels les monumens élevés par les hommes ne sont plus que des points imperceptibles; qu'il descende dans ces fraîches vallées, où l'on se croiroit séparé du reste de la terre, si l'on n'y rencontroit quelques bergers qui, pendant six mois, y vivent du lait de leurs troupeaux; qu'il aille contempler et ces volcans dont les irruptions impriment la terreur, et ces cataractes auprès desquelles on est saisi d'étonnement et d'effroi, non par l'idée du danger, mais parce qu'on se sent accablé sous la puissance de la nature; qu'il pénètre, s'il peut, jusqu'aux lieux habités par les sauvages, dont les mœurs grossières, l'impassibilité dans le malheur et la férocité dans la guerre, s'unissent à l'hospitalité pour l'étranger et le suppliant; qu'il suive une caravane dans ces déserts brûlans de l'Afrique, où des îles de palmiers s'élèvent sur une mer de sable; qu'il se transporte dans ces climats du Nord, où tout est monotone et silencieux en hiver, et qu'une lumière continue, une verdure délicieuse, des ruisseaux lympides et d'innombrables colonies d'oiseaux vivifient pendant la belle saison. Qu'après avoir admiré les merveilles de la nature, il admire également celles du génie; qu'il se livre par sentiment et sans préjugé à toutes les impressions que les beaux-arts peuvent produire; qu'il prête l'oreille aux vieilles romances des pâtres et à la sublime harmonie des compositeurs modernes; que les monumens de l'architecture et de la sculpture grecque, les tableaux de Michel-Ange et de Raphaël allument sont enthousiasme, et qu'il ne se refuse point aux émotions que font naître les premiers essais de l'art chez les peuples grossiers. Qu'il écoute le langage non étudié des passions fortes; qu'il s'abandonne aux sentimens religieux, à cette idée d'une Providence qui gouverne le monde, à cette croyance d'un avenir dont la vie est le prélude; qu'il se persuade que ceux qui nous ont précédés jouissent d'une nouvelle existence; que s'ils ne sont plus présens à nos sens, ils nous voient, prennent intérêt à nous, et peuvent se faire entendre à notre ame. Que ses principes de morale ne soient point fondés sur un calcul métaphysique, mais sur l'inspiration de sa conscience, sur l'amour de la patrie, sur la bienveillance générale; qu'il se rappelle souvent le nom des bienfaiteurs du genre humain, et qu'ils soient pour lui l'objet d'une sorte de culte. Si le sort l'a fait naître au milieu des orages politiques, et lorsque la fureur des partis met en péril la société, son génie en recevra un nouvel aliment; car c'est dans ces temps désastreux que les grands caractères déploient toute leur énergie, que les talens se montrent dans tout leur éclat, et que les hommes vertueux sont capables des sacrifices les plus généreux et du dévouement le plus héroïque.

Sans doute ces circonstances ne sont pas nécessaires pour former un poëte : la réunion en est presqu'impossible ; mais je vous indique celles qui seroient les plus propres à enflammer son génie, à féconder ses dispositions naturelles.

Celui dont l'imagination est enrichie de ces nombreuses observations sur les hommes et sur la nature, veut-il composer un ouvrage, qu'il s'isole du monde, qu'il médite son plan, qu'il le laisse s'arranger de manière que tout concoure au même but ; qu'à force de s'en occuper, il ne distingue plus les détails de son invention de l'action principale, dont l'histoire ou la tradition lui ont donné l'idée ; que pour écrire, il se livre à son enthousiasme, qu'il peigne ce qu'il a vu, qu'il exprime ce qu'il a senti, sans imiter d'autres écrivains. Qu'il s'abandonne à toutes les illusions ; que le lieu de la scène soit présent à ses yeux, qu'il y introduise ses héros, qu'il soit témoin de leurs actions, qu'il entende leurs discours ; que tous les objets de la nature s'animent, que les idées morales se présentent sous une image physique, et que les êtres matériels lui paroissent doués de sentiment. Son ouvrage fait, il doit le laisser, l'oublier même pendant long-temps : une nouvelle tâche lui reste à remplir ; il faut revoir et corriger. Dans la chaleur de la composition, les images se présentent en foule ; mais elles ne sont pas toujours vraies. Souvent on aperçoit entre deux idées une relation que les lecteurs ne sentiroient pas ; on est porté à employer des métaphores trop hardies, à exagérer les sentimens ; on se laisse entraîner dans des détails inutiles : la raison et le goût doivent faire disparoître ces imperfections. Il faut adoucir les teintes trop fortes, changer les expressions qui manquent de justesse, retrancher les épithètes superflues, sacrifier les morceaux les plus brillans lorsqu'ils ne tiennent pas au fonds, examiner s'il y a dans les idées la même gradation, dans les raisonnemens la même justesse qu'on exigeroit dans un discours en prose ; si l'harmonie imitative à laquelle on est naturellement porté quand on compose, n'a pas fait négliger la mélodie ; si l'on a préparé les lecteurs à adopter le merveilleux qu'on leur présente. Ce travail sembleroit devoir être celui d'un habile critique ; et cependant si la raison peut indiquer les fautes, le talent seul du poëte peut y substituer des beautés. Ce qui fait du grand poëte un être si rare, c'est cette réunion d'une raison sévère avec une imagination vive : ceux qui manquent de l'une de ces deux qualités n'obtiendront jamais un succès durable. La poésie employant un langage et un style élevé au-dessus de la prose, doit exprimer des idées plus grandes et plus utiles ; le poëte ne peut paroître inspiré qu'autant qu'il annonce des vérités neuves et importantes, qu'il raconte des événemens inconnus, mais dignes d'être à jamais gravés dans la mémoire des hommes.

D'après le tableau que je vous ai fait, vous jugez que le poëte doit se former par des lectures rapides, par la contemplation de la nature et par la méditation ; qu'il doit vivre isolé du monde, et ne se plaire qu'avec les êtres que son imagination a créés, ou avec quelques amis qui partagent ses goûts, ses sentimens et jusqu'à ses illusions.

EUDOXE.

La connoissance des hommes est nécessaire au poëte.

ARISTE.

Sans doute ; mais on l'acquiert en s'examinant soi-même, en descendant dans son cœur. Ce ne sont point les nuances qui distinguent les individus dans nos sociétés ; ce ne sont point nos mœurs de convention, nos usages passagers que le poëte doit retracer; ce sont ces traits essentiels qui caractérisent l'homme dans tous les temps. Le poëte ne peut trouver que dans son imagination le modèle du beau idéal : son cœur peut seul lui inspirer le véritable accent des passions. C'est par la pensée qu'il s'élèvera vers le créateur, qu'il évoquera les ombres des grands hommes.

EUDOXE.

Mais l'érudition, la culture des lettres, et l'habitude de la société font éviter les fautes de goût; elles apprennent à choisir ce qui est agréable aux autres.

ARISTE.

S'il est des fautes de goût qui naissent du défaut de culture, il en est d'autres qui naissent de la tournure d'esprit du siècle, du désir de plaire et de briller. Les vrais principes du goût sont la suite du sentiment des convenances. Les poëtes qui se sont les plus distingués, se sont frayés une route nouvelle, et n'ont point été imitateurs.

EUDOXE.

Virgile est souvent l'imitateur d'Homère, et le Tasse a, dans plusieurs endroits, imité Homère et Virgile.

ARISTE.

Voyez quand et comment ils ont imité, et si ces passages ne sont pas très-inférieurs à ce qui est original. Je vous ai parlé des principaux poëtes épiques, relativement à l'époque à laquelle ils ont composé leurs ouvrages. Arrêtons-nous encore un moment à les considérer sous le rapport du caractère qui les distingue, des moyens qu'ils ont employés, des beautés qui appartiennent à chacun d'eux, de ce qu'ils ont dû à leur propre génie ou à l'imitation de leurs modèles.

Homère est le premier, et je n'ai nul besoin de vous faire son éloge. Je remarquerai seulement que c'est celui dont le plan est le plus simple. Il a senti que lorsqu'on veut mettre tant de richesse dans les détails, il faut que le fonds ne soit pas surchargé d'événemens. Tout est en action dans l'Iliade. Le poëte semble avoir entendu ses personnages : il semble avoir vu tous les objets qu'il décrit; aussi n'y a-t-il jamais une circonstance fausse dans ses tableaux.

Virgile, qui peut-être a porté plus loin qu'Homère la perfection du style, lui est inférieur pour le plan et pour la vérité. Les évènemens sont trop multipliés; le poëte raconte lui-même, au lieu de faire parler ses acteurs, et l'imitation se fait sentir en plusieurs endroits. Il y a d'ailleurs, dans l'Enéïde, un mélange de mœurs grecques et romaines, une association de la grossièreté des temps héroïques, avec les arts découverts depuis; ce qui affoiblit la vérité des caractères, diminue l'effet des couleurs locales et répand de l'ambiguité dans les tableaux. Si Virgile est supérieur à Homère, c'est dans le quatrième livre, lorsqu'il peint l'ivresse de l'amour, la fureur de la jalousie, et tous les sentimens passionnés dont les Grecs n'avoient pas l'idée.

Le Camoens naquit lorsque la nation portugaise s'étoit élevée au plus haut degré de sa gloire: c'étoit le temps des aventures merveilleuses et des hommes extraordinaires. La découverte du passage aux Indes avoit excité l'enthousiasme, et l'on parloit avec admiration des navigateurs audacieux qui étoient allés conquérir des terres inconnues. Les succès passés, les espérances pour l'avenir enflammoient tous les esprits. La distance des lieux, la différence des climats, l'exagération et la diversité des récits, donnoient à des événemens nouveaux ce caractère vague qu'offrent à l'imagination ceux des temps reculés. Le Camoens chanta cette expédition glorieuse comme il s'étoit trouvé à plusieurs batailles, qu'il avoit bravé les tempêtes de l'Océan pour aller dans l'Inde, que des circonstances imprévues l'avoient conduit jusques sur les frontières de la Chine, et qu'il avoit été exposé à toutes les vicissitudes de la fortune; les pays qu'il avoit vus, les objets nouveaux dont il avoit été frappé, lui fournirent les traits dont il enrichit ses descriptions. Son cœur sensible lui dicta les vers par lesquels il peint la passion de l'amour et les malheurs qu'elle cause: son génie lui fit trouver cette harmonie variée, cette élégance continue et cet heureux choix d'expressions qui lui ont mérité l'honneur de fixer la langue portugaise: mais combien son poëme auroit plus d'intérêt s'il n'eût point employé la mythologie grecque pour célébrer une entreprise dont un des objets étoit la propagation de la foi chrétienne. Il a bien fait, sans doute, de former son style par l'étude des poëtes anciens; mais il est tombé dans des absurdités, en empruntant le merveilleux dont ils faisoient usage. Aussi, ses plus beaux morceaux sont-ils ceux qu'il ne doit qu'à son génie. Ni l'épisode d'Inès de Castro, qui est si touchant; ni l'apparition du géant Adamastor, l'une des fictions les plus belles et les plus imposantes que l'on connoisse; ni la description de l'Ile enchantée qui est d'une poésie si brillante et si gracieuse, ne sont imités des anciens, et c'est là que le Camoens est vraiment admirable.

Le Dante parut à une époque encore barbare. Les allégories, les allusions, les anecdotes historiques, les imitations des poëtes anciens, le jargon de la théologie scholastique, les détails bas et dégoutans, font de son poëme un ouvrage informe : mais lorsqu'oubliant tous les écrivains qui l'avoient précédé, toutes les discussions dont on étoit occupé de son temps, il s'abandonna à son génie, il s'éleva au sublime. Il fut tour-à-tour simple et pathétique, grand et terrible; il devina tous les secrets de l'harmonie, il employa des expressions et des figures qui semblent créées pour rendre ses pensées, et il donna à sa langue une énergie dont on ne la croyoit pas susceptible.

Le Tasse prit pour sujet l'événement qui intéressoit le plus son siècle : il trouva dans les croyances populaires toutes ses machines, et un merveilleux dont les anciens ne pouvoient lui donner l'exemple. On voit qu'il avoit beaucoup étudié Homère et Virgile; mais observez qu'il n'est jamais plus intéressant, plus sublime, que lorsqu'il n'imite personne. Armide, Herminie, Clorinde, Tancrède, sont des caractères dont il n'y avoit point de modèle. Ceci est encore plus remarquable dans l'expression. Lorsqu'Armide se voit abandonnée de Renaud, elle est dans une situation semblable à celle de Didon abandonnée par Enée; mais la différence des temps, des mœurs, des caractères devoit leur inspirer des discours tout différens. Le Tasse a écouté Armide : elle demande à Renaud de le suivre comme esclave.

Non aspettar ch'io preghi,
Crudel, te come amante amante deve, etc.

La passion ne peut s'exprimer avec plus d'éloquence, elle ne peut trouver des accens plus pathétiques. Mais ensuite le Tasse s'est souvenu de Didon : il a voulu mettre dans la bouche d'Armide les mêmes imprécations, et voyez dès lors comme il devient foible.

Ne te Sofia produsse, etc.

Didon pouvoit dire :

Non, tu n'es point le fils d'une déesse.

Armide devoit tenir un autre langage.

Milton est à mes yeux le poëte qui s'est élevé le plus haut. Jamais un sujet si grand, si universellement intéressant, ne fut traité par aucun génie : jamais plan ne fut plus simple, ni plus susceptible d'être enrichi de détails merveilleux. Ses principaux personnages sont le créateur; l'homme dans son premier état d'innocence; Satan, dans lequel sont personnifiés tous les crimes, l'esprit de révolte et de sédition, l'orgueil, l'ambition, la haine, l'envie, etc. : et ce qui est admirable dans ce sujet, c'est que voulant peindre toutes les passions odieuses, le poëte n'a pas eu besoin de les attribuer à des hommes, et de nous affliger en nous montrant le vice dans des créatures semblables à nous; il en a chargé un personnage idéal, d'une autre nature, et dès lors il a pu lui donner dans le mal une énergie dont la nature humaine n'offre pas le modèle. Le lieu de la scène est le ciel, la terre dans son premier état de fraîcheur, et l'enfer. Le récit des merveilles de la création offre le tableau le plus imposant qu'on ait jamais tracé; l'amour, uni à l'innocence, est peint dans toutes ses délices : le bonheur, la reconnoissance et l'admiration inspirent des chants religieux et sublimes; et jamais le pathétique ne fut porté plus loin que dans la peinture des regrets d'Adam et Eve. Qu'est-ce qui affoiblit l'intérêt de ce poëme? c'est l'érudition : Milton y a mêlé des discussions de métaphysique et de théologie; il a trop souvent rappelé la mythologie ancienne; il a voulu imiter les poëtes antérieurs, sans songer que dans un sujet aussi neuf il ne devoit écouter que la muse du Sinaï.

De nos jours, Klopstock a trouvé encore un sujet nouveau : à la vérité, il ne peut être intéressant que pour des chrétiens; mais il s'est transporté dans un monde idéal; il s'est si bien séparé de la terre, qu'en le lisant on croit entendre parler des esprits; et le caractère et la situation d'Abdiel-Abbadona, et le désespoir de Judas, et l'arrivée des ames des patriarches sur le Golgotha, et la vision d'Adam, sont des beautés d'un ordre supérieur et dont il n'y a d'exemple dans aucune langue.

Ossian a peint une nature sauvage et monotone : il n'a pu varier ses tableaux; mais sa mythologie qui est de sentiment, mais la générosité de ses caractères, élève l'ame, en même temps qu'elle la plonge dans la mélancolie.

La Henriade est admirable par la vivacité des portraits, par la noblesse des pensées, par l'élégance, l'harmonie et la clarté du style : mais presque tout le merveilleux y est déplacé, parce que ni les lecteurs ni l'auteur ne croient rien de tout cela, parce que ceux même qui paroissent dans l'ouvrage, ne l'auroient pas adopté. Quant aux imitations, elles sont foibles.

Comparez, par exemple, le célèbre morceau de Virgile :

Quis pater ille, virum qui sic comitatur euntem? etc.

avec

Quel est ce jeune prince, en qui la majesté
Sur son visage aimable éclate sans fierté?

Voltaire n'a jamais réalisé dans son imagination les êtres allégoriques qu'il introduit sur la scène : on ne peut ni se les représenter, ni concevoir qu'ils agissent : il a substitué les idées philosophiques qui s'adressent à l'esprit, aux sentimens religieux qui élèvent l'ame et embrasent le cœur; il n'a point d'enthousiasme et ne paroît point inspiré : aussi le lit-on froidement, quoique ses vers aient un charme qui les grave dans la mémoire.

EUDOXE.

Vous ne m'avez point parlé de l'Arioste; ne le mettez-vous pas au rang des grands poëtes?

ARISTE.

C'est de tous les modernes celui qui a eu l'imagination la plus brillante et la plus féconde. J'en juge ainsi, non à cause des folies romanesques dont son ouvrage est rempli, mais à cause de la variété des caractères, de la vérité des tableaux, de la richesse des détails, de la nouveauté des comparaisons, de l'élégance du style, de la convenance de ce style avec les divers sujets qu'il traite, de la facilité et du naturel des transitions, de l'art de peindre les mœurs au milieu d'un tissu bizarre. Il a fait un seul poëme, de quatre poëmes d'un genre différent: on le relit toujours avec plaisir. Mais je n'avois voulu vous parler que des ouvrages réguliers et d'un genre noble, de ceux qui sont consacrés à célébrer un grand événement, et qui employent le merveilleux comme l'ornement d'une action héroïque. L'Arioste n'a point assez respecté les mœurs et la décence pour que son poëme, considéré dans son ensemble, puisse être loué par le philosophe. On regrette qu'un talent si extraordinaire n'ait pas été employé à traiter un sujet plus grave. Au reste, l'Arioste est de tous les poëtes celui qui a le moins imité les anciens, celui qui a le plus d'invention. Je ne crois pas qu'on doive porter la sévérité jusqu'à s'en interdire la lecture. C'est un amusement permis à l'homme de lettres; mais il ne faut pas que les talens et l'esprit de l'auteur nous fassent perdre de vue le but de la poésie. Si ses fictions nous transportent dans un monde idéal, ce doit être pour nous y montrer la vérité environnée d'un éclat qui en fait mieux ressortir les traits. Elle doit nous élever au-dessus des petites passions, réveiller en nous de grands sentimens, et nous inspirer l'enthousiasme de la vertu. Si les poëtes héroïques ont produit des imitateurs froids, l'Arioste en a produit qui ont dégradé l'art et corrompu le goût.

EUDOXE.

La poésie descriptive vient naturellement se placer à côté de la poésie épique.

ARISTE.

Le genre descriptif est celui de tous qui, par lui-même, offre le moins d'intérêt. Il faut une action pour nous attacher. Un morceau purement descriptif est comme un tableau de paysage dans lequel il n'y a point de figures; on le regarde sans émotion. Une suite de descriptions est toujours fatigante. Une fois que l'imagination a été excitée, c'est à elle à achever un tableau dont on lui a présenté l'esquisse. Le génie de Thomson a surmonté toutes les difficultés. Si vous exceptez quelques imitations de Virgile, dans lesquelles il est non-seulement inférieur à son modèle, mais fort au-dessous de lui-même; il a partout un caractère original, partout il reproduit les impressions qu'il a reçues. On est surpris de la vérité des peintures, du choix des circonstances et de l'exactitude des détails : on croit assister à toutes les scènes qu'il retrace. Cependant ce ne sont ni les descriptions de la campagne et des phénomènes que présentent les saisons, ni celles des travaux successifs de l'année, ni les épisodes charmans qu'on pourroit détacher de l'ouvrage, qui font son principal mérite. Si Thomson se place au rang des plus grands poëtes, c'est lorsque saisi d'enthousiasme, et contemplant la nature dans son ensemble, il remonte à la source de toutes les beautés et de tous les sentimens généreux; lorsqu'il explique les phénomènes du monde physique et du monde moral, et les causes de l'harmonie qui les unit; lorsqu'il célèbre la vertu et les jouissances qu'elle donne; lorsqu'il nous fait goûter cette félicité pure qu'il éprouve en admirant les merveilles de la création, et le but auquel elles sont destinées. Tels sont les morceaux sur l'origine des fleuves, sur la formation des sociétés et l'invention des arts, sur les femmes, sur le bonheur domestique, sur la puissance de l'amour. Tel est celui où, dans une forêt solitaire, il entend la voix des intelligences célestes qui viennent inspirer le poëte, et s'entretient avec les ames de ceux qui lui furent chers, et qui descendent encore sur la terre pour visiter les mortels. Tel est l'éloge des îles britanniques et des grands hommes qu'elles ont produit. Tel est enfin l'hymne sublime qui termine le poëme. Dans ces morceaux toujours amenés par le sujet, Thomson a toutes les qualités d'un poëte lyrique; il attache, parce qu'il est vivement ému; il entraîne, parce qu'il est lui-même entraîné : chaque objet excite en lui un sentiment, et c'est en s'élevant au créateur qu'il donne à ses tableaux une grandeur imposante et un intérêt général.

Je suis persuadé qu'il ne peut exister de poésie sans idées religieuses. Elles étendent notre existence dans le passé et l'avenir : elles nous mettent en communication avec ceux qui nous ont précédé, elles donnent un motif à toutes les actions, elles nous montrent devant nous l'éternité. Si dans un poëme vous peignez un héros qui se suffise à lui-même, qui n'ait jamais lieu de sentir sa foiblesse, qui ne dépende en rien des autres hommes et n'ait jamais besoin d'appui, ce sera un personnage froid et chimérique : si vous le forcez à chercher des consolations dans les autres hommes, vous affoiblirez sa grandeur et sa dignité; mais donnez-lui dans le ciel ce secours dont il a besoin, il n'en sera que plus grand en s'humiliant devant la divinité, et dans ses infortunes, sous le poids du malheur il aura toujours de grandes espérances. Un poëte ne peut discuter les fondemens de la morale sociale, mais il trouve dans la justice éternelle le motif de toutes les vertus, et le merveilleux qui naît de l'idée d'une providence, sera vraisemblable pour tous les hommes qui ont de la sensibilité et de l'imagination.

Les livres qu'on a écrits sur le poëme épique, loin d'être propres à former des poëtes, seroient plutôt capables de glacer leur génie. Il est des règles sans doute, mais elles sont en si petit nombre, elles se présentent si naturellement à l'homme de bon sens, qu'elles ne sauroient fournir la matière d'un traité. Le sujet doit avoir de la grandeur et de la simplicité; il doit être assez intéressant par lui-même pour qu'on n'ait pas besoin du secours des épisodes ; le merveilleux doit être assez vraisemblable pour qu'à la lecture nous soyons entraînés à le croire ; les caractères doivent être assez neufs et assez fortement dessinés pour exciter la surprise et l'admiration ; la noblesse du style, la vivacité et la nouveauté des images ne doivent jamais nuire à la clarté : ce n'est pas la peine de nous avertir de tout cela. Les ouvrages des rhéteurs, des philologues et des critiques, peuvent servir à former le goût des jeunes gens, à leur faire apprécier les beautés des ouvrages célèbres, à leur faire sentir le mérite de la simplicité, celui de la justesse et de la gradation des idées; mais le poëte, lorsqu'il veut écrire, n'a nul besoin de les consulter. Ils ne lui apprendront point à disposer un plan, à créer des caractères, à trouver des images nouvelles. Le génie seul peut lui donner cela.

EUDOXE.

Ce que vous m'avez dit de la poésie épique convient encore mieux à la poésie lyrique : elle doit, plus que toute autre, avoir le caractère de l'inspiration.

ARISTE.

Une ode ne peut être qu'un élan d'enthousiasme, et cet enthousiasme n'existe que lorsqu'on a long-temps concentré son attention sur des objets dignes de l'exciter. Les sentimens accumulés dans l'ame du poëte l'agitent, le tourmentent, et s'échappent enfin comme un fleuve qui rompt ses digues. De là l'impétuosité des mouvemens, l'oubli des transitions, la vivacité des images, la hardiesse des figures.

On a dit que la poésie lyrique admettoit le désordre dans les idées : cela n'est pas exact. Le poëte doit avoir une grande pensée qu'il n'abandonne jamais : cette pensée en fait naître une autre : s'il se détourne un moment, si le fil qui lie cette seconde pensée à la première vous échappe, bientôt il revient à son sujet, et ce lien est aperçu. Son imagination le domine : il ne s'occupe point de l'effet qu'il fera sur vous : il peint ce dont il est frappé, il exprime les affections dont son cœur est rempli. Les êtres insensibles lui paroissent s'animer pour partager ses sentimens. Introduit-il des personnages étrangers, il s'identifie avec eux : ses idées sont enchaînées par la situation dans laquelle il se trouve, par la succession des objets qui s'offrent à lui. S'il s'arrête à décrire telle ou telle circonstance, c'est qu'il en est vivement ému. Il peut passer d'une idée à l'autre sans cesser d'être naturel et vrai, sans perdre de vue son but. Supposons notre poëte assis sur le sommet d'une colline, et s'abandonnant à la rêverie. Au-delà d'une riche campagne bornée par la mer, il voit entrer dans l'embouchure du fleuve un vaisseau qu'il croit lui ramener un objet chéri. Le souvenir des dangers, la crainte, l'espérance, l'amour, agitent alternativement son ame; il suit des yeux le cours du fleuve; il voit les îles qu'entourent ses eaux, les villes bâties sur ses rives. En ce moment, un objet étranger détourne son attention, c'est une colombe qui, poursuivie par un vautour, vient chercher un asyle à ses pieds :

cette circonstance fait naître en lui des idées morales et des sentimens tendres; elle lui paroît un augure favorable : son espoir se fortifie, il ne doute plus, et court au devant de celle dont il désire le retour. Ici le poëte a peint une foule d'objets, mais tous étoient dans le cadre du tableau : l'idée qu'il avoit d'abord, a modifié toutes les impressions qu'il a reçues, et cette idée a lié toutes les autres.

Voyez ce qu'est la poésie lyrique dans les cantiques des Hébreux, dans les chœurs de Sophocle, dans les belles odes d'Horace, dans Dryden, dans Klopstock, dans l'ode de Rousseau sur l'armement des Turcs contre la république de Venise : quelle foule d'images, de digressions! et cependant point de confusion, point d'incertitude : le poëte a marqué son but : il franchit les distances, et il arrive par des chemins que vous ne connoissiez pas.

La première chose pour le poëte lyrique c'est de paroître persuadé; et c'est pourquoi les formes anciennes ne peuvent plus lui convenir. L'ode de Rousseau sur la naissance du duc de Bretagne, commence par ces vers :

> Descends de la double colline,
> Nymphe, dont le fils amoureux
> Du sombre époux de Proserpine,
> Sut fléchir le cœur rigoureux : etc.

Ce n'est point là de l'enthousiasme, c'est du délire : et peut-on imaginer une tournure plus froide et plus embarrassée que celle qui oblige le lecteur à remonter de Proserpine à Pluton, de Pluton à Orphée, et d'Orphée à Calliope, sa mère, pour savoir le nom de cette nymphe?

EUDOXE.

Ce début est imité de l'une des plus belles odes d'Horace.

Descende cœlo, et dic age tibia
Regina, longum, Calliope, melos, etc.

ARISTE.

Oui; mais cette Calliope qui n'est point désignée par une circonlocution, étoit quelque chose pour les anciens; si le philosophe n'y croyoit pas, le poëte pouvoit du moins se livrer aux illusions de son enfance, à ces opinions fabuleuses que la religion nationale rappeloit à chaque instant. La mythologie peut être employée, mais seulement comme méthaphore, comme figure de diction. Rousseau n'en a pas fait usage dans l'ode aux princes chrétiens; il s'écrie :

Ce n'est donc point assez que ce peuple perfide,
De la sainte cité profanateur stupide,
Ait dans tout l'orient porté ses étendards, etc.

Et ce mouvement vif, impétueux, et vraiment

inspiré par le sentiment, convient à la raison comme à la poésie. En me permettant de désapprouver l'usage des formes anciennes, je ne prétends point que le poëte ne doive jamais se supposer éclairé par l'inspiration divine. Cette supposition lui est nécessaire dans l'épopée. Comment les causes secrètes et les circonstances merveilleuses des événemens lui seroient-elles connues, s'il n'en étoit instruit par une intelligence supérieure ? Nos romans, excepté ceux en lettres, ont un caractère de fausseté. Je ne puis écouter un auteur qui me raconte en son nom ce qu'il n'a pu savoir par aucun moyen. Homère et Virgile sont les interprêtes des dieux. Milton suppose que la muse céleste lui révèle tout ce qu'il dit de la création; l'enthousiasme donne à cette hypothèse l'air de la vérité, et le bon sens l'autorise, pour que le poëte puisse planer dans des régions inconnues aux mortels : *ut speciosa dehinc miracula promat.* Le défaut de cette formule contribue à la froideur de la Henriade: car l'invocation à la vérité n'est point du tout dans le genre de celles d'Homère, de Virgile, du Tasse, de Milton et de Klopstock. L'ode peut emprunter le même secours, lorsqu'elle prend un ton prophétique pour annoncer des vérités importantes; et la poésie descriptive, lorsqu'elle dévoile les causes générales des phénomènes. Mais il est plus difficile que jamais d'accorder cette supposition avec la vraisemblance et la tournure actuelle de nos idées. Ne me demandez point comment le poëte pourra s'y prendre : son génie et la nature de son sujet lui fourniront des ressources. Ce que je sais, c'est qu'il ne réussira point en imitant les poëtes anciens.

EUDOXE.

Rousseau est admirable dans ses imitations des pseaumes.

ARISTE.

C'est que toutes les idées, toutes les images y sont liées comme dans l'original; et que les sentimens qui y sont exprimés, conviennent aux hommes de tous les temps. Ce qui rend les imitations vicieuses, c'est leur association à des pensées étrangères. Au reste, il y a dans la poésie sacrée des Hébreux une telle richesse, qu'il suffit d'en conserver une partie pour produire beaucoup d'effet. C'est alors une lumière réfléchie qui, plus foible que la lumière directe, est encore éblouissante. Les odes sacrées de Malherbes, de Rousseau, et de tous les modernes, n'ont ni cette précision sublime dans les pensées, ni cette couleur locale dans les images, ni même ce caractère d'inspiration qu'on admire dans les originaux; mais ces défauts sont rachetés par une mélodie qui ne sauroit exister dans les traductions en prose, et que les savans même ne peuvent sentir dans une langue dont on ignore la prosodie et la prononciation.

Parmi les lyriques, il me semble qu'aucun ne l'emporte sur Klopstock. Soit que s'élançant dans le séjour de l'immortalité, il célèbre la bonté du Tout-Puissant, et les destinées futures de l'homme; soit qu'il chante la patrie, la liberté, où qu'il s'indigne contre les crimes commis en leur nom; soit qu'il exprime l'amour qui l'unit à celle dont le sort l'a séparé pour cette vie; soit qu'il s'extasie à la vue des merveilles de la nature, son enthousiasme vous enflamme, sa sensibilité vous pénètre, vous voyez ce qu'il peint, vous le suivez dans le monde idéal où son génie l'a transporté : mais ne le jugez pas froidement; déclamez ses odes sublimes; elles sont au-dessus des formes ordinaires de notre poésie et des calculs de la raison.

La poésie lyrique peut être consacrée à transmettre le souvenir d'un événement mémorable : le poëte, voyant d'un coup-d'œil toute les circonstances essentielles, en fait un tableau rapide ; il s'empare de votre cœur par la force du sentiment, de votre imagination par l'éclat des figures. Tel est le Cantique de Moïse sur le passage de la Mer rouge. Souvent elle décerne des couronnes aux génies qui ont éclairé le monde , aux héros bienfaiteurs de l'humanité ; elle annonce des vérités importantes , célèbre les grandes vertus , et se distingue par la force et la profondeur des pensées ; elle appelle les citoyens à la défense de la patrie , et leur fait mépriser la mort en leur montrant la gloire et l'immortalité : telles sont plusieurs odes d'Horace. D'autresfois , elle se répand en gémissemens sur le malheur d'un peuple , et l'engage à fléchir la colère céleste : les lamentations de Jérémie sont admirables en ce genre. Où bien elle entonne un cantique religieux ; alors le poëte cède à l'inspiration , il nous élève jusqu'au pied du trône de l'éternel , ranime nos espérances , agrandit notre destinée , et s'adresse à tous les êtres de la nature pour leur faire partager son admiration et sa reconnoissance. Moïse et les prophètes nous offrent plusieurs exemples de ces compositions sublimes. D'autres fois enfin l'ode est employée à exprimer l'emportement d'une passion : mais dans ce cas, si le poëte ne veut profaner la langue divine dont il fait usage, que cette passion soit associée à des sentimens nobles et purs. Nous admirons le talent d'Anacréon, de Tibulle; mais la philosophie ne sauroit s'arrêter à ces jeux de l'esprit, qui peuvent offrir un amusement passager, et dont l'effet est d'amollir les ames. Si l'amour se montre dans la poésie, qu'il y soit uni avec la décence et la vertu. Le modèle inimitable en ce genre, c'est Pétrarque; ce poëte si touchant, si naturel, si vrai, dont si peu de gens en France ont senti le mérite.

EUDOXE.

J'ai peu lu Pétrarque: j'ai souvent entendu critiquer ses jeux de mots, ses pensées recherchées: j'avoue cependant, qu'en voyant Rousseau le citer sans cesse, j'ai pensé qu'il avoit le secret d'aller au cœur.

ARISTE.

Pétrarque est le poëte du sentiment; les ames tendres et susceptibles d'émotions douces connoissent seules tout le charme de ses vers. On y trouve ces pointes, ces jeux de mots qui étoient le défaut de son siècle; mais l'amour, la délicatesse, la religion, n'ont jamais été associés d'une manière si intéressante et si vraie. Je ne connois en aucune langue rien qui, dans le même genre, puisse être comparé à quelques-uns de ses sonnets. Ils ne se terminent jamais par un trait brillant, comme nos madrigaux; mais il y règne une mélancolie douce, une délicatesse de sentiment dont aucun autre poëte ne nous donne l'idée. Je n'en citerai qu'un exemple : Pétrarque regrette que Laure lui ait été ravie, non point au moment où il pouvoit espérer qu'elle récompenseroit enfin sa tendresse, mais lorsque sa passion, attiédie par l'âge, n'étoit plus dangereuse pour la vertu : « Mon printemps s'étoit écoulé, dit-il, je sentois que mes feux s'apaisoient, et mon amie commençoit à n'en plus redouter l'ardeur. Je descendois vers le terme de ma carrière : je touchois à cette époque où l'amour et la chasteté peuvent se trouver ensemble, où il est permis à deux amans de s'asseoir l'un à côté de l'autre, et de se communiquer toutes leurs pensées : le sort a porté envie à mon bonheur, ou plutôt à mes espérances, etc. » Connoissez-vous une pensée plus touchante, un sentiment plus pur ? et dans quels vers ce sentiment est exprimé, quelle élégance et quelle simplicité !

Tutta la mia fiorita e verde etade
Passava, e 'ntepidir sentia già 'l foco
Ch' arse 'l mio cor; ed era giunto al loco

Ove scende la vita, ch'al fin cade.
. . . .
. . . .
Presso era 'l tempo dov' Amor si scontra
Con Castitate; ed a gli amanti è dato
Sedersi insieme, et dir che lor' incontra.

Comme Pétrarque est passionné lorsqu'il s'adresse aux lieux qu'embellit la présence de Laure, à ces fleurs heureuses qui naissent sous ses pas, à cette plaine où s'imprime la trace de ses pieds, à ce fleuve qui la baigne et en acquiert une qualité nouvelle!

Lieti fiori, e felici, ben nate erbe
Che Madonna passando premer suole;
Piaggia ch'ascolti sue dolci parole,
E del bel piede alcun vestigio serbe; etc.

Combien il est touchant, lorsque pleurant sans cesse celle qu'il a perdue, dans ces mêmes lieux où il l'avoit chantée pendant plusieurs années, il croit la voir, l'entendre, et s'écrie : « Ame heureuse qui revenez souvent consoler ma douleur, je vous reconnois, j'écoute vos conseils. »

Alma felice che sovente torni
A consolar le mie notti dolenti, etc.

Je ne me dissimule point les défauts de Pétrarque; mais il a une véritable sensibilité, il épanche son cœur, il vous fait entendre ses soupirs dans des vers qui sont l'expression simple de son amour et de ses regrets. Cet amour n'est point entièrement dégagé des sens; il n'est point chimérique; mais, quoiqu'il domine toutes les facultés de son ame, il est ennobli par des idées de gloire et tempéré par des sentimens de piété. Jamais le poëte ne laisse échapper un mot qui puisse blesser la pudeur ni alarmer la sagesse. Après la mort de Laure, ses regrets ont quelque chose de céleste, parce que, affligé d'être encore retenu sur la terre, il s'unit par la pensée à celle qui vit dans les cieux, et qui s'y occupe encore de lui, de son amour et de ses peines.

A mon âge, je rougirois de répéter les chansons galantes d'Anacréon, d'Horace, de Tibulle; eh bien! je me surprends souvent à réciter un sonnet de Pétrarque: je m'arrête avec complaisance sur cette peinture d'un amour pur que rien ne peut éteindre, qui survit même à la séparation de l'ame et du corps, et je me trouve dans un état d'attendrissement qui n'est troublé par aucune idée que je doive combattre.

Le plaisir de vous entretenir d'un poëte vraiment original, et qui fait mes délices, m'a entraîné dans une longue digression, et nous voici bien écartés de notre sujet. Revenons-y : vous jugez que les sonnets de Pétrarque, comme les odes d'Horace et celles de Klopstock, sont l'effet de l'inspiration; et que l'étude, qui ne peut faire un poëte épique, peut encore moins faire un poëte lyrique.

EUDOXE.

Je conviens de ces principes. La poésie épique et la poésie lyrique nous transportent dans une région idéale où le génie peut errer en liberté. Le poëte découvre un horizon immense, les limites du monde disparoissent devant lui, il assiste au conseil des immortels, il lit dans le livre des destinées, il contemple une nature plus parfaite et plus brillante : il jouit enfin de ce spectacle que Lucrèce nous montre dans ses vers sublimes.

. . . . *Discedunt mœnia mundi.*
Apparet divûm numen sedesque quietæ:
. . . . *Quas innubilus æther*
Integit; *et large diffuso lumine ridet.*

Mais ce genre d'illusion, cette nature idéale, ne sont point le domaine de la poésie dramatique : c'est dans le monde réel qu'elle trouve les bases de sa grandeur et de sa dignité; la source de ses observations sur les vices et les ridicules.

ARISTE.

La poésie dramatique repose sur un système tout différent de celui de la poésie lyrique : elle est soumise à des lois invariables, et le poëte dramatique a besoin d'une instruction particulière. Il ne lui suffit pas de se connoître lui-même, d'avoir le germe des passions, et de sentir les effets qu'elles peuvent produire : d'être doué d'une imagination à la fois forte et flexible, qui l'identifie tour-à-tour avec tous ceux qu'il fait parler, qui le place dans les diverses situations qu'il imagine : il faut qu'il soit versé dans l'histoire pour donner aux personnages qu'il introduit sur la scène, la physionomie qu'ils avoient; pour placer dans le tableau des évènemens qu'il retrace, les circonstances essentielles et locales; pour juger comment les usages, les institutions, le climat, modifient les sentimens naturels et la manière de les exprimer. Il faut qu'il connoisse non-seulement les mœurs des hommes qu'il veut peindre, mais le goût de la nation pour laquelle il travaille : ce n'est pas assez pour lui d'être vrai; il faut qu'il sache accorder la vérité avec les bienséances. Les héros d'Homère, s'ils agissoient et parloient sur la scène comme ils le font dans l'Iliade, tantôt révolteroient les spectateurs, tantôt les feroient rire. L'art consiste à dissimuler certaines circonstances sans altérer le fonds des caractères, sans rien ajouter de faux.

Quant aux règles de l'art dramatique, je ne vous en dis rien, parce qu'elles sont développées dans une foule d'ouvrages. D'ailleurs, elles sont si simples, que la moindre réflexion les fait découvrir ; si courtes, qu'elles sont toutes renfermées dans quelques vers de l'art poétique de Boileau.

EUDOXE.

Mais ces règles sont-elles bien importantes ? Quel est le but de la tragédie ? C'est d'émouvoir, c'est d'élever l'ame, de remplir le cœur de sentimens généreux, d'exciter l'admiration pour la vertu et l'horreur pour le crime, d'annoncer de grandes vérités. Shakespear a atteint ce but en négligeant toutes les règles.

ARISTE.

Une pièce de théâtre doit mettre sous nos yeux une action imposante, intéressante et complète, telle qu'elle a pu se passer. Ce principe, donné par le bon sens, est la source de toutes les règles, si vous en exceptez celle des cinq actes qui est de convention. Vous me citez Shakespear. Je le regarde comme un des plus grands poëtes qu'il y ait jamais eu. Son génie inculte et sauvage devoit tout à la nature; il se rend maître de l'imagination des spectateurs : il émeut, il attache, il excite un intérêt qui s'accroît de scène en scène. Moraliste profond, il vous associe à l'homme vertueux; il développe tous les secrets du cœur humain; il fait parler à chaque passion son langage: inépuisable dans ses ressources, il amène naturellement les situations les plus pathétiques et les plus terribles; il vous plonge dans la mélancolie ou vous frappe de terreur. Il laisse échapper de temps en temps de ces traits sublimes et profonds qui vous transportent d'admiration, et qui vous ôtent même la faculté de réfléchir sur les incohérences et les absurdités qui les accompagnent; il trace des caractères avec plus de vigueur qu'aucun de ses rivaux; il donne à tous ses personnages une physionomie si décidée, que vous croyez les voir et les entendre. Sont-ils animés par une passion, leur langage pittoresque a tout le brillant de la poésie : sont-ils dans l'abattement de la douleur, leur expression est d'une simplicité naïve que n'altère aucun ornement étranger : c'est l'accent de la nature. Malgré ce mérite prodigieux, le défaut de plan, les déclamations emphatiques et déplacées, les jeux de mots, le mélange de scènes basses et dégoûtantes, avec des scènes admirables; en un mot, l'oubli de toutes les règles rendroient de tels drames insupportables aujourd'hui.

EUDOXE.

On les joue cependant encore en Angleterre, et j'ai ouï dire que lorsque d'habiles acteurs en remplissoient les rôles, ils avoient un grand succès.

ARISTE.

En assistant à la représentation d'une pièce de Shakespear, on est d'avance prévenu de ses défauts : on les pardonne au siècle où ce grand poëte créa la tragédie angloise, et l'on se livre uniquement à l'admiration des beautés. Mais que de nos jours un auteur vînt nous offrir de telles compositions, il seroit interrompu dès les premières scènes, et l'on auroit raison de ne pas l'écouter. Dans le jugement que nous portons d'un ouvrage, nous faisons toujours entrer, quelquefois même sans nous en douter, celui que nous portons de l'époque à laquelle il a été écrit, et ce jugement influe sur la manière dont nous sommes affectés. Nous lisons avec plaisir les traductions en vers de l'Énéide : si ce poëme étoit d'un moderne, et la longue description des jeux, et l'histoire des vaisseaux changés en nymphes, et surtout celle des harpies, nous paroîtroient intolérables. En lisant un auteur ancien, on détourne son attention des défauts qui tenoient au temps. Aujourd'hui que l'art dramatique a fait des progrès, nous voulons que l'action soit vraisemblable, que les incidens naissent les uns des autres, qu'il y ait non-seulement unité d'action, mais encore unité dans le style; c'est-à-dire que les genres ne soient pas confondus. Si ces qualités manquent nous ne nous livrons point à l'illusion, nous n'éprouvons aucun intérêt. Comment voulez-vous qu'un peuple, dont le goût a été formé par Racine, écoute des ouvrages barbares et remplis d'absurdités, quelques beautés qu'il y ait d'ailleurs ?

EUDOXE.

Il faut imiter les beautés des grands poëtes, en évitant leurs défauts.

ARISTE.

Il ne faut imiter que la nature. Si vers la fin du siècle dernier, notre théâtre a été menacé de perdre une partie de la supériorité qu'il avoit acquise sur celui de tous les peuples, il faut en chercher la cause dans l'idée qu'on a eue d'imiter les théâtres étrangers et surtout celui de Shakespear. Comment a-t-on pu se dissimuler que l'effet produit par ce grand poëte tient uniquement aux beautés créées par son génie, et nullement à la texture de ses pièces, à la multitude des incidens, aux situations effrayantes ou romanesques, à l'excès de terreur qu'il fait éprouver, à l'exagération dans la peinture des passions? Il est grand malgré ses défauts; mais les traits de génie ne peuvent être imités; ils tiennent essentiellement au fonds du sujet, à la place qu'ils occupent, souvent même à une expression intraductible; ils sont des élans de l'ame du poëte.

En étudiant Racine, on apprend à conduire sagement une tragédie, à motiver toutes les situations, à conserver les bienséances, à écrire avec élégance et pureté, à répandre sur son style la couleur convenable au sujet, et ces qualités sont essentielles à tout ouvrage; mais on ne peut apprendre de lui à trouver ces mots naturels, simples et vrais, qui dévoilent tous les secrets du cœur, et montrent toute l'énergie de la passion.

Qui te l'a dit? . . . .

Ils ne se verront plus. — Ils s'aimeront toujours.

Ne peuvent appartenir qu'à lui. En lisant Corneille, on s'accoutume à la justesse, à la vivacité du dialogue; on prend un style énergique et précis, mais il faut le génie même de Corneille pour inventer les traits sublimes que ce style rend avec tant de naturel.

Qu'il mourût.....

Je vous connois encore, et c'est ce qui me tue,

sont des mots admirables par la manière dont il sont placés.

Dans Shakespear, les caractères de Mackbet et de sa femme, du roi Léar et de ses filles, les discours qui leur sont arrachés par la situation, et qui dévoilent leur ame, ne sauroient être empruntés: le reste est de mauvais goût. On ne peut donc se former à l'école de Shakespear. Lisez-le pour méditer ses pensées, pour enflammer votre imagination, pour nourrir votre sensibilité; mais ne songez point à l'imiter, et prenez garde que votre admiration pour lui ne vous fasse croire que c'est par sa bizarrerie qu'il produit de l'effet. Si Shakespear revenoit parmi nous, il conserveroit son caractère original, il ne marcheroit sur les traces d'aucun modèle, mais il se conformeroit aux règles, parce que le génie qui secoue le joug de l'autorité, se soumet librement à celui de la raison; et ses ouvrages mieux conduits n'en seroient pas moins étincelans de beautés.

EUDOXE.

Racine a imité les Grecs.

ARISTE.

Racine a pris d'Euripide le sujet de plusieurs de ses pièces; il a étudié le style des tragiques grecs, il en a transporté les beautés dans notre langue; mais avec quel goût! Son Andromaque, son Iphigénie, sa Phèdre, diffèrent totalement de celles d'Euripide et pour le plan et pour les caractères. Ce sont des compositions nouvelles, où tout ce qu'il y a de touchant et de pathétique dans l'auteur ancien, se trouve naturellement enchâssé. Mais, sans comparer le mérite des Grecs à celui de Shakespear, je ferai une observation sur la différence qu'il y a entre l'imitation des uns et des autres.

Les tragédies grecques sont d'une extrême simplicité; en les transportant sur notre théâtre, nous pouvons ajouter des incidens, et conserver tous les traits remarquables, toutes les situations intéressantes. Les pièces de Shakespear sont conçues d'après un système opposé : elles sont surchargées d'événemens; les personnages y sont en grand nombre; l'action se passe en divers lieux, et sa durée est souvent de plusieurs mois. Si vous imitez une pièce de Shakespear, obligé de vous renfermer dans les unités, vous ne pouvez prendre de lui que quelques scènes isolées, et les beautés répandues dans les autres sont perdues pour vous : il est impossible que vous fassiez entrer dans votre cadre ce qu'il a placé dans le sien. Si vous rapprochez les situations, vous devenez cent fois plus invraisemblable. Celui qui s'élance dans la carrière dramatique, doit avoir assez de force de tête pour ordonner un plan; il trouvera ses sujets dans l'histoire, il les fécondera par la méditation; et son génie, évoquant les grands hommes, leur fera parler un langage digne d'eux.

EUDOXE.

Le poëte tragique n'est pas borné aux sujets historiques, il peut encore traiter des sujets d'invention.

ARISTE.

L'action peut être imaginée, mais elle doit se rapporter à une époque connue; elle doit être placée dans un lieu déterminé, et les mœurs du temps et du pays doivent y être fidèlement peintes. L'objet de la tragédie n'est point de nous attendrir sur des malheurs chimériques, de nous frapper de terreur en nous présentant des catastrophes imaginaires, mais d'élever notre ame en s'emparant de notre cœur et de notre imagination. Pour atteindre ce but, il faut qu'elle retrace ces événemens qui ont changé le sort d'une partie du monde, ou qu'elle fasse revivre les grands hommes dont le souvenir excite notre intérêt et notre admiration. C'est pourquoi la tragédie bourgeoise, que de nos jours on a nommée drame, est un genre que les hommes de goût n'adopteront jamais. La tragédie ne doit point descendre de sa dignité; chez elle la terreur et la pitié doivent s'allier à l'enthousiasme excité par des sentimens héroïques, et son langage même doit s'élever au-dessus du langage ordinaire. M. de Voltaire a traité cette question avec tant de justesse d'esprit, que je ne m'arrêterai point à la discuter avec vous, malgré ce qu'ont pu dire les apologistes de ce genre nouveau, parmi lesquels on compte un homme d'un talent supérieur.

EUDOXE.

Il me semble que la comédie se rapproche quelquefois de la tragédie, en mêlant à la satire des vices, à la peinture des caractères, aux situations les plus plaisantes, des traits pathétiques et touchans: elle prend un ton noble, un accent animé, pour montrer le danger des passions.

Interdum tamen et vocem comœdia tollit.

ARISTE.

Cela est vrai; mais la limite des deux genres n'en est pas moins marquée. Ce qui distingue essentiellement la tragédie, c'est le caractère de grandeur dont elle ne se dépouille jamais; c'est qu'elle nous montre des hommes qui, par leur rang, par leur génie, par les circonstances dans lesquelles ils se trouvent, influent sur le sort d'un grand nombre d'autres hommes. Elle a quelque chose d'idéal; et la force des caractères, et l'importance des événemens, et la noblesse du style, tout l'élève au-dessus de la vie commune. Le poëte tragique se sera donc nourri de la lecture de l'histoire; il se sera formé par l'étude des poëtes anciens qui, peignant des temps et des mœurs plus poétiques que les nôtres, sont plus capables d'exalter l'imagination et d'entretenir la chaleur de l'enthousiasme.

Le poëte comique doit avoir étudié le monde; il doit connoître parfaitement les mœurs de la société dans laquelle il vit. Qu'il ait une idée juste des devoirs et de toutes les relations établies entre les hommes; qu'il sache pénétrer le secret de leurs pensées et démêler les motifs de leurs actions; qu'il ne confonde point les ridicules avec les vices; que dans chaque individu il distingue ce qui tient essentiellement au caractère, de ce qui est produit par une influence extérieure.

Qui didicit patriæ quid debeat et quid amicis, etc.

Et qu'on ne dise pas que les sujets de comédie sont épuisés. Si Molière revenoit parmi nous, il en trouveroit de nouveaux tous les jours; ils s'offriroient à lui, sans même qu'il se donnât la peine de les chercher. Un auteur qui n'est pas né avec le génie de la comédie, se fatigue vainement à combiner un plan, à tracer un caractère; on sent, en lisant ses ouvrages, qu'ils sont le résultat d'un travail pénible. Ce travail doit être employé à soigner le style; mais les traits qui font ressortir un caractère, l'invention des situations comiques, le naturel et la vivacité du dialogue, sont l'effet d'une sorte d'inspiration. Depuis Molière, nous avons eu des poëtes qui ont mis beaucoup de gaieté dans leurs comédies; d'autres ont su nouer une intrigue, dessiner fortement un caractère; Molière seul a réuni ces qualités dans un même ouvrage. Je conclus que le talent comique est un don de la nature, et qu'en ce genre, la seule étude nécessaire au poëte est celle de l'homme et de la société. Quant à l'art décrire, on n'atteint à la perfection qu'en limant ses ouvrages.

Dans la comédie, le style doit être élégant, mais toujours simple et naturel. L'auteur ne doit jamais se montrer; il doit éviter les plaisanteries, et surtout les jeux de mots. Il faut que le comique naisse de la situation et du contraste entre le langage sérieux des personnages et la petitesse des objets auxquels ils attachent de l'importance. Molière est encore le seul modèle à cet égard.

EUDOXE.

Vous m'avez dit que, si Molière revenoit parmi nous, il trouveroit sans peine de nouveaux sujets. Cependant la difficulté de se distinguer dans la carrière dramatique, est devenue beaucoup plus grande : les caractères les plus saillans se sont présentés les premiers, et le nombre de ceux qui restent à peindre, diminue de jour en jour. Il en est de même pour la tragédie : les sujets les plus imposans ont été traités, et c'est peut-être la difficulté d'en trouver de nouveaux qui a fait imaginer ce genre dans lequel l'intérêt repose sur une intrigue romanesque.

ARISTE.

Dans la comédie qui doit peindre les mœurs privées, les sujets sont inépuisables. Le changement qu'éprouvent d'un siècle à l'autre les opinions et les usages, offre le moyen de placer les mêmes caractères dans des situations différentes, de les présenter sous des nuances nouvelles. D'ailleurs les caractères sont plus variés qu'on ne pense : s'ils ne se font point remarquer, c'est qu'ils se dissimulent et prennent à l'extérieur la teinte générale de la société. Pour les rendre frappans sur la scène, il suffit au poëte de les forcer à jeter le masque, et à montrer leurs véritables sentimens. Si Molière n'avoit créé le Tartuffe et le Misanthrope, on n'auroit jamais imaginé que ces deux personnages pussent être des sujets de comédie. La difficulté c'est de conduire une intrigue, de manière que tous les incidens concourent au même but sans blesser la vraisemblance, de pénétrer tous les secrets du cœur et toutes les astuces de la vanité, de saisir le côté ridicule de toutes les choses répréhensibles en elles-mêmes, de faire naître du fonds même du sujet des situations comiques, de soutenir l'intérêt sans avoir recours à des incidens romanesques, d'exciter la gaieté sans mettre la plaisanterie dans la bouche des personnages, d'avoir un style facile et naturel qui convienne toujours à celui qui parle, au sentiment dont il est animé, à la circonstance dans laquelle il se trouve. Quant à la tragédie, à peine a-t-on fait quelques moissons dans le vaste champ de l'histoire.

Je suis fâché que nos meilleurs auteurs se soient si souvent exercés à reproduire les sujets traités par les poëtes grecs. Quoi de plus immoral, de plus absurde, de plus révoltant même que l'histoire de ces héros poussés au crime par une destinée inévitable, en proie aux remords et poursuivis par les furies, tandis que leur conscience est pure? Peut-on se plaire à retracer les forfaits de la famille d'Atrée? Peut-on admettre le système de la fatalité? Peut-on montrer les dieux se faisant un jeu de rendre les hommes criminels, pour les punir ensuite jusques dans leur postérité? On a expliqué pourquoi la tragédie d'Œdipe plaisoit aux Grecs : je ne sais s'ils étoient excusables de l'approuver; mais de tels sujets, opposés également à la morale, à la philosophie, à la vraisemblance, ne sauroient convenir à un peuple qui a le sentiment du beau et de l'honnête. Au lieu de nous montrer l'homme effrayé de se voir, malgré lui, précipité dans le crime, montrez-nous-le dans le malheur par l'effet de quelques fautes légères, s'élevant par son courage au-dessus de l'infortune, et trouvant dans la Divinité son espoir et sa consolation.

EUDOXE.

Les poëtes ont pensé que celui qui du faîte de la grandeur est tout-à-coup précipité dans un abîme d'infortunes, est d'autant plus intéressant qu'il est plus vertueux.

ARISTE.

Cela est vrai; mais il ne faut pas qu'il soit déchiré par les remords. Il faut au contraire que le sentiment de son innocence le garantisse du désespoir. D'ailleurs, celui qui a commis des fautes réelles, est intéressant, si ces fautes sont la suite d'une grande passion, si elles ont déjà été punies par des malheurs ou expiées par des regrets.

Je vous ai dit que, si quelqu'un se distinguoit encore dans la poésie épique, ce seroit en prenant une route différente de celle qu'on a suivie jusqu'ici. Il n'en est pas de même de la poésie dramatique, ses moyens sont plus circonscrits. Une action intéressante qui s'achève dans un intervalle à-peu-près égal à celui de la représentation, des scènes liées les unes aux antres, rien qui ne ne soit pris dans l'ordre naturel, rien d'étranger au sujet principal, un style qui soit celui des personnages et non celui du poëte: ces conditions essentielles font que la marche de toutes les pièces de théâtre est à-peu-près la même : cela n'empêche pas que la variété des caractères, des situations et des catastrophes n'offre au génie une carrière immense. On peut exciter l'admiration comme Corneille, porter l'attendrissement au dernier degré comme Racine, mettre en jeu toutes les passions comme Voltaire, frapper d'étonnement comme Shakespear, en traitant des sujets choisis dans diverses époques de l'histoire.

Les sujets grecs présentent un avantage aux poëtes, en ce qu'ils leur permettent d'employer ce style figuré qui étoit celui des temps héroïques, à en juger par Homère, Eschyle, Sophocle, Euripide, qui nous les ont fait connoître ; mais la tragédie peut avoir de la pompe sans employer ce style. Racine ne se montre pas moins grand écrivain dans Britannicus que dans Iphigénie ; quoique dans cette dernière pièce il n'y ait presque point de vers qui ne soient du style épique, tandis que dans Britannicus, presque tous sont du style de la conversation.

Quoiqu'il soit avantageux de traiter des sujets pris de notre histoire, il ne faut pas les choisir dans des temps trop voisins de nous. Il est impossible d'adapter une action au théâtre sans altérer les détails historiques, sans imaginer des circonstances, sans faire jouer à certains personnages un rôle plus ou moins important que celui qu'ils ont rempli; et cette comparaison que le spectateur fait de la vérité à la représentation, nuit à l'effet de l'ouvrage. Dans des époques moins connues, le génie du poëte a plus de liberté : pour être à l'abri de la censure, il suffit qu'il conserve les caractères principaux, tels que la tradition historique les fait connoître. Il n'est jamais permis de falsifier cette tradition, surtout pour noircir un personnage célèbre. C'est une faute inexcusable à M. de Voltaire d'avoir supposé à Mahomet des crimes atroces que l'histoire ne lui impute pas. Mahomet employa la fourberie pour se faire chef de secte; mais il fut le législateur d'une nation, le fondateur d'une religion moins absurde et moins barbare que celle qu'avoient les Arabes de son temps; il est encore aujourd'hui un objet de culte pour plusieurs nations, et c'est insulter à ces nations que de calomnier ainsi sa mémoire. Si Voltaire s'étoit borné à rendre odieux le caractère de faux prophète, les Musulmans seuls auroient le droit de se plaindre; mais que Mahomet fasse égorger le père par le fils, pour satisfaire à la fois sa vengeance et son amour, cela est contre toutes les bienséances : et j'avoue que dans cet ouvrage la scène où Séide égorge Zopyre, me paroît exciter plus d'horreur que de pitié.

Autrefois on se permettoit rarement d'ensanglanter la scène : aujourd'hui l'on craint d'être froid si l'on ne porte la terreur à l'excès : c'est mal connoître le cœur humain. Un événement simple dont les circonstances seroient bien graduées, qui exciteroit une douce sensibilité, qui montreroit la vertu luttant contre les obstacles, où le devoir, résistant à la séduction des plaisirs, feroit couler des larmes délicieuses; on aimeroit à se livrer à l'illusion. Les spectacles dramatiques devroient tendre à adoucir les mœurs, à nous enflammer pour la vertu. On s'est, de nos jours, fort éloigné de ce but. Pourquoi introduire si souvent des scélérats sur la scène? On dit qu'il faut montrer le crime puni : je le veux bien, si on a montré le crime. Mais pour le rendre odieux, est-il nécessaire d'en présenter les suites funestes? L'art du poëte ne seroit-il pas d'en inspirer l'horreur, lors même qu'il parvient à ses fins? La vertu malheureuse et persécutée nous intéresse et nous transporte : nous n'avons pas besoin de calcul pour nous attacher à elle. La société des hommes vertueux nous donne, non pas des leçons, mais des sentimens, des habitudes; c'est par une impulsion naturelle que nous cherchons à les imiter. Le caractère de Narcisse est révoltant, mais il ne corrigera ni les vils flatteurs, ni les traîtres: l'élévation, la dignité de Burrhus, son généreux dévouement fortifient, dans ceux qui l'entendent, le penchant à la vertu.

Une autre observation que je crois devoir faire sur l'art dramatique, c'est que le sujet d'une pièce ne sauroit être trop simple. Je ne dis pas qu'il doit y avoir peu d'action; au contraire; mais les divers changemens étant liés à un fait principal, on en saisira d'autant mieux le motif, qu'ils ne seront point amenés par des circonstances étrangères. Moins on aura de personnages, plus l'ouvrage sera clair et imposant. Il seroit à desirer qu'on pût se passer de confidens dans la tragédie. Alfieri, qui a donné en Italie une nouvelle forme à l'art dramatique, est admirable à cet égard. Quelques-unes de ses tragédies n'ont que quatre ou cinq personnages; l'action marche bien, et rien ne la rallentit; point de remplissage, point de scène inutile, son dialogue est d'une précision étonnante, et la situation dicte à tous les interlocuteurs des choses intéressantes. Alfieri seroit un des meilleurs poëtes tragiques, s'il eût mieux connu l'art des gradations et des nuances : malheureusement il est brusque et souvent trop sévère. Son style manque de douceur et d'harmonie ; on trouve rarement chez lui ces situations touchantes qui portent dans l'ame un attendrissement auquel elle aime à se livrer. Il a d'ailleurs choisi des sujets trop noirs, et quelques-unes de ses pièces tendent à produire une exaltation dangereuse dans l'état actuel de la société. On regrette qu'il n'ait pas plus souvent employé son génie à peindre la grandeur, la générosité, la tendresse conjugale : son drame de Saül, le plus poétique de ses ouvrages, prouve qu'il y auroit également réussi.

Revenons aux études du poëte dramatique. Il doit, avons-nous dit, savoir l'histoire et l'avoir lue dans les originaux où elle a sa couleur propre ; il doit encore avoir fait une étude particulière de la scène. Les pièces de théâtre étant destinées à être représentées, il y a plusieurs conditions nécessaires à leur succès qui tiennent à l'effet théatral, à la possibilité de rendre telle ou telle circonstance, et même au talent qu'on suppose aux acteurs. On doit éviter ce dont la représentation ne peut être vraisemblable. Des soldats qui se battent en frappant sur leurs boucliers, ont l'air de marionnettes : mille autres choses détruisent l'illusion sur la scène, qui seroient bonnes à la lecture. Je ne blâme point l'apparition du spectre dans Sémiramis, parce qu'elle est invraisemblable; cette apparition est si bien préparée, si bien motivée, qu'il suffit d'admettre la Providence et l'existence d'une autre vie pour n'y rien voir qui choque la raison. Mais lorsque ce spectre se montre hors du tombeau, sa figure est si fort au-dessous de l'idée que l'imagination auroit pu s'en faire, que l'illusion est détruite. Cela ne m'empêche pas de regarder Sémiramis comme un des beaux ouvrages de Voltaire; il y a peu de pièces dont la marche soit aussi imposante, dont la morale soit aussi élevée, dont le style soit aussi convenable au sujet. Je parle seulement des bornes que nos moyens de représentation donnent à l'art dramatique.

Je crois qu'il faut éviter aussi ces jeux de scène, nommés coups de théâtre, qui manquent leur effet si l'acteur manque d'adresse : tels sont ceux d'Hypermnestre et de l'Orphelin de la Chine. Tout cela exige que l'auteur dramatique ait étudié la scène, et ce qu'on nomme la perspective théâtrale. Pour qu'il puisse présenter un tableau vrai dans toutes ses circonstances, et intéressant dans tous ses détails, non-seulement il faut que son imagination ait mis sous ses yeux l'action qu'il doit peindre, qu'elle lui ait fait entendre les discours de tous les personnages, qu'elle lui ait même donné la faculté de se transformer et de devenir pour un moment le personnage qu'il veut faire agir et parler; il faut encore qu'en copiant cette nature idéale, il s'occupe de l'effet que son imitation produira sur l'esprit des spectateurs.

EUDOXE.

Il est un genre intermédiaire entre la poésie lyrique et la poésie dramatique : c'est celui de l'opéra; le merveilleux en est l'essence. Là toutes les fictions sont à leur place; le poëte peut à son gré ressusciter l'ancienne mythologie, en créer une nouvelle, personnifier les vertus et les vices, introduire sur la scène des êtres allégoriques, transporter le spectateur sur l'Olympe ou dans le Tartare, et se livrer à toute la fougue de son imagination. Pourvu que les passions soient mises en jeu, que l'attention soit captivée par des événemens extraordinaires, et par une succession de tableaux gracieux et magnifiques, on le dispense de la vraisemblance. Mais vous regardez peut-être ce genre comme hors de la nature, vous pensez que la raison le désapprouve, et qu'il ne sauroit être d'aucune utilité?

ARISTE.

Je me garderai bien de proscrire ce genre : s'il a mérité la censure des hommes sages, c'est par la manière dont il a été traité. Je sens tout le mérite de Quinault ; mais falloit-il employer les charmes de la poésie et de la musique à amollir les ames, à graver dans notre mémoire des maximes opposées à celles qui doivent nous diriger? Quelles idées nous donnent de la grandeur ces personnages qui, portant un nom héroïque, parlent et agissent d'une manière indigne des héros ? La volupté n'a que trop d'empire sur nos sens : c'est profaner les beaux-arts que de les appeler à sa suite pour la rendre plus séduisante. Qu'ils nous offrent des jouissances pures, en nous éloignant de celles dont on doit rougir. Le drame lyrique peut atteindre ce but en conservant tous ses charmes : nous en avons plusieurs exemples sur notre scène. L'amitié est une passion noble et généreuse dans Castor et Pollux ; dans Œdipe à Colonne, la tendresse filiale se montre sous un aspect si ravissant, que toute jeune fille voudroit être Antigone ; dans Alceste, le dévouement de l'amour conjugal nous transporte d'admiration. Ces sujets, quoiqu'on les ait gâtés en altérant leur simplicité, sont bien plus attachans, et causent une émotion plus vive et plus profonde qu'Armide et Atis. Tout le monde loue Métastase pour l'élégance et l'harmonie de son style, pour ses comparaisons brillantes, pour les traits touchans et sublimes dont ses ouvrages sont semés, pour l'art d'amener les situations les plus pathétiques et de faire parler aux passions le langage les plus vrai : on ne l'admire point assez pour le choix des sujets, et l'effet moral qui résulte de ses pièces.

EUDOXE.

Pensez-vous que la Clémence de Titus, dont Voltaire a fait un si grand éloge, soit un ouvrage assez théâtral ? Le caractère du héros est bien développé, les principes qui le rendirent l'idole du genre humain sont exposés avec éloquence ; jamais on ne donna de plus belles leçons aux souverains, et chaque mot est à sa place. Mais le mélange des scènes langoureuses et des scènes héroïques, le rôle odieux de Sextus, les madrigaux qui succèdent à des projets de conspiration, forment un ensemble où il n'y a point d'accord ; et les discours sublimes de Titus, malgré l'harmonie des vers, me semblent peu propres à la musique, même à celle du simple récitatif. C'est un ouvrage dont plusieurs parties doivent exciter l'admiration à la lecture, mais sur la scène il faut autre chose.

ARISTE.

Je conviens que ces défauts se trouvent dans la pièce que vous critiquez, et qu'on peut faire le même reproche à plusieurs opéra de Métastase. Il a payé le tribut au mauvais goût du temps et du théâtre pour lequel il écrivoit. Mais d'autres fois, inspiré par son génie, il s'est frayé une route nouvelle, et s'est élevé à une hauteur étonnante, en conservant le caractère propre à des compositions destinées à être mises en musique. A-t-on jamais peint, comme il l'a fait dans Régulus, ces sentimens généreux qui portent à mépriser la vie, si pour la conserver il faut composer avec ses principes, et manquer à des engagemens pris même avec des ennemis? S'il y a dans cette pièce quelques airs amoureux, ils effleurent à peine votre ame: embrasé par les discours du héros, vous ne voyez et n'entendez que lui. Sa situation est si pathétique, si terrible; son courage est si merveilleux, son langage est si sublime, que la musique a dû trouver des accens plus mâles et plus fiers pour rendre de si grandes idées.

Dans l'Olympiade, l'amour le plus tendre est sacrifié à l'amitié, et l'on s'associe à l'ami qui cède à son ami sa maîtresse et sa gloire. Rappelez-vous surtout Zénobie. Je ne connois aucun rôle de femme qui soit plus héroïque. L'amour ne paroît que pour être immolé au devoir filial, à la fidélité conjugale; il se montre dans toute sa violence, et cependant il se tait. Cette Zénobie, si douce, si tendre et si malheureuse, soumet tout ce qui l'approche par l'admiration qu'elle inspire : elle impose silence à la passion de son amant; elle est victorieuse des préjugés de son père et de la jalousie féroce de son époux; et le spectateur est transporté à la vue du triomphe de la vertu sur les passions les plus impétueuses. Tout est simple, tout est moral, et il n'y a pas un moment de froideur. Voilà les modèles qu'il faut se proposer. Ce ne sont point des maximes et des raisonnemens qu'on doit entendre sur le théâtre lyrique. La musique ne peut rendre que des sentimens et des images. Si elle exprime les élans d'une grande ame, elle peut produire une telle exaltation que tous les intérêts disparoissent devant les idées de devoir, de gloire et de vertu.

Si l'on veut des pièces à machines et à décorations, où se montrent des personnages mythologiques et allégoriques, Métastase nous apprend aussi le parti qu'on peut en tirer. Son *Alcide al bivio* est un chef-d'œuvre en ce genre. Hercule, au moment où son éducation est finie, est conduit dans un lieu enchanté, où deux sentiers s'ouvrent devant lui. L'un est celui des plaisirs; l'autre est celui de la gloire. La Volupté et la Vertu viennent tour à tour solliciter le jeune héros; l'une lui offre les spectacles les plus séduisans; l'autre lui présente des combats à livrer, des monstres à vaincre, des précipices à franchir, des études pénibles à faire; l'une fait entendre une mélodie molle et voluptueuse, l'autre des accens mâles et imposans; le héros se décide pour la dernière. Avec quelle richesse ce sujet est traité! Quel contraste dans les situations, dans les motifs de musique, sans que l'unité soit violée! Il n'est pas un air dans la pièce qui ne soit fait pour élever l'ame. Vous voyez par ces exemples que tous les genres peuvent être dirigés vers un but moral.

EUDOXE.

Il seroit à désirer que le drame lyrique, trop souvent abandonné à des poëtes médiocres, fût traité par des hommes tels que Métastase. L'accord de la musique et de la poésie est peut-être un des moyens les plus puissans d'aller au cœur et d'y graver des impressions ineffaçables. Mais il ne faudroit pas que le poëte fût subordonné au musicien.

ARISTE.

Il ne doit pas lui être subordonné sans doute; mais il faut qu'il soit musicien lui-même pour sentir ce que la musique peut exprimer, pour donner à ses vers cette cadence qui les rend propres à être chantés, pour discerner les situations convenables à un genre où l'on ne peut se permettre de grands développemens, de celles qui appartiennent à la tragédie. S'il a l'imagination forte, l'enthousiasme du grand et du beau, s'il connoît l'accent des passions, il produira la sensation la plus vive en n'employant dans son poëme que des motifs susceptibles de tous les charmes de la mélodie, et des grands effets de l'harmonie musicale.

EUDOXE.

De tous les genres de poésie, celui qui me semble exiger le plus de connoissances positives, c'est la poésie didactique.

ARISTE.

Il faut que le poëte didactique soit passionné pour la science dont il donne les principes; qu'il soit assez instruit pour considérer d'un coup d'œil, et ses bases fondamentales et ses résultats généraux; pour choisir ce qu'elle offre de plus curieux, et pour ne tomber dans aucune erreur. Il négligera ce qu'elle a d'abstrait et de technique, et ne fera pas de vains efforts pour vaincre des difficultés, et pour exprimer, par des circonlocutions, ce que la simple prose rendroit avec plus de netteté. Son but est de revêtir les préceptes d'images qui en fassent disparoître l'aridité, de les exposer avec une clarté séduisante, avec une précision qui les grave dans la mémoire : il aspirera bien plus à faire des enthousiastes qu'à former des élèves. On ne va point apprendre l'agriculture dans les Géorgiques, ni la botanique dans le poëme des Plantes, ni l'histoire naturelle dans le poëme des Trois Règnes. Ces ouvrages sont destinés à inspirer le goût de l'art ou de la science qu'ils célèbrent, à en indiquer l'état actuel, à en répandre les principes généraux : pour plaire, ils peuvent difficilement se passer d'ornemens étrangers. Lucrèce a mis en vers la philosophie d'Epicure : mais si l'on retranchoit les débuts de chant, les épisodes, et quelques descriptions pittoresques, pourroit-on supporter la lecture de Lucrèce? Virgile a chanté les travaux de la campagne. Le sujet étoit riche en lui-même. La description des productions de la terre et des moyens par lesquels le cultivateur les perfectionne et les multiplie; celle des animaux que l'homme a soumis, et qu'il fait coopérer à ses travaux ou servir à ses besoins; celles des saisons, des climats et des divers phénomènes de la nature; celle des paisibles jouissances de la vie champêtre; tout entroit dans ce plan, et c'est avec un art admirable que Virgile a mêlé les préceptes utiles à ces peintures brillantes. Il s'est rarement permis ces détails qu'on demanderoit à Caton ou à Columelle: il a senti que la perfection de son style ne pourroit faire lire de suite plusieurs passages comme la description de la charrue : il a cru devoir enrichir encore son sujet par des épisodes. Ces épisodes enchanteurs sont amenés naturellement, ils font le principal charme de l'ouvrage, mais ils ne sont plus de la poésie didactique. Les préceptes de l'art poétique ont été donnés en vers; ici, la poésie étoit vraiment dans son domaine.

Les Anglois ont un poëme philosophique où le système de l'optimisme est exposé sans aucun épisode, sans aucune digression. Mais ce sujet convenoit éminemment à la haute poésie; il offre le tableau de l'ordre général de l'univers, des rapports qui existent entre les êtres, et de la destinée de l'homme. En nous montrant notre foiblesse, le poëte nous élève vers cette Providence qui s'occupe de nous, nous prête son appui, et fait servir tous les maux particuliers au bien général; il excite à la fois notre admiration et notre reconnoissance. Pope a d'ailleurs mis dans son ouvrage une précision dont aucun écrivain n'offre l'exemple. Il n'annonce point d'érudition, et ne suppose point de connoissances à ses lecteurs. Ses idées ont autant de clarté que de justesse, son expression réunit toujours la simplicité à l'élégance : il ne cherche point d'ornemens étrangers; c'est par la force de son imagination, par l'enchaînement des vérités, qu'il nous étonne et nous entraîne.

EUDOXE.

Il est, ce me semble, des ouvrages qui tiennent à la fois du genre didactique, du genre descriptif et du genre philosophique : les considérez-vous comme formant une classe particulière?

ARISTE.

Si l'on vouloit, mon ami, classer les diverses compositions poétiques, il faudroit faire presque autant de classes qu'il y a eu d'ouvrages vraiment originaux. Le poëme bizarre du Dante fut intitulé la divine Comédie, quoique assurément rien ne soit plus sérieux; on refusa d'abord au Paradis perdu le titre de poëme épique; l'*Orlando furioso* n'a pu être désigné que par un nom composé, celui de poëme héroï-comique; plusieurs des pièces de Shakespear ne sont ni des tragédies ni des comédies, et dans les premières éditions de ses ouvrages elles sont distinguées sous le nom d'*histoires*[1]. On ne sauroit dire à quelle classe appartiennent les Métamorphoses d'Ovide, qui, par une suite de narrations, les unes nobles et pathétiques, les autres gracieuses et brillantes, nous conduisent depuis le débrouillement du chaos jusqu'à l'apothéose de Jules César. Qu'importe le nom du pays où m'introduit le poëte, lorsque, dévoilant à mes yeux une suite de merveilles, il intéresse mon cœur, éclaire mon esprit et satisfait ma raison. Un ouvrage n'en vaut que mieux s'il fait une classe à part. Je serois embarrassé de décider si les dernières productions de la muse de M. Delille doivent être comptées parmi les poëmes descriptifs, ou didactiques, ou philosophiques. Les tableaux de la nature, les leçons de philosophie, et les narrations épisodiques occupent dans ces ouvrages une place à peu près égale, et les mêmes beautés étincellent dans les morceaux des divers genres.

En vous parlant de ce poëte, qui est aujour-

[1] La première édition in-fol. des œuvres de ce poëte, donnée par Heminge et Condel ses amis, en 1623, a pour titre : *W. Shakspere's comedies, histories and tragedies.* Voyez *Prolegomena to the dramatic works of W. Shakspere. London*, 1786, *p.* 218.

d'hui la gloire de la littérature françoise, je ne puis m'empêcher de faire sur lui une observation semblable à celle que j'ai faite sur Thomson. Quoique M. de Lille soit le plus élégant des traducteurs, et qu'il ait imité très-heureusement plusieurs fragmens des poëtes latins et des poëtes anglois, cependant les plus beaux morceaux de ses derniers ouvrages sont ceux qu'il doit en entier à l'inspiration de son ame, et à son imagination vive et brillante. Tels sont, dans le poëme de l'Imagination, le chant sur la morale et le bonheur, et dans le poëme des Trois règnes, le dernier chant, où tous les charmes de la poésie sont employés à célébrer la dignité de l'homme et sa supériorité sur les animaux.

EUDOXE.

Je me plais, Ariste, à vous entendre rappeler ces vers admirables; ils sont une réponse à ceux qui prétendent que le talent de la poésie se perd parmi nous. Ne pensez-vous pas qu'on pourroit citer plusieurs morceaux des poëtes modernes qui prouveroient combien cette imputation est injuste?

ARISTE.

Sans doute; mais je ne veux point mêler mes opinions particulières sur les auteurs vivans aux idées générales que je vous expose. Je vous ai cité M. Delille, parce que sa réputation étoit établie dès le temps de Voltaire. Cependant, sans prétendre critiquer aucun de nos poëtes, je dois vous dire en général que nos principes en poésie ne sont plus aussi bons qu'ils l'étoient dans le siècle de Louis XIV. On s'écarte de la simplicité pour chercher de faux brillans ; on veut produire de l'effet par chaque vers au lieu d'en produire par l'ensemble ; on abuse même de l'harmonie et du langage poétique, et c'est à l'école de Boileau et de Racine qu'il faut revenir pour se former le goût.

EUDOXE.

En me parlant des études du poëte, vous m'avez tracé en peu de mots le caractère des divers genres de poésie. Quant à l'épître et aux compositions qui s'en rapprochent, ce sont des discours où des idées utiles doivent être exprimées en beaux vers, et le style poétique les distingue seul des ouvrages en prose. Mais il est un genre qui a un caractère particulier et qui exige beaucoup de verve, c'est la satire, dans laquelle se sont principalement distingués Horace, Juvénal, Boileau et Pope.

ARISTE.

La satire se rapproche de l'épître philosophique par son objet, qui est la défense de la morale; elle en diffère par la véhémence du style et par le sarcasme dont elle fait usage: c'est à elle à signaler les erreurs dangereuses, à s'élever contre la corruption des mœurs, à lutter contre les désordres publics. Elle doit dépouiller le vice du masque dont il se couvre pour le montrer dans toute sa laideur, et le combattre tantôt par les traits du ridicule, tantôt en excitant contre lui l'indignation: elle doit enfin tracer des peintures générales, sans jamais s'occuper des individus; mais il est difficile de se renfermer dans ces limites. Les satiriques célèbres dont vous parlez en sont eux-mêmes sortis. Aujourd'hui que ceux qu'ils ont attaqués n'existent plus, nous ne voyons que les talens du poëte; nous nous faisons illusion au point de croire ses jugemens dictés par la vérité et confirmés par l'opinion publique. Si pourtant nous voulions y réfléchir, nous sentirions que cette influence de la satire sur l'opinion est une raison de plus d'en condamner la liberté. On a droit de juger les actions, en les comparant aux règles de la justice: mais répandre le blâme sur des hommes vivans, c'est usurper une autorité qui n'appartient qu'aux lois; c'est même se placer au-dessus d'elles, puisqu'elles s'interdisent de prononcer avant d'avoir entendu ce que l'accusé peut dire pour sa défense. Sans doute, cette réserve ne doit point s'étendre jusqu'aux productions de l'esprit. Celui qui publie un ouvrage se soumet à la critique; mais cette critique doit être décente, modérée, et surtout exempte de personnalités : elle doit se borner à réfuter les erreurs, à maintenir les principes du goût. Songez combien de familles ont dû être affligées de quelques traits des satires de Boileau, et surtout de Pope. Voudriez-vous d'une réputation acquise aux dépens de la tranquillité d'un homme honnête? Je sais que la satire a quelquefois vengé le mérite opprimé et démasqué des hypocrites, et que dans ce cas elle a pu être utile et faire honneur au courage de l'écrivain. Mais si ce genre est accueilli, on en abusera, et l'esprit deviendra une arme redoutable, même à l'honnêteté simple et modeste. Les applaudissemens qu'obtint Aristophane pour avoir joué Cléon, l'engagèrent bientôt à jouer Socrate. Que quelques poëtes se soient réciproquement lancé des épigrammes légères, c'est un jeu d'esprit sans conséquence : mais qu'on attaque ainsi des hommes graves qui s'aviliroient en repoussant l'injure, des femmes dont la bienséance doit voiler les erreurs et respecter la foiblesse, c'est faire un usage odieux des talens, et l'homme sage feindra toujours d'ignorer ou de mépriser les épigrammes dont quelqu'un peut être blessé. Plusieurs auteurs ont désigné sous un nom emprunté celui à qui ils vouloient nuire : après avoir placé dans le portrait quelques traits propres à le faire reconnoître, ils l'ont chargé des couleurs les plus odieuses ; c'est joindre la perfidie à la méchanceté. Les allusions sont d'abord généralement senties, et bientôt pour épargner aux lecteurs la peine de les chercher, un éditeur, plus méprisable encore, joint des notes à l'ouvrage. Je voudrois qu'un homme de génie s'élevât contre ce brigandage littéraire : ce seroit un beau sujet pour une satire dans le genre de Juvénal.

Le poëte satirique doit, plus que tout autre, être exempt de petites passions ; il doit avoir de la vigueur dans l'esprit, de la dignité dans le caractère, de l'élévation dans les idées. Pour oser blâmer ce qui est blâmable, il faut qu'il soit lui-même sans reproche. Son indignation contre le vice doit avoir sa source dans l'amour de l'honnêteté ; sa haine contre les méchans doit être unie à une bienveillance générale. Il faut qu'il ait profondément étudié les hommes et la société pour connoître la cause et les conséquences de leurs vices et de leurs travers, pour discerner ce qui doit être attaqué par le ridicule, de ce qui doit être voué à l'exécration : il faut qu'il répande sur ses tableaux un vernis de décence, qu'il sache y placer quelques teintes aimables à côté des couleurs fortes, qu'il ne prenne point la déclamation pour de l'éloquence et l'exagération pour de l'énergie ; qu'il ne cherche point à donner une trop mauvaise idée de son siècle, et que les leçons qu'il adresse à ses contemporains puissent être encore utiles à la postérité.

Après avoir parlé des compositions d'une certaine étendue, dans lesquelles on remarque un plan et un objet déterminés, je veux ajouter un mot sur ces productions légères échappées au génie des poëtes, et qui, recueillies par les contemporains, assurent à leurs auteurs une immortalité à laquelle ils ne pensoient pas. J'aime à voir les colombes de Vénus se placer dans l'Olympe à côté de l'aigle de Jupiter.

Si la réputation dont Homère jouit depuis près de trois mille ans, si celle de Virgile et du Tasse prouvent quel empire la poésie exerce sur l'esprit humain, la célébrité que plusieurs poëtes ont acquise par des pièces fort courtes, et qui ne rappellent aucun événement, en est une preuve encore plus frappante. L'Iliade ne fût-elle qu'une relation fabuleuse de la guerre de Troie, l'Odyssée qu'un roman héroïque, on conçoit que ces deux ouvrages auroient pu passer jusqu'à nous. Mais les pièces légères de Sapho, d'Anacréon, de Tibulle, de Saadi n'auroient pas survécu à leurs auteurs, si le charme des vers ne les eût fait rechercher. Les petits poëmes, tels que la fable, l'idylle, la chanson, et tous ceux qu'on comprend en général sous le nom de poésie fugitive, volent de siècle en siècle; ils se transmettent des pères aux enfans, et plusieurs même se conservent dans la mémoire du peuple sans le secours de l'écriture. La gloire de La Fontaine durera autant que celle de Racine, et quelques-unes des poésies fugitives de Voltaire seront dans la suite plus répandues que la Henriade. Ce genre aimable nous fait sentir mieux que tout autre que e talent de la poésie est un don de la nature. Jamais le travail et la réflexion ne produiront une fable comme celle des deux pigeons. Ce n'est ni la profondeur des pensées, ni la nouveauté des images, ni la correction du style, ni les traits d'esprit qui font le mérite des pièces fugitives : c'est la grace et la simplicité; c'est un abandon, un naturel, une négligence même qui nous mettent à l'unisson avec le poëte, tellement qu'en récitant ses vers, il nous semble que nous les composons.

EUDOXE.

Vous avez augmenté mon admiration pour les poëtes, en me montrant que dans tous les genres, depuis la sublime épopée jusqu'à la romance naïve, leur talent est un don de la nature. Je les considère comme ces arbres superbes qui s'élèvent librement au milieu des forêts inhabitées, ou comme ces fleurs charmantes qui tapissent les vallons solitaires des Alpes et se refusent à la culture de nos jardins. Mais si les conceptions poétiques dont la grandeur nous étonne, et celles dont la grace nous enchante, sont également dues à l'inspiration du génie, la perfection du style est le fruit d'un long travail. Vous m'avez dit que la poésie se distinguoit de la prose, non-seulement par la mesure des vers, mais encore par des formes particulières : je désirerois que vous me donnassiez à ce sujet quelques éclaircissemens. Je voudrois savoir si l'on peut assigner la limite entre le style qui appartient à la poésie et celui qui convient à la prose; et par quels principes doit se diriger le poëte pour donner à son style ce caractère essentiel.

ARISTE.

La question que vous me proposez est extrêmement compliquée ; pour la soumettre à l'analyse il faudroit entrer dans une longue discussion, et tout ce que je pourrois vous dire vous éclaireroit moins que le rapprochement d'une scène d'Athalie et d'un beau morceau de Bossuet. La poésie de style est si essentielle à tout ouvrage en vers que, sans elle, ni la grandeur des conceptions, ni la force des pensées ne sont rien, et qu'elle donne souvent du prix aux productions les plus légères ; mais cette poésie de style est encore une création du génie ; la pensée s'offre à l'esprit du poëte, revêtue des formes les plus sensibles, parée des couleurs les plus brillantes, et le travail si nécessaire ensuite, a pour but de faire disparoître les négligences échappées dans le feu de la composition. Sans examiner en détail les caractères du style poétique, je vais vous mettre sur la voie de les distinguer, en comparant avec vous la poésie à la prose sous le rapport des images et sous celui de l'expression.

Le premier objet que se propose le prosateur c'est d'instruire, et l'agrément n'est qu'un moyen d'y réussir : le premier objet du poëte c'est de plaire, et l'instruction doit découler de l'agrément ; ainsi les figures destinées uniquement à orner le discours sont superflues dans la prose, tandis qu'elles font le charme de la poésie. L'historien, l'orateur emploient des images pour rendre leur pensée avec plus d'énergie et de vérité : il faut donc qu'elles soient extrêmement justes ; le poëte dédaigne cette exactitude : pourvu que les images soient en accord, qu'elles tiennent à l'idée principale par le moindre lien, il atteint son but. Il est semblable au musicien qui en exprimant un sentiment par la mélodie, accompagne cette mélodie de tout ce que l'harmonie peut lui fournir pour flatter l'oreille. Ces comparaisons, dont les détracteurs des anciens se sont moqués en les nommant *comparaisons à longue queue*, sont précisément ce qui donne à la poésie le plus de magnificence et de charme ; la prose ne peut les admettre. Le poëte peint tout ce qui s'offre à son imagination ; il lui suffit de ne pas perdre de vue son sujet, comme il suffit au musicien de conserver le motif d'un air au milieu d'une multitude de variations.

De tous les auteurs, Bossuet est celui qui a employé les comparaisons les plus hardies et les plus pompeuses, sans sortir des bornes que le goût lui prescrivoit. Je vous citerai seulement celle qu'il a placée dans l'oraison funèbre de la reine d'Angleterre.

« Comme une colonne, ouvrage d'une an« tique architecture, paroît le plus ferme appui « d'un temple ruineux, lorsque ce grand édi« fice fond sur elle sans l'abattre, ainsi la « reine, etc. » Cette comparaison magnifique est juste dans toutes ses parties, et l'éloquence ne peut se permettre d'aller plus loin; mais les poëtes s'élancent bien au-delà de ces limites, et nous admirons leur audace parce que l'harmonie de leur langage nous fait partager l'enthousiasme dont ils sont animés. Rappelez-vous, par exemple, les odes d'Horace :

Vitas hinnuleo me similis, Chloe, etc.
Integer vitæ scelerisque purus, etc.

Quel autre qu'un poëte auroit le droit de s'exprimer ainsi?

Dans la prose, il faut que la comparaison s'applique à l'objet dans toutes ses parties; dans la poésie, il suffit qu'elle puisse se placer à côté. Les poëtes orientaux sont remplis de ces comparaisons qui n'ont presque point de relation avec l'objet. Ils nous paroissent tantôt gigantesques, tantôt froids et recherchés, parce que nous les jugeons d'après les traductions : souvent ils nous enchanteroient si nous les lisions dans leur langue, et si nous pouvions saisir les nuances qui unissent l'image à la pensée. Quelques-unes de ces images nous plaisent cependant; mais c'est lorsque nous nous transportons sur le sol et dans les circonstances où l'auteur étoit placé, et que nous les supposons exprimées dans un autre idiome, et revêtues de toute l'harmonie de la versification. Saadi peint ainsi la campagne au retour du printemps : « La « terre étoit parée comme une belle femme un « jour de fête, et les gouttes de rosée brilloient « sur le pourpre des roses, comme les larmes « sur les joues d'une jeune fille honnête qui a « reçu un léger affront. » Cela est plein de grace; mais il faut songer que c'est un poëte qui parle, et supposer que sa langue lui a permis de rendre les mêmes idées d'une manière plus élégante et plus précise.

Voyons maintenant si la poésie n'offre pas dans l'expression un caractère qui la distingue de la prose.

Je crois trouver ce caractère dans l'emploi des épithètes, et je m'arrête avec vous sur ce sujet, parce que les rhéteurs ont négligé de le considérer.

Vous savez qu'on distingue les épithètes des

adjectifs. Ceux-ci, nécessaires pour qualifier les objets et pour compléter l'expression de la pensée, ne peuvent être retranchés sans changer le sens; ils sont d'un usage continuel, même dans la conversation. Les épithètes servent plutôt à l'embellissement du discours; elles sont une sorte de luxe réservé pour l'éloquence et surtout pour la poésie. Si elles peignent à l'imagination, et qu'elles donnent en même temps de l'énergie et du nombre à la phrase, elles produisent un grand effet; si elles sont vagues, et placées uniquement pour remplir le vers ou pour arrondir une période, elles rendent le style emphatique.

Mais, quelque soin qu'on apporte dans le choix des épithètes, leur fréquent usage donne à la prose une tournure poétique qui la dénature, et c'est le principal défaut des écrivains depuis environ trente ans. Vous ne trouverez point ce défaut dans Pascal, dans Bossuet, dans Rousseau.

EUDOXE.

Il me semble que Fénélon emploie pour le moins autant d'épithètes qu'aucun autre écrivain?

ARISTE.

En nous transportant dans ces temps héroïques qui nous sont connus par Homère et Sophocle, Fénélon a pu se permettre d'emprunter le langage de ces poëtes, et nous le jugeons comme s'il en étoit le traducteur. Le style du Télémaque, quoiqu'un peu diffus, est un modèle pour l'élégance, la douceur et l'harmonie; il seroit déplacé dans tout ouvrage qui ne paroîtroit pas une imitation des auteurs grecs, et Fénélon s'est bien gardé de l'employer dans ses autres écrits.

Mais outre les épithètes que la prose élevée peut se permettre, quoiqu'avec beaucoup de réserve et de discernement, il en est d'une autre espèce, et qui appartiennent exclusivement à la poésie. Ce sont celles qui suppléent une phrase incidente, et qui donnent au style une précision et une vivacité dont la prose ne peut jamais approcher. Ces épithètes, que je nommerois volontiers épithètes elliptiques, sont si étrangères à la prose que souvent elles présenteroient un sens tout différent de celui qu'elles présentent en vers. Je vais m'expliquer par un exemple.

Dans Racine, Pyrrhus dit à Andromaque:

Votre Ilion encor peut sortir de sa cendre;
Je puis, en moins de temps que les Grecs ne l'ont pris,
Dans ses murs *relevés* couronner votre fils.

Il est clair qu'on ne pourroit dire en prose, tpas

même en traduisant un poëte, je couronnerai votre fils dans les murs *relevés* d'Ilion. Le mot *relevé* présenteroit alors un autre sens, et on ne pourroit se faire entendre qu'en disant, après les avoir relevés.

Virgile dit, en parlant des serpens qui vinrent attaquer Laocoon :

Sibila lambebant linguis vibrantibus ora.

Il n'auroit pu s'exprimer de même en prose.

Je ne vous cite pas d'autres exemples ; ils s'offrent en foule dans tous nos poëtes, depuis Malherbe jusqu'à M. Delille. Ce dernier a su, par l'heureux choix des épithètes, donner à ses vers la tournure la plus brillante, et rendre avec autant d'élégance que de précision des détails qui sembloient se refuser à la poésie.

Sans doute on peut faire de très-beaux vers sans épithètes ; mais elles sont souvent d'un grand secours, et celles dont je viens de vous parler appartiennent exclusivement à la poésie, qui s'en sert également dans le style sublime et dans le genre léger et gracieux.

Je ne vous entretiendrai point des autres figures de diction qui distinguent la poésie, non par leur nature, mais parce qu'elles y sont employées plus fréquemment et d'une manière plus hardie. On a tout dit à ce sujet sans rien apprendre aux poëtes.

Quoique la faculté d'ordonner l'ensemble diffère beaucoup du talent de l'exécution, l'un et l'autre sont un don de la nature : la poésie de style est une création comme l'invention du plan. Le travail pénible et raisonné est nécessaire seulement pour corriger ce qui a été écrit dans l'enthousiasme, et ce travail n'est pas le même pour le poëte et pour le prosateur. Ce dernier, après avoir composé un discours, peut ajouter quelques ornemens pour le rendre plus agréable ; le poëte, lorsqu'il revoit son ouvrage, doit s'occuper surtout à retrancher ces ornemens superflus qui sont nés de l'effervescence de l'imagination. Horace le fait sentir par la manière dont il exprime le précepte qu'il donne à ce sujet :

Reprehendite carmen
Quod non multa dies et multa litura coercuit.

Remarquez que le mot *coercere* signifie resserrer, restraindre ; et cette expression est bien plus juste que celle de Boileau :

Cent fois sur le métier remettez votre ouvrage.

Le sujet que nous avons traité aujourd'hui auroit été susceptible de beaucoup de développemens[1]. J'aurois pu vous montrer le caractère de la poésie et l'influence qu'elle a exercée chez les divers peuples et dans les divers degrés de civilisation : je me suis borné à vous indiquer ce qui forme le poëte, et quel but il doit se proposer. La plupart des critiques ont analysé ce qu'il faut sentir ; ils ont tracé des règles d'après les ouvrages célèbres, sans faire attention que ces ouvrages sont antérieurs aux règles, et que leurs auteurs se sont lancés dans la carrière sans autre guide que leur génie, sans autre modèle que la nature. Voulez-vous connoître le mérite des poëtes, lisez-les dans leur langue; livrez-

[1] Je ne puis terminer ces considérations sur la poésie sans rappeler un ouvrage célèbre où le même sujet est traité avec un talent qui a sa source dans une ame sensible et une imagination brillante. J'en aurois emprunté plusieurs traits, si je n'avois cru devoir plutôt y renvoyer le lecteur. Je veux parler de la seconde partie du Génie du christianisme. Les grands poëtes y sont jugés et comparés d'une manière absolument neuve et avec infiniment de goût. Combien il est fâcheux qu'en se laissant entraîner trop loin M. de Châteaubriand ait affoibli l'impression qu'auroient dû produire plusieurs vérités qu'il a le premier établies. Je désire qu'en publiant une nouvelle édition de son ouvrage, il se souvienne qu'il a défini le beau idéal, *l'art de choisir et de cacher.*

vous au sentiment qu'ils vous font éprouver : s'ils embrâsent votre imagination, s'ils élèvent votre ame, s'ils mettent sous vos yeux ce qu'ils peignent, si leurs vers se gravent dans votre mémoire, si après les avoir lus vous êtes impatient d'en recommencer la lecture, ils sont excellens, et vous n'avez nul besoin de calculer s'ils ont eu raison d'employer tel ou tel moyen. Quant à ceux que vous ne pouvez connoître que par des traductions, vous ne saurez jamais l'effet qu'ils produiroient si vous pouviez les entendre. Cependant le savant traité de M. Lowth sur la poésie des Hébreux (*De sacra poesi Hebrœorum*), vous en fera juger l'esprit et apprécier les beautés : William Jones, dans ses *Commentarii poeseos asiaticœ*, vous donnera une idée des poëtes arabes, persans et turcs qu'il a trop vantés peut-être, mais dont il a traduit plusieurs morceaux en vers grecs et latins avec autant d'élégance que de fidélité. Vous pourrez aussi prendre une notion de l'ancienne poésie des Indiens en parcourant les dissertations et les traductions insérées dans les Recherches asiatiques. Le drame de Saccontala, dont la composition se rapproche de quelques-uns de nos opéras, est plein de grace, de naturel et de sensibilité, et il offre des beautés du premier ordre.

Je termine cette discussion par une réflexion importante.

Les découvertes dans les sciences et la philosophie enrichissent l'intelligence et fortifient la raison : elles élèvent chaque génération au-dessus de celles qui l'ont précédée, à moins qu'une révolution n'interrompe la chaîne des connoissances. On ajoute tous les jours à ce qu'on savoit, on se sert des vérités connues pour atteindre à des vérités nouvelles, et plusieurs de ces vérités deviennent si vulgaires qu'on ne pense pas qu'elles aient été ignorées. Il suit de-là que ces ouvrages en font naître d'autres, qui, partant du point où l'on est parvenu, développent, étendent et rectifient ce qui se trouve dans les premiers, et qu'après un certain nombre d'années, ceux-ci ne servant plus à l'instruction, et sont consultés seulement par quelques érudits qui cherchent à démêler ce qui appartient aux inventeurs, pour connoître l'histoire des progrès de l'esprit humain. Il n'en est pas de même des poëtes : ils excitent toujours le même enthousiasme ; chez eux le fonds des choses est tellement lié à l'expression qu'on ne peut y rien ajouter, y rien changer ; leurs ouvrages se conservent tels qu'ils ont été composés ; les images ne perdent point leur fraîcheur, les vérités simples ont toujours le même charme, et la réputation des poëtes originaux s'accroît encore, lorsque des imitateurs s'efforcent de leur emprunter quelques traits. Homère, Virgile, Horace, le Tasse, Milton, sont lus aujourd'hui comme ils le furent de leur temps ; ils le seront de même, tant qu'on entendra l'idiome dans lequel ils ont écrit. Ce sont les grands poëtes qui ont fixé les langues, et ce sont eux encore qui les empêchent de se perdre. Leur influence s'étend dans la suite des siècles, et c'est avec raison qu'on leur a, chez tous les peuples, assigné le premier rang dans l'empire des lettres.

Ces considérations ne doivent engager personne à se livrer à la poésie, puisque les facultés extraordinaires du poëte sont un don de la nature, et ne peuvent jamais s'acquérir ; mais celui qui se croit né poëte doit les avoir sans cesse présentes à l'esprit, non pour être orgueilleux de ses talens, non pour prétendre à des honneurs que la postérité doit seule lui décerner ; mais pour sentir sa dignité, pour se défendre de tout intérêt passager, et pour ne jamais écrire une ligne qui puisse ternir sa gloire dans les siècles à venir.

Le poëte n'a besoin ni d'études pénibles, ni de méditations profondes ; il doit s'instruire par les recherches des savans et s'éclairer par les leçons du philosophe. Tous ceux qui par la pensée peuvent exercer une influence dans la société, doivent se diriger vers le même but, quoique par des moyens différens. C'est au législateur à lier par de sages institutions l'intérêt particulier à l'intérêt public : le magistrat est chargé de conserver le dépôt des lois, de poursuivre le crime ; le devoir de l'historien est de chercher dans le passé des exemples et des leçons pour l'avenir : celui du physicien de faire connoître les richesses de la nature, et d'en enseigner l'usage. Que le poëte, le peintre, le musicien s'unissent au philosophe pour adoucir les mœurs, propager les lumières, consoler l'infortune et répandre des fleurs sur la route de la vie ; qu'en nous présentant des modèles dans un monde idéal, ils nous embrasent du desir de les imiter ; qu'ils nous montrent dans l'être tout-puissant le témoin des actions secrètes, et dans l'éternité la récompense du juste ; qu'ils étendent notre existence en nous mettant en relation avec les hommes de bien de tous les siècles ; qu'ils décernent enfin la couronne de l'immortalité à ceux qui ont bien mérité de la patrie et du genre humain. Que le philosophe parle à la raison, que le poëte s'adresse à l'imagination ; mais que tous aient le même but : alors on sera porté à la vertu par l'impulsion du sentiment, avant même d'y être déterminé par un examen réfléchi.

EUDOXE.

Oh! puissé-je avoir reçu du ciel ce génie qui donne à l'homme une influence sur son siècle, et mes talens ne seront jamais employés que pour le bien! En vous quittant, Ariste, je vais rentrer dans la retraite, mais vos leçons seront toujours présentes à mon esprit. Séparé de vous, c'est à vous que je rendrai compte de mes travaux, de mes progrès. Si je ne puis atteindre le terme de la carrière, j'y aurai du moins marché d'un pas assuré; je me serai nourri moi-même de cette philosophie dont je voulois recueillir les fruits pour les autres. Si mes forces sont au-dessous de mes espérances, je bornerai mon ambition à être utile, en me renfermant dans des limites plus étroites : estimé et chéri de vous je n'ai pas besoin de gloire pour être content de ma destinée. Agréez ma confiance, dirigez-moi, continuez votre ouvrage, et permettez que mon cœur se livre pour vous à l'amitié, à la reconnoissance, à l'admiration.... Ah ! ne contenez pas mon enthousiasme : si vous croyez que je m'exagère votre génie et vos vertus, laissez-moi cette illusion. J'ai besoin que votre image soit sans cesse présente à mon esprit; je répéterai vos leçons; je vous adresserai la parole dans ma solitude; je croirai que vous m'entendez, que vous me répondez, que vous êtes le confident de mes pensées, le témoin de mes actions : il faut que je voie en vous un modèle existant auquel je veux ressembler; il faut que vos paroles soient sacrées pour moi :

Te sequor, inque tuis nunc
Fixa pedum pono pressis vestigia signis.

ARISTE.

Vous me jugerez plus froidement dans quelques années; mais les liens de notre estime et de notre amitié ne se relâcheront point. Mes conseils, utiles pour vous faire entrer dans la carrière, ne vous le seront plus lorsque vous en aurez parcouru une partie. Songez alors aux vœux que j'ai faits pour vous.... Avec quelle joie je verrai se préparer vos succès ! Je voudrois pouvoir vous transmettre les connoissances que j'ai acquises ; je voudrois que vous devinssiez tout à coup mon maître après avoir été mon disciple : mais rien ne peut suppléer au temps. Prenez avec vous-même, prenez avec moi l'engagement de ne rien donner au public que vos études ne soient entièrement achevées, que vos talens n'aient acquis toute leur maturité. Si l'effervescence de votre imagination, ou le desir de vous faire connoître, ou même la présomption d'être utile vous font oublier cette résolution, vous adopterez des opinions irréfléchies, et dans un âge avancé il ne sera plus temps de revenir sur vos pas. Maintenant vous n'avez pas un moment à perdre. Si vous approuvez mon plan, suivez-le, et que rien n'interrompe votre marche et ne vous détourne de votre but.

EUDOXE.

Oh, Ariste ! si je n'étois appelé par une tendre mère, dont je fais la consolation, je vous demanderois de faire ici mes études. Quel encouragement si tous les soirs je pouvois vous rendre compte de mes travaux, vous consulter sur les difficultés, et surtout échauffer mon cœur dans mes entretiens avec vous ! Quelle douce félicité je goûterois à me trouver réuni à votre famille, à voir vos enfans se former à la vertu sous votre direction ! Si je n'avois point ici les mêmes ressources qu'a Paris pour les sciences et les arts, combien je gagnerois pour la raison, pour le sentiment du vrai, du bon et du beau ! Mais des devoirs qui me sont bien chers me forcent à vous quitter, et c'est au centre d'une ville tumultueuse que je vais vivre dans la retraite : c'est là que le souvenir des journées que j'ai passées près de vous se retracera à mon esprit, et m'inspirera de l'éloignement pour les distractions frivoles. Vous m'en avez dit assez pour me fournir le sujet de longues méditations : je réfléchirai dans le silence, et ma constance sera soutenue par l'espoir de vous offrir un jour le résultat de vos soins.

En nous entretenant ainsi, nous regagnâmes la maison où nous étions attendus. Le déjeûné étoit servi, et je vis au milieu de la table une branche de cerisier chargée de fruits. Sophie les montra à son père. Ce sont, lui dit-elle, les premiers fruits de l'arbre auquel vous prenez tant d'intérêt; ils me font souvenir que le temps de la raison est venu pour moi, et que je vous dois la récompense de vos soins. Ces mots simples excitèrent dans Ariste une émotion dont je ne savois pas encore la cause. Emilie embrassa son époux et sa fille avec des larmes d'attendrissement. Puissé-je, dit-elle, voir un jour nos petits-enfans se jouer à l'ombre de cet arbre, et répéter le nom de leur père en en cueillant les fruits; puis se tournant vers moi, elle me dit : Notre chère Sophie entre aujourd'hui dans sa onzième année; le jour de sa naissance, Ariste planta ce cerisier; il a fleuri depuis deux ou trois ans, mais c'est seulement cet été qu'il a donné des fruits. Quand vous serez père, si vous habitez la campagne, vous sentirez comment ces signes simples et rustiques rappellent des idées touchantes. Ah! lui répondis-je, je sens tout le charme de ces images; je me plais à voir les productions de la nature consacrées à retracer nos souvenirs, nos espérances, et les plus douces affections de notre cœur. Permettez, Ariste, qu'avant de vous quitter, je plante un arbre auprès de votre habitation; qu'il soit un monument de l'époque où vous avez mis dans mon cœur les principes de la philosophie. Je viendrai le revoir dans quelques années; j'en examinerai les progrès avec intérêt.

ARISTE.

Il ne faut point, mon ami, transporter dans la philosophie ces symboles qui ne conviennent qu'au sentiment. Cependant je veux bien que nous plantions un arbre pour marquer l'époque de notre amitié et de celle que vous avez pour mes fils. Allons en choisir un dans ma pépinière, je vous le donne avec tout le terrain sur lequel s'étendra son ombre. Ainsi, vous aurez chez moi une propriété qui s'accroîtra avec le temps; puissiez-vous un jour venir la cultiver!

Nous sortîmes ensemble : Ariste voulut que je prisse moi-même la bêche pour préparer le creux; mais comme les enfans rioient de ma maladresse, le jardinier fut appelé pour nous aider à placer l'arbre de manière à assurer son succès.

Je restai encore un mois chez Ariste; je lui demandai un livre dont le sujet fût analogue à celui qui nous avoit occupé; il me donna Bacon, et je lus avec transport le traité *de Augmento scientiarum*. Cette lecture n'employa pas tout mon temps; je rédigeai par écrit mes entretiens avec Ariste, pour mieux conserver le souvenir de ce qu'il m'avoit dit. Il me reste à mettre ses préceptes en pratique.

Restat ut his ego me ipse regam solerque elementis.

FIN.

TABLE ALPHABÉTIQUE

DES MATIÈRES

CONTENUES DANS CET OUVRAGE.

Les chiffres romains indiquent le volume; les chiffres arabes, la page.

A.

B.

C.

D.

E.

F.

H.

I.

J.

K.

L.

M.

N.

O.

P.

Q.

R.

S.

T.

V.

W.

FIN.

Imprimé en France
FROC031747060720
24425FR00015B/619

9 782329 41500